林語堂作品精選 9

林語堂

—經典新版—

紅牡丹

林語堂 著

1

民國前十一年（西元一八九一年）四月二十三日，高郵鹽運司故主任秘書費廷炎的遺體在靈堂開祭，死者的友人都來行禮，每個人向黑色棺木深深行三鞠躬，然後輕輕退開——男人站一邊，女人站一邊。這是權宜的措施，由費家的幾位朋友倉促安排而成，然後遺體就要運回死者的故鄉去安葬。

那天很悶熱。四五十個男賓、女賓和小孩，擠在一座小院子裡。費家住的是一間租來的舊房子，天花板的梁柱露在外頭，沒有上漆。朋友們大都沒有來過，發現費先生和費太太住處這樣簡陋，覺得很意外，因爲費先生是嘉興——上海附近的湖泊區——一個富裕的地主家庭出身的。部分賓客聚集的書房裡，空空的擺設和書籍還頗有幾分凌亂又詩意的氣氛呢。兩扇格子窗原來的紅漆業已褪成碎裂的粉紅色，窗外射入一道微暗的光線。因爲賓客的身影動來動去、交頭接耳，屋裡更顯得陰暗了。有些女客留意到窗戶角落邊的蜘蛛網，斷定年輕的寡婦一定不善理家。

費廷炎的很多同事都抱著好奇心而來，想看看這位小寡婦，他們久聞她年輕貌美。他們知道她今天會站在靈柩邊，向賓客答禮。

陰沉的告別式使大家都覺得很不安。有點不對勁，悽慘的喪禮氣氛、可怕的棺材，和半掩在麻布下小寡婦白皙的面孔顯得很不相稱。她像活人祭品般封在那頂粗麻白布帽和笨重的白布喪服裡。那半月形的身影，長長的黑睫毛，挺直的鼻梁，濃郁美好的雙唇，端正的下巴，在房間那一角的暗處閃閃生輝。供桌上的一對大蠟燭閃耀著蒼白、鬼樣的微光。她粉頸低垂，似乎在表示抗議這樣的命運。他們知道她才二十二歲。照當年上流的道德傳統，讀書人或上流富家的寡婦是不興再嫁的。

男士們都很同情這位漂亮的小寡婦，同情她要犧牲如許青春和美色。這些男人大都是鹽運司的官員。他們大都已經結婚，懷著不同的動機帶著太太前來。有些人當做人情應酬，有些人對於霍亂瘟疫中死神驟然奪去他們中的一分子感到震驚。那些低級職員（他們不喜歡這位傲慢、神氣的同僚）前來，是因為司長曾命令他們交出豐厚的奠儀給這位寡婦，以聊盡同仁的袍澤之義，其實低級職員們拿出這筆錢已感吃力，而這個家道富有的喪家也並不需要。

那些官員之中，有一個人的妻小再過一個月就要遷來，他已租好房子，正打算買一張講究的銅床和幾件紅木傢俱；他知道這位寡婦要走，他可以出低價買下那批傢俱。

薛鹽運使是一個五官尖削的高個兒，對於棺材店缺貨時，大家透過他的權勢竟能買到這麼好的棺材，真感到特別得意。他希望看見人人讚美那口棺材，所以放出寡婦是大美人的消息。她一向很少露面，他是有幸見過她的少數人之一。

她的夫家沒有人來幫忙，鹽運司為寡婦盡了最大力量。他們費家只派了一個老僕人來幫忙運遺體還鄉。但是老僕人連升耳朵半聾，又不懂當地的官話，喪禮上完全派不上用場。

依禮，喪家需要有個人站在靈柩旁邊向賓客回禮，即使是孩子也可以。但是費太太沒有小孩，所以只好她自己站在棺材後面，像一堆可憐的粗麻布包裹。偶爾她的雙腿移動一下，麻布孝衣也就跟著窸窣作響。你可以看出那濃密睫毛後面的眸子時時閃動地沉思著。偶爾她抬眼瞥視，對眼前來弔祭的客人似乎是視而不見，迷濛的眼神顯得對一切儀式都漠不關心。粒粒汗珠在她額上閃現，眼睛卻乾乾的。她既不號啕大哭，也不用鼻子抽噎，按說，她是應當這麼做才對。

來客中很多人注意到這種情形。她竟敢不哭！按照傳統的習俗，丈夫的喪禮上，做妻子的一滴淚都不流，也沒有悲戚之狀，真是太令人吃驚了。她只照規矩鞠躬答禮，什麼都不做，這種情形太明顯，所有守禮的人都覺得很不高興。就像看一根點燃的炮竹居然不爆炸一樣。

有些男客人已經退回到面向前院的東廂房。大家在那兒熱烈談論這一切。

「想想，老費有一個這麼漂亮的太太，居然還到處拈花惹草！」一個年長的男士說。

「這種事誰說得準？你看見她那兩個眼睛了沒有？這麼深邃、閃亮的明眸，就是我們說的『水性楊花』。丈夫死了她才不難受呢。」

「我看見了。那雙眼睛那麼美，那麼熱情！我打賭，她一定會再嫁的。」

「住口吧！」另一個同事惱火說：「我們有什麼資格評斷呢？不錯，就算有瘟疫，我知道廷炎有兩個哥哥，即使老頭兒自己不來，也該派一個兄弟來，不該讓年輕的寡婦自個兒料理一切。」

「連吸吸氣，嗚咽一下，抽噎一下都不肯。」一個長袍垂到腳跟的瘦小男人說。

「他們不該讓她苦撐，她不能這樣子一連站好幾個鐘頭，」一個年過六十，方臉盤兒，戴著水晶玻璃眼鏡的溫厚老者說。他是王先生，私塾老師，死者的鄰居。他留著灰白的髭鬚，稀疏泛黃的鬍子，獲得高齡學者應受的尊重。他手裡那支兩尺長的煙桿沒有點燃，只是在手裡拿著玩弄而已。

薛鹽運使帶著一口濃重的安徽口音插嘴了。他那又黑又濃的髭鬚迅速擺動，他說，「除了咱們司的同事之外，我想今天沒有多少賓客。只要我們不說話，別人也不會說什麼。並且，她哭不哭，也不是什麼大問題。至於運棺材的事，我已經叫我的外甥來幫忙。沒有人會說鹽運司沒有盡到全力。」

一個輪廓不明顯的年輕人輕輕哼了一聲，「不錯，像您所說的一樣，瘟疫流行啊。」他向私塾王老師說。「他家人也用不著這麼怕法。應當派他的哥哥來。喪禮究竟是喪禮嘛。」

「當然，他們會在家鄉舉行正規的儀式。他們只想把靈柩運回去。不過我總認爲他們應該爲這個寡婦想想，她還這麼年輕。」

「她今年多大？」

「二十二歲。」私塾老師說。

「他們結婚多久了？」

「我太太告訴我，才兩三年呢。看起來不太幸福。喔，這不關我們的事。」這位學者謹慎地結束了這段話題。

這時候師娘露面了，低聲和她丈夫說了幾句話。她是一個五十多歲的寬臉婦人，上唇很長，隨時隨地散發出從容和愉快的氣氛。

「如果再沒有什麼客人來，咱們就讓費太太到後頭歇息去吧。現在都快到晌午了。一個女人那樣站好幾個鐘頭，可不是鬧著玩的。又沒有人能替換她。好心一點兒吧，老爺們。」

老學者站起來，走向高高的鹽運使。「薛先生，這算不上是什麼大儀式。我想我們最好現在就走吧，不留下來吃麵了。大家心裡都不好受，怎麼有心情吃東西呢。局長，您說一句話，大家就都走了，叫費太太也休息吧。」

薛鹽運使滾動的雙目微微瞇起來，可見他雖然幹了些聲名狼藉的勾當，談到女人，也未必不懂得憐香惜玉。

「當然，」他用沙啞的聲音說。「你說得真對。」

他再入大廳，大家都當做一種信號。他沒有說話，只是眨眨眼睛，大家看著就明白了。外甥小劉一直在登記禮金禮物和賓客的姓名，這時候由門邊兒的桌子上站起來，將禮簿蓋好。大家依次走到靈前，向死者告別，每個人都默默鞠躬，畢恭畢敬輕輕走向門口。

薛鹽運使在棺材邊多逗留了一下，用指頭關節叩了叩棺材，聆聽它堅硬的砰砰聲，臉上露出得意滿意的笑容。

「多好的木頭！」他低聲地讚美道。

這時候，年輕的費太太抬起頭，顯得鬆了一口氣，眼中仍是一副出神的表情。

客人走後，王老師留下來。他太太負責準備了簡單的湯麵、饅頭做為午飯，現在正幫著辦理禮俗上該辦的事。即使公務上的朋友都離開了——主要是鹽運司方面的朋友——還有街坊鄰居來行禮弔祭的，也需要按著禮俗辦，不能稍為疏忽。得發饅頭給那些送禮的人。類似這些瑣事，都得要女人來照應。

年輕的費太太心裏非常感激。王先生和王太太是她的鄰居，住在街道的另一頭。費太太年輕寂寞，常到他們家陪孩子玩，她很喜歡他們。他們算不上她或她丈夫的密友；但是現在費家突遭不幸，大禍臨頭，她需要幫著辦這件繁雜又涉及人情應酬的喪事的時候，這對夫婦突然伸出了她最需要的同情和援助之手。

「真謝謝你，」王太太扶她進臥室，她單純卻很生疏地說。她說這句話，甚至沒有看王太太一眼——聲調年輕、清亮，特別柔和，像餘韻清脆的小鈴鐺兒似的。她說話像小孩子，不做作也不動感情。然後，彷彿追述般，她又加了一句，「沒有你，我真不知道怎麼才能捱過這一切。」

「喔，你一個人嘛。」王太太回答說：「這是朋友最起碼的責任。」

簡單的道謝，對方也以同樣單純的態度接受了。

王師母繼續說：「現在你躺一會兒。我到廚房給你端碗湯來。你不用操心送禮的事，我會料理的。返鄉之行你還需要體力呢。」

她幫助寡婦脫下喪服。一個迷人、年輕，少女般的白衣體態浮現了。牡丹（她的名字）今天總算壓制住脂粉唇膏的誘惑——那可會招來一頓非議哩——但是青春的自然花朵和她那兩片撅起的櫻唇其實不需要什麼化妝品。王師母看見她額上的汗珠，遞給她一條毛巾。

「穿那麼厚的孝衣一定很悶，」她一面幫她擦汗時一面說，「今天熱得出奇。」

少婦的眼裡現出了兩滴淚水，含在那兒，眼看就要滴下來了。但是她卻勉強抑制住。

王太太走出房間，她伏在床上，這才痛哭起來。自從她丈夫死後，實際上從他染上瘟疫以後，這是她第一次哭，並且痛哭流涕。最近幾天她極力想哭也哭不出來。現在閘門一開，擋不住的熱淚就洶湧而下，像決堤的奔流似的。

她躺在床上左思右想，不是想她丈夫，而是想她自己，她渺茫的將來，她還要過下去的年輕的一生。她絲毫不為這沒有愛情的婚姻悲慟，那是她父母不顧她反對硬生生安排的。她的一生遭到連串的挫折，不只因為費廷炎的公開拈花惹草，或是他粗俗自負，老是擺出她最看不起、最討厭的架子來吹牛。她天生敏感熱情，知道愛情是什麼樣子，曾經深深經歷一段無望戀情的歡樂與痛苦，曾為一個硬被人拆散的男人嚐遍激情的劇痛與悔恨。

她的情人金祝現在已經娶妻，有了兩個孩子。但是他們在她婚後還秘密來往。她自覺像一隻蛛網上的蒼蠅，陷入迷亂她心緒和思想的盤結中。如今她的眼淚由不知名的深泉裏湧現出來，含有一種熱望，一種她不明白的渴望。然而，這一哭使她輕鬆不少，心裡覺得好過多了。

所有女客都哀嘆她命苦，如此年輕就喪夫，要終身守寡，她在心裡嗤嗤偷笑。女人們想說什麼就說什麼，她們都同情她，說這麼年輕守寡太「難」。（按照習俗，她們談論寡婦就和談論新娘一樣，當著她們的面直言無諱，因為寡婦和新娘都不宜還嘴。）女士們猜想，她會為貞節付出完全的代價。所謂寡婦守節被明分為兩大類：一是終身守寡，做節婦；一是抗命不再嫁，一死做烈婦。

對這兩種想法，牡丹是一笑置之。她的生活樂趣和青春的本能告訴她，這都是不對的。她心中正在尋求每個男女都感到幸福快樂的美好生活——這也受了她讀書的影響——她太聰明了，才不會讓婦人之言干擾她呢。她天生氣質強烈而敏感，高尚而不同於流俗，熱情追求理想，她不太顧念一般的禮俗，如果她剛好嚶嚶啜泣或是號啕大哭，那只是因爲她心中想哭，並無其他緣故。

王太太在廚房待了半天之後，用一個托盤端進來一碗熱湯、幾碟開胃辣菜，發現這位少婦黑髮披肩，弓身在一個竹製書架上，正在找什麼東西，完全不像一個寡婦的樣子。

「你在做什麼？」王太太叱責說：「來，你得吃點兒東西。」

少婦回頭，王太太看到她眼中激動的神采。牡丹臉紅了，彷彿內心的秘密被人看穿似的。

王太太搬動一張椅子。「現在坐下來吃吧！」她的語氣像母親對女兒說話一樣。「我煎了幾個火腿蛋，我陪你吃，看你吃下去。」

牡丹真正露出了愉快的笑容。她知道王太太平日是怎麼照顧她自己的五個孩子，她對這位婦人的熱心絲毫不感到意外。

王太太邊吃邊看牡丹紅腫的雙眼，熱切地說，「我真希望來祭奠的客人現在看到你。」

「爲什麼？」牡丹不解地問道。

「你總算真的哭了。」

「我知道，這樣他們才覺得對，是不是？」小寡婦罵道。

空洞的眼神再度出現，牡丹默默吃她的蛋。剛剛躺在床上，沒有人知道或瞭解她哭些什麼。她希望王太太不在，她可以一個人靜靜想她的心事和那些令人煩惱的問題。她希望自己收拾行李的時候，王太太千萬別看見她的情書。

「我進來的時候，你在找什麼？」王太太想打破沉悶，便說。

「找我們的府誌，杭州府誌。」她扯了一個謊。

「那是你的故鄉？」

「是的，我是餘姚縣人。」

「我想百日過後，你要回娘家吧？」

「我想是吧。」

王先生敲敲敞開的房門。他要茶。他已經在書房裡吃完飯，想知道她們怎麼樣了，他太太什麼時候可以回家。

「你先回家吧。我要陪費太太，她得收拾行李呢。」

老學者覺得很意外，小寡婦竟站起來請他進屋。學者猶豫了一下。他是長輩，他太太也在，但是他的一切教養還是不容許他踏進一個鄰婦的臥房。

牡丹看出他猶疑的臉色，就走向門邊，她恭恭敬敬叫他「王老師，」然後說，「您和師母這麼幫忙，我必須向您兩位特別道謝。我把茶端到書房去，請您給我出個主意。」

一分鐘後，小寡婦手拿托盤出現，將茶端入書房。王先生站起來，說了一句「不敢當。」

牡丹的態度乾脆、活潑，實在不像一個喪夫才兩星期的寡婦。王先生看到眼前這個青春的身影，心微微抽痛了一下。二十出頭的漂亮小寡婦，注定要終生守寡。他心想，理當如此。至少做官的學者，遺孀是要一直守節的，這是天經地義。普通男人的寡婦常常再嫁，但是按儒家的倫理規矩，秀才或舉人的寡婦是不興再嫁的。

這時候，王老師覺得很難想像這位少婦終身守節。她看起來就不像。

「老師，您對我們太好了。我該怎麼辦，你可以給我出個主意。明天我就要和連升送靈柩回家。我上船的時候，當然要穿上孝服。隨後一路之上，是不是要一直穿著呢？」

「費太太，這是心意的問題。當然你上船下船的時候應當穿，尤其是下船，那時候你的公婆會來接你。」他上下打量她說：「你不該這副樣子，我認爲必須如此。你應當一路號哭，直到靈柩抬到你丈夫家爲止。我自然不認識你的公婆，但是照理，他們會希望你這麼做才對。到時候，姑嫂和鄰婦，她們都會看著。你不希望她們在背後閒話吧。」

王老師這些話說得很流利，很熟練，活像寺院裡的執事僧或是古蹟的嚮導一樣。

「我會有什麼遭遇？」

「可能你丈夫家會給你收養一個兒子，好繼續你丈夫的後代香煙。他們總是會這麼做。他們認爲一個寡婦有個孩子照顧，可以幫助她心意堅貞。不過你聽著，我並不是說年輕輕的守寡很容易，但是總得熬呀。你丈夫有官階吧？」

「不能算是真有。朝廷籌銀賑濟時，他拿錢捐了個貢生。那時我還沒嫁給他。您知道，『秀才』一千大洋，『舉人』三千，我想『貢生』是五百大洋吧。」

老師認真盯著少婦的臉，說了一聲：「我明白了。」

「您的意思是？」

老學者的態度很親切。「事情是這樣。這件事在你自己，完全在你自己。我不應當說什麼。可是你來問我。你要知道怎麼辦。我說，這事完全在你自己。不過，一個秀才的寡婦再嫁的，的確從來沒聽說過。不過貢生的寡婦，也可以算進去。可是，大部分還要看你先生的家裡怎麼樣。他們若提到給你收養個孩子，你就明白他們的用意了。」

「您覺得這麼做對嗎？」

「我說過，這是心意的問題。並且，這也要看你的公婆怎麼替你打算。」

「你不認為一個女人寧願有她自己的孩子嗎？」

這位老學究覺得很難為情，不由臉紅起來。

「我想你應當和你母親去討論這個問題，我想你母親還健在吧？」

「是的，在杭州。」

「喔，那就別多想了。規規矩矩守喪一百天，像個賢德的兒媳婦。也許他們會答應准你回娘家去休息一陣。杭州又不遠。聽說你是杭州梁家人。你聽過杭州的梁孟嘉吧？」

牡丹的臉色突然一亮。「當然。您是指梁翰林吧？事實上，我們是同宗——堂兄妹。我們族人都叫他『我們的翰林』。只有他這麼一位，沒有別的翰林啊。」她對這件事頗引以為傲是顯而易見的。一般而論，一個姓也許要一百年才出一個翰林，所以同宗都覺得十分榮耀。

「他應該能給你拿個主意。」

「他不認得我。他一直住在北京。有一次他回杭州時，我見過他一面。那時我才十歲或是十一歲。」

「我以為你認得他。我在書架上看到他的幾本文集。」

牡丹扭著柳腰豐臀，懶洋洋的走到書架邊，指著第二層架子上的三冊書，驕傲地說：「喏，就在那兒！」

薛鹽運使的外甥小劉進來通知費太太，他們已經雇好一條船，第二天一早走大運河，隨時等她動身。他會派人幫忙抬行李。說實話，小劉看到這位寡婦脫下喪服，和王老師談得興致勃勃，覺得很意外。

不經意談到北京的梁翰林，在牡丹的頭腦裡引起了愉快的回憶。因爲在她十一歲，正是感受性極強的年紀，年輕的梁翰林，那時才二十七歲，在北京中舉後榮歸故里，曾用手摩著她的前額，說她「漂亮，聰明」——這兩個讚美之詞，對她的少女時代，有著無限的影響。現在往事的記憶，往日的印象、聲音，像家裡花園的一棵特別的樹，在她忘記了好久之後，又浮現在她的心頭。

王太太人真好。雖然年輕的費太太從來不向她吐露心聲，雖然她明天就要走了，可能一輩子不會再回來，她仍然認爲照顧牡丹是她人道上的職責。

這時收拾行李大部分是女人的工作。牡丹只帶她個人的財物。傢俱，厚重的東西是留下不帶的，以後再賣或運走。

王太太幫她回絕要來的訪客，派人送來麻線、鎖頭等必備的東西，還買了一張油布來遮行李。她不時說一句鼓勵的話，有時拋來一個笑容，有時拍拍牡丹的肩膀，牡丹覺得王太太拿她當自己的的女兒。牡丹深深受到感動，拿出一個玉簪子做爲告別的禮物，王太太卻生氣了。

「你把我看做什麼人？我來幫忙，是因爲我覺得你需要人幫助。我來是因爲我自己要來。你花錢雇我嗎？」

「不，我是誠心誠意的。我想送你做紀念。」

王太太不理她。她堅拒這件禮品，把這件禮物收在箱子裡的一個隔層內，使她的話具有決絕的意味。

王太太的兒子跑來問她什麼時候回家，做母親的回答：「告訴你二姐自個兒做飯，不用等我。我要留下來陪費太太吃晚飯。」

蠟燭點上後，王老師不自覺又走到費家。他記得年輕寡婦談到「我們的翰林」時，聲音裡有一種童稚的熱情，就像信仰的告白似的。他想起一個小男孩在街上得意大喊「那個陀螺是我的！」那副情景。他想從寡婦口中再聽一聽梁翰林的事。

飯後，他們在東廂喝茶吃李子。例行寒暄之後，話題又回到她下一步要如何安頓自己這個老題目上去。她直截了當提出這個問題來。她已經表示不願收養人家的兒子，寧願自己生。

「我公婆若是要一個孩子來繼承我丈夫的香火，他哪一個侄子都可以。只要選一個正式辦理過繼，就算正式收養，就成為他們死去兒子的法定繼承人。」

她天真直率的話，使老教師很生氣，說：「我看你簡直是反叛。」

「言重了。」牡丹說。這句高雅的措辭出乎意料之外，倒叫老學究頗為欣賞。

「王老師。」牡丹說：「我是個女人。你們男人有學問的想出這一套。宋儒老夫子開創了守寡的禮規。孔夫子可從來沒有設這一條。他不是教人『外無曠夫，內無怨女』嗎？」

老學究稍稍嚇住了，結結巴巴的說：「當然，這是宋儒以後才有的。」

「由漢到唐，沒有一個儒家知道『理』學，」牡丹的嘴很伶俐。「這是不是說宋儒對，而孔子自己反而不對呢？所以您是把『理』字抬高，而輕視了人性。漢唐的學者不是這樣。順乎人性才是聖賢講的人生的理想。理和人性是一件事。理學興起，開始把人性看做罪惡而予以壓制。這全是佛教思想。」

「這些話你是從哪兒學來的？」老教師對於這一大串異端邪說出自少婦之口，實在大出意外，不由追問。

「那不是我們的翰林說的嗎？」

她抽出一卷梁孟嘉的散文集，把那幾段代表這些駭人思想的文字指給老夫子看——這種思想連老夫子都覺得是前所未聞。

王老師聽過梁翰林舉國皆知的大名，但是從來沒有讀過他的作品。王老先生接著往下看，被書中的觀念和文體迷住了。他逐字朗誦，欣賞它的音韻節奏，一陣低吟從他搖擺的鬍子中傳出來，時而搖頭，時而點頭，充分流露出欣賞之意。梁孟嘉的文章古雅簡潔，幾乎是用文言文寫成的，彷彿要讓每一個字都有分量，精確而含義至深，很少人能達到這個境地。

王老師看書的時候，牡丹的眼睛一直跟著他。

「你覺得如何？」她緊張的問道，喉嚨發出一陣得意的輕笑。

「美極了！美極了！」

「你對他的思想和概念有什麼看法？」牡丹還不滿意，追問道。

「可以說成一家之言，很有創見！我不過是一個鄉下先生，對當今第一流的大家，還能批評什麼？我的意見微不足道。他的古文實在出色！我喜歡靠近結尾的部分，他脫離正統派思想，說理學家以『代天行教』自命，藉此得到好處——『理學家自己堅拒人生之樂，又以坐觀女人受苦爲可喜』。這句話文筆鋒利，將理學家的思想駁得猶如摧枯拉朽，銳不可當。他能不受攻擊，別人難望其項背。」

牡丹吞下每句讚美，彷彿是對她自己的讚美一樣。

「我崇拜我們的翰林。」她說：「每次他把理學家稱爲『吃冷豬肉的人』，我就偷笑不已。」

「你們同宗裡出了這麼一位青年俊傑，真幸運。他長得什麼樣子？」

「前額寬大，目光炯炯有神。噢，我記得他那柔軟的手，白白的。那是好多年以前的事了。」

「後來你沒再看見他嗎？他不回家祭祖嗎？」

「沒有。我沒再看見他。童年以後我就沒有再見過他。這些年他一直在北京，在皇宮裡。」

「你們族人一定和他有書信往還吧？」

「噢，我們怎麼敢？我們只知道他的大名而已。」

牡丹忘記是怎麼談到這個問題上來的。多年來，她從未向丈夫或別人談到過梁孟嘉。她滿臉通紅，眼睛四周的皮膚結實又光滑，眼神顯得很疏遠。

過了一會兒，她說：「我居然忘記裝這幾本書！我打算託人運去。」

「行李都收拾好啦？」

「差不多了。有些東西要留下，以後再寄去。我只帶自己的東西和我丈夫的細軟。船上沒有多大空間，靈柩就占了一半。」

臨走前，王先生和王太太說聲再見，又問她：「你不依禮在靈柩前哭一頓？鄰居會說話的。按理，守夜七天，每天夜裡要哭一次的。」

「由他們說吧。我不哭。」

「不過你在公公婆婆家，可非哭不可哇。」

「不用擔心，有別人哭時，我會裝著哭的。」

夫妻二人出門之後，王太太對她丈夫說：「看這麼年輕的姑娘命卻這麼苦，真使人心疼。一輩子要守寡，連個孩子也沒有！」

「等著看吧。」她丈夫答道：「她是個小叛逆。有一天你會聽到驚天動地的消息。她有她自己的主張。」

「你們在書房裡說些什麼？」

「你不會懂的。」

2

由於船要運靈柩，他們只好多付一筆運費。

受雇運靈的船，是一條小船，外長只有三丈多一點。一片竹篷，也可以說是兩三片交疊在一起，像個帳篷般撐在船中央，用以防雨並遮蔽太陽。費太太是坐一頂小轎子來的，棺材安置在船前面時，她在小轎裡，低著頭，臉一部分被喪帽遮蓋著。棺材上披著紅布，這樣，別的船上的人才不致覺得看了不吉利。棺材前面橫著一條白布，上面寫著死人的姓名身分。薛鹽運使和他外甥在一旁照顧。

王先生和王太太也在那兒，陪寡婦到最後一分鐘。等一切都停當之後，老僕人和王太太小心翼翼扶她走下河岸，穿過搖搖晃晃的梯板進船艙。船篷下靠船尾的地方鋪著被褥和枕頭，是供給她坐臥用的。

這一段航程大概要走十來天——橫過長江，然後經大運河到蘇州附近的湖泊區。

船上的梯板撤去之後，她起身向來送行的朋友告辭道謝。他們只能看見她喪服下面那半遮蔽的臉和繃得很緊的嘴唇；她呆立在那兒彷彿一座雕像，沉默的像死人。

大運河在高郵以下通往當時繁華中心揚州的一段路，向來十分擁擠。沿河因地勢變化不同，不過四十尺到六十尺寬的一條皇家的運糧河道，擠滿了舢板、遊舫，西式的、中式的，有的築有精工雕刻的船艙，有的則毫無雕飾，樸質無華。

河面回響著槳櫓嘩啦的打水聲，船夫赤腳在船板上沉重的撲通撲通的腳步聲，竹篷的嘰嘎聲，以及船隻互撞時磨擦的沙沙聲；那是一種悠閒又舒適的運輸方式。

經過一個個的城鎮，景物生動活潑，隨時變化，交通擁擠自在意料之中，也是正常之事；若想急趕向前或是超船而過，那是枉費心機，難以成功。兩岸上有商店和住宅；岸高之時，房子與閣樓便用打入低處的樁子撐起來。閣樓上用繩子吊下水桶，從河裡向上打水；女人跪在岸邊，在平滑的石板上捶洗衣裳。夏天裡，岸邊傳來洗衣棒的拍打聲，女人的閒聊和清脆的笑聲，她們身邊玩耍或揹在背上的兒童嬉鬧聲。尤其是春天或夏天的月夜，旅客靠近城鎮的時候，水聲和談笑聲也漸漸增大。因為女人寧願在涼爽的晚上洗衣裳。年輕的男人也在岸上漫步，或為賞月，或為觀賞俯身洗衣裳時一排排女人的臀部腰身。

到了鄉間，運河漸寬，船也豎起帆來，藉著風力行船，船航行在翠綠的兩岸之間時，襯著背面開闊的天空，風滿帆張，無論早晚都可看見。白天熱浪逼人，船夫往往打著赤膊，坐著抽煙斗，辮子盤在頭上，他們結實的古銅色肩背和四肢在太陽下閃閃發亮。

船一開，送行的人一走，牡丹感到異樣的孤獨和自由；她的航程終於開始了。對於最後決定要裝什麼東西，留下什麼東西，那種慌亂、遲疑也過去了。她體會到一種深深的命定感，終於踏上新生活的開始，也是一些新問題的開始；一種全然孤獨的感覺，要冷靜下來，反省思索，是結束上一段生活、開始下一段的時候。未來模糊幽暗，還十分渺茫。她覺得心中有一股奇異的新騷動。

春日的微風和碧綠的鄉野使她的頭腦漸漸清醒，她能夠自由呼吸，在舒適的孤單心境下好好思索了。

她枕著枕頭，仰身而臥，失神地盯著眼前的蓆棚。她已脫下喪服，穿著緊身的白睡衣，此時，她確實不像守喪的寡婦。她完全沒留意船家夫婦和他們的女兒——一個俏臉如蘋果，整天笑咪咪，酥胸飽滿的少女。

老僕連升獨自待在船頭，反正她也不在乎。她已把頭髮放下來，雙手抱膝而坐，對不可知的前途縱情幻想。

她知道，如果她太早離開夫家，會惹人非議，她的父母也會反對。但是她也知道，她的命運是操在自己手裡，她不要任何人干涉。

她點了一根菸，抽了一口，斜躺下去；這個姿勢，守舊禮教的女人，若不蓋著身子，大白天決不會這麼躺法的。她的眼睛看著手指頭上一顆閃閃發亮的鑽石戒指。這是金祝送給她的。她晃動纖手，看著鑽石反映陽光的變化。她低聲唸著金祝的名字。

這個鑽石戒指，是她和金祝在一次狠狠的爭吵之後，金祝送給她的。金祝和她都是火爆脾氣。他們吵過好多回了，每次都是愛情勝利，復歸於好。這個戒指就是愛情勝利和好的紀念。

她已經忘記那次爭吵的原因，但是金祝把這鑽石戒指送給她時，眼睛裡的柔情萬種——那眼神使兩人的意見分歧立刻消失到九霄雲外了。

金祝總是那樣，他老愛喜歡給她買東西——女人用的小東西，比如揚州胭脂、上好的大孔蘇州髮網，——帶著令人心蕩魂銷的溫柔表情送給她。

在牡丹的一生，就這次在船上，她是真正單獨一個人，真正無拘無束。不在戀愛中的人，不會知道單獨自由時的真正的快樂。但是她的心同時又充滿無限的悲傷與渴望，感嘆她生命的悲哀。她渴望見到金祝。

也許後天她就能在靖江和他會面了。她事先寄過一封信，相信他會來的。這個念頭使她的脈搏加速跳動。牡丹的個性是想要什麼就必須得到什麼。她不願守寡，而且要盡早與婆家一刀兩斷，也是爲了金祝。他現在和家眷住在蘇州，但是他有一個祖母和兩個姑姑住在杭州老家。她一年回娘家兩三次探望母親，總是背著丈夫，和金祝在旅館裡幽會，或一同去天目山或是莫干山遊玩。

有一次，她和金祝在好朋友白薇家相會。兩人都是熱情似火，不能克制，每次相聚都是因爲離多會少，而更加熱情，盼望著下次相見，真是牽腸掛肚，夢寐難安，受盡了折磨。而表面上，各自過著正常的生活。

小船在水上緩緩滑行，槳聲咿呀，水聲吞吐，規律而合節拍，使她想得更加出神。她心想，不久之後自己便可以自由了，他們可以照常會面，一年也許兩三回，但是其他的時間她要怎麼過呢？能一直這麼下去嗎？

她想到自己的美夢，不禁心跳不已——他們完全相屬，她可以整個占有金祝，沒有人來打擾他們。她知道自己太自私，但是金祝對她深情相愛，一心想娶她爲妻。她是金祝的第一個情人，也是唯一的愛人。

牡丹對金祝的妻子並無惡感，有一次金祝的太太帶著小孩子時，牡丹趕巧看見她。金太太體態苗條，是蘇州姑娘正常的體型，長得也不難看。如果金祝對她的感情像她對他一樣，爲什麼他沒有勇氣和決心爲自己犧牲一切呢？這個問題頗使她心神不安。

牡丹從箱子裡拿出她寫給金祝的一封信，那是她知道要離開高郵時寫的。她凝視著這封信。重讀這封信上的一字一句，彷彿要重溫自己的熱烈的渴慕似的。

「金祝吾愛：

我丈夫一週前去世了。儘管一切禮俗都不容許，我還是要掙脫一切，不計代價來找你。你聽到這個消息不高興嗎？我要到嘉興，二十六日或二十七日左右會經過靖江。請前來一晤，我有很多事要和你商量，我必須見你，聽聽你對我終身前途的意見。留話給金山寺的門房，讓我知道咱們見面的地點。

我知道你我必能保守秘密，以免招來閒言閒語，反正我也不在乎。我願意犧牲一切，完完全全屬於你。我不知道你對我的看法如何，我不想破壞你幸福的家庭。我無心傷害你的妻子。但是我們狂戀著對方，又有什麼辦法呢？

我仔細想過你的處境，一點一點想過，完全明白你的困難。只要我知道你對我的感情也像我對你一樣，我願意等兩三年才做你的正妻。我若擁有你的愛，便什麼都受得了。

此時此刻我不能不考慮我的將來，我們的將來。有時候我真希望你現在就陪著我，每一分每一秒，誰也拆不開我們。我不希望我們的愛情變成你的負擔和遺憾。我不打算放棄你——永遠不肯。我準備放棄一切，犧牲一切，好長在你身邊。你是不是也能為我做到這一點？

我完全體會到我們身陷的困境，以及支配著我倆的愛情。但是請你明白，我不想左右你的主張。我不希望你做出心不甘情不願的決定。

我不知道如何是好。我知道你愛我，我想了又想，愁腸百結。老是同樣的問題：我們如此相愛，怎麼分得開？你愛我夠深，肯採取步驟嗎？

原諒我寫這封信。原諒我癡狂如許。原諒我愛你如許深！！

就是思慕你，渴望見你，我才這麼寫法。

再說一遍，我要你記得我八月就可除去一切拘絆，只要你開口，只要你獲得自由，我就做你的妻子。

不要鄙視我，這一切都為了愛你。

我愛你。我需要你。我恨不能立刻見到你。

永遠屬於你的

牡丹」

牡丹感慨萬千，一年前她才隨丈夫走這條路赴新職。一年前，她丈夫費廷炎實現了他終於獲得肥缺的大話。費老爺曾大加鼓勵。這位祖父做過秀才，曾經在偏遠的貴州做過縣知事。雖然秀才在功名中等級最低，而在偏遠窮苦的山區貴州做縣官，也並沒有什麼令人艷羡之處，但是費家總以爲自己是官宦之家。

老祖父很厭惡貴州，並且死在貴州任上。但他死之後，貴州卻成了他們費家家族傳奇的所在。費家對嘉興的街坊鄰居都說貴州物產豐饒，是榮華富貴的人間天堂。費廷炎的母親，也就是牡丹的婆婆，老是愛跟朋友說她當年嫁入官家當兒媳，乘綠呢官轎的情景。那頂轎子現在是她孫兒們玩捉迷藏的好地方之一，如今罩著褪色磨損的綠絨，擺在迴廊一角——令人想起祖先的光榮。

她公公費老先生曾在一個道台衙門裡擔任帳房，當時道台因僞造稅目和帳務而被判坐監。按理說，論責任，帳房應當擔大部分的罪名，而且從此永不錄用。可是，他已然將一筆贓款吞沒，在嘉興足以求田問舍，買地置產，下半輩子安樂度日了。

他過得很不錯。長子成爲批發商，向農夫收購煙草、油菜籽、豆子等農產品，再運到漢口或蘇州去賣。二兒子現在務農。他一共有七個孫子。在嘉興的大地主之中，他雖然不是最爲富有，卻十分令人敬重。他盼望三兒子廷炎能大放光明，以光門楣，榮耀祖先。

小時候，費廷炎根本不喜歡讀書。他不可能科舉中第，好求得一官半職，他也根本不去應試。但是，在往上爬的路子他卻深得其法。他交對了朋友，和他們共赴酒宴，和他們分享歌妓，對於朋友出手很大方，以便有朝一日能幸蒙人家援手相助。他終於弄到鹽運司主任秘書的職位，原來他不敢妄想。薛鹽運使是他煞費苦心高攀結交的那個朋友的叔父，而高郵司就算不是最肥，至少也是「肥」缺之一。

「我早就對你說過，」費廷炎宣布他的新職時，對他妻子說，「你以為你丈夫只會夜夜尋花問柳。現在你看好了，再過一兩年，我就會發一筆大財。」

牡丹根本無動於衷。

「現在我帶回這麼好的消息。我們成功了，你還沒恭喜我呢。」

「好，恭喜發財！」牡丹草草答道。

廷炎的確失望之極。這就是他娶的那個「活潑愉快」的少女。是啊，不把女人娶到手，是沒法兒瞭解她的。

就連那天晚上，做丈夫的歡天喜地、情意脈脈之時，她也拒絕與他同床共寢。事實就是：她討厭和這個人接觸，他是別人硬代她選的丈夫。

他們夫婦離家赴任以前，家裡大開盛宴，熱鬧慶祝，費老先生和費老太太是不肯放過這個機會的。請客唱戲，足足熱鬧了三天，凡是縣裡有身分，夠得上知道這天大重要消息的，都請到了。至於要花費多少錢的考慮，早已全拋到九霄雲外。甚至那頂老轎也重新裝飾，裝潢刷新，陳列起來亮相。

費老太太一會兒也靜不下來，她跟一個客人說話時，眼睛不能不忙著打量全屋別的客人。她希望全屋的客人都看見她。人人在她老人家眼裡，多麼可喜可愛呀！

在宴席上，牡丹勉強裝出笑容，其實她很討厭自己這個樣子。（她問自己：「我也許更成熟了吧？」）本地鹽運司一個主任秘書的職位，從錢財上看，當然不可輕視！若從官場的富貴上說，則無大肆慶祝的理由；可是對嘉興鄉鎮上說，卻非比尋常。滿瓶子不動半瓶子晃，小溝裡流水嘩啦啦的響。何況又是「鹽」運司。誰不知道揚州的鹽商都是百萬富翁？

說實話，老太爺一想到兒子的職務是管著百萬富翁的鹽商，自己的頭腦就有點兒騰雲駕霧了。他的么兒若能發「鹽」財那該多好！他的兒子不用自己去找那些百萬富翁；他們自己會登門拜訪的。這些事情居然是可以公然在飯桌上談論的，牡丹聽說之後，十分吃驚。

十天後，新「官」夫婦走大運河去上任，親友熱烈送行。單是朋友送的禮物，就值三四百塊大洋。在嘉興縣的老百姓心目中，費家已經起來，又是官宦之家了。

「你等著瞧吧，」只剩他們倆的時候，費廷炎興致勃勃說，「我會叫你看看的。」

「你如果照樣尋花問柳，」他太太答道，「你的前途不可限量，你馬上就要終老北京了。」

一年前的旅途中，她總覺得朦朦朧朧，彷彿面前籠罩著一層雲霧。什麼都不像真的。她兩眼發痛，害怕強光。就連頭疼的時候，她也很難相信自己的頭疼是真的。所有圍繞在她四周的一切——她自己，她丈夫，往北方去上任的這段航程，這些事情的意義，她都茫然不甚清楚。人生彷彿就只是吃、喝、睡覺、排泄，而人的身體也就像一條魚、一隻鵝，只是由一個食道、一個腸胃，發揮必不可免的功能而已，而女人則額外多一個泛紅時期罷了。毫無目的的行動，一言一行也無意義，沒有靈魂的身體。一切空虛得可怕！但是她還這麼年輕呀。

到了太湖口附近的吳江，她突然興致勃勃要她丈夫行經木瀆，讓她飽覽著名的太湖風光。

「為什麼？」

她答不出來。誰也答不出這個問題。是啊，只看看一汪湖水有什麼用處呢？

她沉默下來，沒再堅持。

「我是說今天霧濛濛的，」她丈夫儘量露出愉快的表情，「湖上的霧一定很濃。你就算出去，也看不到什麼。」

「在木瀆總有些漂亮的小姐。你不想看看著名的蘇州美女嗎？」

木瀆是蘇州城郊有名的產花勝地，尤其蘭花最出色。

「看你在鬧彆扭了。」

「不，我沒有。你可以看看年輕的女人，我可以看霧。這樣我會覺得我好像在什麼地方飄浮，四周似乎有什麼圍繞著，單獨一個人，隱藏在一個無人知道的天地裡。」

說公道話，費廷炎並無心瞭解他的妻子。她覺得在霧裡漫步，就像走在雲端，她享受的是舒適歡樂的心境，這是她個人特有的感覺，她自己可以意會，別人卻很難了解。

「你瘋了。」他說。

「是啊，我是瘋了。」

可是，他們終於沒有到木瀆去。

她說不出高郵的生活比家鄉好還是壞。她堅持要帶來她養的那隻八哥兒，把牠養在臥室裡，教牠說很多話，看牠到底能記並且能說多麼長多麼複雜的句子。她把這隻鳥兒視爲知己，教牠說些連她和鳥兒都不懂的話，她覺得很有趣。費廷炎最愛聽的句子就是：「倒茶！老爺回來了。」

過了揚州之後，離長江不過數里之遙。在大運河上發生了一次船禍。在河面船隻擁擠之時，一名船夫慌慌張張把一位大官船上的油紙燈籠碰到河裡去。燈籠上用大紅字寫著那位大官的姓，供關口員吏和衙役辨別行者的身分。當大家發現這艘船上是個京官，不禁引起一陣恐慌。肇事的船夫過去，跪倒在地，自願受罰或賠款。結果卻沒有事。大官對此一笑置之，揮手讓他離開。船夫和周圍看熱鬧的人都向大官作揖行禮，感謝他大發慈悲，同時搖頭不敢相信那麼容易躲避開一場大難。

牡丹看到這場混亂，那破了的竹架做成的長方形油紗燈籠在水面上下漂浮，那個姓字已經破爛得看不出是什麼字來。她聽說是北京來的大官，但並沒放在心裡。

船到了長江岸，沿著一個小島繞了一大圈。繞過小島貼近靖江的時候，她看到金山寺的金色殿頂在四月的陽光下閃閃發光，那是一間紅柱畫梁琉璃瓦的神妙建築。

我們要怎樣描述牡丹曾見金山寺——她等待金祝訊息的地方——那蜿蜒的琉璃瓦殿脊時心中的狂亂呢？我們怎能傳達那擾亂她心境的狂喜、渴望和迷戀？金祝是善和美的化身，在牡丹女性的渴望中，他正如苦旱時的瑞雲甘雨。她不顧一切障礙，不顧傳統習俗的反對，不顧社會那套說教的大道理。牡丹的熱情、理想、敏銳的頭腦，都集中在她那初戀的情人身上，這初戀是她不會忘也不肯忘的。

她甚至喜歡他們離別的痛苦，她珍惜他們幽會時的痛苦記憶。

這些回憶之真切，似乎使她覺得生活除此之外，便無其他意義。其真切重要，甚於她每天真實的生活。生命本身不是轉瞬即逝嗎？沒有永恆的意義，而自己愛情的回憶、思想和情感，不是才具有永久的意義嗎？

她這些秘密只有女友白薇完全知道，她妹妹茉莉只知道一些。她第一次見到他的時候，金祝和她年齡相仿，是個十八歲的秀才。他有一雙又細又白的手，是江浙男人常見的那種，兩眉烏黑，兩片朱唇常是欲笑不笑。他才氣煥發，年輕英俊，又富有活力。

他是作家，而她一向喜歡作家。科舉考試中中第的文章總是印出來，或者以手抄本流傳，供別的舉子揣摩研讀之用。牡丹從她舅媽那兒拿到一本，一看就迷上了。金祝也聽人說牡丹是梁家的才女，曾被梁翰林特別誇獎過。二人一見鍾情。他們互相通信，也曾暗中約會，有時白薇在場，有時只有他們單獨二人。

一天，彷彿晴天霹靂，金祝告訴牡丹，他父母另外給他訂了一門親事，他一點辦法也沒有。半年後，他娶了那個蘇州小姐。（他父母給他安排這門婚事，實際上有很多因素。其中一點是毫無疑問的：金祝的母親知道了他們的幽會，對牡丹很不高興。）

牡丹曾去參加金祝的婚禮，那等於目睹自己的死刑，但是她也不知爲了什麼理由，寧願忍受那種劇痛。她非要看完那次婚禮不可。這至少部分說明了她的婚姻一開始就注定要失敗的原因。因爲，在她的內心，總是把費廷炎的一切和金祝相比。有時候，她丈夫對她突如其來的熱烈擁抱大吃一驚，猜想她吻的不是他，而是一個她從來不肯說的神秘人物。

3

那時候，津浦鐵路還沒有完成，靖江是個繁華的水路碼頭，該城正好位在長江和南北大運河的交會口。運河上的船隻大多在靖江停留歇息和補充用品，因爲北方南來的船以此爲終點，而南行的船隻也以此爲起點。很多乘客在這兒換搭更爲豪華的江南家船，雕梁畫棟的船艙裡有名廚和一流的傢俱設備。也有不少人在長途旅行之後，到這兒來享受美妙的公共浴池、著名的黑醋和烤肉，以及到戲院去看戲。

牡丹不必說明她爲什麼讓船在靖江停下，她也不在乎。當然她要去參觀金山寺，而且要到女子浴池去好好兒洗個澡。過去三天，她不分晝夜一直睡在棺材邊，使她憋得喘不過氣來。

「我們要在這兒停幾天。」她告訴船娘說：「你們可以上岸，想幹什麼都可以。我也需要歇息歇息，伸伸兩腿。」她又轉向家僕說：「連升，你留在船上守靈。隨時得有人在船上，你如果要上岸，務必交代別人留下來。」

「不用擔心。沒有人會來偷棺材。」

「去吧。」聲如銀鈴的船夫女兒說，「去洗個澡，捏捏腳。」

「是啊，我要去。」牡丹輕飄飄回答說。她曾聽說靖江的捏腳術，她要去試一試。何況她希望和金祝會面的時候，能夠容光煥發，顯出最姣美的面目。

她從來沒有獨自出外遊玩過。過去她很盼望有這樣無拘無束的自由，現在才真正能享受。船家的女兒自願陪她，當她的嚮導，但是她拒絕了。她不要誰監視她。難得有這個機會只有她自己一個人，沒有家人、親戚、朋友，以及別的好心人等的外在關係影響。船娘擔心像牡丹這樣年輕漂亮的小姐在這個陌生的地方會落入惡人的魔掌，很爲她擔心。牡丹一笑置之。

懷著探險的心情，牡丹走過了船上的跳板，走上岸邊陡直的石階。挑水的人整天上上下下，把那兒弄得濕淋淋的。她的手在兩邊輕鬆的擺動，愉快的跑上石階。幸虧她天生的反叛性格，和在上海時家中受了基督教的影響，她並沒裹小腳。

她穿著深灰色的緊身褲，她一向愛穿長褲，不愛穿裙子。裙子是給她這樣已婚的女士穿的，但是平常一般做工的貧家女人，要爬坡涉水或是下田種地，是不肯穿裙子的。

她回頭俯視下面的船隻，連升正在船上抬頭往上看。既然她已經拿定主意要離開夫家，她並不想做出一個賢德寡婦的樣子。她不在乎老僕人到家之後會向別人說什麼。

那條路往上伸到一條碎石子鋪的街道，街上男女行人熙來攘往。不久，牡丹就沒入一條掛滿橫招牌的街道中。

她隨便拍一個陌生人的肩膀，打聽什麼地方可以找到澡堂。從小她就習慣與人群爲伍，習慣在人煙稠密的地方，到茶樓酒館和閒人談話，也習慣向男人叫「老兄」，「夥計」、「夥伴」，或者其他親切的稱呼。

雖然現在她已經二十二歲，但還是依然如故，市井之間的說話和習慣仍然未改。她若知道人家的名字，她就不稱呼人家的姓。所以她和一群人混在一起時，她永遠帶著自信的神色。

那位年輕人一回頭，意外看到一個漂亮的女子向他問路。那是下午近晚時分，她的劉海在前額上映出一道道彎曲的淡影。她的眼神很正經，但是微笑很友善。

「噢，就在轉角。我可以帶路。」一如往常的經驗，她發現年輕男人都樂意為她效勞。

「只要告訴我在哪兒就可以了，老兄。」

他指指左邊的岔路說：「你走進那條巷子。那兒有兩家。」

她向那個陌生人道了謝，按照他指的方向走去，看見一間點綴著藍白琉璃瓦鑲嵌的房屋。上面掛著一個黑色的木牌，漆著褪色的金字名號，「白馬浴池」。

船夫的女兒用「捏捏腳賽天仙」一辭，並不算太誇張。牡丹進入一間豪華的熱水浴池，由一位女侍替她抓背。然後她被領進一間有籐椅的房間。侍者送來一杯龍井茶，要她歇息一會兒。她蓋好身子，有一位女按摩師走進來。按摩女開始捏拍她的大腿，然後用一條乾毛巾包起她的手，開始揉搓她的腳趾，一根一根捏，手勁很輕很輕，直到她要昏昏入睡，一種舒服的感覺上下流過她的脊骨。

「小姐，你喜歡吧？」女按摩師問道。

牡丹只輕哼了一聲。偶爾，按摩女捏索她的腳趾時，她的腳趾會縮一下。她不知道為什麼腳趾在那人指尖下這麼敏感，這需要一個精於按摩的人美妙的勁力，才能把足趾化為享樂的工具，以便產生一種幾乎近於疼痛的快感。

「這種感覺我一生難忘。」她對那個女按摩師說，同時賞了她一塊大洋。

牡丹身心一爽，覺得四肢柔軟而輕鬆，她穿過藍白鑲邊的走廊，踏進外面的陽光下。在她飽覽這個陌生的城市風光之時，她渾身的毛孔之舒暢，真是非止一端。她體會到一種歸依的感覺。她在都市人潮中一向如此，和人群在一起時，沒有形式的禮教把男女強行分隔開，只有坐轎子出入和住在深宅大院的人例外。需要做事的女人，是無法享受深居簡出的福分的。

她並非不知道男人都想和她交談。但是她雖有萬種風情，卻決心留給她要去相會的情人。她必須趕到金山寺去打聽消息。

她滿懷興奮前來，一直徘徊到日落，最後卻滿腔惱恨離去。她問過廟的外門和內門，有沒有人帶信給她。一個穿著灰色粗布袈裟不僧不俗的老人，對她甚爲冷漠，對她的問話只是心不在焉的敷衍了事。

她在一個水果攤附近逛來逛去，又迅速在廟裡走了一遍，盼望能趕巧碰見金祝，然後回到門口。她一再提出逼人的問題，門房氣呼呼瞪了她一眼，說他那兒不是郵局。

這件對她關係重大的事，那個老人卻認爲無足輕重，她覺得一籌莫展。她原以爲金山寺是個最恰當的地點，再容易找不過，不可能和別的地方弄錯。

也許她的信沒及時寄到，也許金祝不在，倘若他收到了信而沒有時間來赴約，他總會留下話的。

對於她，空等的滋味她很熟悉，從她以前在杭州等他相會的經驗，她深知那種等人時的心情不定，那份焦慮不安，對來人行近的那種高度的警覺。她倚在廟院外邊的高石欄上，望著房頂，準備一看到金祝的影子，就露出興奮的笑容。

她無心觀賞河中央僧舍的醉心風光，遠處浮雲掩映的山頂，或者浴在紅紫霞光中的小島。這一切都和她混亂焦急的心境互相衝突。

第二天早晨，她再度到廟裡去，她覺得今天能見到情人的希望越發增大，至少會接到他的信息。她離開時，告訴僕人說天黑她才回去。金祝的消息是她最關心的事，因爲她將來的許多計畫都要視他而定。

她無事可做，一個人漫步走進廟去，看著成群的遊客和善男信女進進出出。金山寺依山而建，分爲若干級。高低相接，分爲若干院落。它是香火最盛的廟宇之一，有千年的歷史，地面以石板鋪砌，有珍奇的樹木，美麗的亭子，迷人的喬木，直通到幽靜的別院四周，那裡別有洞天，精緻幽靜，她甚至攀登到最高處的金龜石，看見了日昇洞。

午飯後，她在寬大的會客室裡歇息過之後，決定不到天黑不回去。過去，金祝從未失過約，就算失約，也總有充分的理由。自從她遷居到高郵後，整整一年沒有和他見面了。

她在院子的平臺上閒逛，焦躁地咬著嘴唇。忽然看見兩個侍衛從院角的走廊下走出。他們正給一位遊客在前引路。他們的外衣上有兩個大白圈，寫著「憲兵」二字（清軍有「憲兵營」的編制，屬禁衛軍）。那位先生顯然是朝廷的一位大員，由服裝可以看出他們是北京的禁衛軍。那位大員中等身材，穿一件乳白色絲袍，步履輕快，不像穿正式服裝的官員那種緩慢的方步。他身邊有一個穿著乾淨整齊的年輕和尙陪侍，是寺院裡專司接待貴賓的執事僧。

他們離她大約三丈遠。那個執事僧似乎是要引領他到接待室去，可是大官卻表示還要繼續往前走。後者看看庭院，視線刹那間瞥見一個少女的輪廓。

牡丹看到他的面孔，手指貼緊嘴唇。他讓她想起一個人，但到底是誰？她卻想不起來。

他也許沒有看見她。他向前佇立了一會兒，眺望對岸的低牆，緊張地轉頭凝視溪中的一艘英國炮艇。那種敏銳迅速一覽無餘的眼光，向四周緊張的觀察，就像偵察人員在觀察有敵人隱藏的地帶一樣。然後他轉身穿過六角形的門，後面跟著那個執事僧和兩個侍衛。牡丹看著他的背影在一段長石階上漸漸縮小，直到被一個低垂的枝柯遮蔽住，終於看不見了。

以前她在什麼地方見過那獨特、光稜閃動、一覽無遺的銳利目光呢？她記不起來了。那個人的神情使她想起一個朋友的面容，一個她多年前認識，這時候卻說不出的面孔——她童年的無數回憶都埋藏在心底，完全遺忘了。但是，她心中為什麼感到異樣的騷動呢？記憶的深溝硬是連不起來，只留下一種模模糊糊的愉快聯想。

和北京大官的短暫相遇，給她帶來興奮好奇與挫折煩悶交雜的感受，揮之不去。

夕陽西沉，一道道金光割裂著腳下的河面。金祝還沒有現身，廟門也沒有收到信的跡象。她拖著疲憊的腳步走下崎嶇的石階，心中充滿疑惑、恐懼和灰心，百感交集。

她走了沒多久，腦中突然興起一個愉快的念頭：廟裡那位北京的大官，可能是她的堂兄梁翰林，她憑著無法分析的女性直覺猜想著。

她心跳加快，重新走上階梯，來找門房。還沒等她把話問完，那個老人就打斷她的話：

「怎麼，你又回來啦！我已經跟你說過，這兒沒有你的信。」

「拜託，」她央求道：「請您告訴我，今天下午有兩個侍衛跟隨的那位京官是什麼人？」她滿臉陪笑。

門房抽出煙斗，向這位年輕的女人投以懷疑的目光，說：「北京來的翰林。跟你有什麼關係？」

「我可以不可以看看他的名片？」

「不行。名片在執事和尚那兒。」

牡丹呆立在那兒，不知道自己爲什麼要發抖。由那時起，她沒再看那個守門人一眼，也沒再看一眼自己腳下走的路。她走起路來，如同踩在雲霧中，兩膝軟弱無力。那位京官不是她所想像的梁翰林，只是夢中的影子在現實中偶爾出現，已然改變，有所不同了。她在遠處向他瞥了一眼，發現他已經不復有美少年的風采。他是四十歲左右的男人，面孔微黑，比十二年前見他時體型又笨重了一些。他到靖江來幹什麼？

她十分懊惱，她錯過了上前交談的機會。當然，他不會記得她。現在良機也失去了。她不好意思再回去問接待人員他住在哪裡，她要到什麼地方去找他。說不定連那個執事僧也不知道哩。

第二天她告訴船夫，他們要開航了。她表示想看看太湖，她一直夢想要看看湖上風光，她在書上讀到的地方，她都想去看看。

船夫說，「那我們就一直往丹陽走，從宜興橫渡太湖，不走大運河了。這樣，要多走一兩天。不過那條水路沒有那麼擠，也比較開闊。有人喜歡這樣走。」

「那麼就走宜興吧。我想橫過太湖。」

第三天，在溧陽和宜興附近，他們經過美麗的稻田鄉區，放眼盡是深深淺淺的綠色秧苗。溪流聚合，野水處處，水上漁舟，片片風帆。清晨時萬籟無聲，白雲如羊毛，舒捲於碧藍的天空。偶爾有幾隻鷂鷹在空中盤旋，黎明時，小鳥嘰喳亂叫一陣之後，早已隱藏起來，不見蹤影，像看門狗在上午打個盹兒似的。

東北方一陣強風吹來，湖水粼粼，波光成碎片狀，隨聚隨散。前面數百碼之遙，有兩艘船正揚帆而駛，牡丹的船也剛剛掛起帆來。

波浪拍擊船舷，漸次增強，船順風前駛。他們速度很快，趕上了前面的兩艘船。那兩艘是大型的家船，專爲遊山玩水之用，速度不快，後面的一艘由前面的一艘拖著走。

過了一會，她的船就追上了那兩艘船。連升站起來，船家和牡丹都眼睜睜看自己飛快趕過那兩艘船。前面那只有篷的船，一根竿子上插著一個小紅旗，上面有幾個字，旗子在風中飄動。現在他們只相隔幾尺了。兩名跪在舷邊的侍衛氣呼呼大喊大叫。

「你瘋啦?你們幹什麼?沒長眼睛啊?」

牡丹瞪大了眼睛望。她覺得她認得那兩名侍衛的制服，心都快跳出來了。紅旗上的字太小，看不清楚。原來又是那位京官!

她看見船裡客人的一條腿，是坐在一張舒適的椅子上。兩船的距離漸漸加大，她看見船上那人的身形，臉被手中所看的一份書報遮住了。如果這個人是她的堂兄，她也不覺得意外。

牡丹一夜沒睡好，醒得又早，一直想前天的奇遇。第二天早晨船開始進入寬闊的湖面時，她又朦朧睡去。快接近宜興時，水面船隻漸多，交通量就頻繁多了。

牡丹突然被一陣喊叫聲吵醒。她披上了外衣坐起來。官船的侍衛正呼喝牡丹的船隻停下來。船夫大吃一驚，停住了船槳，慌做一團兒。另一艘船從後面趕上，加速向他們開來。猛刮了一下，嘎吱一聲，害她的船歪向一邊，牡丹差一點摔在地板上。那艘船是故意撞的。

牡丹大怒，站起來問怎麼回事。

「你們沒看見旗子嗎？眼睛蒙上漿糊啦？把船靠邊，我們要先走，不要一路上坐著看你們倒楣的棺材！」

「我沒聽過這種道理！」牡丹大聲吼回去，「這是官道。就是皇帝也不能阻擋人運屍體吧……」

她看到旗子上那個大紅「梁」字，立刻住了口。她還沒來得及思考，那位翰林已然從船艙裡走出來。他向喊叫的女人和兩個侍衛看了一眼，就問他們爲什麼起糾紛。

「大人，這是一艘運棺船，」衛士說道，「三天來，老是看見這艘船在咱們前頭出出沒沒。小人們不願大人一路老是跟在一口棺材後頭。所以叫他們躲開，讓咱們的船到前面去。」

「我不明白呀。人家運著親族的遺體回鄉有什麼不對？」

「老看見棺材怪倒楣的。小人們以爲您會不高興。」

牡丹雙手掩著張開的嘴巴。她在男人面前從未失去鎮定，但是現在的她怒火轉爲迷惘。梁孟嘉看到這位少婦珠淚欲滴，頭髮蓬鬆，垂在兩肩之上，兩眼望著他，猶如嚇呆的小鳥望著一條蛇一樣。

她指著侍衛說：「他們故意撞我們的船。」兩眼仍然怒火如焚。

大官對侍衛說了幾句話，但是牡丹聽不見。

「您是餘姚的梁翰林吧？」她問道，自己也料不到哪兒來的這股子勇氣。

「是的，我就是。你是誰？」

牡丹連忙吸了一口氣，說話的聲音不由流露出幾分驚喜。她回答說：「我是餘姚梁家的人，是您的堂妹。小時候您叫我三妹。您大概不記得我了。」

梁孟嘉的臉色柔和下來。他的眼睛一亮，微黑的面孔露出了笑容，說道，「噢，三妹。當然，我深深記得你，我上次看見你的時候，你還是一個聰明漂亮的小姑娘兒。」

牡丹吃驚道：「您還記得我？」牡丹很意外。

她看見這位堂兄向侍衛揮了揮手，用一個邀請的姿勢對她說：「過來吧。」她更加吃驚。她的船靠過去，兩個侍衛準備攙扶她到官船上。

他居然還記得她，還請她到官船上去，她簡直無法相信。她看見這位堂兄穿著白襪子走向船的中心請她坐下時，她還暗自發抖。

事實上，梁孟嘉很高興在這兒碰到同宗的堂妹，好破除此行的單調。一個五十多歲的老婦人站在旁邊。

「我想你們是回南方吧？」梁孟嘉說：「到哪兒去？」

「到嘉興。我正護送我丈夫的靈柩回家。」

大官深深看了她一眼，對侍衛說：「把另一艘船拖在後面。」

侍衛大吃一驚，心裡有點害怕，立刻找繩子好去拖船。其中一個說：「現在我們一路都得陪著那個倒楣的棺材了。」不久，一條繩索拋過去，再度開航時，三艘船排成一直線。

侍衛端過一杯茶，道歉說：「剛才不知道您是一家人。」然後又向老爺解釋，他們只想讓運靈船停下來，走在後面。

梁孟嘉眼眉抬了抬，看了侍衛一眼，唇邊露出笑容。慢條斯理的說：「好了，現在合你的意了。那條船在後頭呢……我也願意這樣兒。」他似乎很喜歡私下說點兒風趣的話。

他輕鬆地說著，然後微微一笑說：「這些人哪——」他對牡丹說——「他們一上了官船，就自以爲代表皇帝老子了。我不知道多少次提醒他們，不要亂擺架子。」他停下來瞄了牡丹一眼，又柔聲說：「但願沒有嚇著你。」

「當然嚇了一跳。我們的船差點兒撞翻了，從後面撞個正著。」她的眼睛閃著青春的光亮，流露著小孩子般淘氣的神情。

「真對不起，我替他們賠罪。你一定還沒吃早飯，咱們一塊兒吃吧。」

女僕丁媽立刻跑到船後面去吩咐。她的身分不只是女僕，梁孟嘉是她由小帶大的，她替他管家也有好幾年了，這些年來在北京照顧這位單身漢翰林老爺，就像親娘一樣。

牡丹的心還是撲通撲通跳個不停。

「我在金山寺看到你，但是您沒看見我。」她就像和多年的朋友說話一樣。那是她的作風，對她遇見的男士一向坦白親切。「你真的記得我？」

「當然真的記得。」

她柔軟悅耳的聲音和不拘禮的態度，使梁孟嘉深受吸引。

「我看見您了，可是您沒看見我。」她的語氣若非這麼天真自然，就未免有點兒放肆，不知輕重了。他見過不少北京的美女，但是從未感受到她這幾句話和說話態度中的爽快熱誠，那麼淳樸自然毫無虛飾。

他完全記得這位雙眼晶亮很特殊的女孩。她快速而清晰的話語像自白書：「我十一歲，您從北京中了翰林回家，我們族裡大肆慶祝，把匾額懸在家廟裡，您記得瑞甫舅吧？」

「是的，我記得。」

「喔，瑞甫舅向你介紹我。您看了看我。我真崇拜你！你用手摸摸我的額頭，說我漂亮。那是我一生最重大的時刻。因為您叫我三妹，後來族裡的人都叫我三妹。我長大還覺得您柔軟的手溫留在前額上。你不知道你對我的影響。後來，我能看書的時候，讀遍了你的每一本書，不管懂不懂。」

梁孟嘉感到又得意又高興。他似乎遇到一個性靈相近、脾味和自己相投的人。她說話毫不矜持，不造做，不故作拘泥客氣狀。

「告訴我，咱們的親戚關係吧。」他問道。

「瑞甫舅姓蘇，是我母親的哥哥。我們家住在湧金門。」

「噢，對了，他娶的是我母親的妹妹，是我姨丈。」

匆匆交談數語，牡丹得知梁孟嘉奉了軍機大臣張之洞的命令，要南下福州，去視察水師學堂和造船廠。張之洞是元老重臣之一，首先興辦洋務，建鐵路、開礦，在漢口建漢冶萍鐵工廠，在福州創水師學堂，建造船廠。梁孟嘉要先到杭州，預計冬天以前返回北京。

她看到這位京官兩鬢花白，自然而然的問他：「您今年高壽？」

「三十八。你呢？」按禮應當也問對方。

「二十二。」

「我和故鄉的人都斷了音訊。我離開太久了。」

「我若告訴大家我在路上遇見我們的翰林，還跟他同船，不知多麼榮幸呢。」

梁翰林說話聲音低沉，雍容平靜，眼光敏銳，精力充沛，彷彿他了解面前的每一個人。他遊蹤甚廣，見聞極富，永遠是心氣平和。剛才侍衛在那兒叫罵之時，他只是作壁上觀，覺得有趣。牡丹從他寫的書上知道，他是以特別的眼光看人生，幽默平和，半帶諷刺，卻從來不尖刻。從他所著的書上，牡丹獲知他的偏見，他的種種想法，就好像瞭解一位親密的老朋友一樣。牡丹覺得很瞭解他，彷彿已經和他相交有年。

現在她覺得十分自在，她懶洋洋走到船邊，看那面長方小紅旗上的字句。上面寫著：「欽賜四品軍機大臣特別顧問，福州水師學堂特別監督餘姚梁翰林」。

牡丹看完，走回來向堂兄致賀。

「不過是四品官，別讓它唬住了。全是胡說八道。」

「您怎麼這麼說呢？」

「因爲我對海軍、炮艇一無所知。我只是曾經從天主教耶穌會的一個朋友那兒學過修理鐘錶。軍機大臣張之洞大人派我到福州去視察水師學校，就是看看一切校務進行得是否順利，是否像個鐘錶一樣。當然，耶穌會出版的東西我都看過，關於蒸氣機我略懂一點兒——我能把一隻錶拆散了修理。在北京，中國人會修鐘錶的我是唯一的一個，還小有名氣呢。」

「您真了不起。」

「沒有什麼了不起，只是力求了解。西洋造的東西，有很多咱們還沒開始學，開始弄懂呢。」

孟嘉發現牡丹有她自己獨特的態度，懶散而慵倦，眼神上懶散，姿態上慵倦。在她獨自一人時，她的頭向後仰，只是一點點兒，不管坐著還是站著，總是安然沉思，眼睛黯淡無神，快樂而鬆懈，浸沉在四周的景物之中。一路上還有好多次都曾看見她如此神情。那時，她坐在船頭一個不穩定的地方，仰著臉，若有所思，但又像一無所思，吸著河面微風飄來的氣息，聽著反舌鳥和啄木鳥的聲音，承受著太陽在她臉上曬的暖意，呼吸著活力生機。雖然她站得筆直，她的步態仍然顯出兩足的拖拉懶惰和懈怠鬆弛的神態。她的脖子向前傾，兩臂在兩肋邊輕易的下垂，手指則向上微微彎屈，猶如籐蔓尖端的嫩芽。

佣人正在擺桌子要吃午飯，孟嘉聽到一聲壓低了的尖銳歡叫聲，他擱下書，抬起來一看，見牡丹那苗條的身子，穿著白褂子白裙子，帶著孩童般的喜悅，白皙的手臂正天真地指著頭上的一樣東西。

「什麼？」

「鵪鶉！」她清脆如銀鈴的聲音說出這個鳥名，那樣柔嫩，以喜愛愉快的咯咯的喉音將兩個字拖長。她一轉臉，顯出一個側影，後面正襯托著河水碧波，手臂還往外伸，前額上幾綹青絲蓬鬆飄動，正是童稚年華活潑喜悅的畫像。孟嘉走過來，對那鳥兒並不好奇，倒是爲這一幕所帶給她的青春喜悅為之所動。

牡丹已經站起身來，眼睛還凝視前面的景物。兩個漁夫各站在一艘竹筏上，手執長竿，在水上敲打的砰砰作響，口中不斷「荷！荷！」叫道。

竹筏是從兩處斜攏過來，把水下的魚趕向中間。竹筏上的黑鵜鶘噗咚一聲跳下水去，鑽進水中，再上來時，嘴裡各叼著一條魚，把魚交給主人漁夫。魚吐出之後，在竹筏上臥下歇息片刻，得意洋洋的搖擺著長嘴，然後又跳下水去，施展本領。鵜鶘只能把小魚吞吃下去，因為脖子上有細竹子編的圓環套著，只好把大魚銜上來交給主人。

船身漸漸貼近，一股刺鼻的氣味由鳥兒身上飄過來。漁夫繼續發出「荷！荷！」的聲音，用竿子從遠的那方面敲打水面，鳥兒則嘎嘎叫個不停。有一隻鳥叼著大魚來，這時，牡丹正站在孟嘉的旁邊，喘了一口氣，說：「看！」一隻手去拉孟嘉的胳膊。然後，一直把手放在孟嘉的胳膊上，像是他親妹妹似的。這當然有點兒失禮，但是在她卻是又天真又自然。

這個小動作，使孟嘉對身邊的少婦產生一種親切溫暖的新奇感。他似乎立刻瞭解了她獨特的個性，對人信而不疑，那麼親切自然，那麼熱誠懇摯。

她回眼看他是不是也在像自己一樣高興的看那個水鳥叼著那條大魚。

梁孟嘉覺得，當年他讚美的小堂妹，現在長成一個少婦了，坦白而大膽，不拘泥於禮俗。他覺得有人闖進了他心靈的隱密之處。

他是一個年近四十的單身漢，生活早成了定型，精力只是集中在書本上，學問上，遊山玩水上，只求自己快意而已。牡丹把手壓在他胳膊上，眼光注視著他的眼睛，他所受的震驚，就猶如有人闖入了他幽靜退隱的生活，推翻了一切；又猶如一股強大神秘的力量進入了他的身體，粗魯的搖醒他似的。有一個青春活潑，富有朝氣，令人驚喜的可人兒已闖進他的秘室，奪走了他泰然自若的心情。一切都突然發生，那麼不可思議。

他的成功來得很容易；他不追求盛名，盛名卻自然來到。這時，他對過慣的悠閒舒適的日子，開始感到乏味。除了幾位好友和他的工作，沒有什麼能引起他的興趣。不過，現在若有人反對他主張的儒學因佛學影響而呈現腐敗之說，或是膽敢為二程夫子作辯護之戰時，他則隨時起而應戰。除此之外，官爵榮耀，早已視如敝屣。

連受封為翰林的時候，他也只把它當做一種頭銜，只是身外之物。他深知身為學者，官銜等級不關重要，能否屹立於儒林，端在自己的著作如何而定，所以他真正之所好，是在鑽研學問。

現在，他突然覺得自己把大好的生命錯過了。自思所以有此感覺，並無其他原因，就是他忽然遇到了牡丹，她婀娜的身材，她嬌媚的聲音。他心頭很煩惱，但又喜愛心頭這種煩惱的感覺。

4

日落時分，船停在宜興。他懷著前所未有的興奮對她說：「我們今天晚上慶祝慶祝。」

「爲什麼？在哪兒？怎麼慶祝？」牡丹睜著一雙驚奇的大眼說。

「我們上岸，找一家小館子用餐。」

他們走上泥濘小徑。船隻聚集的岸邊總是潮濕泥濘。梁孟嘉讓兩個侍衛放了假，因爲他最不喜歡有侍從跟隨，最喜歡的是自己在一個陌生的城市徘徊遊逛。

他們倆在狹窄的碎石街道上踱來踱去，還花了不少時間在店鋪裡選購一套古樸的陶製茶具。宜興是以出產這種外層是栗色陶土、內層是綠色細磁的茶具而知名的。

在一家小飯館裡，他們點了一客炒蝦仁——太湖區的蝦體型雖小，味道卻很鮮美——還有新出爐的芝麻燒餅，接著是一客豆腐、香菇和大蒜調味的辣醬燜大鯉，孟嘉還叫了點兒加料五加皮來助興。

只有他們兩個人。桌子上兩盞油燈，燈火熒熒，柔和的光亮照在他們的臉上。旁邊桌子上有一隻大紅蠟燭，有一尺高，插在等高的「壽」字形蠟燭臺上。幽暗的光亮照在牡丹筆直的鼻梁上，她以如醉如癡的神色望著她那位堂兄時，那光亮也照在她那閃動不已的淡棕色的瞳仁兒上。

牡丹覺得如在夢中，居然和她崇拜的堂兄單獨飲酒，她連作夢都沒有想到過。她的眼睛水汪汪罩著一層霧樣的神采，而世界也像夢遊中的幻境。

「你在想什麼？」他問道。

牡丹的眼光閃動著，向堂兄掃了一下說：「只是在納悶。簡直像做夢。過去我從來沒想到我今晚會這麼單獨和你面對面喝酒。真妙！」

他們邊吃邊談了不少事情。談他的工作，他寫的書，還有她自己。孟嘉很健談，有不少旅途趣事可說。

梁孟嘉生得中等身材，膚色黝黑，最大特徵就是一頭蓬鬆的亂髮，兩鬢剛開始變白，還有一雙濃黑的眉毛。後斜的髮線襯出一個特別高的前額，橫在明亮有神的雙眼上方。他靈魂的中心就在他的兩隻眼睛上，敏銳、光輝——尤其他微醉的時候。他眼睛四周的皮膚平滑光亮，兩鬢則青筋縱橫。

牡丹讀過不少他談論長城和內蒙古的文章。他被公認爲以長城分中國爲南北的地理專家，他甚至還會說滿洲話和蒙古話，軍機大臣對北方邊務要有所查問時，他在朝廷中就特別派上了用場。

他曾經獨自遠行，歷經長城線上爭論未定的各要隘，由東海岸的山海關，到西北的綏遠寧夏。他所寫的文章裡描寫古長城苔蘚滋漫的磚瓦，令人生懷古之幽情，只要提到長城的古關隘，如居庸關，以及爲人所熟知的古代戰役與歷史上的大事等知識，就賦與他的文章深奧難解的氣息，不論是熟讀史書與否，人們都會肅然起敬。

孟嘉喜歡大多數人不知所云的知識。這是他的特點。他總是見由己出，不屑於拾人牙慧。不雷同於流俗，衝破思想的樊籬，向哲學問題、人生問題單刀直入，直接去理解體會，這使他成爲當代獨具見解的作家，才華出眾，不囿於傳統，因而也深奧難解，正統的理學家則斥之爲矯情立異。然而他對自己此種獨來獨往的見解，則拍案驚奇，擊節讚賞。

「你真的去過西北大戈壁沙漠邊的寧夏？」

「是的。先人關於長城的記載，有很多自相矛盾的記載。長城在黃河岸邊的寧夏等地重疊，再重疊，或者突然中斷。有一次我還從母馬的乳房吸馬奶喝呢。」

「怎麼喝法？」她咯咯笑起來。

「我迷路了，一個人繞著圈打轉兒。」他的聲音充滿熱誠。「發現天地間只有我一個人，前後什麼都沒有，只有黃沙無邊，萬籟俱寂，那真是人生中絕少的經驗。我在沙漠山區裡迷路五天——只有亂石黃沙，一無所有。我的麥餅吃光了，沒有可以入口的充飢之物。不見村落，不見行人，什麼都看不見。我餓得厲害，預計還要走一日一夜，才能到達一個城鎮。在長城腳下，我看見一匹馬拴在石頭上。一定是走私販子的。但是怎麼能吃活馬呢？我偷偷的溜到長城邊，拿塊石頭把馬頭打昏，馬站不穩，倒臥在地上，我趴在地上用嘴吸馬的奶頭。既然有馬，附近一定有馬的主人。我想我若看見他，就給他錢，但是沒有人來。我突然感到危險，就趕快溜走了。」

這個故事使她驚嘆良久。「你真有創意。」她說。

「不，我提筆的時候，只想知道自己在說些什麼。過去許多寫山水地理的書，都是輾轉抄襲。我一定要親身看見，要對題材深入才行。我一向喜歡要做我想做的事，尤其是前人從未做過的事。」

「你已經做到了。很多人都不是做自己想做的事，也沒法子做自己想做的事，也不知道自己一生到底要幹什麼。」

「他們若真是一心要照自己的意思做，也會做得到的。」

「我想也是。你若很願做一件事，只要肯付出一切，就可以做得到的。」

孟嘉定睛看著牡丹，問她：「談談你自己吧。你要怎麼辦？」

「我要離開夫家再嫁。」她知道他反對守寡的禮規，就坦白說道。「我知道，我不算是個賢妻，他一定很討厭我。我們不瞭解對方。就因爲這個，他死了我沒有哭。我哭不出來，也不想哭……在家，我也不是個規矩的好女孩。從小我就很任性。跟我妹妹不一樣。」

「你有妹妹？」

「是的，比我小三歲。她叫茉莉。她溫柔、文靜、聽話。我卻是家裡的反叛。我十五歲就和男孩子來往，她十五歲時，連看男孩子一眼都不。我們天生就不同。大家都喜歡她，都認爲我瘋瘋癲癲的。我天生就那樣。我是個平凡的孩子，到處惹人厭。」

「我不相信。」

「真的。我是很平凡的孩子——直到你誇獎我，說我『聰明漂亮』。我的一生才完全改觀。」

「你打算多久之後離開夫家？」

「百日一過就走。我不想在那個小鎮裡埋沒一生。按習俗，我該爲他守喪。但是心裡卻不然。」

「我看得出來。」

孟嘉停下來，心裡在思量。他怕牡丹受了他書中觀點的影響，完全照章行事。

「當然沒有人能逼你。不過你夫家的人會很難過——難過又丟臉。」

「咦，你不贊成？」

「我贊成。我只是認爲他們會不高興，當然會有不少口舌是非，女人的閒話等等。」

「是啊，女人說閒話，男人講大道理。天下的男女就是這個樣子。」她說這些話有一種難以忘懷的調調。孟嘉印象很深，她是一個叛徒哩。

「總得有人冒險受社會的指責，你說是不是？你說過，一個人若很想做一件事，他就可以辦到。儒家的重擔讓我們女人受不了。你們男人高高在上，我們女人是被壓在下面的。」

孟嘉雙目顯出驚異的表情。他但願自己有勇氣寫出這麼一句話。

「你說什麼？再說一遍。」

「我說儒家的名教思想把女人壓得太厲害了。我們女人實在受不了。男人說天下文章必須要文以載道。由他們去說吧。道太重，我們女人載不了。」

孟嘉不由得驚呼一聲。他從來沒聽說文以載道的「載」字，可以當做車船載貨的載字講。他用欣賞的眼光看著她說：「我若是主考官，女人又可以去趕考的話，我一定優等錄取你的。」

「你不覺得這些話有道理？」她話問得過於坦率：「聽說幾年前你休了你的妻子。丁媽說，這些年來她一直照顧你的飲食起居。是真的嗎？」

孟嘉凝視著牡丹的眼睛說：「那是好久以前的事了。我二十歲娶了一位姑娘，是餘姚的富家之女，毫無頭腦，只知道金錢勢力。那時我中了舉人，算得上是少年得意。我想我對她本人，或是她的家庭，一定有可利用的地方——算得上地位相當，配得上她的首飾珠寶，配得上她父親的田產。她一副勢利眼，其實也沒有什麼可誇耀的勢力。那是爲了利用而聯姻。可是我不知道我有什麼讓女人可利用的，也許她可以做一個舉人的妻子自己神氣一下。這些年來一直沒再見到她，也沒見到她家裡的人。」

「你沒有再娶？」

「沒有。」

「爲什麼？」

「我說不上來。也許我是個寫文章的人，而寫文章的人一向是自私的。大概是太珍視自己，不願讓別人共享。也許我是沒遇見合意的女人。」

牡丹那天性實際的女人頭腦動得很快。她說：「我可以問你一個問題嗎？」

「你說吧。」

「你可以不可以幫我的忙？你什麼時候到杭州？」

「你爲什麼問這個呢？」

「因爲百日後，我要回娘家看我母親。那時候讓我再見你。你可以給我出個主意。」

孟嘉屈指算了一下。他過一個禮拜就回杭州。然後上福州，幾個月後再回來，應該是早秋九月吧，他想。身爲一個奉命研究海軍的人，他討厭大海，他寧願不乘船走海岸去福州。

「我討厭暴風雨。有一次我在廣州附近海上遇到可怕的暴風。」他說。

他們走出飯店，孟嘉覺得眼前的婦人，心靈和思想都和他十分接近。他們穿過漆黑的碎石路走回船上，她的手臂輕搭著他。多泥的小巷向河岸傾斜下去。牡丹堅持要自己拿著買的那包茶葉。

他們走向泥濘的小路時，牡丹一隻手提著那一包茶葉，一手按著堂兄的胳膊。那一剎那，孟嘉覺得又重新回到青春。他很久不曾感受到心情輕鬆放蕩的陶醉了。因爲在黑暗裡，一切沒有顧忌。他覺得彷彿是和一個不知來自何方的一個迷人的精靈走在一起。那個精靈把他那些年生活中的孤身幽獨搶奪而去。愛就是一種搶奪，別人悄悄貼近你，侵入你心中，完全加以佔領。

那天晚上，他躺在船上，覺得有一件重大的事發生了。他不能不想她。他覺得有關牡丹的一切，無一不使他覺得中意；她的眼睛，她的聲音，她的頭髮，她的熱情，她那欲笑不笑的微笑，無不使自己著迷。從來沒有一個女人這麼使他動心。

他對自己很吃驚。他一生從來沒有對一個女子這麼傾心，而她竟完全符合了他的理想。

他曾和一位滿洲王妃有過一段情，他及時懸崖勒馬，斬斷了痛苦的情絲。如今，牡丹的影子盤踞在他心內，徘徊不去，那麼美得出奇，那麼令人心迷神蕩，那麼瀟灑直率，又那麼天資聰穎，思想行爲上是離經叛道，不遵古訓，時有妙思幻想，言行雖爲時俗所不容，她卻能置之度外，毫不在意。

他喜歡她，自覺永遠需要她——他無須舉出什麼理由。他不敢對自己承認的是：他自以爲絕不會被女人的風情所迷倒，如今卻完全動搖了。他驚駭一個女人的音容笑貌竟使他方寸大亂。愛情本身就是一場壯麗的紛擾，使心情失去了平衡，根本不能用邏輯來分析。

他知道，自己永遠少不了她了。

他們在太湖上的前兩天是煙雨迷濛，一無所見。太湖在各方面都像個海洋；在地平線上，湖水與塊塊的灰雲相連。他們的船靠岸邊航行。山頂或朦朧不清的小島不時由霧靄之中隱約浮現。孟嘉發現牡丹眼裡有悲哀的神色，便悄悄走開，讓她一個人獨自沉思。

第三天，天空放晴了，他們來到了太湖的東岸，岸上草木蔥翠，農舍村鎮，星羅棋布。孟嘉和牡丹用遐邇聞名的惠山泉烹茶消磨了一日。天近中午，他們去遊廣福。麗日當空之下，紅牆寺院依偎在山腰彎曲環抱之處。

他們一路順風南駛，來到蘇州城郊的木瀆岬，那兒丁香和五月的白梅都開花了。牡丹記得，這是他們航程的倒數第二天。他們在木瀆上岸，在湖濱那一帶許多小亭子中的一個亭子裡歇息，附近的花木和果樹綿延數里之遙，望不見邊際。

「這是我一生最快樂的日子。」她柔聲呢喃道。下午的陽光自湖上射出，在白花和綠葉間投下一道奇異柔和的光芒。湖面的和風，使花香有著一種湖水的味道。她雙手支頤，把下巴放在茶几上，靜坐幻想，有時發出幸福的嘆息。孟嘉很少看到女人感情這麼豐富。

「像今天生活得這麼充實，正是我的希望。我長大就想要過這種日子。你沒法子想像我在嘉興是怎麼過的，監督廚子做菜，分派僕人們做事，對我不喜歡的人說我不想說的話。」她的眼睛盯著孟嘉。目光之中流露著熱情，那種敏感，正是一個不滿於「混」日子的人所特有的。孟嘉也頓感自己可能同樣想念熱烈的生活。

但是孟嘉的心裡別有所思。忽然沉寂了一會兒。牡丹手在茶裡蘸濕，在黑漆的茶桌上無意的亂畫。孟嘉慢慢以最自然的動作抓住了牡丹的手，攥在自己的手裡。他們四目交投，沒有說話。他話聚在嘴唇上，似乎要說出，但又消失於無形了。他彷彿探查了自己的心靈深處，似乎有所得而欲說出，但又梗塞於喉頭。

「三妹！」他終於說話了，聲音低微顫抖：「我不知道該怎麼說。我這輩子從來沒有這種感覺。」他們的臉離得很近，她注意聆聽，眼光顫動，嘴唇緊閉。

孟嘉接著說：「這不行。你是我的堂妹，也姓梁。我比你大得多。我不應當擾亂你青春的生命……」

她捏捏他的手回答說：「你一點兒也不老。你和別人大不相同。」

「明天你要回嘉興，我們馬上要分手了。」這時他的話才又說得輕鬆自如了。「自從你來到我的船上，這三天我一直在想……我沒有資格說這種話，但是我永遠不願意和你再分離。你肯不肯考慮到北京來？」

她感覺到孟嘉說這話時所用的力量。她自震驚之下恢復了鎮定，回答說：「我也希望如此。我不能一剎那看不見你。」

「我沒有辦法叫你享什麼福。只知道我需要你，這是發於我內心的。沒有你，我再也快樂不起來。我需要你。」

「非常需要？」

「非常，非常需要。」

「我對你也有同樣的感覺，我是你的三妹。我非常仰慕你。過去這兩天，我非常難受。我覺得你不只是改變了我生活的人，不只是我敬愛的堂兄，也不只是我的朋友。在我眼中，你對我太不尋常，太了不得，太不可思議。不過一切這麼突然。你得給我時間想想。」

她的臉色很嚴肅。腦中想起金祝，又想到那尚未解決而且永遠解決不了的那段情。她心裡這時對金祝有無限的痛苦。可是她那敏銳女性的頭腦霎時看清楚了，知道金祝永遠是不能夠娶她的，她立刻拿定了主意。

「我願意到北京去。」她說。

「真的？」

她默默點了點頭。

他們之間有了默契。這時只有他們兩個人。兩個人都不知道他們的手什麼時候已默默相接，她發覺自己躺在他懷裡，感到他力量很重的把自己抱緊，自己也很緊的抱住對方，這不過是他們彼此愛慕的一點小表示而已。

她回頭看他，他俯身吻她的櫻唇，萬分熱情，令人筋酥骨軟，似乎永遠滿足不了他的渴念。牡丹覺得她彷彿融成一團模糊的慾火。兩個人都說不出話來。這是赤裸裸熱情爆發的剎那，一言之微，一字之寡皆屬多餘。

她聞到草地上飄來的紫丁香味。他的手輕撫著她的頭髮。牡丹不希望任何事情打斷這柔情似水的一刻。

「你喜不喜歡紫丁香的香味？」

「我喜歡。那是專爲這樣的時間而設的。」

「我喜歡紫羅蘭，但是現在我也喜歡紫丁香了。」

最後她坐起來。

「咱們倆怎麼辦？」孟嘉問道。

「我們若是一直這樣相愛，那還怕什麼？這些年我一直在尋找這種愛，這種愛才有道理，才使人覺得此生不虛。」

「我的意思是，我們是同宗的堂兄妹。可是我知道我要你，這一點我知道……」

「你以前從來沒有這種感覺？」

「一輩子沒有過。我喜歡過不少女人，可從來沒有感覺到難分難捨，像現在這樣需要你。」

「你以前沒有戀愛過？」

「有肌膚之親的女人不少，像這樣的情愛，如饑如渴般的厲害，真正由內心發出來的，像是你進入了我身體的筋骨五臟一樣，這樣的感覺，以前從來沒有過……我想這是命中注定的，不然怎麼在這段航程中遇見你？你相信命運嗎？」

「不，」她用清脆的聲音快速的回答說：「我不信。這一切都是我們自己追求的結果。我不相信外在的力量能控制我的生活。」

「可是我們怎麼辦呢？」

「我不知道。」

「你姓梁，我也姓梁。社會不許我們成婚。我沒有你就活不了，怎麼辦？」

「我不知道。咱們現在這樣還不夠嗎？對我來說，只要我知道你愛我，雖然此後我可能再見不到你，心裡也夠了。即使我被關在監獄裡，我的心也是自由的。」

「但是不能這樣。我已經離不開你。你不在我身邊，我只能過著半死不活的日子。」

「那我們就做自己想做的事吧。別人說什麼話，由他們去說。」

「我的身分不容許這樣，人家說閒話，會鬧得滿城風雨，人家會說你我同姓結婚，違背古禮。尤其，你的前夫才死了一個月。人們的嘴會毫不容情的。」

「我不在乎。」

「我們族人也會說話的。」

「我也不在乎。」

她的大膽令他吃驚。牡丹深不可測的目光，似乎是把男女社會中的禮俗完全認爲不屑一顧，她好像是從宇宙中另外一個星球上剛剛飛來的一樣。

但是這一天並不是平安無事。這個季節，天氣喜怒無常，一片烏雲突然自東南而起，一陣涼風在他倆坐在的花園上空颼颼的吹過，白梅的落英在風裡滴溜溜上下飄飛，顯然是暴雨將至。遠處雷聲隆隆，而他們眼前的湖面，仍然在下午的陽光裡閃亮，猶如一池金波，迎風蕩漾。他們坐在露天的涼亭裡，離可以避雨的地方大約五十碼。

「咱們跑去避雨吧。」孟嘉說。

「幹什麼要跑？」

「會淋濕的。」

「那就淋濕好啦。」

「你真不可思議。」

「我喜歡雨。」

大滴的驟雨打在房頂上，打在樹葉上，聲音嘈雜，猶如斷音的樂章。雨點橫飛，噴射入亭，與陣陣狂風間歇而來。剎那之間，凳子和桌上都蒙上一層細小的雨珠。孟嘉看見堂妹正在欣喜雀躍。

「一會兒就停的。」牡丹笑著說。

但是呼嘯而來的驟雨，卻劈里啪啦不停的下起來。雷電交加，紫電橫空，忽明忽滅。牡丹仰起鼻子，閉上眼睛喃喃自語說：「真妙！我好喜歡下雨！」說著睜開眼睛。

孟嘉在一旁看著她，頗覺有趣。牡丹的聲音是那樣的激動。她頭一次看見太湖時歡呼道：「這麼大！」當時的聲音也是這麼激動。

雨勢沒有停止。孟嘉恐怕牡丹著涼。這時遠處有人打傘走來。孟嘉認出是他的一個隨從侍衛。

「喏，他來了。」

牡丹極其高興，看見雨傘來到，笑得好輕鬆。

「我們走吧！」她說。

他不得不攙著她走。他們在在水窪和草皮間勉強行進，油紙傘也派不上什麼用處。他們距離寺院有一半時，雷聲轟隆一響。

「這比落日還要妙。」她說，她的聲音被油紙傘上淅瀝的雨聲淹沒了。

「你說什麼？」

「我說這比剛才的落日還要妙。」牡丹在雨聲裡大喊道。

孟嘉想，多麼怪的人！他這時想起自己的童年，自己也覺得年輕了。記得童年時那麼愛在雨裡亂跑，只是現在自己已經長大忘記罷了。可是牡丹沒有忘。他要到哪兒再找一個這麼天真任性的姑娘呢？

他們平安到達了寺院，牡丹心想，在堂兄的隨從看來，一定覺得她很傻。他們的鞋子和衣裳的下襬都濕透了，但是她的笑聲還沒有完全停止。

「你知道嗎？」她說：「孟子一定喜歡在雨中跑步。」

「你怎麼知道？」

「我想一定是。因爲孟子說『大人者不失其赤子之心。』」

老天爺真是捉弄人，他們到廟裡不久，雨也停了。她看到他又髒又濕的樣子，不覺大笑。侍衛從廟裡借來一條毛巾，想擦乾他袍子上的水氣。廟裡的方丈得知這位貴客的身分，請他們到裡面去歇息，倒熱茶給他們喝。

「我們回去，丁媽不知道要怎麼責備我呢。」他說。

「這也是旅行的樂趣之一，她難道不懂？」

「不，她不會懂的。」

「我一輩子，就是想把在書上念到的地方都去逛逛，爬高山，直達李白筆下的『連峰去天不盈尺』的境界。」

「真浪漫！我相信你是生就一顆男兒心胸的女人。」

「也許吧。也許是男兒生爲女兒身吧。這有什麼關係呢。」

「對一個不在意的男人就沒有什麼關係。」

他們到船上時，已然掌上燈了。

晚飯已經擺好，等著他們吃飯。丁媽由於害怕打雷，幾乎都嚇癱了。她還縮在床上，等人告訴她暴雨已過，他們已經回來，她才起床。這時她忘記了自己的提心吊膽，叫牡丹到裡艙去換上乾衣裳。

孟嘉在外面等著。她在裡面似乎待了好久。過了一會兒，他聽見牡丹在裡間的問話聲：「你喜歡戴東原嗎？」

孟嘉大笑，卻沒有回答。

丁媽敲敲隔板說：「你不能讓他等太久，他也得換衣裳。」

「我就要換完了。」

一分鐘之後，她從裡面出來，語氣很重的說：「戴東原是我最喜歡的作家。我看見你桌子上有他的一卷文集。」

他覺得那天下午已經夠荒唐的了。「我換好衣裳再討論吧。」

他看見她衣裳還沒扣上扣子就出來了。他討厭牡丹這樣厚顏大膽，可是卻發現了這麼個無與倫比的妙人兒。他以前遇見的女人，沒有一個像她的。

一進艙，看見她把東西亂七八糟的扔在地上，等著丁媽去收拾。他心裡忽然想，天下還是很需要些教人循規蹈矩的大道理呢。

戴東原並不是一個受普通人歡迎的學者。他的著作只有學者才閱讀。他們坐下來吃飯時，牡丹撅著嘴巴，顯出不高興的樣子，像一隻挨了主人責罵的狗一樣。

她一言不發。為了遷就她，他先開口：「原來你讀過戴東原的著作，我真想不到。」

牡丹的臉才緩和下來。她說：「把戴東原的思想介紹給我的就是你。你的一篇文章裡提到他，說他動搖了理學的根基。我曾多方尋找他談論孟子的文章。你文章中不是說，他會帶我們尋回古典的儒家思想嗎？」

「當然他會。宋儒的理學基礎是佛家的禁欲思想，也可以說是虔敬制欲說。你可以想像，理性哲學中主要的一個字是『敬』，這個基本要點你當然知道。理學家對抗佛學思想藉以自存之道，卻是接受了佛家思想，接受了佛家所說的肉慾與罪惡的思想。戴東原由於研究孟子的結果，他認為人性與理性之間不一定互相衝突，人性本善。這是孟子的自然主義。」

他又說了很多。兩個人對吃飯都不起勁。丁媽火了。她叫人把湯拿下去再熱一遍。她說：「你們倆吃完再說不行嗎，菜通通都涼了。酒也得再熱。你們在雨裡衣裳濕了個透，喝幾杯熱酒才好。」

小酌之後，他們坐在船頭上。這是他們在一起的最後一夜，運氣好的話，第二天就會到嘉興。

皓月當空，湖面如鏡，近處岸邊，燈光萬點，因爲地在蘇州地區，人燈船密，已靠近吳江，明天，船又再度進大運河了。

大約兩百碼外，一艘燈火通明，樂聲幽揚的酒坊船慢慢移動，弄皺了波平如鏡的湖面，劃出一道道黑色的波紋，然後又像水銀般轉眼又恢復了原來的平滑光潤。

遠處傳來船槳打水的聲音，還有簫聲，簫聲雖然令人感傷，但正如穿雲而出的月亮，使人感到安謐寧靜。

牡丹在船頭上悄然靜坐，頭向後仰，陷入沉思默想。孟嘉望著她，發現她兩眼濕潤，帶有淚痕。她流淚有許多理由──爲自己的將來，爲了金祝，也許還因爲這是他們在湖上的最後一晚。

他尊重牡丹思想的秘密，不願窺探打聽。

「你怎麼不說話？」過了一會兒他問。

「沒什麼好說的。我只想用感覺……把今夜湖上的記憶印在心頭。你不覺得，一切的語言文字都無法表達？」

「你說得不錯。那就別說話吧。」

「說話又有什麼用呢？」她懶洋洋的說。她那銀鈴般的聲音落在沉寂的水面，猶如晶瑩的珠子落在玉盤之上。

他看到她臉上的渴望和需求。然後，她的愁緒消失了。她要歡度這難得的一晚。她跟上遠處的樂曲，輕輕哼了一段崑曲「嫦娥奔月」，因爲沒有琵琶，句子中間的空白時，她就用舞曲的滴答聲自己伴奏。孟嘉靜靜聽著。

那天晚上，兩個人誰也沒說幾句話，兩個人都那麼沉默，一輪明月穿雲而過，自白銀鑲邊的片片雲彩之間，射出條條的光亮，那輪月亮，就彷彿是半隱半現的羞羞答答的新娘，她嬌羞的面龐露出時，佳夜良宵就浸入溫柔顫動的光亮之中，足以使凝情相愛的男女意亂情迷。

孟嘉回艙就寢，牡丹默默無語，對月靜坐，直到夜半，她偶爾回顧艙中，由隔板縫隙射入的光亮中，她知道堂兄正在夜讀，也許是正在寫作。她就寢時，丁媽已在夢中發出了鼾聲。

第二天早晨，牡丹醒來覺得頭痛。她整夜未曾安眠，知道她必須做一個痛苦而不可避免的決定。

情況對金祝極爲不利。在牡丹給金祝的信裡，牡丹說要嫁他，她可以等上兩三年，可是她心裡一直認爲金祝若遺棄妻子，拋棄兒女，不顧社會地位，簡直是辦不到。他們秘密相會已經四年，那四年，熱情似火，相思相念，有多少悔恨，有多少譴責，卻終歸無用。金祝若不休妻再娶，一切便毫無指望，因爲出身良家的女子，絕無屈身爲妾之理。

牡丹早就想找個解決辦法，藉以擺脫無望的糾紛。而今終於知道必須捨棄金祝；這當然會使金祝十分傷心，但是她自己也是一樣難過。但是她以爲實在別無他途可循。而如今得到了孟嘉。孟嘉在品格和精神上是如此不同於凡俗。在人間物色到這樣的男子，她對男人還能再要求什麼？

牡丹知道她之愛孟嘉，是一種全然嶄新的熱愛，但另外還有少女時代對孟嘉的一種相知之情。她不能自欺欺人：北京展現著全新的世界，具有無限未知的吸引力。這是她此行的最後一天，牡丹心裡充滿別情。丁媽在船尾忙著收拾行裝，她找到一個機會和孟嘉單獨談談。

「這是我們相處的最後一天了。」她傷感的說。

「我們馬上就會再見的，」孟嘉慢慢說：「只要你沒有改變心意。你仔細想過沒有？」

「我想過了。我要跟你到北京去。」

「不過，你認爲你可以這麼快就離開夫家嗎？我在八月底或是九月初就可以回到杭州。現在我更有理由早點兒回來了。」

「我相信可以。俗語說：要嫁的寡婦不能留。現在你若叫我跟你走，我說走就走。」

「你真會做驚人語。這就是你所說日子要過得充實的意思嗎？」孟嘉的腔調掩不住心中的喜悅。

「是的。」

「不，牡丹。至少要過了守喪和百日。即使你過了一百天才走，也會惹人說閒話的。反正我要到九月才回來，你也無須提早離開。我勸你盡可能的和夫家好來好散。你可以用我堂妹的身分陪我到北京，沒有人會說什麼。」

她伸手握住他的手。他們發現丁媽走近，立即改變話題。

「你到杭州要住在哪兒？」她問道。

「當然是我姨媽家。」他草草回答說。

「失陪了。我要去收拾行李。」她望望孟嘉，眼中淚光閃閃。丁媽看見了。

午飯後，牡丹覺得又累又睏，想回自己的房間裡去躺著。

「你何不到我的艙房？」孟嘉說，「那邊可以睡得舒服些。」

「你不睡一會兒嗎？」

「不，我隨船行動，夜裡有時間睡個夠的。」

她在船艙裡休息，丁媽對孟嘉說：「可憐的姑娘，她想到夫家的人，一定嚇慌了。我聽到她整夜都在泣啜。」

孟嘉不太高興。他不想說出他們的新計劃。丁媽巴不得把老太婆的聰明智慧提供給年輕人呢。

「你覺得她怎麼樣？」

丁媽低聲說：「從來沒見過守喪期間的寡婦像她那個樣子的。不管你愛聽不愛聽，我都要把心裡的話告訴你不可。你看她的坐相！她的站相！就算乘船，她也該守禮穿裙子才對。我沒見過那麼邋遢的女人！剛才我把洗的衣裳給她放回箱子裡。你真該看看——什麼東西都亂塞。還有她的牙刷都磨平了。要是我，早就扔了買個新的了。」

「我知道你會。可是磨平的牙刷又有什麼關係？」他自覺該替牡丹辯護。

丁媽的老眼看了看梁翰林，她說：「孟嘉，你不懂得女人，我懂得。你們男人看女人，只看她美不美。我承認，她非常之美。可是將來誰娶了她，那個男人就可憐了。」

孟嘉笑了笑。他說：「我覺得她又漂亮又聰明。」他不自覺陷入一場辯論中。

「我知道你喜歡她，你瞞不了我。」

「我是喜歡她。我幹嘛要瞞你呢？」

「固執，你就是這樣子。為什麼你不娶個大家閨秀安安靜靜過日子。你母親若在，一定會給你挑一門好親事。別忘記，你也快四十了，還沒有後呢。你總是不聽我的話……你如果要成親，千萬別挑一個像她這樣的女人。我不知道你們昨天晚上吃飯的時候談些什麼。把成本大套的學問往女人肚子裡塞，有什麼用？你一定要找個能照顧你的女人……」

「……還有煮飯，洗衣裳，補衣裳之類，」孟嘉和和氣氣回答說。「噢，我忘了。為什麼我不娶一家飯館子和一家洗衣鋪呢？」

「夠了！我真拿你沒辦法。固執，你就是這樣。」

孟嘉對她的威嚇語氣早已司空見慣。他停了半晌，用哄她的口氣說：「丁媽，你一直就像我的母親。前幾天晚上你說要回到杭州和兒孫去過日子，我不怪你。」

「誰老了不想回家，住在自己的故鄉呢？」

孟嘉說：「我一直在考慮這件事。這次我回京，我另外雇個管家，娶一家飯館和一家洗衣鋪。你不用替我操心。會有人給我做飯洗衣裳。」

「這就是你報恩的方法！原來你現在不要我了，好孟嘉。」

「我是說真的。我永遠忘不了你。你若真想回老家，我會送給你三百大洋。你可以買塊地，蓋房子，舒舒服服養老。」

他們駛近嘉興，大運河夾在兩岸的房舍間。分別的時刻越來越近，牡丹抑制不住，哽咽著哭起來。正好，她的親人會看到一個忠貞的寡婦紅腫的雙眼。

她站在梯板上，淚眼模糊的向堂兄望了望，沒有告別，逕自走上岸去。

她走了以後，孟嘉回艙裡歇息。他發現鎮尺下有一張字條，上面寫著她的住址和簡短的四個字：「給我寫信」。

5

九月初，孟嘉回到杭州。他乘江船然後騎馬到福州，途中經過的山水之美，為生平所未見。水師學堂的公務完畢之後，已經接近八月底了。為了如約在九月回到杭州，他走海道——儘管他厭惡海洋。

這一天，牡丹家有一股興奮的暗潮。新寡的牡丹在十天以前已經由母親接回娘家，母親是應女兒之請親自去的。母親一向疼愛女兒，也希望她早日擺脫與夫家的關係，早就不願女兒在費家過那樣抑鬱寡歡的日子。費家對此非常反感，她父親也相當不高興。但是母親力求，終於達成最後的安排。

雖然牡丹已把自己的衣物全都帶回娘家，她母親卻和費家商量好，對外人只說這個年輕的寡婦要回娘家休息一陣子。送行的時候，費家一個人也沒露面，她的行李是由費家的僕人送上船的。

梁翰林現在住在瑞甫老爹家，今天晚上，瑞甫老爹設宴為他接風。因為純是家宴，沒有外人。孟嘉為避免打擾外人，也避免官方宴請，他認為那是苦事。

他到杭州的第一件事就是拜見牡丹的父母，並且探望牡丹。牡丹已經告訴父母，孟嘉要帶她到北京去。父親對這個消息十分震驚，正猶如他惱恨女兒不遵禮教在費家守寡一樣。他覺得牡丹和梁翰林進京實在不妥，應該帶著茉莉同去。他說，梁翰林畢竟單身未娶，家中又沒有別的女人。

茉莉聞聽讓她進京，喜悅之下，雀躍三尺。所以大家萬分興奮，話說個沒完，大家都盼望吃晚飯時，當眾再談此事。

牡丹對她的生活有這麼一個轉變，歡喜非常。昨天孟嘉來拜訪時，十分拘禮，話也沒說多少，但是牡丹看見他如約在九月初到來，心裡自是欣慰。孟嘉從福州給她寫了兩封熱情似火的信，她已經深信孟嘉是對她真心相愛，毫無疑問了。

「你該換衣裳了。」茉莉用她一貫平板的聲音對牡丹說。

天氣日漸涼爽，牡丹穿著拖鞋在屋裡慢吞吞走來走去，手裡拿著蒼蠅拍子，到處尋找晚夏的蠅蟲。她一面在追打一隻逃跑的蒼蠅，一面得意洋洋的大喊：

「我自由了！自由了！你知道這對我多麼重要嗎？」

茉莉不理會她，只是跟她說：「你到底要穿什麼？我想，你最好按禮俗穿白的。你還在守孝，免得人家說閒話。」

「人家會說話嗎？」

「我怕翰林大人會說你不懂規矩。」

牡丹嗤嗤暗笑：「他明白的。」

她正要梳洗準備赴宴，白薇忽然來了。

「白薇！」牡丹驚喜若狂叫道。她們已經有一年多沒見面了。白薇是她最好的朋友。白薇和丈夫住在山水明媚的桐廬，這次是從桐廬特意來看她的。

她們四目交投，彼此仔細打量對方。兩個人的氣質那麼相像，真是天下無獨有偶，二人親密異常，彼此毫無隱瞞之事。牡丹很佩服她，她的精神，她的機智，做事行動的漂亮。她高興白薇能有若水那樣的丈夫。有些方面，白薇比牡丹更不拘細節，更不重禮儀，也更瀟灑脫俗。過去牡丹一直夢想她能找到一個男人，像若水對白薇那樣瞭解，二人那樣看法相同，那樣真情相愛。

白薇比牡丹略為消瘦，常常改變頭髮的梳法。現在她的頭髮是向上梳攏的樣式，這是受中國留日女生的影響。她穿著緊身的褲子，牡丹的父母對這種派頭十分厭惡。他們那等階層中已婚的正派婦女都穿裙子，可是若水卻贊成，並且喜愛那種緊身貼肉的褲子。

白薇的聲音又細又軟，她向牡丹說：「原來你自由了，你這魔鬼！」

茉莉默默望著她倆。

牡丹回答說：「是的，我可自由了！現在別人以為我是來娘家小住；可是，我再也不回去了。你還不知道呢，我要到北京去。」

「不錯，我也要去。」茉莉安詳地說。

白薇的眼睛睜得大大的，對這消息頗感意外。

「慢點兒說，我一時還弄不明白。」

「我堂兄梁翰林在這兒，你還記得吧？我們要跟他一塊兒去北京。」

白薇看看這一對快活的姐妹說：「我真羨慕你們。我相信他會替你們找到如意的丈夫，你們什麼時候動身?」

「還不一定。我們要到瑞甫舅家去吃飯。馬上就要走了。」

白薇轉身要走時，看看她說：「來吧，我只跟你說幾句話。」

她們倆走出了小門。茉莉並不覺得意外。她知道一定和金祝有關係，但是她會保持沉默。等身邊沒有別人時，白薇拉著她的手，倆人在背靜的小巷裡慢慢的走。

「金祝來了。他要我通知你。你們搞出多大的麻煩?他說他明天要見你。我想他正設法搬到杭州，住在這兒。你要不要去看他?」

「當然。你告訴他我會去。明天。」

牡丹一家還沒有到。瑞甫老爹家在城中心，由牡丹家步行十分鐘就到。他家四周有三丈高的圍牆，稱做「火牆」，是防止鄰居發生火災時大火蔓延之用的，因爲當地街道擁擠，人煙稠密，很多房子四周都建有高牆保護。

瑞甫老爹今年六十歲，飽滿的長方臉蓄著微黃的鬍子。他已經回家養老，讓兒子接管金華的生意。他格外以妻子的翰林外甥爲榮。雖然他姓蘇，孟嘉姓梁，但是有這樣一個親戚，他頗爲得意。

「你必須讓親族給你接接風。上次你經過杭州，同宗怪我沒告訴他們。實在因爲你不常回家，大家都覺得有你這麼個親戚，臉上很光彩。」

「那我就打擾了。我這次來杭州不是公務在身，我是不受官家招待的，跟自家人聚會當然可以。還有怡親王，我們的巡撫，他是老朋友了，我明天要去拜訪他。至於族人，我當然樂意見。」

「我很高興。他們都那麼至誠。給我們幾天準備準備。你不急著趕回北京吧？」

「不用。生意好嗎？」

「我兒子在照顧。幾年好，幾年壞的。賺的錢總夠過日子的。」他愉快地輕捋著自己的鬍子。

蘇姨媽進到客廳裡來。她具有梁家典型的高額和美目。她穿一件黑袍，沒戴首飾，打扮得很樸素，但是高雅不俗。

她拄著枴杖，一雙裹得秀氣的小腳邁步時，身子略微搖擺。

「他們現在該來了。」她看了看牆上的大鐘，坐在一張烏木直椅上，椅子上鋪著又扁又硬的翠綠色椅墊。

「你什麼時候去給你母親上墳？」她問孟嘉，「我老了，不然，我真願陪你一塊兒去。我已經三四年沒去了。」

「我打算不久就去。」孟嘉答道。

老姨媽說，「還有你自己。孝道並不在祭祀。你若是孝敬母親，就應當娶個媳婦，好繼承祖上的香煙。我已經有兩個孫子，我的將來有了指望。這件事你應當好好兒想一想。」

「我知道，我知道。」孟嘉心平氣和答道，「全北京的太太小姐都跟我這麼說。你們女人就沒有別的話可想可說的啦？到現在我總算還沒上她們的圈套兒呢。」

「不要聽明反被聰明誤。」蘇姨媽伸出根指頭教訓他說：「早晚你要後悔。你為什麼那麼怕成親？難道我們女人都是吸血鬼不成？」

「姨媽，您別那麼說。張中堂曾經說要給我做媒呢。麻煩的是，每個人都給我物色一個軍機大臣的千金小姐，總之，他們是要給我找個大家閨秀。因為我是個翰林，只有富貴之家的小姐才算匹配。他們總說要門當戶對才行。我是嚇怕了。如果說有什麼人叫我受不了的，那就是那些專講勢力的一派人——那些與富貴之家結親的人，或是父母有錢的人，自己向來無所事事，只知道裝腔作勢擺架子。世上有不肖的窮人，不過我看過更多不肖的富人。」

住在奶奶家的五歲孫子嵐嵐興奮地跑進來，告訴他們客人來了。少女們的聲音由前院傳來，小男孩又跑出去接他們。

梁先生夫婦先進來，牡丹、茉莉和小男孩跟在後面。蘇姨媽站起來歡迎她們母女。大家都不拘泥客套。

牡丹的父親走到翰林和瑞甫老爹坐的長椅子那邊去。茉莉隨著小男孩到廚房去了。茉莉是蘇姨媽的心肝寶貝，也是她父親的寶貝。這些年因為牡丹不在，她更有機會見到姨媽。蘇姨媽很喜歡茉莉的文靜端莊。她曾經開玩笑說，她自己只有兒子，想收茉莉做她的女兒。茉莉在蘇姨媽家裡出入，就像在自己家一樣。

這時，牡丹正和母親還有蘇姨媽在一處坐著，她一心想著第二天和金祝會面的事。

不久，茉莉走進來，手裡端著一個白色大蓋碗，嵐嵐在一旁小跑著跟隨。

「你該讓佣人端。」蘇姨媽說。

「來吧，我們吃吧。」茉莉說，「是燉鴨。」一切都無拘無束。佣人也來了，但是茉莉卻自行安排座位和筷子。嵐嵐不肯離開她身邊，老是礙她的事。

「你坐好……坐那邊！」茉莉斥責小男孩說。

「我若有茉莉這麼個女兒就好了。」大家坐定後，蘇姨媽說道。

「你有啦！」嵐嵐說。

「噓！別那麼大聲嚷！」茉莉把一隻手指頭放在嵐嵐的嘴上說。這個小男孩顯然是被祖父母寵慣了。

蘇姨媽笑道：「有這些年輕人在真好。牡丹回來，你們一定很高興。」她是對牡丹她媽說的。

茉莉忙著添菜倒酒。她的臉比牡丹白，有一雙馴鹿般柔和的眼睛。她筆直的鼻樑，美麗的下巴和鵝蛋臉兒都像她姐姐，但是茉莉漂亮，牡丹則是美極了。牡丹的臉上有一種夢幻般的神情，兩個眸子突然一陣陣閃出光輝，令人意蕩情迷，畢生難忘。

牡丹的母親說：「她回來我當然高興。我答應不能透露她這次離開婆家就是不再回去。這件事得讓外人慢慢知道。」

牡丹的父親對孟嘉說：「我這個女兒與眾不同。當初我並不贊成這麼做，但是女人總是占上風。你不覺得這叫街坊鄰居看著不好嗎？她至少該等上一年再說。」

牡丹的父親曾在本地一家銀行做事多年，認真本分，十分忠誠可靠。因為儉省度日，把積攢下的錢買了一棟房子。他為全家已經盡心盡力，當然希望家裡人對他有一番敬意。但是現在女兒都已長大，而牡丹卻老是給他惹麻煩。

他太太不顧他反對，硬是到費家把女兒接回來。她們一到家，牡丹就高興大喊：「爸爸，我現在可自由了。」接著就宣布說要同堂兄到北京去。

牡丹從小就逕自做她要做的事，不管父親願意不願意。他急切於讓翰林知道，他並不贊成女兒離經叛道的行爲。

牡丹的眼睛看看父親，又看看孟嘉。她看見父親的態度畢恭畢敬。因此心想，不管梁翰林提出什麼意見，他是一定接受的。

孟嘉慢慢地開口道：「叔叔，您說街坊鄰居會覺得不好，我想你說得對。可是你若考慮令嬡和她心裡並不喜歡的夫家人在一起是不是幸福，那又另當別論了。我以爲女兒的幸福更重要。畢竟一個人只能活一輩子。」

「當然，你說得也有道理。」

「昨天姨媽告訴我，您認可這件事不要讓外人知道。別人若不知道，自然不會說什麼，您也用不著發愁了。」

牡丹強壓住笑容。

牡丹的母親年輕時，一定是個漂亮的女人。她說：「這件婚事，當初就錯了。牡丹一直不高興。現在既然男人已死了，我不願意犧牲女兒的幸福來討費家的歡心。」

蘇姨媽看了看牡丹的父母，想笑未笑。

大家喝了不少的酒，瑞甫老爹建議大家向孟嘉敬酒。每個人都很快樂。於是話題轉到牡丹姐妹上京這件事。他們都同意，若是牡丹一定非去不可，兩姐妹最好一同去。

茉莉站起來，手裡舉著酒杯，安詳而端莊，她慢慢的說：「敬大哥！我跟姐姐真是喜從天降！我這麼說好了，你若是不嫌棄，請收我們做你的女弟子吧。」

牡丹一直沉默無言。這時她起身也隨著妹妹敬酒。她說：「大哥，對他們說說你的工作或者北京的事情吧。」

大家都很想聽。

「我不知道該從哪兒說起。」

「說說宮廷的事或老佛爺，隨便什麼都行。」

瑞甫老爹也央求說：「說說朝廷的事吧。」

孟嘉的兩鬢粗筋暴露，臉色倒沒有發紅。他慢慢微笑說：「朝廷？一團糟。」

「為什麼？」他姨媽問道。

「這是人事的問題。就拿福州的水師學堂來說吧。福州水師學堂都讓北京大人物的親戚朋友擠滿了。其他別的地方還不是一樣？憑這個樣子要建立一個現代的海軍，我真看不出有什麼門道。一旦有海戰爆發，咱們的海軍打不了半個鐘頭。」（三年後，中日甲午戰爭發生，孟嘉的話竟不幸言中。在天津，歐洲聯軍發現中國自英、法、德、捷克、日本買來的一百萬磅彈藥，竟然全部無法使用。戰役中，有一艘炮艇倉卒遇戰，船上只有兩發炮彈。慈禧太后用軍款為自己大修頤和園呢。）

他突然興奮起來，說出一個笑話。他說：

「你們知道兩廣總督葉名琛吧?他和法國作戰時,以一副應戰名聯而家喻戶曉:

不戰,不和,不守;

不死,不降,不走。

這『六不』政策。憑他這副無人可及的對聯,他應當蒙恩賞賜勳章呢。」

大家都大笑起來。

「光緒皇帝怎麼樣呢?」瑞甫老爹問道。

「咱們這兒說的話可不能傳出去。皇帝是了不起。對咱們來說,他是皇帝,可是在宮廷裡,他只是慈禧太后的侄子而已。日本的明治皇帝比他幸運多了,沒有這麼個愚蠢昏庸的老太婆事事掣他的肘。日本的明治天皇和宰相伊藤博文都是極有才幹的人,正全力推動日本的維新大業呢。」

「告訴我們張之洞張中堂和李中堂的事情吧。」他姨媽問道。

「我當然是偏愛我的上司。在宮廷裡,大人物總是互相爭鬥。這兩個人都算得上是偉大人物。不幸的是,李鴻章更爲得勢而已。你聽說過那些新政吧——開礦、修鐵路等等。在這方面,李鴻章動用起錢來更方便。招商局就是弄得最爲惡跡昭彰的一件事。」

「張之洞呢?」

「他是真正偉大,有遠見的人。他認爲中國必須立即向西方學習,不然一定滅亡。他現在正想發起一項『力學自強』運動。能學習者必強,拒絕學習者,不是衰老,即是死亡。」

「您在張大人手下做什麼事?」茉莉問。

「我算是客卿，我不算他的屬下。我是以客人的身分做他委派的工作。這叫做幕僚。我並不辦公，也沒有一定的職務。有什麼事情發生了，我們才研究討論。」

梁孟嘉曾經擔任西北一位將軍的幕僚。張之洞偶爾看見他給那位將軍擬稿的奏摺，對他的才智頗爲震驚。他聽說那份奏摺的故事，原來是那位將軍屢次在叛軍手中慘敗。原來的奏摺上寫的是「屢戰屢敗」。孟嘉看見之後，提起筆來，上下一倒勾，改寫成「屢敗屢戰」。

張之洞從那位將軍手中把孟嘉借過來，再沒有還回去，其實是不肯歸還。在過去，有好多這樣有名的幕僚人物。有他們在旁輔佐，主官便一切順利，一旦他們離去，主官便出紕漏。除去草擬奏摺之外，他們也協助研究問題，應付危機，制定政策。擔當這種任務，必須有眼光，有機智，而真正做秘書等職員的，只是處理日常公務而已。

「你們要不要聽徐文長的故事？徐文長可算是個大名鼎鼎的幕僚人物啊。」

大家都愛聽徐文長的故事，他已經變成傳奇人物了。

孟嘉繼續說：「有一次，兩江總督遇到了個難題。在戲院表演期間，發生了一件謀殺案，總督大人已經按例行公務向上呈報。禮部一位老吏發現這位總督有嚴重失職之處。原來謀殺案是在表演時發生的，而那時正値皇后國喪期間，依法全國不得演戲歌舞奏樂。而總督治下竟任由百姓演戲，那位總督可能因此遭受革職的處分。總督趕緊求教於徐文長。徐文長思索了一下兒，微笑道：『大人，您願不願受罰俸三個月的處分？』他接著說明他的辦法：『我想您只要加上一個字，就可以免掉這場災難。』總督大人問他：『什麼字？』徐文長回答說：『只要添上一個猴字。您現在應當立刻再上一件公事，說文書抄寫錯誤。說演戲的戲字之上誤漏了一個猴字。您要說明謀殺案是發生在演猴戲的時候。』猴戲是由一兩隻猴子戴著帽子，穿著紅坎肩，由演猴戲的人帶著往各地去演把戲，當然不受國喪的限制。總督照徐文長的主意辦，以處理公文不慎，罰俸三月，如此而已。」

飯後，大家在客廳閒坐。瑞甫老爹又提起親族請客的事。

「讓我看看。我唯一的官式拜會就是去看這裡的巡撫怡親王。我在北京就認識他。我想明天去看他。」

蘇姨媽說：「你去拜會時穿的衣裳都齊備了嗎？」

「這只是私人之間的拜會。」

「我想你到他衙門去，還是要穿上正式的衣裳才好。」

「我想應該如此。送洗的衣裳拿回來沒有？」

「恐怕還沒有，真糟糕，我沒想到你這麼快就要去看他。我會想個辦法弄好的。」

「你看，丁媽一走，我真是手足無措了。」

「丁媽到哪兒去了？」牡丹問他。

「她回老家了。她要回家養老，已經回杭州的鄉下去了。」

「她不跟我們回北京嗎？」

「不。這些年來她照顧我也夠久的了，臨走我送給她三百塊錢。」

蘇姨媽已然離開，茉莉也跟了出去。過了一會兒，她們拿著一套長袍和馬褂回來。

「大哥，」茉莉說：「穿上吧。我們想看看你當官的樣子。」

孟嘉微微一笑：「你看她們把我照顧得多麼好！」

蘇姨媽看了看那件藍緞子長袍，發現要燙過才能穿。

「看，胳膊下頭掉了一顆鈕扣。我看丁媽也不是什麼好管家。」

「不是她的錯。我記得扣子是在福州掉的，沒關係，外面穿著馬褂，在裡頭，誰也看不出來。」

「萬一巡撫大人要你隨便寬衣，你得脫下馬褂呢？」茉莉說：「我可以現在就把它縫上。女弟子按禮應當送老師一件禮物的。讓我先給您縫扣子效勞吧。」

她去找針線來。大家繼續說話時，她在飯桌上的燈光下縫扣子。她先要編成線辮，再把扣子熟練的縫上，然後再燙衣裳。過了二十分鐘，她才從廚房裡走出來陪大家。

「喏——好啦。」

「孟嘉，這可給你一個教訓啦，」蘇姨媽說：「打光棍兒過日子，沒有個太太是不行的！」

6

不管一個少女做什麼，都是發源於原始的天性，其目的不外是尋求一個如意的郎君。諸如她的衣裳打扮，她注意她那修長的玉手，她的學習樂器歌唱，她的行動與方向，都只有一個目標，就是物色一個丈夫。

在父母給安排的婚姻之下。這種本性還是一樣發揮不變，依舊是強而有力，百折不撓。而熱情也就是這種本性的表現。這種熱情，常為人描繪做盲目的，其實不然。成年的女人在戀愛時，自己的一舉一動，心中清楚得很。牡丹自然也不例外。

牡丹覺得自己和金祝的關係前途沒有什麼希望，不知為何自己對他的熱情就涼了下來。她只知道她要赴約去與金祝相會時，她不再像以前那樣歡喜。她不再覺得心頭那樣陣陣的陶醉，而且她的臉上將這種情緒顯露了出來。

不錯，在她離開高郵之前，心裡最大的願望，就是再見到金祝，依偎在他身旁，討論他們的將來。她也只有一個想法，那就是自己要完全以身托之於金祝。為此，她不惜犧牲一切，一如她信上所寫，不惜犧牲一切與費家脫離，打算儘早與費家斷絕關係，好能早日與金祝結合。

她知道，這是她的夢想，也是金祝的夢想。但是，最近幾個月發生的事情，已奪走了那份誠意，如今充滿猶豫和疑惑。她的計劃已經改變了。

她進入旅館大廳，發現金祝正面帶熱切的微笑，專誠的等著她，而自己的熱情已有了那麼大的改變，自己也感到意外。在這個旅館裡他們曾多次相見，自然非常熟識。

「噢，金祝。」她柔聲輕喘道。

金祝抓住她的手，走到樓上他的房間去。時間還早。她已經給妹妹留下話，說她要和白薇一塊兒待一天，也許回家晚一點。因此他們有一整天單獨在一起的時間。

見面的一刻終於來臨——這是雙方祈求而迫切等待的日子。若像往常兩人相會，他們早已熱情相擁。他們互吻——但是熱情已失，金祝也感覺到了。

金祝和以前一樣，以同樣的愛慕之情，以同樣的新奇之感向牡丹凝視，他以前覺得這種感受不啻奇蹟一般。他今天一大早就起來，在瓶裡插上鮮花；他把可以討她喜歡的事都想到了。每一個細節也都安排好了，好使這次相會能夠十全十美。

「你為什麼沒到靖江去？你沒收到我的信？」牡丹問道。

「我收到了。我生病不能來。實際上，我病了一個月。不過現在好了。」

牡丹愛憐地看看他，發現他確是比以前瘦了不少。他臉上有皺紋，是她以前未曾見過的。他不像以前那青春健康的樣子。當然她知道這是暫時的，但是這種改變卻使她心裡很難過。

金祝說：「我有個主意，不知道你喜不喜歡。你若不願在旅館裡說話待著不動，咱們就去逛觀音洞。」

「我當然願去逛觀音洞。我從來沒去過。」她用少女般輕快清脆的腔調回答說。

「你不會太累嗎？」

「不，我不累。」牡丹微笑說。

「那咱們得趕快出發。我出去叫車。」他突然抬起雙目看著牡丹說，「天呀！你真美！咱們得走一段路，你穿的鞋舒服嗎？」

她今天穿著灰褐色衣裙，沒穿白孝服，只有穿這種衣裳，既接近孝服，同時又不太引人注意。這套衣服料子很好，強調出她纖細的腰肢。

「這雙鞋很舒服。」她說。

她用手整了整頭髮，照了照鏡子。

「這樣可以嗎？」她徵求他的讚許。

「美極了。」

但是牡丹卻不滿意，開始整理衣裳，把裙子提高了一寸，同時把裙子在腰間又緊縮了一個扣子。

「來，幫我扣。」她說。

金祝過去幫她扣上扣子。雖然牡丹上身穿著褂子，那纖細的腰身曲線還是把她那堅實的臀部，襯托得十分豐美。

「你準備好之後，在樓下等我。我去雇輛車，好好玩一天。」

金祝雇來一輛馬車。牡丹正要上車，忽然想起忘記了錢包，又跑上樓去拿。

金祝正在等著，旅館的賬房先生告訴他，他接到郵局一個通知，說他在郵局有一封掛號信。

金祝決定坐車到郵局去取。但到了之後，一看郵局還沒開門。他回來時，牡丹正拿著錢包在路邊上等他。

「來吧，上車。」金祝跳下車去扶她。金祝看見牡丹臉上沒有笑容，心想是因爲剛才沒告訴她而離開，並且讓她在路邊等的緣故。

「終於見面啦，」他們並肩坐下，他說。

出乎意料之外，牡丹嘴邊還是沒有一絲笑容。金祝的興頭上澆了一盆冷水。

「怎麼啦，牡丹？你不舒服？」他問道。

「沒什麼。」

金祝用手按牡丹的大腿。牡丹沒有推開他，也沒有往日的熱情。只是向後倚著，頭隨著馬車的震動而擺動，靜靜的一語不發。她的思緒矛盾衝突，亂做一團，在她的內心，她還是喜愛金祝，可是現在受了別的情形的影響。相信心靈力量的人會認爲他倆現在是厄運當頭，一種不可見的神秘力量正在醞釀著把他倆拆散。

後來，金祝去算命，問他爲什麼無緣無故的失去情人，算命的說是有人用符咒迷惑牡丹的緣故，這不能怪她，並且說牡丹還是對他有情，還是會回來的。

九月的杭州，有的是好天氣，他們的馬車走出繁華的湖濱廣場，沿著美麗的西湖堤岸顛簸而行，穿過大湖面和裡湖之間的白堤，然後向山腳進發。一路上，山邊盡是紅紅紫紫的秋色，十分艷麗。但是牡丹卻似乎視而不見。兩個人握著手，卻一言不發。

「那麼你離開夫家，算是自由之身了。」他說。

「我是爲了你。」她簡略地說，卻是實話。

「你好像不太高興。不像我們往常一樣。爲什麼？」

「我不知道。」

「我收到你的信了。這叫我進退兩難。你知道我太太的娘家和我們家有很深的生意關係。她父親和我父親一同開辦本地的錢莊。這就是爲什麼我們兩家的婚姻這麼重要。我告訴你我心裡的想法。我打算調到杭州分號，搬到杭州來住。我知道，這個我辦得到。至少，咱們倆見面容易多了。你若願再等幾年，情形也許會改變。這誰敢說？我這麼要求你，是有點兒不公平……我知道……」

牡丹臉上顯得很難過，說：「這個有什麼用？」

她的語氣表示她不願意這樣做他的情婦，即便是一段短短的日子也不願意。她說：

「我還是告訴你吧——我正打算離開杭州，和我妹妹到北京去。我堂兄，那位翰林，現在正回家來探親，已經說動我父母答應我們姐妹到北京去了。」

「只是去玩玩嗎？去多久？我願意等你。」

「我不知道。」

從她捏他手的姿態，他知道她還是很愛他，但是他預感到牡丹對他的感情變了，有一種外在的力量在使他倆分離，心中百感交集之下，不知不覺車已進了山裡。

那段路很長。最後，車停在一座寺廟前。

他們吃了一頓素麵，就走出來歇息一會兒。他把郵局的通知拿給牡丹看。告訴牡丹說：「我不知道是什麼信。我們得在郵局關門以前趕回去。」

「一定是重要的事。我們趕得上嗎？信是從哪兒寄來的？」

「上面沒有說。郵局五點關門。一定可以趕回去的。」

這時正是麗日當空。天忽然熱起來，秋天常會這樣。金祝在樹下找到一個涼快的石凳子。他說：「來吧，坐下。」

當然她想坐下來。他們飯後需要歇息一會才進洞，可是牡丹搖了搖頭，不過去靠近他坐，一個人默默走開。

他們的前途這樣令她煩惱？當時有數輛馬車停在那兒，他只能從馬車下面看見她的兩隻腳。她站了很久，顯然她正倚在車旁，深深思考著。她回來的時候，金祝看見她已經哭過。他依然保持沉默，沒有多問。

一個當地的導遊拿著兩根手杖走過來。

「我們現在進去吧。」金祝問道。他問過車夫，確定他們有足夠的時間在郵局關門前趕回去。

他倆沿著紅土的山路往下走去，小徑上野草叢生，岩石處處。遊人都手拿一根木杖拄著。在洞口，他們停下來喘氣，導遊已經拿著火把等待了。

洞口很小，容易讓人產生錯覺；其實洞穴很深，有若干曲折而長的小徑。他們往前走時，在黑暗中有拍擊翅膀的東西發出呼呼的聲音，同時還有細而尖銳的叫聲，向進口處飛。原來是成群的蝙蝠，爲數約數千之眾。洞內漆黑一片。

導遊點著了一根火把，把另一根交給金祝。他們慢慢的走下陡峭的石階。過了一會兒，地面平坦了。有一根繩索做爲欄杆，使遊客扶著在坎坷不平、多彎崎嶇的石徑上走。有時候，他們能看見五十尺以下遊人的火光，由巖洞穴中很清楚的透露出來。台階是用岩石粗略盤成的，被滴下來的水弄得濕淋淋的，空氣也冷颼颼。

後來走到一個房間，側面有構成溝狀的立柱。導遊用火把指向一個岩石，看來極其像個觀音菩薩像，兩手合十，那座奇特的岩石下面的墩座，正像一朵蓮花。

「你不想再往前走了吧？」金祝問道。他的聲音在暗道裡發出空空的回音。

「我們要趕回郵局，我想還是不要再往前走了。」

金祝緊緊的抱住她的纖腰，順原路往上走。在爬上那驚險的岩石小徑時，有時金祝在前領著牡丹，有時牡丹在前領著金祝。兩人的手沒有一刻分開過。金祝極爲歡喜。

金祝覺得才過了十分鐘，他們就看見洞口的白光。最後他們站在洞外時，牡丹的胳膊還緊緊拉著金祝呢。中間有一會兒，他們又恢復像以前的一對情人一樣。

在回去的路上，他們叫車夫儘快趕路，牡丹懶散的癱在座位上，兩條腿高舉起來，裙子成什麼樣子，滿不在乎。金祝使她的頭枕在自己的肩膀上。金祝感覺到牡丹頭髮和皮膚的香氣，也覺得出牡丹肉體的溫暖。這時，牡丹又再度沉默起來。心裡有何所思，金祝不知道，也不想問。有時牡丹坐起來一點兒，或者隨車子的搖動而變換坐姿。

他想吻她，但是她避開了。她以前從來沒有這麼生疏，這麼冷淡過。

他們回到城裡，他想先送她回旅館，然後自己再去取信，但是離郵局關門還只有一刻鐘。

金祝說：「咱們先到郵局去吧。」

牡丹似乎累得癱軟了，只說了聲：「都可以。」她心裡顯然是在別有所思。

他們手拉手走進郵局。金祝把那張通知交給櫃檯的職員，那個人也許是脾氣暴躁，也許是急著回家。他接了那個紙條，進入另一間屋子去，讓他們等了好久。最後那人才把信拿出來交給金祝。

金祝打開信看時，牡丹很關切的問他：「什麼事？」

「是錢莊寄來的。他們要我星期五回去。離現在還有三天，我必須後天出發。」

他顯然很沮喪。他好不容易請了七天的假，現在又得把假期縮短了。他得回蘇州去。

「那麼，明天就是我們相聚的最後一天了。」他在車上說。

在旅館房間裡，牡丹沉默無言。她必須要把自己的決定告訴金祝。但是很難啓齒。她在浴室裡待了很久。

最後，她從浴室裡出來，一絲不掛奔到他躺的床上。金祝每次看她那美妙的身軀，豐滿的胸脯，柔軟的身段，都驚於她肉體的完美。現在她已決定把她軟玉溫香的身體完全奉獻給愛人。但是她的嘴唇失去了熱情。她好像是存心來和情郎做最後一次的溫存繾綣似的。

他們緊緊相擁。金祝的手慢慢愛撫她的身體，牡丹自己則嬌弱溫順，百依百從，好像全身都已融化在情慾熾熱的火海裡了。

金祝的嘴壓緊牡丹的嘴說：「噢，牡丹，你不知道我多麼想你！」

牡丹輕咬金祝的嘴唇，但是不說一句話。

「來，征服我吧。」她說。

「我什麼時候能再見到你？」他問道。

「我真的不知道。」

戀愛的法則是情人在進行其熱愛之時，必須忘懷一切，沉迷於對方。他並沒有想什麼，但是從他們早上碰面開始，她的行為一直很怪。這個念頭就像千斤重擔般壓在他心頭，弄得他對什麼事都精神渙散，卻無計可施。

他們相擁而眠，正像薰人的小火，不能冒出狂喜的火焰，可又不能馬上熄滅。儘管他們四肢相擁，卻彷彿身體的感覺還在，心思都不在這兒。

牡丹忽然熱烈抱住他，對情人不住狂吻，彷彿要送給他一份愛的禮物，使他永生難忘，也許只是因為她自己一時慾火難耐，急求發洩之故。也許她是有意讓他永遠記住此一刹那，記住她身體的每一次抽搐，擁抱的每一個姿勢。金祝若是真正相信邪術、相信有邪異的力量正在拆散他們這一對露水鴛鴦，也說得通。

牡丹又說：「你——」這是牡丹的催請，催促金祝要完成交合之好，催請他以粗獷的擁抱來使她骨軟筋酥，那樣的擁抱，牡丹曾經那麼熟悉，那麼喜愛。

突然間，好事完了。金祝也不記得他倆是怎麼分開的，他起來漱洗，回來看牡丹還躺在床上，臉深埋在枕頭裡。他走過來輕輕撫摩她。她的眼睛閉著，均勻的呼吸，彷彿睡著一樣，但是睫毛微動，一顆淚珠滾下面頰。

金祝俯身吻她。覺得已經肝腸寸斷。牡丹張開眼睛眨動著，好像正深有所思。她想說點什麼，但是她要怎麼說呢？她知道自己心裡已經打定主意，決心斷絕。這件事叫她肝腸欲裂。可是金祝曾經很清楚的表示不可能離婚。牡丹心中自問，自己要怎麼跟他一直這樣下去？像個情婦和他幽會，這樣維持幾個月？幾年呢？她的路很明顯；沒有選擇餘地。

她的眼淚和沉默使金祝不解。她是他的生命。這話金祝對她說過多少次，他現在還是如此感覺，覺得牡丹是他的一切，他的命，他的靈魂。不管她在身邊或在遠方，他靈魂的飢渴和滿足都為了她。世上只有一個人，一個牡丹，再沒有另外一個。

現在牡丹似乎累得睡著了。屋裡十分悶熱。他拿起一把扇子，輕輕的替她搧涼。從一邊搧到另一邊，好像慈母在搧自己的孩子，一則讓她享受涼爽安詳的小睡，他則飽覽她趴臥的美姿。他拉出被單的一角，輕輕替她蓋上，免得她著涼。

他大概這樣過了半個鐘頭，坐在床邊替她搧涼，看著她，保護著她，像母親照顧睡眠中的孩子，同樣充滿無限的愛意。

牡丹睜開了眼，翻過身來，面對著他。

「你這是幹什麼？」她問道。

「因為我愛你。」

「你沒睡？」

「沒有。我看著你就心滿意足了。」

她突然坐起來。金祝走到桌邊，拿了一根菸點上，遞給她。她接過來吸了一大口，好像痛苦的長嘆了一口氣，很不安的向他瞥了一眼。

「那麼明天是我們的最後一天了。」她說。

「是啊。你什麼時候可以來看我？」

「有空隨時來。」

「就明天晚上吧。我們一起吃晚飯。」

「好。我想辦法向家裡找個藉口。」

「你爲什麼不下午就來，咱們可以多聊一會兒。」

「我看看有沒有辦法。」

她站起來，坐在桌子旁開始寫東西。金祝走近時，她就用手遮起一角。金祝很困惑，不再打擾她。然後她走到鏡子前梳頭髮。牡丹看來真是生就的美人胚子，金祝覺得柔腸九轉。

「我現在要出去，一個人。」她說。她微笑著把那封信交給他說：「我走了之後再看。」

金祝十分吃驚。「這是什麼？」他在她身後喊道：「請告訴我。」

「你自己看吧。」她掛著美麗的笑容走出去。

他撕開信封看那信：

原諒我，金祝。我沒有辦法親口對你說。我要遠走北京，我要離開你了。我們騙自己也沒有用。我曾癡狂愛你，盲目愛你，從未這樣愛過別人。但是，我們分手的時候到了。想辦法忘了我——你的牡丹吧。

我不能對你說謊。我愛上了別人。饒恕我。我再也無法將以前那份全心的愛奉獻給你。

我非常傷心，我知道你也一定有同樣的感覺。

明天我會來。

含淚的牡丹

金祝狠狠咒罵了一聲，用強而有力的手掌把信揉做一團。

他完全發狂了，像一個人在世上失去了方向。一件美好的東西已遭破壞無餘，剩下的只是黑暗無底的深淵。眼前的新變化，他沒有辦法相信。他知道她愛他。倘若他倆中間的愛不是如此真摯，如此美好，如此不凡，他也許還可以接受。

噢，不，他最愛的牡丹不會如此，經過那麼長時間的相識，那麼兩情相投，那麼純情至愛，他們又在廣大的世界中找到了彼此！一個鐘頭前，他們還手拉著手散步呢。

他把弄皺的信又舒展開，看了又看。顯然這一整天，她都想告訴他這件事。原來是真的，牡丹已經變了心。

他原想打破一切障礙，以求終於能和牡丹結合。但是牡丹自己成了破裂的原因，成了情愛的敵人，那該衝著誰發怒呢？

他覺得輕飄飄空洞洞的，彷彿被推入暗室，往下飄，往下飄，往下飄，飄入一片混沌的黑夜裡。他毫無抵抗力。

突然他劃起一根火柴，燒了那封信。火焰把那封信慢慢吞噬下去，他凝神注視，心中一陣狂喜。一陣淡淡的黑煙裊裊升高，散入空氣之中，發出熱辣的氣味。這次，跟往常他旅行時一樣，也隨身帶著牡丹最近寫給他的幾封信（其中也有牡丹寄到靖江的一封），為的是旅途寂寞中有與情人接近的感覺。他用火把那些信也點著，扔到一個銅盆裡。他這時想起有一部愛情小說，他才看了一半，使他心神恍惚。他覺得那種故事毫無意義，拿過來也同另外的信一齊投入火中。

不過那本書不容易燒光。他坐在地上，一張一張的撕開扔入火裡，直到銅盆燒得發熱發黑，黑紙灰飛入了空中。這時屋裡煙氣嗆人。他的手和臉都沾上了黑灰。他有一種快樂和解放的感覺。讓一切愛情化做黑煙飛去吧！

煙嗆著他，他打開窗子。一個旅館的夥計看見了黑煙，就叫旅館別的職員。有些人走出屋來，由院子對面往這邊望，他站在窗子前面，叫人走開，說沒有事，不用擔心。然後他仔細洗臉洗手，走了出去。

早已過了晚餐時刻，商店都關門了。只有寥寥幾家攤子和飯館還亮著燈，他忽然覺得頭暈眼花。這時小販的叫賣聲，飯攤上煤油燈冒起的黑煙，周圍男人和兒童的臉——都給他一種虛幻失真的樣子。時間似乎停止不動。在混亂中，他竟然還記得一件事：那就是他必須回蘇州去。他很渴望回到他的辦公桌那兒，為的是他好能再度把自己穩住。

回到了旅館裡，剛才隱隱作痛的肚子，現在又疼起來。他覺得有點發燒。沒有一個醫生能說出是什麼病。反正痛得不厲害，沒有什麼關係。

第二天下午三點，他聽到有人敲門。

「誰？」

「牡丹。」

他去開門。他們對望了一會兒，沒有笑容。

「進來吧。」他說。

牡丹還是一如往常那樣懶洋洋慢吞吞的走進屋去，眼睛向屋裡掃了一下。突然間，他又為她瘋狂起來。他開始苦笑。

「我守約來了。只是五點鐘我有個約會。」她馬上說。

「咱們說好要一塊兒吃飯的。」

「我會回來。幾點鐘？」

「八點。」

牡丹的眼睛一直盯著金祝。他對她的愛情和狂熱又恢復了。不，他不能生她的氣，只因為她是牡丹。

「好吧，牡丹。」他說。「我接受你的條件。謝謝過去這些年你給我的快樂。」

「金祝，」她的聲音裡帶有幾分難過，「我信裡說的都是真話。我希望我們還是朋友。」

「但是究竟出了什麼事？是我得罪了你嗎？我是不是做了什麼不應當做的事？我變了嗎？」

「都不是。」

「那為什麼？為什麼？為什麼？你變了。為什麼？」

「我也不知道。」

牡丹又沉默下去，像她往常的習慣一樣，照例倒在床上，一言不發。

他走上來想吻她。她伸出一隻手指，放在他嘴邊說：「不。」

「你一點兒都不愛我了？」

牡丹並未馬上回答。然後她慢慢清楚的說：「要就全心愛，不然就一點都不愛。」

他的自尊心受到傷害，沒有堅持什麼。他想知道她現在究竟是愛上誰，但是又不好意思問。

「你昨天晚上幹什麼了？」他問道。

「噢，我同幾個閨中好友出去了。我們到湖山春社，到一點半才回家。有人去划船。夜色很美。」

牡丹談論的話題與他們自己不相干時，兩人說話還是像好朋友，像以前一樣。他知道她有四五個要好的女友，有米小姐，還有別人。但是他覺得牡丹說的不是實話。

「你五點鐘要去見什麼人？」

「白薇和若水。」

「噢，白薇！老是白薇！」

她半坐起來：「你不相信？她要請我到桐廬她家去。」

她出嫁前幾年，他們常常晚上去看戲，總是拿白薇做掩護的幌子。他想起他們在桐廬露天狂歡的那一夜，那一夜，牡丹初次獻身給他。那是畢生難忘的，他們相愛的最高點。他還希望牡丹對他的愛沒有完全消失。

天氣很悶熱，牡丹把上衣最上面的扣子解開。金祝會錯了意，以為是故意給他的暗示。他走過去，想吻她。

但是牡丹瞪眼看著他說：「我跟你說過，我現在不能了。」

他覺得彷彿有人打了他一個嘴巴。

「那麼，咱們算是一刀兩斷了。」

牡丹沒有答腔。他明白了，情緣已斷。他覺得好像身體裏面有什麼猛咬了他一口。他用力在肚子疼痛的地方按了按，臉上頓時露出了痛苦的痙攣。

「怎麼啦？」她嚇慌了，忙問道。

「沒什麼。」

他沒有憤怒，也不覺得有什麼渴望，只覺得是冰冷的空虛。

他拿出皮夾，抽出牡丹送給他的一張相片，他離家時一向帶在身上，交還給她。接著，他拿出她送他的一束頭髮，原先是藏在紙包裡的。

「還有這個。」他用冰冷無情的口氣說。

牡丹用手接過來，悽然望著他。

「我把你的信也燒了，連最近你寫的那幾封信。」

牡丹眼中露出既痛苦又驚異的神氣，責備他說：「你燒了！你怎麼能這樣？」

「為什麼不行？」他強壓住聲音說。

「等一下我回來，你還要不要見我？」

「不要。何必呢？」

她愣得一句話也說不出來。過了一會，她眼睛連看他也沒看，說道：「我以為就算我們不再是情人，我們還能保持純潔的普通友誼。」

他火了，「我們的友誼什麼時候不純潔呢？你怎麼說這種話？我真不知該怎麼想？我們的夢已經破滅。是你破壞的。我們倆的愛怎麼能這麼輕易就煙消雲散？你怎麼會這麼無情？我相信你根本就不是個有至情的女人。我覺得你水性楊花，是個狐狸精。」

「不，我不水性楊花。相信我。」她幾近甜美地抗議說。

「那麼告訴我為什麼。」

「我沒有辦法解釋。別叫我解釋。我不知道。相信我，相信我沒有對你說謊。我確實愛過你。」

「我怎麼能再相信你！」他的聲音又響又脆，「我對你已經沒有信心。」

她覺得很傷心。雙眼淚水模糊，頭轉過去。

金祝不由得心軟，說：「你今天晚上還來嗎？」

「當然。你根本不瞭解我。」

「當然不瞭解。但是，咱們別再談情說愛。明天我要早起回蘇州去……噢，你這可愛的，又氣人的，瘋狂的牡丹！」

轉眼間，金祝的聲音又恢復正常，友好如初。他柔聲自語，既無責備，又無惡意，「我失去了一切。我的心已經死了。雖然我還像個活人，其實你已經殺了我。」

她幾乎做出求和的姿勢，有意給他一個吻。但是金祝裝做沒看見。他點起一支菸，噴出了一口，向牡丹微微一笑，卻是個冷笑。

牡丹勉強抖擻精神，到化妝室去洗洗臉。過了一會兒她走出來，把一塊淡粉色的手絹扔給金祝說：「喏。」

他想起以前向她要過。那是情人之間表示紀念的東西。

「不用了。如果你不愛我的話。」

他把粉紅手帕留在床上，一碰也不碰。牡丹拿了自己的東西，咬緊下唇，軟弱無力的走出去。

牡丹走了之後，金祝只覺得對自己，也對牡丹悶氣難消。悶氣之後，又悔恨交加，慚愧自己對她說話那麼兇。

他覺得他並沒有和牡丹真正就此完了，他也沒有對二人此次分手真能一笑置之。牡丹走出房間時咬著嘴唇的樣子，很使他心疼。他對牡丹的愛並不像他裝出來的那麼容易就消失了。他全身癱軟在一張木頭椅子上，整個人都崩潰了。一陣猛烈的情緒沖激他的全身。可是轉眼之間，他又討厭她的反覆無常，她的狠心，他自己的軟弱，以及一切事情。

那天晚上，她走進飯店的時候，他看到她的白色身影穿過人群中走來時，心不禁猛烈跳起來。他立刻站起來去迎接她，領她走到桌子旁邊。

她坐下來，用手掠掠掉下來的一綹頭髮，顯得安詳而沉靜，彷彿她準備接受他的一切態度，又彷彿她等著他說幾句奚落或難聽的話，或者冷冷的譏諷。她向金祝很快的瞥了一眼。那不是憤怒的一眼，而是責備的眼神。

「謝謝你來。」他客氣地說。他的自尊不容他顯出挫敗或懊惱的樣子。他要說的話，那天下午已經說過了。

一位光頭的老跑堂拿著菜單進來。他問她要什麼。兩個人都無心吃一頓快樂的餞別餐。她點了金橘大蔥烤羊肉，一個鍋煎豆腐。金祝叫了半瓶紹興，因為他知道牡丹吃飯時總愛喝一點酒，他又叫了一盤寧波蛤蜊。

「你真愛吃蛤蜊。」牡丹微笑說。

「我知道你不愛吃。」金祝也同樣微笑回答說。

「我向來不喜歡貝類。」

他從桌上伸過手去握住牡丹的手。她抬頭笑了笑，倆人好像又成了朋友。

「你原諒我了？」他說。

「原諒什麼？」

「原諒今天下午我那麼跟你說話。我們還是朋友吧？」

「當然是。這還用說？」

她戴著一串水晶項鍊，在柔光下一閃一閃的。他一向以她為榮，就像往日一樣，知道屋裡的其他男士，包括跑堂在內，都欣賞牡丹的美，對他有此美女陪同出入，都羨慕他的艷福。連光頭的老跑堂在端進烤羊肉時，也找機會說一兩句好話。

「我相信你會喜愛的，」他作一個手勢說，「這是我們的拿手菜。杭州沒有人燒得像我們一樣好。」

「烤肉就是烤肉嘛，還有什麼特別？」她照例對跑堂很隨便。

「噢，那可不一樣，這有秘訣。不是烤的問題，是烤前調味的問題。」他伸直了兩隻胳膊走開了。一個可愛的少女對一個老年男人的影響真是奇妙。

他們先喝酒，她用筷子夾了一個小金橘。她閉上眼睛輕嘆道：「噢，真好！……記得我們在桐廬採金橘嗎？在樹上摘下來就吃。」

「噢，是的，在桐廬，我記得。」

金祝低著頭，她斜睨了他一眼。他清楚記得他們怎麼樣在桐廬過了一夜，在曠野裡一條山溪旁邊，第二天，赤裸著身子去游水。現在最好不要想那種緊張熱情的場面，他馬上把那種思緒打住。他抬頭說：

「牡丹，我有話跟你說。」

「說吧。」

「你要去北京。在北京男人太多了，你千萬要小心。我不想看你受傷害，或是陷入什麼麻煩。」

「你的意思我不明白。」

他懷著無盡的悲哀說：「我漸漸死去，慢慢的，一點一點，我是說……」

「不要說這種話。」

「別管我。我要說的不是這個。」

「那是什麼？」

「你必須要保護自己。不要忘記我們在一起時是怎麼做的。小心有孩子——你知道我的意思。」

「噢，那個呀！」她大笑起來。「別擔心。」

「但是，我還是擔心。你也許會喜歡一個男人。他也許會喜歡你一段時間。若是出了事，你就麻煩了。」

「你知道我會照顧自己的。」

她的話充滿自信。他們談到各種古老的避孕方法。他們太熟了，所以談到很親密的細節。她要紙筆。他在衣袋裡摸出一本小冊子。他們把頭擠在一處。她開始畫一個類似春宮般的草圖，她吃吃而笑時，附近幾個茶房也在一旁看，感到十分有趣。

酒喝完了，他們又叫了兩碗粥來填肚子。大體上，這頓飯吃得還不錯。

她看看她的手錶。

「已經九點半，我得走了。」

他心裡一驚。

她解釋說：「我十點鐘還要見一個人。」

他看得出來她急著要走。心裡想：「好吧，原來如此。」這是他們最後的一晚。她要走了，未來的數年之內，可能無緣相見。她也許是特意安排這最後的一夜和他一起過，但是對她來說，卻無任何意義可言。她對他的熱情已經消逝了。這是冰冷、殘酷，逃避不了的現實。

金祝心裡想：「你是急於要和我分手。」但是卻沒有說出口。

他勉強起身，知道這次分離的後果。他忍耐著，付了賬，一起走出來。

外面下著傾盆大雨。他們站在門廊下等黃包車。

「你會給我寫信吧？」她問道。

「不。」

「我還能再見你嗎？」

「不。你再來時，我可能不在這兒了。」

她說，「那麼，我們就此告別了。」聲音裡有著深深的失望。

她仰起臉，向金祝很快的吻了一下。黃包車來了，他看她上車，她的臉從油布頂露出來，但是他看不清她是微笑，還是在哭。

最後，他的迷戀又佔滿了心胸，心裡不覺猛烈抽痛。他衝向半閉的黃包車邊，結結巴巴喊道：「祝你好運！」

7

我們的一言一行都遺留到身後。某些事情過去了，記憶卻依然存在，不知不覺悄悄襲入心中。熱情也會過去，悔恨卻是永恆的。金祝和牡丹分手的時候，兩個人都欺騙自己，以為兩人的關係從此斷絕，此生此世永遠不會再相見了。

牡丹和金祝的關係，影響著她的一生。有人相信，牡丹會遇到金祝，又失去他，他會娶別的女人，這都是天數。如果她能以閨女的身分嫁給他，就沒有故事可寫了，也沒有〈紅牡丹〉這個歌謠可唱了。另一方面，由於和金祝分手，也影響了金祝和她自己。是人控制命運？還是命運控制人，用神秘不可知的手法向有關的人報復？

牡丹對金祝說，她晚上陪白薇和其他女伴去划船，說的完全是實話。這兩天，孟嘉忙著辦事，包括去拜會太后的外甥貝勒怡親王也是其中之一。親王是兩江巡撫。孟嘉的行蹤被人知道後，各方的請帖和請求，如雪片般湧入秘書住的旅館。很多人要他提字，秘書陳禮給他帶來一大卷的上好宣紙。

他自然不能拒絕。像別的文人學者一樣，他隨身也帶著上好的墨和印章，專為畫畫蓋印之用，紙和筆則可以就地取材。他隨身還帶了一本心愛的宋詞，隨時抄錄。不然的話，他就把臨時想到評論詩詞的妙文雋語，寫成即景對聯或詩詞，也更爲人所喜愛。

他叫秘書婉拒其他的會見和邀請，他則躲在阿姨家。只有一個例外，就是當地詩人和作家所組成的西冷印社的邀請，不能謝絕。

第二天，牡丹接到嵐嵐帶來的一封短簡，說翰林希望當天下午和她相見，有諸多事情商談。他要上鳳凰山去祭拜母親的墳墓，該地位在城南的錢塘江邊，若由牡丹的家出發，步行也不過半小時。因此他預備掃墓歸途中去看牡丹，他們可以在西湖的西冷印社吃茶點，正好居高臨下，俯瞰西湖景色。

「你也一起來嘛。」牡丹對妹妹說。

「不。我不包括在內，他沒有提到我。」茉莉說：「你去了問他什麼時候起身進京，我們該帶什麼衣服。現在你要穿什麼？」

「和平常一樣啊。」牡丹說，「穿我的黑馬褲！」

「難看死了！」

「他不會介意的。反正我不能穿絲綢衣裳。」

「我的意思是，你該穿得莊重些，不要太隨便。他不會生氣嗎？……我是指守喪的事。」

「不會，我瞭解他。」

牡丹若是打算穿得隨便，那誰還能比得過她！那天萬里晴空，乾爽而不冷。她穿一套淺藍色的舊上衣，黑馬褲，都有些破舊了。

茉莉佩服她陪翰林出門的那份超人的自信。她具有茉莉所缺乏的膽量；似乎遇到什麼事都能輕易解決。

他們的馬車停在白堤上的「西冷印社」，堤岸在明朗的秋日裡點綴著棕黃的垂柳，右邊是著名的「樓外樓」飯店，左邊是清代文人俞曲園的故居。

「西冷印社」建在一個陡坡上，坡上遍植櫻桃、蘋果、梨和其他特選的果樹。一列長石階通到頂端，所以站在上面可以俯瞰下面的飯館。社裡有不少房間陳列著藝術品。牆上掛著一卷卷當代名家的書法。

孟嘉仔細鑑賞當地詩人安德年所寫的一副五尺長的字軸。他對這位詩人遒健狂放的字體十分欣賞。事實上，那不算對聯，卻含有兩句生動的五言詩：

錢塘擁天竺，鳳凰跨錢塘

這副對聯是詩人靈感突來的佳作。這十個字就是描寫他們眼前杭州城的地勢，文句中沒有一個形容詞，只有錢塘江一個江名，鳳凰山和天竺山兩個山名。這兩句詩的力量完全在兩個生動的動詞上，就是「擁」字和「跨」字。

「我懷疑自己能寫得比這更好。」孟嘉以極欣賞的口氣說：「他們昨天晚上請我，安德年也在。此人頗可敬重。」

「他長得什麼樣子？」

「一個很有才氣的年輕詩人，個性也很活潑，瀟灑不俗。我喜歡他。他完全出之以本色，毫不矯揉造作。」

他們走到外面涼台上去喝茶。往遠處望，正是寬闊的錢塘江，浩浩蕩蕩流入海灣，在晚秋的下午，真像一條玉帶。在右邊，一簇一簇的雲自天竺山裊裊而起，在遠處的天空，呈紫紅色，附近的鳳凰山上，正如那副對聯裡所說，正跨在錢塘江上。在他們下面，淺藍的西湖似乎在下面酣眠，把多彩多姿的岸上的亭台樹木全映入水中。

他們後面是裡西湖和保俶塔。保俶塔已經有接近一千年的歷史，根據地方傳說，白蛇精就壓在保俶塔的石拱之下。西湖中央是「三潭印月」，猶如一個仙島。離他倆最近的下面，一帶垂柳掩映，正是「柳浪聞鶯」。現在他們看得見「三潭印月」，那個小島好像一個寺院，正前面有三個高低相續的池塘，在夜晚，遊客可以在這三個池塘中同時看見三個月亮。

牡丹懶洋洋的坐在硬木椅上，兩條腿穿著半磨損的馬褲和半舊的鞋，直直的伸著。孟嘉要侍者把茶壺放在桌子上，他會自己倒。這話的意思，茶房自然領會了。

牡丹的心卜通卜通亂跳，和這個男人在一塊兒，驚異之感、愛慕之意交集於心頭，他結實的雙頰，在陽光下顯出沉重的線條——一個算學者又不算學者的男人。

就外表看來，他會被誤認爲慣走江湖的生意人。他態度從容輕鬆，不拘細節，也可以說，不像做官的。他喜歡把袖子捲到腕上好幾寸的地方，翻出白色的內袖。現在她做夢般半閉著眼睛凝視湖上的景色，她知道他正望著她。

「你在想什麼？」他問道。

「沒想什麼。只是任憑心緒自由飄蕩，很快樂。你呢？」她的聲音在清新的空氣裡清脆的振動，有如麻雀啁啾。

「我正在望著你出神。」

「幹嘛出神？」她斜睨了他一眼。

「想我們的奇遇。你為什麼和我一樣走宜興呢？我選那條路，是因為比較開闊……」

「我走那條路是因為我想從太湖經過。」

「若不然，我們也許永遠不會遇見……牡丹，聽我說。我們以堂兄妹的身分住在一起。但是我們永遠沒法結婚。你確定這樣你行嗎？我覺得我沒有權利……但是我很需要你。不管我們能不能結婚，我們都屬於對方。」

「當然，」她把臉毅然決然的轉向孟嘉，「你就是我的一切。我不知道你看上我哪一點，我自己都無法相信。你在福州的時候，我偶爾還以為是自己做夢呢——我們在船上的情形，都好像是夢。」

「我告訴你一件事，你也許把我看做一個京官。可是我有我自己的夢，那夢就是兩個樸質坦白的人組成一個家。剛才我一直看著你，確信我們倆是理想的一對。我一直怕結婚，婆媳和岳父母之間沒完沒了的麻煩，社會上的面子，無謂的閒言碎語。過去我總是聽見人說張某人娶了兵部侍郎的侄女兒，李某人是江西總督的外甥。當然，我也是那類形形色色人等之中的一個。比如說吧，噢，梁翰林，他不是軍機大臣的女婿嗎？或是他和甘肅督辦都是娶的李家的小姐呀。聽來聽去，你都忘記自己置身何地，你是什麼人了。我第一次結婚就是如此。但是我有自己的一個夢——

一個小小的家庭，有像你這樣的心愛女子爲伴，單純，愉快，全心相愛，而不拘泥傳統俗禮。這樣就夠了，別的我一無所求。你完全符合這個夢想。你這個打扮就很好，就這樣子。」

牡丹不相信的笑笑，問他：「就像這個樣子？」

「穿衣服是看情形。當然你不能穿著這樣的衣服進皇宮。可是到沙漠海島，你這個打扮可就再好沒有……我看你穿著這種衣裳，也不會大驚小怪的。」

牡丹咯咯笑。「你知道，我父親不過是一個銀行職員。這不是很妙嗎？」

「不只是這樣。我相信一個人出生後，他的靈魂就到處尋找那與他相配的另一半。他可能一輩子找不著，也許需要十年二十年才找著。女人也是如此。但是他們遇見時，馬上認得出對方，全憑直覺，無需討論，無需理由，雙方都是如此。他們知道生出來以後，便已開始互相尋找。他們融在一起，誰也拆不開他們；他們被宇宙間最強的力量連接在一起。那天看鵜鶘，你把手臂擱在我手上，你給我的，就是那種感覺。一切發生得那麼快。」

她柔聲答道：「我不知道自己配不配，但是我對你的感覺也是一樣。是一種甜蜜的感覺，完全輕鬆自在，彷彿我們上一輩子就認識了。也許是真的。」

「當然是真的。」

她上前靠在石欄上，對最近自己的遭遇思潮起伏，似乎不勝今昔之感。金祝突然闖入她的意識中，使她覺得無限的悲傷。

孟嘉看到牡丹穿著馬褲的雙腳斜伸著，下巴托在手臂上。她一直這個樣子不動，約有五分鐘，悲喜交集。然後，她聽到他推開椅子，向她身後走來。

他用手搭著她的肩膀，她站直了身子，回過頭說：「這樣的一刻不是很美妙嗎？一旦過去，便無法再現了。」

「當然無法再現。每一件事情都會過去。一千年前，蘇東坡就站在這裡。你若仔細看他的詩，就會知道。」

「當時朝雲是不是陪著他？」

「他們在西湖邂逅的時候，朝雲才十二三歲。她是他真正心愛的女子，並不是他的妻子。你知道嗎？」

「我知道，她比蘇東坡年輕很多。」

「不錯，東坡流放在外，朝雲陪伴著他一起去的。但是他倆很相愛，彼此相依爲命。東坡最好的詩詞都是爲朝雲寫的，文氣煥發，崇高優美。」

他站在她身邊。從她肩上眺望遠處的風景，忽然靈感出現。

「我爲你做一副對聯吧。」他說。

髮翠捲生天竺雲
酥胸俯臨三潭月

牡丹向孟嘉微笑，兩眼含情脈脈。

後來，她把這副對聯念給白薇聽，白薇說：「好美的一副對聯呀！」

他們手拉手走回座位。

「我們什麼時候動身上京呢?」

「我還不知道呢。昨天晚上我和瑞甫姨丈談起。我說我大概可以勸怡親王來參加宗親的宴會,他很喜歡這個主意。我知道,我若開口邀請他,他會來的。但是我們得先看看他何時有空。等宗親請完,我們就可以啓程上京了。」

「你和親王是不是說滿洲話?聽說你真的會說滿洲話。」

「一點點——勉強對付吧,……我想找個清靜隱僻的地方去休息一下。我一直想到天目山去,不過對你來說,這一段路太辛苦了。」

「我?」

「還會有誰?我心裡只有你,我是指一個我們可以單獨聚會的地方,沒有人認識我們。有什麼主意嗎?」

她立刻想到一個好主意。

「我約你去桐廬,你肯不肯去?我的好朋友白薇和她丈夫就住在桐廬。我要你見見她,她還沒見過你,已經崇拜你了。」

「我是想到一個清靜的地方,那兒誰都沒有,只有你和我。」

「到了那兒,也只有咱們倆——剛才你還說你有你自己的一個夢,簡單樸質的家裡只有兩個人,那個家,要遠離開紅塵的煩囂。白薇和若水現在過的生活就和你說的一樣,在紅塵飛不到的青山綠水深處。我想你一定喜愛那個地方。我和白薇是無話不說的。到了那兒,我們怎麼樣都可以。」

「你真會說服人。」

「你答應去啦？……那我得告訴她。她一定高興極了。」

「從你談到你朋友的口氣，好像你跟我到北京去，我還得獲得她的同意呢。」

「別那麼說嘛。你會喜歡她的，我知道。」

8

牡丹和孟嘉從富春江逆流而上，但見兩岸秋山赤紅金黃，景色艷麗。南方這一帶，草木蔥蘢。岸上危崖聳立，高百餘尺。水道又寬又深，山勢巍峨，翠影輝映，使江水呈碧綠色。沿江風光之美，爲人間所罕見。

富春江北自延州和天目江相會，南自金華和屯溪相會，全境土壤肥沃，商業茂盛。河船把人車運到杭州。這裡已不是北部的荒山，而是森林密佈、鳥語啾啾的壯麗高原，從安徽南部白雪皚皚的黃山一路綿延幾百里。富春江確實頗富春意。

孟嘉和牡丹與十幾位旅客共乘一條船。白薇已經提早一天回去，準備迎接他們。他們在船上確實不受打擾，牡丹一路不斷聊天，知道沒有人曉得他們的身分——自由享受富麗山水的奧妙，一心沉醉在熱戀的柔情蜜意之中。她知道那天晚上免不了要發生的事情。

船在桐廬靠岸，有幾位旅客下船。那是一座只有兩三條碎石街的河港。若水戴著黑色的俄國羔皮帽，站在碼頭上迎接他們，帶他們回家。那個土耳其式的高帽子更使他給人一個頎長的印象。

在當地河邊的村落裡，他是家喻戶曉的人物。消瘦蒼白，顯得英俊又醒目；白皙的膚色和整齊的小鬍子，使他很迷人。不知爲什麼，他總喜歡穿著一件寬鬆的長袍，脖子不扣鈕扣，整件垂下來像個口袋。

「白薇在家裡等你們。她很抱歉，不能親自下山。」

「有您一個人來就夠了。」孟嘉說。

若水已經雇好了苦力來搬他們的行李，另外又雇了三頂轎子。

「我們不能走上去嗎？」孟嘉問道。

「這段路有兩里遠呢。」

孟嘉轉向牡丹，「你覺得呢？」

「風景這麼美，我們何不走一走？」

「不如這樣，」若水建議說，「我們上轎。要走隨時可以下來走。我已經買了兩根手杖。」

「這才好玩。」牡丹抓起一支節骨嶙嶙沒有上漆的拐杖，是從當地樹林裡砍下來的。

「看你興致這麼高，真是太好了。」若水說。牡丹眼睛不住閃動著快樂的光，前後左右跑來跑去。

幾個年輕的轎夫爭著要抬牡丹，「上我的轎子！」「坐我的！」他們大聲喊著。

這種爬山的轎子結構至為簡單，就是一把矮籐椅子，前面繫著一塊板子供放腳之用，兩根大竹竿子從椅臂下穿過，捆緊起來。牡丹邁步坐上去，轎夫抬起來，往前走去，她看見若水的黑帽子在前面一起一伏的。孟嘉的轎子殿後。

半路上，她看見一隻山雞飛進樹林裡，顏色鮮艷的羽毛長尾在後面拖著，她回頭指給孟嘉看。

「小姐，坐好哇！別亂動！」她的轎夫說。別的轎夫也接著說同樣的話。因爲轎子上每一兩重量都壓在他們的肩膀上，平穩對他們是很重要的。

「噢，對不起……我們何不下來讓他們輕鬆一點？我想走路，又何必要人扛著走呢？」

孟嘉和若水也有同感，馬上同意了。轎子停下來。

她下轎的時候，其中一個轎夫說：「沒見過這樣的小姐。」

她對那些轎夫很自然親切，「你們抬我會不會太重？」

「不，一點兒也不。什麼時候您想上去，就告訴我們。這是我們的榮幸。」

他們都下來，站著眺望鄰近的山峰，轎夫則用黑色毛巾擦汗，年歲最大的則在喘氣。

「老伯，不忙。」孟嘉說，「離這兒還有多遠？」

「我們已經走了三分之二，剩下不到半個鐘頭了。」

山徑蜿蜒穿過一小段山茱萸和楓樹林。路上零零落落列著突出的樹根和石頭，幸而紅土地十分乾燥，走起來還容易。他們三個人向前步行，轎夫抬著轎子在後面跟著。若水特別注意孟嘉，他邁著矯健的步伐，慢慢的向前走。

若水說：「你看見我們後面那個老人了吧。一年冬天，我由下面上來。當時風大，一路都難走。離頂上只走了一半，他覺得沒法兒扛上去了。他咳嗽得厲害。我說我下轎走，讓他和他的同伴下山去。您猜怎麼著？我給他轎子錢，他不肯要。他說：『不，不要。我應當把您抬上去，現在抬不上去了，錢不能要。』我只好勉強他拿著，最後，他只好接受了，不過不像是當做工錢，是當做賞錢拿的。這種人可以說是今之古人，現在不容易找了。」

他們走出樹林，來到平坦的高地。向後回顧，看得見下面那個小小的村子。他們右邊，山地一直向下傾斜。那段暗綠的山坡的遠處，山峰重重，高聳天際，淺淡的藍色，與遙遠的碧落混而不可分。他們看見路遠處的頂端，有一個瀑布自高處傾瀉而下，在陽光之中閃耀，猶如晶亮的銀線。山間的空氣微帶涼意，但涼意襲人，頗覺愉快。他們只走上來一里地，就來到一個嶄新的天地，花草樹木大爲不同，空氣芬芳如酒。

「真是天上人間，對不對？」牡丹對孟嘉說。

「山上有什麼飛禽走獸？」學者問主人說。

「有野兔──你會看到牠們跑來跑去。還有一種小頭的花鹿，土撥鼠多得是。聽說有野豬，不敢說是不是真有。您打獵嗎？」

「很少。」

「我寧可別打擾牠們。」若水說。

「你的居所很僻靜。」

「我住的那個地方，旁邊只有一戶農家。偶爾有牧羊人上來，我們就會聽見羊叫。我們真的沒有什麼好招待你們，只有取之不盡的新鮮的空氣。」

孟嘉很快就喜歡他了。「你是一個隨自己喜好過日子的人。有你這樣福氣的人並不多。」

「不是嗎？」牡丹很高興，「來此世外深山居住，真得需要勇氣哩。」

他們一直往上走，直到河邊才看見房子。若水對轎夫說：「我想我們不坐轎了。你們要上來喝杯茶呢？還是要回去？」

轎夫說天快黑了，如果不要他們扛轎，他們寧願早點回家。只有一個人跟他們上去。他扛著行李，等會兒再替夥伴收錢。

若水指著左邊河堤上的一個缺口，說再往前走就是嚴子陵釣台了。

「太棒了。明天我們去看看。」

「那邊風很大，呼嘯吹過山谷，可以把你的帽子吹掉。」

「等一下！」牡丹對孟嘉說：「明天是重陽。你的名字正好和晉朝的孟嘉一模一樣。不是很巧嗎！」

在晉朝，清談之風最盛的時候，江夏人孟嘉在重陽與人共遊龍山，風吹落帽而不覺，因此典故，他使重九出了名，而重九也和「孟嘉落帽」永不可分了。

「你若不提，我還沒想到呢。」孟嘉說。

「我也沒想到，是白薇記得，她告訴我的。咱們要慶祝一番。」

轉過山頂之後，若水的房子已經在望，隱藏在一個山頭的凹進之處。他們看到一個白衣的女人身影走出來。

「白薇！」牡丹叫道，隨即加速跑過去。

白薇向牡丹揮手，表示歡迎，然後走下山坡來迎接他們。白薇步態輕盈，像是溜下來而不是走下來的，動作敏捷像豹。她身段極爲窈窕。孟嘉看見白薇眉清目秀，鼻樑筆直。頭髮向後梳得十分平滑，也像牡丹一樣，穿得很隨便，只是一件短褂子，一條褲子。

她的眼睛直盯著初次相見的梁翰林。經介紹之後，她大方的微微一笑，露出一口美麗的貝齒說：「大駕光臨，蓬蓽生輝。」

孟嘉客氣的回答。抬起頭來看綠釉燒就的這所別墅的名牌。

「這齋名好奇特！」孟嘉輕輕讚嘆一聲。小屋名叫「不能忘情齋」。

「你看完這個地方的景色再說吧。」牡丹的聲音洋溢著喜悅和熱情。

他們走進屋去。白薇的目光幾乎一直沒離開她這位貴客，因為她已經知道她這位好友的秘密，在她眼裡，他是牡丹的愛人而不是一位學者。屋裡光線充足，空氣流通；傢俱淳樸簡單，有未經修飾的本色。一雙粉紅色的拖鞋在地板當中擺著，看來頗為顯眼。

「喂，白薇！」她丈夫說，「有客人來，我以為你把屋子收拾了一下呢。」

「我沒收拾嗎？」白薇向丈夫甜蜜的微笑說：「我已經盡力收拾過了。」

牡丹的眼睛笑得瞇成一條縫。「我不是跟你說過嗎？」她對孟嘉說。

「真是難以相信，」孟嘉詫異地說，「你們在這兒創造了一個愛巢，一個你們自己的世界！」他心想，地板中間若是沒有那雙粉紅色的拖鞋，這間屋子就不那麼像愛巢了。屋裡有幾個沒有上漆的書架，亂糟糟擺著不少書籍。右邊擺著一個鴉片煙榻。

「你們抽鴉片？」孟嘉問道。

「不，只是陳設而已。白薇要擺在那兒。使這個屋裡覺得溫暖，尤其是夜裡點上煤油燈之後。」

「來，我帶你看看我的花園。」若水說。他帶客人走到面臨江水的高台。約兩百尺深的下面就是那緩緩而流的深綠色的富春江。懸崖之下拴著一條漁船，看來只像一片發黑的竹葉。在江對面的岩石岸上，山巒聳立，現在山巒的頂端正是楓葉如火，在微風中輕輕顫動，夕陽餘光照在葉子上，楓葉往下顏色漸漸成爲赤紫、棕褐、金黃，如浪，如雲。右邊江面半隱半現，對岸則鄉野平闊，漸漸沒入遠方。

「你的花園在哪兒？」孟嘉問。

「這就是我的花園。」若水從容風趣的回答說：「景色隨四時而改變，妙的是，我不必花一文錢去照顧它。」

孟嘉頗有會於心。他不由得念出「不能忘情」四個字。「真的，真是不能忘情。」

他們回到客廳。白薇帶牡丹去看她南側的房子。這間屋子是空著的臥室，有時若水白天在此休息。

若水陪翰林到旁邊的書房，桌上早已擺著一壺水。

「隨身用的東西您都有吧？您該梳洗梳洗，歇息一下。」

「這屋子好極了。」孟嘉高興地說，他很滿意這樣的安排。

若水告辭，然後進廚房去了。於是白薇帶著牡丹到房子另一端的臥室去聊天。過了半天倆人才出來；發現孟嘉一個人閒逛，在打量書房窗外人造的假山。

「若水呢？」孟嘉問道。

「他在廚房。」白薇解釋說。

「若水很會做菜呢。」牡丹說。

孟嘉覺得若水真妙。他的名字取自老子的名言「上善若水，水利萬物而不爭，處眾人之所惡，故幾於道。」孟嘉很想瞭解這位處士的性格。

「他在廚房做什麼？」孟嘉問道。

白薇回答說：「他什麼都不做，也什麼都做。他現在正在煮羊頭給你們接風呢。他興之所至，也提筆作畫。他也寫詩。他親自設計我們的家具。他也種菜，還幫農夫的孩子去澆菜園子——」

孟嘉還是弄不清楚他為什麼要選擇這樣的生活。一個人若過得快樂，並且生活上一無所為而且自覺滿足，必有其偉大之處。也許正如齋名給人的印象，是一個脾氣端莊、才思雋永的人，他知道人生的真諦，認為自己應當把人生過得十分美滿，至少別加以破壞。有白薇相伴，他夢想中滿足的生活似乎已經實現，如願以償。

首先，一個主張不殺生的人，卻是一個烹製羊頭肉的行家，就是一大矛盾，也是他「不能忘情」的一個例子。他不殺生，但他並不堅持吃素，並不戒絕肉食。他兩手端著砂鍋由廚房出來時，他的臉上因為製此美味，顯得又喜悅又得意。他做菜是個行家，這是毫無疑問的。

這道菜熱騰騰端上來，肉的肌理像是小牛肉。孟嘉嘗出裡面有酒和補藥的味道，軟骨燉到像膠狀的軟糊，還加了別的東西去調味。

他對客人說：「在山裡，沒有別的東西好招待你們。不過我們的羊肉極好，有肉有酒，我希望今天晚上你們可以開懷盡興。我想我燉得恰到好處。」

他站起來，挑最好的肉，連滷汁、蔥花和香菇放在孟嘉和牡丹碗裡。

他舉杯敬客，大家對這個菜的獨到，讚不絕口。

孟嘉說：「告訴我，爲什麼你把這個別墅叫這個名字。有幾分淒苦，是不是？」

「『太上忘情』，是爲神仙。」若水引用莊子的話說，「我不是神仙，也不能永遠不朽。翰林，您覺得這個名字有幾分古怪嗎？」

「聽來這更像個香巢的雅名啊。」

「也許有那個味道吧。我要說的是，我們的生活是有感情的，有理性的。我認爲我們不應當抑制感情和理性，而應當充分發揮其本性。最重要的是，不要毀損這種天性，可是在政治和社會上，偏偏就要毀損這種本性。我爲自己立了三條規則：不害人，不殺生，不糟蹋五穀雜糧。而正面的只有一條，那就是對人生一切事情，對周圍的草木鳥獸，我應當感恩。即使我們做家庭中煩瑣辛苦的事，也應當高高興興的做，因爲這是生活對我們的賞賜。爲什麼陶侃早晨搬出幾百塊磚，晚上又搬回去？我想他是在享受生活對人的賞賜。」

孟嘉明白了。這位主人具有魏晉一切浪漫詩人的氣質。「我看你就是正在過這樣的生活，有慾望有情感的生活，並且予以充分發揮。至少你燉的這鍋羊頭確實把這種肉的美味充分發揮出來了。」

若水覺得高興或好玩的時候，總是皺皺鼻子，嘴邊周圍的紋路也加深了。他柔聲說：

「你完全體會出我的意思了。天下若沒有花兒，什麼也不用提了；因爲有花兒，我們就得去聞。天下若沒有鳥聲，一切也不用提了；既然有鳥聲，我們就得去聽。天下既然有女人，我們就得去愛，就得憐香惜玉。因爲羊肉味道如此鮮美無比，就得把這味道誘發出來，就得要品嚐。這樣，這羊才不虛此生。可是，我不去殺羊。別人要殺，我不管。對別人的生活，我都持此種態度。為什麼我們不能對別人，對一切鳥獸任其自然呢？我不去做官，也就是這種道理。對百姓不必去干涉管理。他們都是好百姓……對不起，我說得太多了，我大概喝多了一點。」

「正相反，我同意你的看法，」孟嘉說，「現在我明白你們夫婦為什麼過得這麼快樂了。我真心同意，政府管的越少，老百姓越快樂。」

飯後，他們四個人一同到書齋去。牡丹請白薇拿她的畫像給孟嘉看。白薇選了二十幾張，都是注意面部表情的。白薇似乎喜歡畫農夫和窮苦人的畫像。有幾張是一個鄉村傻子的畫像，特別討她喜愛。她說，在普通漁夫、獵戶、牧羊人的臉上，比城市裡嬌生慣養的富人的臉上，更富有個性。由於這些畫像，可以看出她對勞苦大眾的同情，她的悲天憫人的思想。有一個瘸腿的乞丐，一個有精神病的人，還有一個鄉下老太婆，這個老太婆彎腰拄著一根牧羊人的手杖，這幾個人的像，臉上特別有神氣。

若水以體貼妻子的心情，把這些照片一張一張的指給客人看。白薇有時候很坦白的說：「我喜歡這張。」有時別人恭維她的寫生畫時，她微微撅起嘴來，表示謙謝。

「你們倆的生活真寫意！」孟嘉發現這一對年輕夫婦，顯得很高興，「說老實話，我對婚姻生活一向不大看得起。現在看見你們倆生活得像一對鴛鴦一樣，我也許改變了看法。」

白薇似乎深有所思，她說：「我想，能使生活美滿的，只有愛情，感情由內心發出，就影響我們的生活。生活裡似乎有許多醜的，痛苦的事。你看多少渴求的眼光，多少因飢餓而張著的嘴，他們都需要滿足。那麼多的殺害，大屠殺，互相仇恨，在自然界如此，在社會上也是如此。可是，人能憑想像把生活重新創造，把對生活的想法表現出來，而不是原來生活的本相，我們就可以對真實的生活拉開一段距離，再由於對藝術的愛，我們就可以把醜陋與痛苦轉變爲美而觀賞了。」

「你們看，她還有一大篇理論呢。」若水說。在燈光之下，白薇確實很美，只因爲她充滿愛的光輝。

這就是白薇。雖然牡丹也有同樣的感覺，她卻不會用言語表達。白薇往往能夠幫助牡丹說出她潛在的思想和情緒。牡丹和白薇在一起，比在父母妹妹前，更能暢所欲言，能夠表白內心的感受。

白薇現在又像圓滑的女主人了，「你們累了一天，好好休息吧。」她指著一個裝了滿壺熱茶的暖罩，又張羅好他們晚上要用的東西。孟嘉在書房的床已經鋪好，牡丹的床則是在隔壁的那間臥房。

白薇向他們道晚安去就寢時，牡丹和她交換了一下眼神。

「你喜不喜歡我這兩個朋友？」房門關上之後，牡丹問孟嘉。

「很喜歡。真是迷人的一對！」

「所以我才很希望你認識他們。」

現在，他們才算真正兩個人在一起了。孟嘉已經預感對於下一步會有什麼事發生。他渴望單獨接近她。白薇離去的時候，他看到牡丹唇邊有一絲會意的微笑。但是他克制住自己，覺得他不該欺負牡丹，要等她自動投入他懷抱。

牡丹兩頰泛起了紅暈，眼睛避免向孟嘉正視。孟嘉坐在若水常坐的椅子裡，手正翻動桌子上的一本書。牡丹向桌子走過來，站在孟嘉前面，美麗的臉蛋和濃密的睫毛在柔和的燈光下泛出光彩，渾圓的下腹貼著桌邊。

忽然，她低下頭說：「你看什麼呢？」

「若水的一本書。」

兩個人的面孔貼得很近，孟嘉能看見牡丹的眸子閃動不已，流露出女人的魔力和神秘。這時候，她伸手握住他的手，兩眼脈脈含情的望著他。她似乎正在盡力壓制心裡的羞愧。孟嘉以無限的柔情輕輕吻了一下牡丹的手，說了聲：「三妹。」

牡丹擺脫開他，「你要不要喝杯茶？」

她走到旁邊的桌子，倒了一杯茶給孟嘉端過來。孟嘉站起來，也向牡丹走過去。兩人四目交投，窘迫的對望一眼。她看著他也看著杯子，小心翼翼端茶，讓自己顯得專心些。他接過茶杯，放在桌上。還弄不清怎麼回事，兩人已緊緊相擁，又衝動又自然。他們熱烈相吻，滿足了強烈的渴望和相思。

她的頭擱在他的脖子上。孟嘉聽得見牡丹急促的喘息，也感覺到她那柔軟的身體發散出的溫暖。

牡丹忽然抬起臉來，靠近孟嘉說：「替我抓抓背，我覺得好癢。」

他聽命行事，把手伸進牡丹的上衣。這也是他平生奉命做的最異乎尋常的一件事。

「上面的肩膀上。輕一點兒。」她把頭斜放在他肩上，輕輕笑著。「靠左一點……啊……好舒服……低一點……再低一點。」

孟嘉想，他真的從來沒見過像她這樣的少女或婦人。

「你要喝點茶嗎？」他說著把她剛才給他倒的那碗茶遞給她，只為了要顯得有事做。

她接過茶杯，聞了聞茶的香氣。「你呢？」她又去給他倒了一杯。

「我一點兒也不想睡。」她用嘴唇抿了一點茶，說：「你若不打算立刻睡，我就多陪你一會兒。」

「不，還不到九點鐘哩。我通常都看書看到半夜。」

「那我就留下來。」

孟嘉是中年男子，他知道若能完全佔有她，會十分快樂，但是他卻等她自己投入懷抱——只要她自己願意。這也是向堂妹表示尊重。在牡丹這一方面，她早已打算今天晚上以身相委，可是仍然克制著自己，因為她仍然遠遠地崇拜這個男人。

他點了一根菸，假裝做他福州之行的筆記。

她走到牆邊的床上躺下來。

「你若不介意，我就在這裡休息，你忙你的工作。」

「沒關係。」在這一刻，大男人比女人更覺得侷促不安。要剝去道德的約束和實際的外衣，可真需要幾番掙扎力氣。

她從床頭架子上順手拿下一本書，試著看下去。就這樣過了尷尬不安的五分鐘。

「大哥，」她說，「你不介意我打擾你吧？你以前難道沒有真正戀愛過？」

「我記得只有一次，那時候我年紀很輕。我寧可別談那件事。你為什麼想知道呢？」

「因為我想知道你的一切。」

「是的，我確實愛過一個女孩。她很美。老天，她真美！她拋棄了我，嫁了一個富家之子。就這樣結束了。」

「初戀最難忘。」她嘆了一口氣說。

「是啊，你說得不錯。最初，我好痛苦。後來很快就擺脫了那種痛苦，和她談戀愛只是一場遊戲。從此我就對女人敬而遠之了。」

他說得並不精彩，因爲他心不在焉，而且那件事他覺得很不愉快。他不知道如何是好，就點了一根菸。他推開椅子，站在窗口附近，背對著她。

「你拿一根菸給我好嗎？」他聽到她說。他回頭看到她坐起來，身上蓋著被子。他點了一根菸，坐到床上，把菸遞給她。她一言不發，努起嘴唇，把他拉近了她身邊。他們接了一個長長的吻，她享受他的親吻，好像要解除長久痛苦的乾渴似的。

「噢，孟嘉！」這是她第一次叫他的名字。

「三妹，」他一面愛撫她的臉蛋，一面說，「你想像不出我和你分手之後，是怎麼樣的心情——在船上，在路上，在馬上，翻山越嶺——我總是想像你在我身邊。我似乎丟了魂兒，我茫然不知如何是好。我渴望你的隻字片語，我把你留在船上的那一封短信『給我寫信』四個字一直帶著。這封你親手寫的短信對我太重要，我就覺得你在我身邊。」

「我收到你寄來的兩封信了。」

「我再不願離開你。我是你的！永遠，生生世世。」

「我也是。」她又獻上一個熱吻，很自然的說：「把燈熄了吧。來，在這好好躺一會兒。」

他去熄了燈。一輪明月從窗口射進來，在山谷中顯得更明亮皎潔。他開始寬衣。抬頭一看，她正把襪子和衣服一件一件脫下來，扔在床邊的地板上。

然後兩人的肉體和靈魂，在痛苦和喜悅的狂歡之中一同融化了，肉體長期積鬱的渴望，終於突然獲得了滿足。兩個人合二爲一了。陰陽相交，九天動搖，星斗紛墜，彼此只有觸摸對方，緊抱對方，兩人彷彿忽然沉陷入遠古洪荒的時代，不可知的原始天地，只有黏液，變形蟲，有刺的軟軟的水母，吸噏的海葵。只有肉的感覺，別的一無所有了。他們彷彿在全宇宙的黑暗裡，在難以忍受的痛苦和喜悅裡正在死去，彷彿只有這樣死過去成神仙，才能創造下一代。然後，旋轉衝撞的動作稍微低弱下來，她的雙手擱在他身上，以無限的甜蜜、溫軟的情愛在移動、尋求、探索、捏搓、緊壓、撫摩著。

「你舒服嗎？」她問道。

「很舒服。」

「我也是。」她喉嚨裡發出低微急速的呻吟聲。「千萬不要看不起我。我愛你——瘋狂的愛你。」

「你不回你的屋裡去嗎？」

「不。」

於是倆人坐起來聊天。之後不禁又再度做鴛鴦之戲。孟嘉發現牡丹那個嬌小玲瓏的身體，竟藏有那麼深厚的愛，真感到意外。現在在黎明以前熹微的光亮中，孟嘉恣意觀看美人的睡態。凝視牡丹在酣睡中的面容：那微微撅起的雙唇，長而黑的睫毛——她那關閉的心靈百葉窗，她兩個眼睛下面迅速顫動的肌肉，現在是一片平靜，就像風雨之夜過後湖面的黎明，她那雪白的肉體，那麼勻稱，那麼完美，他看來真是又驚又喜。

他是多麼愛她，愛她的整個的人，再加她的精神，她的靈魂，還有她的肉體。孟嘉所感覺的，在一次滿足之後，並不是一種解決，也不是肉體壓力的解除和擺脫，而是在親暱的瞭解她的肉體之後，而對她的心靈有了新的認識，同時對人生有了一種新的力量，新的目的，因爲他們的結合不只是肉慾的滿足，而是緣定三生的兩個心靈全部的融洽結合。這一夜使他對愛有了一個新的體驗，是他前所未知，以前認爲斷然不可能的；並且由於牡丹給予他的光與力，更加大了他人生的深度。

他點了一根火柴，看到鐘面指著四點。他輕輕拍了拍牡丹。

「三妹，」他叫道，「你還是回到你的屋裡去睡吧——顧全禮法。」

牡丹只回答了句：「喔，不。這裡比較暖。」說著又睡著了。

直到天色破曉，農家的公雞喔喔啼了，他才把牡丹勸動回她自己屋裡去睡。

牡丹還年輕，早晨八點醒來，絲毫不覺得累。大家都起來了，若水一向早起，白薇今天也特別早起。

牡丹不用化妝。她洗完臉，就到早飯桌子上去，一副十分清爽的樣子。白薇一個人坐在桌旁。她眼睛瞅著她，靜靜泛出審慎的笑容說：

「怎麼樣？韻事發生了？」

牡丹微笑點頭。

「不說我也知道。」她的朋友說，「你一臉蜜月的表情。」

不久，男士們也來了。沒有人說一句不得體的話。他們說要到一里外嚴子陵釣台去遠足。

若水說：「在過去兩千年裡，不是地面升高了一百尺，就是海面降低了一百尺。不然嚴子陵是無法從這個高台上釣魚的。」

孟嘉開心地大笑一場，「我們有三個李白的墳墓，都說是真的。大家願信什麼就信什麼吧。」

白薇說：「重要的是人的情趣。嚴子陵也許根本沒有在這兒釣過魚。人們只是對這位高風亮節的隱士表示崇敬之意而已。」

十點鐘光景，他們出發。在山的缺口處，果然風力極強，連邁步都很困難。

「我不去了。」牡丹說。她對古蹟並不很喜愛。她熱愛現世，對古代並沒有什麼興趣。

「你若不想去，讓男士們去好了。我去過很多次了。」白薇說。

於是孟嘉和若水繼續前進，兩位閨友掉頭回家。

牡丹臉上還浮漾著昨天晚上一夜春宵的春色。

「你說你跟金祝分手。他聽了怎麼樣？」

「他也沒辦法。他問我為什麼，我說不出理由來。我告訴他我愛上了別人。他還不相信。他絕對沒想到是梁翰林。當一個女孩子說『我愛上了別人』，或是說『我不愛你了』，男人除了認命之外，還有什麼辦法？」

「你沒有說你不愛他了？」

「實際上等於說了。」

「這麼多年了，你怎麼說得出口？這不是真的。」

「是真的！我看清了他不可能和他太太離開，我又有什麼辦法？難道做他的情婦嗎？他說他要搬到杭州，我們好常常見面。我不得不斬斷情絲。除了告訴他我不再愛他，我還能怎麼辦？」

「當然你不是真心的。」

「我也很爲他難過。他很生氣，他把我給他的一束頭髮退還給我，又燒了我寫給他的信。還從皮夾裡把我的相片拿出來還給我。」

「我想到他會這麼做。這對他的打擊太大了。」

「是啊……不過，我們還是像朋友一樣好離好散了。」

白薇沉默了半晌。然後說：「這些行動都不表示什麼，他只是生氣而已。我不相信他已經不愛你。他不可能，你也不可能不愛他。」

她們繼續談到去北京的事，直到男士們回來。

下午，白薇提說他們一齊去她特別喜愛的那條小溪邊，她常在那兒寫生。小溪邊有一個小瀑布，只有七八尺高，她把那條瀑布叫「我的瀑布」，瀑布下是一個池塘，只有二十尺長。若水在夏天常去游水。那兒既是風光如畫，又清靜隱蔽。溪流中又潔白又光滑的圓石頭隨水滾轉，兩岸松柏茂密，儼然一個小叢林。

白薇覺得在小溪邊野餐很有詩意，她知道牡丹很喜愛這一類的活動。若水在村子裡買了幾條鱒魚，白薇正以迷人的姿態劈劈啪啪生著火。火著好之後，她拿出鱒魚，開始一條一條的烤，每條魚都用筷子夾住在火上烤。那鱒魚很小才四寸長，孟嘉看見白薇烤魚時那種兒戲又鄭重的樣子，很覺得有趣。

若水大笑。「你烤的魚幾口就吃完了，根本不值得那麼費事。幸而我帶了幾條糖醃的熏梭子魚。」

白薇覺得很傷面子，說：「噢，算了吧！」她的眼睛裡有煙熏的眼淚。

四個人坐在溪邊的圓石堆上，開始吃起來。魚雖然很香，但每條魚只夠吃兩三口。若水正要解開他帶來的熏魚，白薇阻止他。

「喔，拜託！我本來打算今天要吃得很別緻，你偏偏要來破壞。」

若水覺得沒有必要去追問一個女人熏梭子魚怎麼就會破壞了這次野餐的主意。他憐愛的輕拍妻子的肩膀，用鼻子磨擦她的頭髮，表示謝罪。

「正經一點，」白薇難爲情說，但是她顯然也很喜愛丈夫這個動作。

「來吧，」牡丹對孟嘉說：「咱們順著小溪往下走，別打擾這一對戀人。」

「我們走哪條路？」孟嘉問道。

「下面有一個好地方，可以看見整個山谷。」

她領著他順著溪邊一條小徑走去，青春的步態裊裊婷婷，她一隻手拉著孟嘉。孟嘉過去從來沒有遇見一個女人，這麼熱情、獨立，又這麼富有奇思妙想。

「你知道地方？」

「嗯。我以前去過。」

他們慢慢往下走，手臂抱著彼此的腰，身子貼著身子。

「你快樂嗎？」她問他。

「我以前從來沒有這麼快樂過。這真是個妙不可言的好地方。我想以後我們和你妹妹住在北京時，得特別小心。」

「這個我不擔心。我是她姐姐，我有我的自由。她會知道我們的事——一定會。但是我沒見過有誰比茉莉頭腦更清楚、做事更穩健的人。她向來說話小心，從來不會失言。」

順著小溪走到半路，他們看見一個平坦的大石頭伸入水中。

「我們爬上去坐在那兒吧。」

他們並肩坐著，互相親吻，看落日由金黃轉成紫色，再由紫色變成深紫紅，這時下面的村子已經籠罩在深深的陰影中了。

過了一刻鐘左右，他們聽到白薇的叫聲。牡丹站起來，看見他們在上面。白薇說他們要回家了。牡丹搖手作答，向上流叫道：「你們先回去吧。」

她又高高興興坐下來。「現在你看看四周。整個宇宙之中，除了我們，就沒有別人了。」她躺在石頭上，翹起穿著馬褲的小腿，顯得很快樂。孟嘉低頭看她，看見她淺棕色的眼裡映出陰影橫陳的天空，變成了天藍色。

「你再也找不到更好的地方了。」

牡丹忽然一躍而起，說：「跟我來。」

孟嘉對牡丹隨時的驚人之舉，一直充滿驚訝。

「上哪兒？」

牡丹把手伸過來，倆人一齊跳下圓石，向溪岸走去。她帶他到一片平坦的地方，是個完全隱僻的所在。牡丹四仰八叉仰臥在草地上。這時，牡丹就像是一個森林中的仙女，兩隻眼睛望著孟嘉，呆呆的出神，也許是正望著紫色的雲彩，高高在逐漸黑暗的天空中飄浮。

「這個地方妙極了！」牡丹喃喃自語。

孟嘉清楚的感覺到她的美，她的青春。他坐下來，仔細的打量她，端詳她，心裡充滿緊張的壓力。

「真是美妙絕倫。」他說。

「什麼美妙絕倫？」

「這一刻——在這兒和你……」

牡丹把眼睛轉過來，靜靜凝視孟嘉，胸部一起一伏。

「現在你挑動我了。」她說。

「你真是惡魔。」孟嘉挪動了身子，頭枕著她的酥胸，細聽牡丹向他的低聲細語。他沒有看她，「你帶我上這兒，你就知道會發生這回事？」

她點點頭。他對他這位堂妹已經再沒有抗拒的能力。自從昨夜他們的關係改變，就沒有什麼好害怕或克制了。他們現在是以平等地位相處，他是一個完整的男人，她是一個完整的女人。

她用手撫摩孟嘉躺在她酥胸上的頭說：「聽我話。咱們把今天做個永遠紀念難忘的日子吧。」

他們終於坐起來，九月的白晝已經轉成黃昏了。

「咱們得趕緊回去。他們也許在等咱們吃晚飯呢。」她說。

牡丹整理好頭髮。孟嘉又吻了牡丹一下，並且向她道謝。

「謝什麼？」

「謝謝你給我這麼多愛，這麼多快樂。」

「你們男人有一個錯誤的想法。你們認爲女人只給你們快樂，不知道我們女人和你們享受的快樂是一樣大的。」

她坐起來準備回去，他看到她肩膀上有一塊骯髒的綠斑點，又從牡丹大腿雪白的肉上拿起一隻壓扁的螢火蟲。

「你！」她打了他的手一下。

他說：「三妹，自從認識你以後，我一天比一天愛你。虧你那麼美的興致，帶我到小溪的下游來。」

「那是因爲我愛你，因爲你挑動了我。」

現在她把衣裳都穿好了。他們走出那片空曠的地方時，他說：「以你這樣的個性，我真不知道你怎麼能對你丈夫做個忠實的妻子，或者對公婆做個聽話的好媳婦。」

她搖搖頭，像平常那樣坦白說：「做個聽話的媳婦還差不多；做個忠實的妻子啊，可沒有。」

「你是說……」

「辦不到。我若真愛我丈夫，我就會做好妻子。但是我不愛他。我厭惡他。……」

「在那種和外界隔絕的家裡，你怎麼辦呢？」

「天下無難事，只怕有心人。」

「你真敢？」

「爲了他，我什麼也不怕。」

「他？」

「不要問我。拜託。我想起來還心痛哩。讓我保有這唯一的秘密吧。」

孟嘉這時走在她身邊，覺得她渾身似乎都有些顫動。

「好了，我不再問了。」

她的眼睛濕濕的。長嘆了一口氣。「我多麼愛他呀！不過已經成爲過去了。那是在我遇見你以前……」

孟嘉靜靜的聽著，又聽見她說：「大哥，我現在只愛你，只愛你一個人……」她幾近懇求，「不要再問我，提起來太傷心。」

「那我就不想知道了。我只是說，你怎麼安排的呢？」

「我說過，天下無難事，只怕有心人。」

孟嘉沒有再追問下去。兩個人手拉手走回上流的石階。他們到家時，天已完全黑了下來，晚飯早已經擺好了。

9

現在牡丹平靜下來，這是狂歡後的平靜。她秘密的愛情使她忽視一切，也改變了她生命的色彩。她如願以償。她感激父母允許她走。她告訴每一個人說，她同妹妹要隨梁翰林上京去。非常同情「擺龍門陣」的女人和「混混」的男人。北京之行，是她開始一段新生活的門徑，她心靈的冒險，她的救贖，和對未知命運的尋求。

一切都非常順利。宗親宴席上，每個人都聽說兩姐妹要去北京。這是大消息。兩姐妹見到了巡撫怡親王，並且和主客及親王同桌。

在筵席上，怡親王對牡丹的父母說：「若有什麼事情需要幫忙，隨時來找我。」

這是一種友好的表示，表示他和名學者的交情不凡；萬一遇到什麼麻煩，也能派上大用場。一般老百姓都只能仰那些愚昧迂緩低級官僚的鼻息，只有少數幸運的人才能直接通到巡撫大人的駕前。

瑞甫舅證實巡撫要大駕光臨赴席時，這可真是梁家全族的盛事。當時，大官因公外出時，三道庭院要擊鼓鳴威。先吹長的號角，放三個大鞭炮之後，大官才坐著藍呢大轎出發，由四名轎夫抬著，轎前有步兵和騎兵開路。

這麼壯麗的行列和威儀實在很不錯。男男女女都迴避，只站在路旁，目瞪口呆瞻仰大官的風采。全城現在都知道怡親王是梁家的朋友了。

族人在西湖借到一家別墅，近水處是一個荷花池，四周有長長的朱紅色迴廊，客人可以坐在那兒賞花觀魚。

筵席間，家人和他們多年不相見的親戚坐在一塊兒；到處都有孩子哭鬧，女人喊叫，嬰兒在懷裡吃奶，男人坐下起來——一片熱鬧和喜氣。

用餐前，依照慣例，先有幾個人致辭，彷彿是先讓大家吃最難吃的這道菜。族長先站起來，兩手高舉一張紙，照別人事先寫好的講稿唸，內容文裏文氣，觀眾通常都聽不懂。反正到處亂哄哄，他的聲音也沒人聽見。但是他仍然鄭重其事的念，因爲是一件鄭重的事，就應當鄭重的做。遇到唸不出的字，他會中途停下來，正看倒看說：「這是什麼字？我看不懂。」然後張口結舌，想辦法詮釋，並且把那個字重複幾次，直到認爲滿意，就像船夫勉強把船推離沙灘似的。之後就一帆風順，他的速度又加快了，可以看得出，他是平安無事，一路順風了。

怡親王的話很短，都是官樣文章，對翰林也頗多恭維。孟嘉致辭時，全場立刻鴉雀無聲。做母親的制止孩子吵鬧，說：「現在翰林說話了。」這話就像魔術似的，連小孩子都感到敬畏，大家羨慕恭敬的眼光，都集中在翰林身上，百年來，他們族裏只出了他這一位翰林。別姓的人都羨慕極了。

孟嘉臉上的肌肉動了一下，他蹙蹙眉頭，接著又舒展開來。他深受感動，覺得宗親的接待比北京許多官家的宴請更有意義。他一開始就說：「哪兒都比不上家鄉。」濃隱的眉毛抽動著，聲音也有些微微顫動。

姨母大人坐在他旁邊，覺得非常得意，非常光榮。他的話開始之後，越說信心越強。他說到軍機大臣張之洞的「力學自強」的主張時，聽懂的人便寥寥無幾了。他說，一個大國總要改變革新，以適應中國遭遇的這種世界新情勢，中國過去在北方國境上築有萬里長城，抵抗北方來的威脅，國家才平安無事。而今對中國的威脅是來自汪洋大海上，中國必須適應這種新情勢，要努力學習，而且要學習得快，不然還會遭受外侮，就如鴉片戰爭，圓明園遭受英法聯軍的搶劫焚燒。他又說：

「萬里長城現在沒有用了。過去歷史上我們從來沒聽過的外族已經從海邊攻來。人家的炮艇在大海上如履平地。中國現在遭遇的情況，是空前未有的。」

孟嘉講演辭的特點，正是當年由張之洞倡導，由一群有思想的人附和的革新主張。張之洞數年後發表了著名的論文《勸學篇》。

親王沒有吃到終席。他告退的時候，客人都起立恭送，整個筵席就被打斷了。他一走，又喧嘩熱鬧起來。

「你怎麼會滿洲話的？」筵席快要結束時，茉莉問孟嘉說，「我聽到你和親王說滿洲話。」

「我學過蒙古話，完全不一樣。不過它和滿洲話的字母相近。只要能念字母，就能學字。不過他們都寧願說中國話。」

「爲什麼？」

「因爲這是文化、哲學、詩歌的語言。滿洲人說官話比我們說的還要好。你知道滿洲的貴族詩人納蘭性德就寫詩詞，寫得真好！感情那麼深厚！我以後教你念他的詞。要欣賞他的詞，一定要知道他的戀愛故事。」

茉莉又圓又亮的眼睛閃出一道光亮。孟嘉告訴她們的每一件事，聽來都新奇有趣。她能同姐姐跟著孟嘉到北京去，能天天聽到他說話，真是太幸運了！

父母親雖然爲離別而難過，對牡丹也有些疑慮，大體說來，他們還是爲兩個女兒高興。覺得這是很好的機會，同時也深信孟嘉會替她們找到如意郎君。也可以說，這個寡居女兒的問題算脫了手。

父親對孟嘉說：「小女有您這樣一位名師，真是她們的福氣。希望她們住在北京受你教誨，能夠大有收穫。」

「我把女兒交給你了。」母親說。她看到兩個成年的女兒這次離家，幾乎爲之心碎。

「我會好好照顧牡丹。」孟嘉說，「我相信茉莉也會照顧自己。」

「你這話是什麼意思？」牡丹黯然神傷的說。

「我的意思是我會照顧你，讓你妹妹再照顧我。」

「你是說洗衣做飯嗎？你不照顧我嗎？」茉莉興致勃勃的說。

「不要對你大哥無禮。」母親罵道。

「沒關係。我喜歡這樣。如果她們要和我住在同一個屋簷下，我不希望她們太拘禮。」

臨別前夕，只有姐妹倆單獨在一起的時候，牡丹說：「妹妹，這次咱們倆一塊兒去，我真高興你也能跟我去。你一定心裡很興奮。」

「上北京去！當然！」

「別告訴媽。不過我是你姐姐，我應當告訴你。我愛他，他也愛我。你明白嗎？」

茉莉平靜地說：「我早已看出來了，媽也一樣。」

牡丹把手指擱在唇上說：「噓！由她去想。但是別說出來。我告訴你，我愛他——瘋狂愛著——我的意思是——我過我的生活，你過你的。」

「你的意思是，我不應該干涉。」

「正是。」

「你若是擔心這個，那是多餘的。我會照顧我自己。」

姐妹二人達成了和平的默契。倆人躺在床上，各有心事。過了一會，茉莉說：「你不會害他吧？你得替他著想，顧全他的名聲。」

「喔，你叫我噁心。」

「晚安。」

「晚安。」

放兩個女兒走，對母親來說真是一大犧牲。父親最喜歡茉莉。她像西湖，姐姐牡丹則好比任性的錢塘江。八月中秋奔騰澎湃的錢塘江潮，是不能引起西湖上的一絲波紋的。茉莉比姐姐小三歲，已經是個完全長成的女人，關於女人的何事可為，何事不可為，何話當說，何話不當說，這一套女人的直覺，她完全有。但是做母親的呢，耽於想像，過的是無可奈何的日子，既非快樂，也非不快樂，因為特別偏愛牡丹，在牡丹的冒險生活裡，她好像又把自己的青春時代重新生活一次。很多方面都可以看出這一點，例如在房後她極力經營的那個可憐的小花園；父親不在家時，她同女兒們一起唱的斷斷續續的歌聲。

他們坐藍煙囪公司的汽船到上海，再坐太古公司的船到天津。姐妹倆早就想坐坐洋船，洋船本身就是一件頂新奇的東西——孟嘉只好克服他對海的偏見。而且他們可以早些到北京——九月底以前到，那時候還沒有進入寒冬。

孟嘉無心成為一個海軍專家。一個士大夫怎麼能夠學得現代海軍的奧妙呢？但是他現在的使命是在海軍方面，而且張之洞的想法是：中國的威脅不再是來自中國塞外的窮沙大漠，而是來自汪洋的大海上。孟嘉於是以富有研究性的銳敏的頭腦，想學一切新的東西。

在航海途中。他由一個翻譯的幫助，和那個戴著白便帽高大的瑞典籍的駕駛交談，對於航海也學到不少的東西。他對望遠鏡、象限儀、晴雨計都感興趣。總之，世界上現在是各民族的大競賽，這個競賽是不容輕視的，尤其是人家的炮樓子裡能夠噴射出雷吼般的火焰來。在他頭腦裡漸漸構成了他的想法，可以回去給張之洞上一個報告。

最重要的是，以他治歷史地理的頭腦，他對外國海上的燈塔、浮標和精密準確的地圖，自然深為注意。他曾經不辭辛勞黏貼楊守敬木版頁的歷史地圖。在上海看過外國人幾個郵政地圖後，他認為楊守敬的地圖可根據那個修正一下，會更近於精確。在將幾個地圖比較之後，他證實了北京和古北口與張家口的距離，和他自己的記載相符。外國人地圖的製圖法和印製，都比過去他所見的好。

在上海停留三天，他在江西路一個蠟燭商手裡買了一個晴雨計，他預備回去送給張之洞。後來，他到了天津，參觀了大沽口炮台，並且很細心訪求咸豐十年英法聯軍由大沽、塘沽進犯北京的路線，那次英法的入侵導致圓明園的遭受搶劫焚燬。宮禁裡那些昏庸愚鈍的官僚還在目光如豆的爭權奪利之時，卻有些像梁孟嘉這樣的人，已經迫切感覺到改革的必要了。

他們的汽船從黃浦江緩緩駛向上海時，一陣強烈的西北風把煙囪冒出的黑煙吹到白色的煙霧上。牡丹和孟嘉倚著船面上的白欄杆站立，看黑煙掃過浪花上空。

牡丹瞇著眼，輕輕的說：「好美！」江的兩岸，有紅磚的貨艙，小工廠，用波狀鉛板搭蓋的破房子，都迅速的向後退去，河面擠滿了舢板、平底船、漁船。汽船慢慢的滑過，汽笛嘟嘟的叫，使別的船隻注意。小舢板卻有大無畏的勇氣，在海鷗還來不及飛落之前，都擠過去打撈大船拋下的罐頭、瓶子、蔬菜、餅乾。一隻法國的炮艇，還有一隻英國的炮艇停泊在江裡，細而長，雖是不祥之物，卻自有其美。這兩隻炮艇象徵外交上強權的勝利，是保護他們經商的後盾。

沿江一帶的路上，有不少高樓，包括皇宮飯店，還有頗具氣派的上海匯豐銀行，是用石頭建築，配上巨大的玻璃窗子，長不足四分之一里，一邊達到漢口橋，那一邊是污暗的紅磚倉庫，有塗上瀝青的大鐵門。不久，他們聽見電車叮噹叮噹的鈴聲，又看見黃包車和馬車來往。又有一群群的行路人，穿著顏色深淺不同的藍衣裳，男的穿著大褂，留著辮子，戴著黑帽盔兒；女人裹著腳，搖搖擺擺的走，有些拿著竹竿兒的長煙袋。少女則穿著鮮艷的衣裳，玫瑰色、藍寶石色、淡紫色，這都是當年時興的顏色。還有印度警察，留著彎曲的黑鬍子，用卡其布纏著頭；還有白種人，戴著禮帽，上唇上留著彎曲的小鬍子，脖子裹著漿硬的領子，腿上是古怪的長褲子，外國女人戴的帽子更古怪，上面的鴕鳥毛有一尺高。

在那個時代，上海已是東西商業彙集的大都會，是棉紗煙草冒險企業的頂峰地點，是豬鬃、黃豆、茶葉的尋求地，方興未艾的、侵略性的文明驚濤駭浪，正在叩擊這亞洲古舊大陸的邊岸。孟嘉看了，著實有點害怕。

他們在福州路靠近江西路段訂了兩個房間。福州路有一排接續的小店，從雨傘、麝香，到土耳其的神仙油，南京的錦緞和蘇州的細絨，到黑龍江的鹿茸和上黨的人蔘，什麼都買得到。姐妹倆看見孟嘉光買人蔘回北京送禮，就花了三四百塊錢。

他們發現一家廣東鋪子，專賣雕刻的象牙和玳瑁殼製的東西，還有波斯的琥珀，柬埔寨的香。一個叫哈東的猶太人，擁有福州路全街的房屋，他對東方這個大都會的前途深具信心。

再往市中心去，往跑馬廠那面，是當年上海市區的邊界，也就是「堂子區」，是蘇州姑娘的秦樓楚館地帶；即便她們不是來自蘇州，也是說一口吳儂軟語。

有了這些花街柳巷，自然附近的飯館子就添了不少生意。那些姑娘應召到飯館去陪酒之時，在打磨得閃亮的自用洋車上——在腳下電石燈的雪白的光亮中，坐在阿媽的懷裡，施朱抹粉的臉上，永遠是艷光照人，微笑含春。因此福州路的夜景中，永遠浮動著歡笑喧鬧眼花繚亂的氣氛。

他們在「鴻發樓」飯館吃飯，訂了一間雅座。一個衣衫襤褸的小女孩，大概十二三歲，面色黃蠟蠟瘦巴巴的，顯然是營養不良，打開了淺灰的門簾，手裡拿著一份小摺子，求他們聽歌，要他們在那份髒兮兮的摺子上選曲子。

孟嘉問兩姐妹想不想聽唱，倆人說不要。小女孩再三央求。孟嘉心生憐憫，叫她唱了一首江南小調。

聽到一個才十三歲的枯瘦小女孩唱那種感傷的子夜歌，真會令人心碎。有一個憔悴男子站在旁邊，瘦削的肩上披著一件破大褂，在秋意已深的日子，顯得十分單薄。也許是她的父親吧。

天殺的公雞！
天還沒亮哪，哥哥，
露水濕人衣，
還不要走嘛，哥哥……
再來喲，哥哥。
你來，我們再愛一回。
你不來，我就明白了——
我會靜心等，求蒼天，
別讓我心焦。

「讓我喝口水。」小女孩唱完最後一句馬上說。她自己唱的是什麼意思，恐怕她也不清楚。她只知道這首歌描寫一個出賣愛情的女人，而這個世界就是這樣的一個世界。她唱一首歌可以賺六個銅板。她臉上寫著大都會的罪惡和墮落。

「可憐的孩子，」牡丹說：「額外再多給她一點吧。」

孟嘉多給了她六個銅板。蠟黃的面孔綻放出笑容，在門簾之後消失了蹤影。

兩姐妹聽到汽笛和車輪聲彈在城牆上傳來的回音，知道她們就要到旅途的終點——北京城了。她們右邊，就是幾百年歷史的城牆，中間隔著四丈寬的護城河，由城垛子分成段，牆頂上有雉堞，供射箭或放炮之用。

這回輪到茉莉興奮了，她姐姐反而心平氣和微笑著。

「再過五分鐘就到了。」孟嘉說。

牡丹只是驚呼道：「真大！」

「當然。」

古城就在面前，巨大的灰磚上面佈滿白色苔蘚，高達四五丈，橫亙好幾里，一眼看不到盡頭。北京，這個數代皇家的古都城，在梁家姐妹耳朵裡，聽來就像符咒一樣。茉莉，其實牡丹也一樣，都覺得一場美夢而今在眼前實現了。見了北京，你不會挑毛病，你會欣然接受它；有的人把它擁抱在懷裡，有的人則與她一見鍾情。

火車從一個城牆的豁口進入，一直到前門火車站。前門樓叫正陽門，就在火車站旁凌空聳立，高約八九丈。街上馬車洋車熙來攘往。孟嘉的僕人劉安上前通知主人，說馬車已在車站外面等著呢。

那天是秋高氣爽的好天氣。劉安照顧行李，兩姐妹則瞻仰門樓，在碧藍的天空中，門樓顯得古老又肅穆。牡丹面對四周的車水馬龍，歡喜得不知如何是好。

「我們何不坐黃包車？」她建議說。

「爲什麼？」

「因爲坐黃包車比坐在馬車裡，看外面看得清楚。」

「這個主意不錯。那麼咱們雇一輛敞篷馬車吧。」

「不，我是說黃包車。」她知道孟嘉把她的話視如聖旨一般。他打發劉安乘馬車回去，他們三個人則叫了一部黃包車。

事實證明這個主意果然很妙，視野更佳。前門外是最繁華熱鬧的街道，好多賣帽子賣燈籠的，再幾條街也都是密密匝匝的飯館和旅館。過了前門，他們到了內城。洋車往東拐，進了東交民巷，在平坦光滑的柏油路上，車輪剛才喀吱喀吱的響聲立刻安靜下來。這兒和法國、英國、俄國、德國的使館地區密邇相接。往北到了哈德門大街，眼界豁然開朗，令人立刻感覺到北京的寬廣，呼吸到那廣闊的地方的空氣。

哈德門大街有七十尺寬。中間的大道與旁邊的人行道有露天的深溝相隔。雖然這條街的正名是崇文門，可是北平的居民都以蒙古名字「哈德門」相稱。

不久，左邊皇宮大殿的黃琉璃瓦頂已經在望，殿頂向四下鋪展，寬廣而低平，層層重疊，在十月的太陽下閃爍發光，那正是紫禁城的中心建築。

在哈德門大街北端東四牌樓附近，從總布胡同往東拐了幾個彎兒，就到了孟嘉的家。他住的這棟房子，也和普通北京居民的住宅一樣，門口並不富麗堂皇，只是兩扇油漆的門，中間各有一個紅圓心而已。劉安和馬車伕還有廚子，都在大門前迎接他們。

有一個眼睛水汪汪的老年人，留著稀疏的白鬍子，是門房，在官宦之家，准不准來訪的客人見主人，是完全由門房決定的。孟嘉養著這個門房已經有幾年，因爲他自己志不在飛黃騰達，自然也不在乎別人對他是什麼看法。另外還養了一隻狗，這隻狗看見主人回來了，又跳，又用鼻子聞，又搖尾巴，還想聞兩位女客，惹得茉莉好害怕。

孟嘉生活起居的房間都在後院。凡是有內院的屋子皆具有隱密的效果，也像個家。北京胡同裡的房屋竟能這麼安靜，實在難以想像。客廳的中間掛著對聯，屋裡擺的是硬木桌椅。翰林他父母大人的相片也掛在牆上，下面是一個柚木條案，鑲著胡桃木，條案的兩端向下彎曲。孟嘉的臥室在西面，書房在東面。整個看起來，一個翰林學士住這棟房子還不算壞，可也不算堂皇。

書房是用得最多的地方，因爲是學人治學的所在。一張大桌子，上面滿是文稿書籍，緊靠著開向院子的窗子。屋子靠牆都是書架子，整整齊齊，書擠得滿滿的。北牆下面有張床，上面是一個高窗子，床附近有兩把柔軟舒適的椅子，中間是一個小茶几。一個黃銅火盆已經點著，好使屋裡溫暖。

孟嘉把兩位堂妹帶到她們的屋子，位在書房東面的一個別院內。孟嘉獨居的時候，很少用那個院子，顯然這是前任屋主家居的內院。庭院極其精緻，用講究的綠石頭鋪的地，有金魚缸和小花園，如今一片荒蕪。北京的房子都是平房，所以沒有人頭抬得比皇宮高。

房子早已經給兩位堂妹準備好，現在只要添點兒傢俱就行。劉安說他是特意等兩位小姐來了之後自己去挑選。

「你們喜歡這個房子嗎？」孟嘉問道。

兩姐妹說她們愛上了那個院子。北京城，還有她倆住的這個院子的新奇，一直使她們驚喜不已。她們認為在北京住在這個庭院裡，真是安寧舒適，這樣的生活水準，顯然比以前在杭州高，有僕人、廚子，又有自用的馬車。

後來幾天裡，他們添購了不少東西。清河區來的四十歲女佣周媽，每天會來負責洗衣和打掃屋子。除了以前的管家丁媽，孟嘉一向不太愛用女僕，他覺得她們大多時間總愛說些莫名其妙的閒話，無中生有。

有兩位堂妹在家，孟嘉的生活裡起了很大的變化。在桐廬的插曲使他感覺到生活有一種新的意義，就猶如喝了一杯春酒。他覺得自己的精神跨越到了一個新的境界。而今在飯桌上，他閒談起來，比丁媽在時，覺得有一種前所未有的輕鬆自由。他隨時有話要說，而堂妹倆隨時都樂意聽，牡丹總是靜悄悄的聽，茉莉則很熱切的發問，常會打斷他的話。

餐桌上他滔滔不絕，覺得有人瞭解他，尊敬他，愛他。他感到這才像家，找到了「家」的意義。

他常常有一種陰謀和罪過的感覺。這種安排也許對牡丹不太公平，可是牡丹是甘心情願的。不管要付出什麼代價吧，他知道，他的整個身心需要牡丹的心靈，牡丹的愛，要聽牡丹的聲音。這是他心靈上所必需而不可少的。偏偏牡丹不顧傳統名分，願和他過雖然非法卻是愛情十分美滿的日子。

他明白自己不可能替她找一個丈夫，過著沒有她的日子。這是他們愛情生活上的瑕疵。不過，人不必老想那些瑕疵，只要愛慕觀賞那愛情本身無比的晶瑩，閃耀出獨特無比的強烈的火焰，也就好了。人生中，往往一個偶然的原因就會妨礙一個美滿的婚姻，真是一件恨事，倘若牡丹不是堂妹，而是表妹，那他們就可以結成無比幸福、身心合一的姻緣了。不過，他們倆的情愛必須嚴守秘密，卻增添了兩人之間如膠似漆的熱情的味道。

他們在佣人面前，多少要保持幾分顧忌，並沒有太公開。不管是在書房，或是在飯廳，只要捏捏她的手臂，她的美目投來默契的一瞥，或者查看書信時，故意碰碰身子或玉手一下，就會使他熱血沸騰，就猶如火苗兒在風裡突然猛跳了一下子。他極爲得意，覺得自己是在從事無上的冒險，進行一件非常的陰謀。

這一切，茉莉都看在眼裡，十分明白，她覺得自己不宜說什麼。她看過姐姐和金祝戀愛，金祝娶別人的時候，她還想尋短見的情形。

牡丹有一種特性：她太容易改變心意。有一次她對孟嘉說：「真可怕。不管我把頭梳成什麼樣子，我老是想再改變一下。」

她和白薇一樣，常常變換髮式。

10

到北京的頭幾天，孟嘉忙著拜會，在家接待客人，又要呈交視察報告。始終沒在家吃午飯、晚飯，官場生活就是那個樣子。他過去從來沒有和人家正式的宴酒征逐，可是那種宴酒征逐的應酬似乎是交遊升官的最佳途徑。他則以奇才高士之身，始終設法躲避那種官場應酬。但如今離開北京半年之後，宴會應酬和朋友的聚會一時難免不了。

他儘量抽空回家，常常是在下午三五點鐘。晚上又不得不再出去吃晚飯，直到夜裡十點十一點才能回到家裡。有一兩次在同朋友酒飯之後，到前門外八大胡同去打茶圍。朋友們看得出來他心煩急躁，急著要早點兒回家去。

他一到家，就發現牡丹正在書房等著他，蜷曲在床上，看書消遣。難得有一天是規規矩矩的坐著。她不下床，只是說：「過來！」一把孟嘉拉到她身邊，把嘴唇磨擦孟嘉的嘴唇，一句話也不說，只把閃亮的眸子向孟嘉凝視，這樣從孟嘉身上得到快樂安慰，把溫軟的手指頭在孟嘉的頭髮裡撫摩，像小貓那樣挑逗著摩挲孟嘉脖子的前後。這時，孟嘉就告訴她今天見了哪些人，做了哪些事，她就安靜的聽，那麼安靜，到底她是聽還是沒聽，孟嘉也弄不清楚。只見她那灰棕色的眼睛瞪著，顯出驚異的神氣，又眉目含春，靜靜的盯著孟嘉的臉。

孟嘉常常寫文章或是讀書直至深夜，有牡丹在書房陪伴，真覺得心中滿足。僕人往往放一壺熱茶在那閃亮的籐皮編的舊壺套裡。在寒冷的晚上，厚厚的藍窗簾在窗子上掛起來，窗子上糊的是高麗紙，可以捲上放下，比玻璃還能夠禦寒。窗子上既然有透光的高麗紙，牡丹總是愛把藍窗簾拉到一旁，使窗外朦朧的光穿過紙窗射入。若是孟嘉說他還要起來再做點兒事，牡丹就又把燈點上。若是夜深了，她就從靠近書架的一個小旁門輕輕回到自己的屋裡去睡。

有一天晚上，她對他說：「我有一樣東西要給你看。」她把一個一尺高的厚白毛紙糊的信封遞給孟嘉，那是普通的公文封套。封套上印有藍色的粗格子，左下角用橘紅色木板字印著高郵鹽運司的站徽。

「我要你看看我丈夫的所做所為。等你看了那些女人的名字和他在她們身上花的錢，你就明白了。」她說她由桐廬回家後看到這封信，是一名船夫由嘉興送來的。在封套的左上角貼著一個紙條，上面寫著「費廷炎夫人親啓」，「親」字旁還加了兩個圈圈。

嘉興的家人把這封信寄給她，以為裡面是她個人的信件。結果是她丈夫的私函，一本日記和一個小記事簿。高郵鹽運司寄來了幾個箱子，幾件傢俱，還有這個交給死者遺孀的大封套。他們不知道她已經離開費家。

「我早就知道了。你看見這個小摺子，就不會責備我了吧？得自他最大好處的是珍珠、銀杏、小桂她們。」

孟嘉隨便看看那張摺子。上面記的有一次晚宴和玩樂，竟花到八九十塊錢。這是官場生涯的一部分。不過有幾項收入吸引了他的注意，上面有人名、日期和數目字，數字後面動輒是千單位的。費廷炎把那幾個數字寫得很漂亮。這位死去的鹽運秘書生前的花費，顯然是入不敷出的。

他的日記就更明白了。在某些頁上，費廷炎把情人的信黏在上面。有時候雜七雜八記了幾句話，例如「邂逅不成」，「花了一堆冤大頭，那女人其笨無比。」他對同事和上司的評注並不客氣。最後他提到走私和受賄、談判和勒索的記錄。「我知道楊老會拿出錢來，他不拿出一萬五絕對擺不平，我自己的兩千五還不錯，明天和薛老談談。」

很難了解薛鹽運使怎麼會讓這本小冊子落入別人手中，也許他不知道，或者沒有費心看內容。他們撬開費廷炎辦公室的抽屜，職員找到了這玩意兒。

「你知道這些東西有什麼意義嗎？」孟嘉嚴肅地說：「這項證物若在法官手裡，全局的職員都會受到牽連，這是嚴重的犯罪。」

「你爲什麼不報上去？」

「你恨你丈夫，是不是？但是他現在已經死了。」

「我不懂你們這些北京大官。如果這違背了王法，你不覺得該徹底掃除嗎？他與我又有什麼關係？」

他覺得她內心充滿怒火。這樁不幸的婚姻一度毀了她一切的渴望和熱情。她仍然記得她丈夫那虛僞的笑聲，那麼肆無忌憚，無所不爲，那麼急功好利！那時候，最輕微的響聲都會害她心驚膽顫，她甚至怕光。半年中深埋和遺忘的一個失意妻子的憤恨餘燼，現在又死灰復燃，又在心中引起她的劇痛，這種感覺，只有親身體驗的人，才知道箇中滋味。

孟嘉點了一袋水煙，在幽靜的書房中噴出一口口短促的藍色煙霧。水煙袋是用美麗的白銅做的。每逢孟嘉在家裡度過那輕鬆悠閒的時光，抽水煙是他最心愛的消遣。每裝上一次煙絲，只夠抽上幾口，裝煙點煙太麻煩，所以在事情忙時，他抽紙菸。

最後他說：「你不想上法庭引人注目，我也不願意看你受牽連。這個案子一辦起來，一定要你去做證，因為其中直接涉及的是你的前夫。怡親王當然可以保護你。但還要看這個案子怎麼樣辦。我若把這個案子送上去，負責審查的人會立刻就辦，或是為了他的前程著想，或是想在揚州百萬富翁的鹽商身上去刮錢。這本日記上所記各項，都要深究細查，因為上面有經手人的名字、日期、款數。鹽商若不及時花錢把這件事遮蓋下去，這會是件鬧得滿城風雨的醜聞——」

她咯咯輕笑，回答的是很奇妙的女人的說法，「這會使我婆婆的心都碎了。她一向那麼得體，那麼死要面子……只要不牽扯上我的名字，我不在乎。」

「御史派人調查這件案子，當然秘密進行。我會告訴他們不要牽扯上你的名字。你對這些事是一無所知，對吧？」

「除了他拈花惹草，我什麼都不知道。我連那些女孩的名字我都不知道。他從來不跟我說。當然，若沒有這本日記，他們怎麼能找到證據呢？」

「讓他們去操心吧。他們自有他們的辦法。自有人會去辦，向旅館的茶房結交，找出人名來，甚至於和鹽運司的人混在一起。也許要費上幾個月的工夫。到市井打聽閒話，理髮店啦。只要有像這本日記裡記載的案子，全城的人都知道，只有大官蒙在鼓裡。珍珠啦、銀杏啦、小桂啦，這些女孩子知道不少事情。太容易了。」

「你說那些女孩子會講出來？」

「自有人會逼她們說。別怕。這些資料會交還給你。他們會複製一份。」過了一會他又說：「我保存這些東西，想想再說。不用忙。」

兩姐妹過了好些日子才習慣北京的生活，熟悉了北京的新奇的聲音顏色。北京的天空晶瑩碧藍，早秋的清爽氣候，宮殿的金碧輝煌，深巷胡同裡住家的寧靜，麻雀、喜鵲吱吱喳喳的叫聲，啄木鳥叩敲空樹幹的清脆的響聲，她倆覺得都是北京的特色。乍由南方來，她倆特別感覺到這是真正北方的都市：地方寬闊，日光照耀下，顏色特別鮮艷，老百姓的談吐詼諧而愉快。

兩姐妹常常坐著馬車到東安市場，東安市場離他們的住宅很近。下了車，便走進那帳篷蓋頂的街道，在那些商店裡，什麼東西都買得到，水果、上海的糖果、紡織品、衣料都有。或是在小飯館兒吃小吃，或是到吉祥戲院去聽譚鑫培的戲，後來梅蘭芳也在那兒演。那時是露天戲台，破爛而擁擠——但是戲唱得好。有時到隆福寺廟，可以買字畫，當然有真的也有假的，不過假的居多，還可以買古代書法的拓本、碎鐵、舊剪刀、新皮鞋，還有各式各樣的藝術品，比如玉石的小扣子、精美的鼻煙壺。若是有孟嘉陪同，他們有時坐車到天安門，在紫禁城前面，皇宮就在附近。

北京城作為天子寶座的所在地，真是再合適不過。大自然的情況，人的想像，不管窮人富人，那種友善熱誠、通情達理的生活態度，閒聊瞎扯、嘻嘻哈哈的一般老百姓——這些就構成了北京的特點。慷慨大方，正是北京人的本性。隨時隨地，在人的精神上，都可以看得見。你不論站在哈德門大街的什麼地方，都會看得見這種氣氛。

哈德門大街有兩三里長，又寬又直，直得像一根箭，城門樓子，不論在南在北，都是高聳入雲，猶如在圖畫中所見的一樣。天安門廣場可容納十萬人。這種偉大的氣派，大概是由於巨大的比例而成的，由一掃無餘的開闊遼遠的線條所形成，那種氣勢是慣於居住在窮沙大漠的人心胸中的產品。北京是寧往寬闊方面展開，而不肯局限於一地而飛入空，向高處發展。當年成吉思汗征服了金朝的都城，他孫子忽必烈曾修建金都，明成祖將北京改建完成，並予擴大，成為今天的面貌，滿清入關，康熙乾隆皇帝又予修繕，愈臻精美。歷史的力量為後盾，歷代皆有增修，所以一直偉大堂皇，堅固無比。

梁家姐妹被該城奇異的白光弄得眼花繚亂。北方的力量，開闊敞亮，不矯揉造作，純潔得猶如青天白日，與南方的朦朧溫柔大為不同。在北方，妖艷與樸質是合而為一；宮廷的璀璨堂皇和富麗豐盛，正與民間住宅的純和滿足樸質寧靜相匹配。離東四牌樓不遠，就可以看見寶石藍與淡紫色琉璃瓦的殿頂，鑲以閃亮的金黃色，下面就是宮殿後面有雉堞的長牆，聳立在二十五尺寬的護城河內，這段高牆在東北角上的終止處，是金黃碧綠色殿頂重疊的八角樓。

天空蔚藍，冬日是陽光普照，這一點，大自然對北京是特別的慷慨厚施，西山郊野一帶，風光壯麗燦爛，山上點綴著建築精美的寺院。人為的藝術已經創造了壯麗肅穆平和寧靜的感覺。但是當地居民卻把大自然的賞賜視為理所當然，而不知感恩，藝術家創造的藝術美也同樣得不到人的感激。一個城市之可愛，全在這個城市的居民的生活情調。對北京的居民而言，北京就猶如一個聰明解事、寬容體貼的慈母，或者像一棵供給各種螞蟻、蒼蠅、其他昆蟲居住的巨大的榕樹。保持北京城日常活動的，是輕鬆愉快的窮黃包車夫，飯館裡彬彬有禮的跑堂，廟會上轉來轉去的人群，小生意人以及他們的妻子兒女，這數百萬人口都有耐性，心情好，天生謙恭和藹。

有時候他們三人會到著名的「正陽樓」去吃一頓迷人的蒙古烤羊肉。吃烤羊肉是在一個敞亮的大院子裡，客人站著，一隻腳踩在鐵炙子周圍的架子上，自己用筷子夾著一片羊肉在火苗兒上烤，由火上拿下來立刻往嘴裡送，所以滋味完全鮮美，毫無損失。他們飯後回家，在書房中燈前閒話，或是談書論畫，評論詩人墨客，說名儒的軼聞怪癖。有時孟嘉和牡丹下一盤棋，茉莉在別的桌子上寫家信。

晚上靜靜的。夜裡胡同自有它的音樂。在外面沉沉夜色中，拉得長長的麵攤、湯圓和冬天冰柿的叫賣聲，穿透了夜色，聽起來十分悅耳。一碗加上糖汁的熱湯圓真是上好的宵夜。

有一天，他們作詩爲樂。孟嘉給她們看一種特殊的詞曲。他念第一句，姐妹倆說出下一句，要用三個字「一半兒」描寫心思或景物。主題是「秋景」。

秋風冷煞人。
茉莉：葉子一半兒焦，一半兒黃。
牡丹：被子一半兒溫，一半兒冷。
群鶴高空鳴，
茉莉：蘭草一半兒彎，半在風中舞。
牡丹：閨女一半兒惱，半爲伊相思。
夜半輕叩門。

茉莉：一半兒像落葉，半像離群枝。
牡丹：一半兒心膽顫，半是偷歡喜。
非枝又非葉。
茉莉：一半兒像花，一半兒像霧。
牡丹：一半兒舊雨，一半兒新知。

「現在真的要試你們的技巧了。」孟嘉說。

夜來門外客。
茉莉：雙腿半入門，半在屋內外。
牡丹：佳人半遮面，偷眼半窺人。
茉莉撅起嘴唇來說：「我不要填了，越來越不像話。」
孟嘉說：「當然啦，這是閨怨詩。我只是要考考你們的技巧。不過你們若想作罷……」
「好吧，再說下去吧。」
他說出最後一句：
郎如春日風。
茉莉（想了好久）：眼睛一半兒開，一半兒閉。

牡丹：佳人一半兒迎，一半兒拒。

茉莉說：「哎呀，真要命，越來越不正經了。這樣下去，那不就要上床了麼？我頂好走開吧。」

「那我們就此打住。」孟嘉說完又對牡丹說：「你似乎把《牡丹亭》看得很熟。」

「我十三歲就看的。」

孟嘉對茉莉說：「我想你的看法比較客觀。你由門外看愛情，你姐姐由門裡看。」

茉莉並不覺得害羞，她用平靜開通的口吻說：「天下有詩以前就有了愛情。《詩經》上有好多愛情詩，開頭就是說文王與妃子的愛情。有生命就有愛，全看結果如何。」

就這樣，在玩笑之間，姐妹二人學到了不少詩文的秘訣，也漸漸熟悉了宋朝艷詞精美的形式。

孟嘉發現，他永遠不能叫牡丹讀完一本書。牡丹有才氣，很容易寫出優美的文章，就是缺乏耐性。她的思想自成一套，他非常高興。他相信一旦她思想豐富，有了經驗，她會突破常軌藩籬，成爲一個優秀的作家。

有一天，她對他說：「我若能讀半本書，決不讀全部；若能欣賞一頁或一段，決不看半本；若能欣賞一行或一句，決不看整段。這樣就夠了。」

「就像你能站的時候決不走路；能坐的時候決不站著；能躺在床上，決不坐著。」

「我很懶，我知道。我一個人寂寞獨居也自有其樂。」

「這是你的個性。我不希望你有所改變而失其本來面目。自從我第一次見到你，我在街上看見別的女人，就都與我不相干了。總而言之，她們都不是你，天下只有一個牡丹：不會有兩個。有人也許具有你的容貌，但沒有你的聲音；若有你的聲音，也沒有你的精神，你的生活方式。」

「我的生活方式如何？」牡丹聽了很滿意，問道。

「你整個的個性，你坐的樣子，你站的樣子，就像以前丁媽說的——你走路的樣子，雙手垂在兩旁，頭抬得高高的——你對人生的態度，你對美麗人生的追求和渴望……你的熱情，毫無顧忌，成熟……我不知道要怎麼說……」

牡丹向他流露著得意的笑容：「我不知道自己怎麼啦，」她說：「自從認識你以後，我什麼都寫不出來，我記得一直在等你信。那時我住在娘家，你還沒從福州回來。我常常拿起筆要寫字，卻慢慢把筆拿得越來越低，終於把筆放下。聊天的時候，我沉默下去；沉默的時候就胡思亂想；思考的時候，我的思緒又飛得老遠老遠，心裡納悶那時你正在做什麼。」

「就把你現在說的話照樣寫下來，我相信，有一天你會成爲一個優秀的作家。」

「我確實很想寫。」

11

冬去春來，牡丹坐立不安。這種小毛病連她自己都想不通。

她越來越渴望孤獨，喜歡躲進自己的房間裡。她欲望的觸鬚伸向一個陌生的事物——自己也不知道是什麼。她仍然很愛孟嘉，但已然不像在桐廬時那麼自然，那麼完美了，更比不上宜興途中他們在船上相遇的情形了。

她越來越喜歡一個人出去，在茶館兒酒肆，公共娛樂場所，混跡在男人群中。一股內心的驅力推動著她，彷彿在找一件她遺落或遺忘在世間的東西。

她妹妹問她為什麼要自己一個人出去，而不和孟嘉坐車出去，她回答說：「我也不知道。有時候，我只想自己一個人，完全我自己孤獨一個人。」

她原先計劃和孟嘉在一起過活，現在如願以償了。她不是不快樂，可也不是完全快樂。孟嘉感覺得出來，隱隱約約感覺到自己似乎是她的絆腳石。也許是事情已發展到極點。夢般的月光中的世界終於快要隱去，讓位給陽光普照平凡真實的人間。

不過，原因也不在此；牡丹似乎是被一個影子迷惑住了，是一種她自己都無法解釋的模糊不安。牡丹知道她崇拜孟嘉，遠超過任何人，但是在他身上似乎缺少了什麼——也許就是金祝那份青春的形象和火焰吧。

也許是女人要結婚找個歸宿的本性始然，這種不合法的關係天生就不夠圓滿。不然就是牡丹自己的本性，愛做夢，敏感，永遠渴慕未知的一切。所以她一方面遵從那舊習慣，一方面又受這專橫挑撥不可抗拒的新習慣所驅使。她在城裡各處亂逛，專找人潮最擁擠的娛樂場所，藉此逃避和解脫。畢竟她年齡太輕也有關係。

像她以前流浪的日子一樣，她愛穿平凡、不惹眼的藍棉襖和深藍色長褲，她穿起來太緊了些，也磨舊了。在北京這個穿藍色衣裳最爲普遍的地方，她可以完全忘掉自己。她覺得快樂又安全。她出門的時候，僕人對她的裝束大吃一驚。她這種怪癖，茉莉當然已見怪不怪了。

她雇了一輛洋車，到外城前門外低級娛樂場所天橋去。不管到什麼城鎮，她有一種生來的本領，就是很容易找到群眾所趨的熱鬧場所，因爲她和街上的陌生人也容易攀談起來。在群眾集中的地方，她很容易跟人混得熟，很有人緣，很受人歡迎，沒有上等社會交際上那種傳統的阻礙。她能和陌生人見面，不經介紹便可交談，幾分鐘之後，便可以直呼對方的名字，以名相稱，絲毫不必客氣。

她在天橋得其所哉，快樂隱入消遣的百姓群中。年輕人一對對在推推搡搡，彎腰駝背的白鬍子老頭兒，嘴裡嚼著芝麻醬燒餅，一手領著小孫子。穿著開襠褲的小孩子在人縫裡擠著往人堆裡瞧，帶著籃子的姑娘們發出清亮的笑聲互相追逐。聲音最大的還是敲鑼打鼓的聲音。就在附近，有颼颼颼、劈啪劈啦、拳掌相擊相打的聲音，正是打把勢賣藝的練功夫，嘴裡按著節奏發出吼、哈、喲用力氣的喊聲。

牡丹靜靜看著。一個練把勢的拍了拍掌，正在準備向對手高踢一腳，一腳踢去，不料對方揪住他的腳，毫不費力，順手一推，踢飛腳的人向後倒退，跌倒在地，但是跌倒得乾淨俐落，說時遲，那時快，轉眼之間，一躍而起，飛起一腳，不偏不斜，正踢到對方的肚子上，把他踢得踉踉蹌蹌向後退。一圈子觀眾大聲喊：「喲！」這種喊「喲」的聲音，在戲院中一段或是一句要好的唱腔完了時，聽戲的也是這樣喊著喝彩，聲音不是發自喉嚨，而是如同大象的聲音一樣，是發自丹田的中氣。

觀眾越來越往裡擠，圈子越縮越小。這時一個表演武功的，拿起一條七節鋼鞭揮動起來，但是卻向周圍觀眾打去。但每逢那鋼鞭的尖端就要碰到觀眾的鼻子時，他立刻把鋼鞭撤回。這樣，觀眾自然往後退，周圍的圈子又擴大了。

現在兩個賣藝的，都是光著脊梁，兩手抱拳，上下作揖，同時兩個腳跟在地上旋轉，以最文雅的態度向觀眾說：「諸位大爺叔叔弟兄們。在下幾個江湖客是賣藝的，練的武藝不敢說高明。諸位大爺、叔叔、弟兄們、力氣大功夫好的，請多多包涵，多多指教。」說話人的聲音洪亮，氣發丹田。打把勢賣藝的照例在開始和結束的時候要說這些江湖話。在走江湖到人生地疏的地方，都這樣說話，省得開罪當地，免得遇到麻煩。

牡丹喜歡其中一個拳師，他有一頭迷人的亂髮，微笑起來，露出一排白牙，顯得老實正直。

他把鑼反過來端著，好像個盤子一樣，在裡面走了一圈，向觀眾收錢。他嘴裡喊：「止疼的膏藥。一毛一帖。」由他喊叫的聲音看，他好像頗以那樣生活為樂。他一看觀眾扔到鑼裡的錢不夠多，買膏藥的人也太少，他看了看鑼，搖了搖頭，開始說笑話，求大家同情。

他彎起胳膊，讓腱子肉自己跳動，這時他說「看——嘿！別跑哇，丫頭養的才跑呢！」他指著張大的嘴，用力拍著肚子，他大聲喊叫，仰著頭，先是求老天爺，然後是求在場的觀眾。他說：「噢，老天爺！咱們賣苦力氣混碗飯吃。」這時低下頭——「咱們不能不吃飯。咱們是賣了力氣又出汗，都是爲了換碗飯！老爺們多幫忙吧！」觀眾聽說要把勢賣藝的吃飯難，不由心中同情，開始扔下銅錢去。「多謝！老爺！多謝！少爺！各位叔叔大爺！」

牡丹扔進去十個銅錢，眼睛不住看那人的肌肉結實流著汗水高低起伏的胸膛。那個年輕耍把勢的一看有人扔下那麼多錢，抬頭一看，對那女人的慷慨頗感意外，又向她那玉立亭亭的身段兒看了一眼。牡丹開始推開人走出去。但是那個耍把勢的還一直望著她。望著她背後喊：

「嘿，姑娘別跑！嘿，姑娘！」

她喜歡那人的那麼喊叫，便不由回頭望了望。拳師把這幾句話改成通俗逗樂的民歌：

「姑娘，你別走嘛！
你把我的心也帶走了。
啷—啊—啷—笛—噹！
姑娘，上哪兒去？
你來，可把我的心也帶來喲。
啷—啊—啷—笛—噹！
你不來，我會去找你。

唧—啊—唧—笛—噹！

姑娘，家住哪兒？

（用假聲）

三家村，楊柳背，小閣樓。

喔，姑娘！喲！」

牡丹很認真的望著他；他似乎流露著懇求的神氣。牡丹看了一下就微笑著走開了。附近又有一個武場子，傳來了耍鋼叉的聲音，裡面有一個練把勢的，正在把鋼叉在肩膀上、背上、胳膊上不停的滾轉，有些看玩藝的人漸漸在周圍站成圈子。再往遠一點兒，一個變戲法兒的，正凌空在手拿的一塊灰布下面，端出一碗熱氣騰騰的湯麵來，他的兩條胳膊露在外面，上面光身赤背，前後左右都有人站著看。

遠處傳來了鼓聲和笛子聲。牡丹向那兒跑去。一個女人正仰身躺在桌子上，她向上彎曲的兩腿蹬著一個十來尺高的梯子。一個小女孩正在梯子空中上下鑽。一個男人，顯然是小女孩的父親，在敲鼓收錢。四周圍看得嘖嘖稱奇的觀眾正往地上扔錢。隨後小女孩爬了下來，母親也坐起身來。

鼓手現在越打越起勁，催動精彩的節目。小女孩拿起一支短笛，吹出尖聲的曲調。她母親臉上擦上粉，紅胭脂塗成圓圈兒，開始邊唱邊舞，別人也參加了歌唱。觀眾都知道這是鳳陽花鼓歌。牡丹也和別人一齊唱起來。人人都一邊拍手，一邊踩拍子，揚起了地上的灰塵。那個女人用力搖動她的臀部，叮叮咚咚的鼓聲更襯出歌曲迷人的節奏。觀眾很喜愛，要求再唱，又吵又鬧，笑聲不停。

牡丹這次遊逛至為快樂。在擁擠的人潮中，她找到了天生的本性。這時小女孩的笛聲又響了，聲調很優美，好像由蒙古大草原上飄來的一樣。

「我的心，我愛你，

我的心，我想你——」

每一段詞兒都加上這麼兩句。牡丹的身子不由得隨著搖擺。這個歌調，柔軟優美，雖然不夠明顯，但是隱隱約約可以感覺到是來自阿拉伯的。鼓聲隨著歌唱，停頓之時有笛聲填補空白。到結尾時，拍子漸快，真是動人肺腑，挑動人的渴望思念。最後鼓聲突然噗通一響，歌聲停止，牡丹驚醒，不由嚇了一跳。

牡丹這樣喬裝出遊，混跡於低級汗臭味的大眾之間。她看見了一個茶館，上面搭著席棚，她就走進去坐下歇歇腳，似乎是滿腔心事，卻又茫無頭緒，只覺眼中幾乎掉下淚來。她到底在追求什麼呢？自己也不明白。她只覺得心中有無名之痛，只覺得極端的缺乏什麼，缺少什麼。她露著玉臂，緊身的上衣和褲子，真是年輕漂亮。男人們在她旁邊成行的走過，有美的，也有醜的，有肌肉鬆弛的，也有肌肉結實的。

每逢她一個人出去，到茶館裡一坐，似乎沉思，其實卻一無所想，這時總有人向她搭訕說話。不管年輕的或是年老的茶房，總是以無限溫和的微笑向她這麼一個俊俏女人說話。她坦白自然，平易近人——不管對方是什麼人。她是瞭解男人的。她並不是在男女之欲上需要他們，她只是喜愛富有男人刺激性的那種平易自由的氣氛。難道她是尋求一個失去的愛人？還是尋找一個求之不得的理想？

那年春天，孟嘉從都察院的朋友口中，聽說一個鹽運走私的巨大案子即將偵破。其中牽連到揚州一個出名的鹽商，他和高郵鹽運司勾結，利用官船偷運私鹽，藉以逃避重稅。一個姓薛的鹽運使和若干釐金官吏都涉及這個案子。那就是說，若是正式起訴，不但罰款極重，鹽商要流放，薛某一定要判多年流放，甚至要判死刑。關於陰謀勾結的資料，已經在當地搜集到不少。薛某和該名鹽商被控盜竊國帑，知法犯法。究竟如何，那就看這個案子怎麼樣辦了。倘若證明罪行重大，薛某可能秋天在北京城斬首示眾。

自然，這個案子會株連不少。鹽商楊順理正在拚命掙扎，各方面活動奔走，就跟熱鍋上的螞蟻一樣。他勢力很大，但願錢能通神。他已經派有私人代表來到北京奔走門路，但求大事化小，小事化了。但是御史劉錚是為官清正、克盡職責的人。不知他名字那個「錚」字，是官拜御史之前的舊名，還是做御史之後新起的。不論如何，「錚」指鐵之剛利，如鐵之錚錚，又喻人之剛正不阿。這件案子無法疏通，楊某的代表深冬時來京不到一個月，即南返揚州。

二月中，薛鹽運使和商人楊順理即已逮捕歸案，拘押票已經發出，要傳好多主要關係人或證人查問，他們的供詞都記錄在卷。凡與官方合作的，如妓女寶珠、小桂花都予釋放，但仍在官方監視之下。

這個案子與牡丹關係很密切。重要的證據當然是她亡夫親筆寫的日記和賬目。雖然鐵證如山，薛鹽運使和其他人等仍繼續否認與聞此事，把責任全推到幾個低級下屬身上，那幾個低級下屬家人的生活則由富商楊某答應負全責照顧。

主要的證據，現在即在梁孟嘉的手中，不過已經抄寫了一份送交都察院（都察院負有今日檢察長之權，對皇帝的所言所行也有諍諫之責）。本案現在正在江蘇當地審理，很快即由府至道，再到駐在南京的巡撫，最後是到大理院。孟嘉向主辦此案的御史再三請求務必以供詞為主，以個人情面為他堂妹懇求，日記部分最好不必涉及。因為他堂妹不顧亡夫聲譽，已將此日記呈交官府，也算是一功。雖然費廷炎的名字也被牽連在內，但對死者，或榮或辱，終歸無用，並且亡者遺孀對此案件一無所知，主辦該案的御史應允不將牡丹名字牽連在內。

這時候，牡丹說要回杭州去看她的父母，她一心想去，孟嘉不明白什麼緣故。萬一牡丹還怕自己被牽連在內時，他可以盡速寫信給怡親王，要他對南京總督交代一兩句。按理說，主管軍事的總督與主管民政的巡撫，官階是相等的，雖然職權不同，這位滿洲皇家王爺的一句話，對漢人巡撫還是有分量的。這件事辦起來是再容易也沒有。兩位大人在飯桌上一句話就夠了。於是，孟嘉給怡親王寫了一封信。後來事情順利解決，孟嘉把這件私運官鹽的事情也就置諸腦後了。

四月初，清明節剛過完不久，牡丹接到白薇的一封信。兩人來往的書信之親密坦白，就如同閒話談心一樣。白薇無論說什麼話，牡丹都不會生氣。在若干其他事情之外，白薇有下列一信：

牡丹：

我一向佩服你獨立的精神和勇氣，我相信你在北京一定看到不少東西。但願有一天我能和若水去看看。你這幸運兒，生活必然恍如夢中吧，大家都說月下看天壇很美，我留著和你同享——也許等你定下來以後。這是去找你的好藉口哩。……你不知道金祝被你害得多慘，告訴你，看了心碎。春假他回鄉掃墓，我看到他，真是嚇了一大跳。他頭髮亂糟糟，面容憔悴，眼神冷冰冰的，可以說他整個輪廓都變了。表情雖作堅強的樣子，不過精神卻面臨崩潰。

他說他在上海和一個妓女同居。蘇州到上海坐火車只要一個鐘頭。我要對你說一句以前沒說過的話。你走了以後，他十一月上山，在溪邊那個地方睡了一夜。早上他來我家，滿眼血絲密佈，但是他儘量裝出勇敢的表情。現在他變了，恐怕你也沒有辦法讓他恢復原狀，我和他說話，他從來不提你的名字。若說他冷酷，也不能怪他，因為我認識他太久了，看他……真叫人傷心，我相信他慢慢會調整過來，你知道他個性還蠻堅強的……

牡丹再也看不下去了，她一陣熱一陣冷，心裡脹得可怕。信中並沒有說他已離開妻子，可見他沒有這麼做。良家婦女不能做的事情，妓女就可以明目張膽做！她相信那個妓女一定配不上他，金祝也並不是真心要她。她覺得五臟隱隱抽痛，臉頰也燙得難受。

這個消息使她很遺憾，因為他既不能和妻子離婚，她自然不能像那個妓女一樣和他同居，這也不算自己的過錯。寫信給他也沒有用，藕斷絲連，會害他更忘不了他。好吧，不管那娼妓是誰，讓那個婊子佔有他吧，也許能幫著他恢復正常呢。

那天晚上，她半夜醒來，便無法入睡。她起來找拖鞋，黑漆漆找不到，於是光著腳走到桌邊，開了燈，坐在那兒想心事。

柔和的燈光和沉默的星斗，那麼像她和金祝在桐廬那一夜的時光，她的心快要跳出來了。她緊閉雙唇，拿起筆，開始給白薇寫信。

她向窗外一望，但見午夜的天空，繁星萬點，銀河傾斜。銀河，按民間的傳說，是把一對情人牛郎織女分隔在兩岸的。她似乎聽得見金祝溫柔的聲音在她耳邊低聲細語，細說那牛郎織女的長相思，他倆一年一度的七月七日才能團圓一次。她甚至依稀能聽見金祝急促的喘息。

摯友白薇：

看到你的來信，知道金祝的情形，心裡很難過。我不斷問自己，是不是我的錯呢？我不打算寫信給他，我想他一輩子不會原諒我的。但是我更怕揭開舊傷痕，我只能對你吐露，我的心神早已向他贖罪，雖想忘記他，卻身不由主，我不知道自己是怎麼回事，我再也找不到方向了，就像大海中的小船，我怎麼辦呢？

白薇，我來北京以後，並沒有找到我渴望的幸福。情況馬上變得十分可笑，這都怪我自己，我知道。我堂哥是中年人最完美的典範。不，只要我能忘掉金祝，年齡相差二十歲也不會有什麼隔閡。我就是忘不了他，你知道，他的愛留在我的血液和髮絲裡，留在我的骨髓中，留在我內心深處。

我怎麼辦？告訴我，我該怎麼辦？我心魂俱裂，我甩了他，是因為我不能一年只見他一兩回。其他時刻我要怎麼打發呢？你會諒解的，但是我如何忘得了？打從開始，我們的會面就苦樂交加，相擁的快樂總是挾著再度分離的沉痛感。理智清醒的時候，我一心害怕回到不相愛的丈夫身旁。我知道只有我能和他身心完全交融在一起，於是我折磨自己來給他歡樂。我太敏感了，寥寥幾次幽會我都不顧現實，活在嫁他為妻的狂歡裡。

這樣幽會的結果，我的感官尖銳得難以忍受，我變成一個夜夜失眠的女子，對於俯視我的星星，親吻我的月亮，由窗戶吹進來俯視我半裸手臂和背部的微風，都十分敏感——一種不可能饜足的清醒感受。我小病，我頭痛，我怕光，使我心魂喪失，把我的身子化為一千根柔軟、碎裂的創痛組織。我對周圍的一切都感到很不真實，只能糊里糊塗回去面對丈夫的野性，像機器一樣捱過妻子和兒媳的責任……回顧往事又有什麼用呢？我只是告訴你，我心亂如麻，不知道怎麼辦才好。

我對自己充滿畏懼，疑惑也開始產生。因為我愛金祝，所以我不能對孟嘉付出他所渴望，我也一度感受到的真愛？我知道孟嘉一定很難受，他對我太好了。說也奇怪，我漸漸把他當做「我們的翰林」，而不是當做情人看待，我心神散亂，身體做的事，心裡卻不再關心了，你明白我的意思嗎？……這封信語無倫次，正是我心情的寫照。

摯友　牡丹

12

四月，鳥聲啾啾，西山的風景十分迷人。滿鄉遍野，冬天的乾草皮又重新獲得了生命。除了乾隆皇帝的香山鹿園和臥佛寺，玉泉山和八大處也是春遊的好去處。

一天晚飯後，孟嘉和牡丹在書房中閒坐，茉莉到廚房去交代廚子第二天的工作，正要回房休息。因爲每逢孟嘉和牡丹在一處時，她總是迴避開，免得打擾他們。她知道，他們在書房愜意多了。她正要往自己那個院子走時，孟嘉叫她：

「四妹，來聊聊。」

「聊什麼？」

「隨便聊聊嘛。這裡比較舒服。」

「好，我馬上就來。」

幾分鐘後，她走進了書房，臉上浮現著青春的自然微笑，頭髮改梳成一條光亮的辮子，身上換上了藍棉襖和長褲，和牡丹的一樣，是在家不出門時常穿的。褂子的袖子比出去應酬時穿的要短一點兒，也瘦一點兒，出外穿的褂子一般都是寬袍大袖，是當時流行的式樣。她雖然穿上這種便裝，其動人之處並不稍減。

她瞥了姐姐一眼，她姐姐不覺得有些尷尬，茉莉趕快坐在一把硬木椅子上，流露出一股青春的氣息。她看見牡丹穿著拖鞋的兩隻腳，放在冷冷的炭爐邊，身子則舒舒服服窩在一張有皮毛墊著的椅子上。

「你爲什麼盯著我看？」牡丹問她。

「我沒有看你呀，」茉莉睜大眼睛詫異地說。她把天真的目光轉向孟嘉，若無其事用低柔莊重的聲音說：「你們正在談什麼？」

「談你。」

「談我？」

「是啊，我正在說還好有你一起來……」

「我知道，你們兩個人飄飄欲仙。我並沒有低估自己。家總是要像個家，得要有人照顧，收拾整理。可以睡乾乾淨淨的被單不是很舒服嗎？我說的是真心話。」

「我衷心感激你所做的一切。」

「咱們的床單好像不夠，我想再買幾條。可以不可以？」

「你不必問，看著缺什麼就去買吧。」

「說真的，你們剛才在談什麼？」

「我要出門半個月左右。你們已經看見北京到天津這段鐵路了。皇上已經答應這條路要延長到山海關。工程兩年前開始，現在即將完工，這條路大致是和萬里長城平行，將來有一天是會用來運兵的，不然，走這麼遠，就是急行軍，也得走七八天。因爲大沽口永遠有外國軍隊駐紮，我們經不起敵軍的包圍。我們一定要能從滿洲把軍隊迅速調回關裡來才行。我要同幾個中國和英國的工程師去視察新修的這一段鐵路工程。皇上非常高興，又想在北京和熱河之間修一條鐵路。那兩個英國工程師求我帶他們順便去遊明陵。我正想你們姐妹若願一同去，這是個難得的機會。」

「噢？明陵！」茉莉的聲音裡有無限的熱情。

「到明陵只要兩三天，這時候的天氣出外春遊再好不過。」

「你不願去？」她問牡丹。

「不。我幹嘛去看過去那些皇帝的墳墓？我寧可待在家裡。」

孟嘉插嘴了。「這就是為什麼我說咱們要商量商量。也許你可以說動你姐姐。你們若不去，恐怕要好久以後才有機會。而且以後天也熱了。誰知道什麼時候？……也許我又調到別處了。」

茉莉說：「我很想去。我們還可以看看長城的居庸關，我夢想好久了。」

「妹妹，你如果真有興致，你和他去吧。」

「不。你不去，我也不去。」茉莉的聲音堅定而果決。

牡丹說：「你如果這麼想看，你就陪他去嘛。」

「不，你不去，我也不去。」

孟嘉說：「好吧，算了。」他的聲音顯得很失望。

孟嘉決定在十七日那天出發。十六日晚上，他向牡丹說：「這是你來北京後咱們第一次分開。你一切自己小心。出去散散心。我會儘量多寫信回來。反正來去也不過半個月的時間。」

出乎意料之外，他們擁抱的時候，孟嘉發現牡丹的眼睛有點濕濕的。

「你爲什麼哭？」

「我不知道。」

「你不高興嗎？」

「我高興啊。」

「你爲什麼不去呢？你不想看看明陵和萬里長城嗎？你可以一次看到兩大名勝。」

「只是我——我有時候想要一個人靜一靜。」

「爲什麼？」

「我不知道。」

「你不是擔心你妹妹吧？」

「不。我完全信任她。」

「這才對。」

他們之間有了隔閡；到底是什麼，他無法知道。

「你心情不好。好好睡一覺。明天就好了。告訴我你什麼時候要一個人清靜，我會尊重你的意願。」

於是孟嘉第二天就陪同那個英國工程師到南口去了。每隔兩三天，姐妹倆就收到他寄給牡丹的信，洋洋灑灑兩三張。他措辭謹慎，開頭不外乎是「想念」、「惦記」，末尾祝她們平安健康。

信總是牡丹先看，然後再交給茉莉看。牡丹有一種獨到的想像力，能從隻詞片語便體會到其中含蓄的深情至意，如「塞上雲影開」、「雁陣當空過」，或「夜半聞胡笛」，由這些詞句，牡丹便感覺到含有相思之意。

有一封信還附了一首詩：

夜半枕間遺夢痕　執手相忘愁與嗔
夢裡伴君長廝守　覺來竟日感清芬
夜半枕間遺夢痕　忘卻依依別情真
夢裡識盡甜滋味　願為不醒長睡人

主人不在，佣人輕鬆多了，飯菜也簡單，也沒有多少事情可做。兩姐妹自己用一輛馬車；春光誘人，有不少地方可去遊逛。

有一天，她們直達西山腳的碧雲寺，寺裡有印度的寶塔，登高一望，北京城全在眼底，金光閃爍的黃琉璃瓦頂，就是紫禁城，正位於北京城的中心。倆人都玩得很快樂，只是覺得缺少個孟嘉，頗爲思念，風和日麗，萬里無雲，可是只有兩個女人這樣遠遊，終覺無趣。

茉莉是一個保守的女孩子，從來不打算自己物色如意郎君，甚至絕口不提。她認爲那是她父母的事，是她堂兄的事。這是長輩的責任，根本用不著提。

有一天下午，牡丹又獨自回到天橋。拳師看她，爲她唱一首情歌的回憶還在她心裡打轉。一個女人，即便是已然訂婚或是已經結婚，一個滿面微笑年輕的男子向她表示愛慕，看她，向她調情，總是一件樂事。那個男人年輕英俊，肩膀寬闊，四肢健壯。

她希望能再碰見那個年輕人，當然她並非覺得兩人之間會有什麼認真的情史發生。她喜歡他那快速優美的動作和起伏有力的胸膛，還有嘴裡露出的一排白牙齒。她想再聽他唱那首歌。

她站在圈外看練把勢。使她不痛快的是，那個年輕人偏偏不在。兩個別的人在練功夫。一個人採取守勢，另外那個在滿場子追他。個子小的保持守勢，不斷的逃跑，但是他卻出盡了風頭，因爲他雖是一副怯懦的樣子，卻每乘對方不備，出其不意的踢上一腳，或打上一拳，對方跌倒在地，他又跑開。就好像貓鼠交戰，老鼠竟佔了上風。看熱鬧的很愛看。身材小的那個還嘴裡喊出「嘿——吼——哈」向追他的那個挑戰，或是逗他。當然這是預先練好的套子，身材小的跳動靈活，功夫穩而狠，觀眾看得非常過癮。

牡丹跟著大家一起笑，因爲兩個人踩得塵土飛揚，她拿著一塊手絹兒擋著嘴。這時有人從後面輕輕拍她的肩膀。她回頭一看；認得那晶亮的眼睛，露出牙咧開嘴的笑容，不是別人，正是那天那個練拳的，倆人輕鬆自然的相對微笑了一下。

「是您哪，姑娘，半個月前您來過。」

牡丹點頭微笑說：「你今天怎麼沒上場？」然後她天真爛漫壓低了聲音說：「我來看你。」

「真的？姑娘，您叫什麼名字？那天我對你唱歌，你不介意吧？」

「才不呢。我愛聽。我知道你也得找找樂子嘛。」她發現和一個同樣年紀的人說話很輕鬆。

「你叫什麼名字？」

「我沒有名字。」

「好吧，無名氏小姐。」

「跟我來！」說著，不管她願意不願意，拖了她就走。她高高興興跟著，對他這麼直爽覺得很有趣。

他們走進一處天井有幾棵槐樹下的一個茶館，叫了兩杯茶。遠處傳來露天戲院的鑼鼓聲和尖而高的唱聲。她仔細打量他。他塊頭不算大，顴骨很美，下巴方方的；臉很光潤，肌肉很結實。在綠蔭一角，光線照出他尖挺的輪廓。不知由什麼地方照過來的一個白色波動的光影，在他的臉上跳動，照上他那亂蓬蓬的頭髮。

「你今天怎麼不上場？」

「我是玩票的。那天我是客串。」

「玩票的？」

「是啊，我的正業不是這一行。他們是我的朋友。你不知道我們打拳人的江湖義氣。我們都是好弟兄。他們認爲我練的功夫還可以，讓我露一手。不壞吧？」

「你練得很好。把你的名字告訴我。」

「傅南德。我就住在附近。」

他真誠坦率的笑容使她安心不少。他愛慕地望了她一眼說：「天哪！你真美！」

沒有人用這麼直率，這麼公開的語氣說過這句話。

「南德，」她叫他的名字說，「你做些什麼？」

「我有一家小鋪子，鄉下還有一塊田地。打拳是練身體。」

「你還做些什麼？」

「你是指練身體？踢毽子啊。附近有一家不錯的毽子館，找一天我帶你去。還有太極拳。我是個笨人，讀書讀不來。」他說得很慢，不過很清楚。他又說，「告訴我，你叫什麼名字？住在哪兒？」

「不。」牡丹搖頭笑笑，知道自己一說是翰林家的人，他一定會嚇跑的。

「別那麼神秘好不好，」南德懇求說，「你們家很有錢吧？一看你的臉就覺得。」他上下打量她，她覺得這個人簡直看透她了。

「南德，我是普通人家出身的。」她說。

「還沒有結婚？若是已經結婚，可要告訴我。我好心裡有個數。」

「沒有。」接著又說，「我是死了丈夫的人。」

「那你到底是誰？」

「你說過啦，無名氏小姐。你是男人，我是女人。這不就夠了嗎？」

話一出口，她馬上覺得自己失言，不過已經收不回來了。他也許會誤解。

她站起來要走。

「我上哪兒再和你見面？」他竟不先問她能不能再見她。她看看他清爽的笑容，直率的目光和一頭黑髮說，「我不知道。」

「我什麼時候再和你見面？」

「我不知道……離這兒很遠。我住在東城。」

「我住在西城。你若告訴我你住的地方，我會找得到的。」

「你那麼想找我嗎？」

「當然，很想。走吧，我陪你走一段路。你若不願告訴我你住在哪兒，你再自己回家去。」

她發現和他同行很愉快。兩個人走向前門大街時，腳步走得很輕快，是年輕人走路的拍子節奏。他的手臂抓著她，而他的胳膊是那麼健壯有力。兩個人都假裝不知道扶著她的手正輕觸著她的胸脯。

「東四牌樓正西有個酒館，我們可以在那兒見面。你什麼時候能來？」

「哪天都行，隨時都行。就明天五點吧？」

倆人說定之後，他給她叫了一輛黃包車，提醒她：「明天五點。」

與傅南德相遇之後，牡丹不再胡思亂想了。她覺得他輕鬆、自在，和面對學者截然不同。南德對人生沒有一點抽象的概念，沒有任何小理論。他或許沒讀過多少書，不過她總覺得此人像年輕的獵犬，健康、強壯；隨時打算迎接原始的生命，而且她自信不會有感情上的糾葛。

孟嘉是一種人，南德是另外一種人。這兩種人截然不同，她用不著害怕她自己。

後來幾次會面，更加深了這種印象。她總是五點出門，在露天的茶館裡找一個座位，看看街上來來往往的人車。已經四月底了，白晝加長，六點天還很亮。

哈德門大街每天都是車水馬龍，熙來攘往。黑臉的男孩子露出一嘴的白牙，有時在街上趕著裝滿一袋一袋煤的騾子車，慢慢軋過。一隊隊的駱駝，拖邐拖邐的迂緩走過，剛從門頭溝運了煤來，趕駱駝的照例是用黑布裹著塵土骯髒的頭。西藏的喇嘛，拖著橘黃色的袈裟在街上走；他們住在乾隆皇帝給他們建築在北城的雍和宮。還有時候有出大殯的行列在大街上經過，長長的隊伍，多彩多姿，北京人是很喜歡看的。那種行進的行列有時會有兩百碼長，殯儀專業的人，穿著特別的服裝，是綠和淡紫華麗的顏色（有時難免有些破舊），舉著旗、牌、傘、帳；油漆貼金的大木牌上雕刻著金字；鑼鼓之外，還吹著西藏七八尺長兩人抬著的大喇叭。這一行業的人行進之時，都保持相當長的距離，大家散開後，佔得地方廣，走得行列長，顯得氣派大。這時也許有打架的，發生些意外的事情，也許女人掉在泥裡會惹得人人哈哈大笑——北京百姓隨時會開懷大笑——還有要飯的、和尚、尼姑、在旗的女人，梳著黑的高髻頭，厚木頭底的鞋，狗嗥叫，或為爭骨頭而打起來，還有黃包車夫永遠不停的瞎扯亂說，永遠不停的哈哈大笑……。

茶樓酒坊的生活才是北京人的真正生活，人不分貧富，都混跡其中，一邊自得其樂，一邊放眼看人生，看人生演不完的這齣大戲。酒館裡，洋溢著白乾兒酒的酒香，新烤好的吊爐火燒和剛燒好的羊肉的美味。靠近牌樓，總有些拉洋車的在那兒停車等座。他們也進來，把布鞋底上踩得一片片的泥留在酒館的地板上。

他們喝下二兩白乾之後，開始聊天，汗珠從臉上掉下來。有的脫下破藍大褂，搭在椅背上，再繫緊一下褲腰帶，有時候不小心，會露一下大腿。他們之中，有的是健壯的年輕人。牡丹聽到他們滿口粗話，看他們看得出了神，有些話她聽不懂，比如「雞巴」，她還以為是雞腿呢。

她常叫四兩紹興酒，自己在一張原木小桌邊坐下來。若是傅南德不在，總會有人——譬如穿制服的士兵——來和她搭訕。她年輕、漂亮，又無拘無束。年輕人自然喜歡談情說愛。她穿著打扮講究，但是由於她一個人到茶館裡去坐，有人會把她想作是個「半開門的」，或者交際花之流的人物。

傅南德來了，就陪她一塊兒欣賞街景。不知怎麼，他總能控制場面。在這條街上，他算個英雄人物，他遵照北京的習俗，路見不平一定出面干涉。他隨時留意四周發生的事情。

有一次，在酒館門前發生了顧客和洋車夫有關車費的爭執。坐車的是個上海人，堅持說他已經把車錢給夠了。車夫卻抓住那個乘客胸前的衣裳，說他還沒給夠。傅南德走上前去問那個外鄉人：「您從哪兒坐的車？你付了他多少錢？」外鄉人告訴了他。傅南德半句話沒說，狠狠的打了拉車的一拳，叫他滾蛋。拉車的像一陣風跑了。他回來之後告訴牡丹，那個拉車的欺負外鄉人。

「沒王法！」他大叫說。

他真的很生氣，好像是讓北京城丟了臉。

有一次，他帶著牡丹上毽子館，那兒男女客都有。看他把毽子踢起來，能讓毽子落在他仰起的前額上，再回頭猛一頂，毽子再落下時，能用腿向後倒著踢，把毽子踢起來，牡丹簡直著了迷。

他不屑於把小褂兒的扣子扣起來，他跳起來或轉身，讓兩片前襟隨風擺動。他身子靈活得像猴子似的。有一次，他們出遊一整天，爬上城北的蒙古舊城牆。下來的時候，她幾乎癱在他身上，他只好用強壯的膀子把她抱下來。

她發現此人非常有趣，他腦子裡沒有一點學說理論。她懷疑他不太識字，幸虧有一張開朗的笑容來補其不足。他心目中的英雄是三國的紅臉關公和黑臉張飛，都是從戲台上看來的。他是一個使人愉快的好伴侶，不過她不可能和這個人墮入情網。

但是，她確實深受吸引。她喜歡他明亮的眼睛和青春的笑容，與孟嘉成熟多慮的目光，是那麼不同；還有，他的皮膚也比孟嘉結實光滑，頭髮也比他光亮茂密。

男人對少女的身體往往有純生理上的誘惑力，同樣，牡丹和這個肌肉健壯與自己年齡相當的年輕男子在一起，也覺得非常刺激。這是很自然的。倘若說有誰來挑逗牡丹的心情，那不是別人，就是生理和自然。

傅南德按時到酒坊去。有時候，她故意抑制住前去相會的衝動，在家和妹妹一同度過。茉莉心知牡丹一定有什麼心事。她總是急著把手頭的信寫完，好能在四點鐘來得及出去。不然，她就會打呵欠，說不願出去，其實在家裡也沒有事做。在她去酒坊之前，她會在鏡子前多費幾分鐘時間仔細修畫眉毛。

牡丹知道，她若由著這件事發展，雖然開始是出於無心，將來恐怕是會弄到欲罷不能的地步。她一直躲著，十來天沒有去，自己越發用力壓制心裡的衝動，因爲自己說話失過言，不小心說出：「你是個男人，我是個女人。這還不夠麼？」所以她更要抵禦赴約的衝動。

她相信傅南德一定誤解了她的意思。他每天去等她，卻發現她已經不再露面了。他坐在櫈子邊，仔細看街上漂亮的姑娘，希望一轉身正是那位無名氏小姐。最後他走開了，滿心疑惑卻還充滿希望，爲她編了許多失約的理由。

一天早晨，大概十一點鐘，她在總布胡同和哈德門街的轉角碰見他。他看到她的背影，跑過來叫她：「別跑嘛，姑娘，別跑嘛！」牡丹一回身發現是他。

當然是傅南德，一雙明亮的眼睛裡流露著懇求的神氣。她不自覺說了一聲「你！」這一個字，在傅南德耳朵裡聽來，蘊蓄著千萬種意思。

「這些日子你到哪兒去了？我每天都到酒坊去。你爲什麼沒去？是不是我得罪了你？我一直在街上亂走，希望能碰見你。」這幾句話說得像連珠炮似的。

「我要回家了。」

「你不能躲著我。」

「我要回家了。我求你。」

「那麼我跟著你走。」

但是她一點也不動，雙腳釘在地上。心裡像吊桶七上八下的。他抓住她的小手，逼得她轉身和他走到同一個方向，她覺得雙腳都軟了。

他們齊步同行。他的手抓住牡丹的左臂，她忍不住覺得歡喜。

「你要上哪兒？」她問道。

「你說到哪兒就到哪兒。」

她想掙脫。她在公共場所認識他，對他的一切全不瞭解。

傅南德央求道：「你肯不肯跟我到旅館去，我們隨便聊聊，也好彼此多瞭解一點。你放心，我決不會對你失禮的。」

「我怎麼能相信？」

「我拿我母親起誓。因爲我愛你。你教我做什麼，我都照辦。」

「跳進那道水溝去。」

傅南德真的跳進那水溝。那道水溝深兩尺左右，位在人行道和慢車道之間。溝裡渾濁的泥水濺了起來。他爬上來的時候，臉上沾滿泥屑。

牡丹大笑。掏出一條手絹給他擦臉，一邊笑著說：「你瘋了。我開玩笑呢。」

「可是我是瘋了——都是爲了你。」

她仔細打量他。他很年輕，也許還不成熟，不過她相信也只有年輕小伙子才會這種愛法。

「你若答應我你規規矩矩的，我才和你做朋友。只是做朋友，你明白吧？」

「你怎麼說都可以。可是你爲什麼那麼神秘？」

傅南德現在心中確定牡丹不是幹「半掩門」的風塵女子，這使她顯得更神秘，更迷人。

「我可以不可以問一句：你成親沒有？」她問他。

「成親了又怎樣？有什麼分別嗎？」

「沒有，如果只當朋友，就沒有差別。」

他開始向她傾訴他婚姻上的煩惱。說他妻子是多麼狠心的女人，不許他看別的女人一眼，不管是在大街上或是在戲院裡。

「走吧，我們叫黃包車。我知道有一個很好的旅館，我們可以靜靜談談。」

那家旅館很小，就在前門外的燈籠街，供來往客商住宿，算是雅潔上流，但是並不貴。他們手拉手走上黑暗的樓梯。牡丹覺得兩腿發軟像麵條一樣，心狂跳不已。和他秘密的走上樓，使她很興奮，有一種違反禁忌的刺激。

他們關上了門，他叫了一壺茶。在等茶房端茶來時，南德冷不防在牡丹的脖上親了一下，然後求她原諒。但是牡丹由剛才上樓時他在後面那樣捏她，已經料到這是難免的了。

茶房把茶端來之後，門就關上了，用鑰匙一轉。牡丹覺得很罪過，很難爲情，坐在床邊，把手放在膝上。

他想要靠近，她說：「不。你就坐在那兒。我們只聊聊，是不是？」

他遵照她的話，拿了一張椅子到窗邊，眼睛一直望著牡丹。他給她倒了一杯茶，自己也倒了一杯。喝了茶他似乎平靜下來。

他開始一本正經的數落他的妻子。他說他娶的不是妻子，而是一名獄卒。然後又說他這幾天失魂落魄，一心想念她。今天早上，他又跟妻子吵嘴，就因爲這幾天他一直不在家。還指指額上被她扯破頭的傷口。

「我想一定還紅紅的。」

牡丹看了看。頭髮上有淤紫的痕跡。

他靠近來給她看，然後坐在她身邊，手用力的捏她的大腿。

「拜託別這樣。看看你的鞋子！」她指指鞋面，發出清脆的笑聲。他也笑了，起身在地板上跺了跺腳。

「脫下來，這樣也乾不了的。」

想到這件事，兩個人都覺得很有趣。

「你不知道你從水溝爬上來的樣子多麼可笑。」

她開始笑個不停，他也跟著笑起來，欣賞她的笑態。

這時候，門上響起一連串砰砰砰砰的敲門聲，傅南德臉色一變。二人止住笑聲，他低聲說，「不可能是警察。一定是我太太，一定是她跟到這兒來了。」

「我怎麼辦？」

一個女人的聲音在門外尖叫：「開門。我知道你們在裡面。開門！」接著又敲了好幾下。

「現在你看一場好戲。」傅南德靜靜耳語說，「我出其不意打開門。你躲在門後面。趁她還沒有看到你，你趕快溜走。」

「來了。」他大聲叫道，又躡手躡腳關上窗戶，使房間暗下來。他無聲無息轉動門上的鑰匙，左手拉住牡丹。冷不防把門打開，同時用力把外面的女人拉進來，因爲用力過猛，竟使她跌倒在地。這時，他拉過牡丹，讓她往外跑，牡丹把頭一低，從南德的胳膊下面鑽了出去，衝進大廳。

她慌慌張張跑下樓梯，也顧不得屋裡發生什麼情況了。旅館的茶房看著她，她總算平安跑到大街上，跑了幾步，找到一輛黃包車。等到家時，心神已經鎮定下來。

「咦，你今天回來的好早啊。」她妹妹說。

「我心煩。」她回答說。

13

孟嘉比往日多耽擱了些時間，五月初十才回到家裡。一路風吹日曬，人都曬黑了，看來有點旅途勞頓的樣子，也許是因爲到家時正趕上傾盆大雨，那種季節下那麼大雨是很少有的。他說這一趟出門頗有收穫，他曾騎馬一直到西山深處的潭柘寺和妙峰山，這四天的旅程消掉了他不少肥肉。

一回到北京，他還要出席京熱鐵路會議，因爲他對這一帶的地理形勢的知識是大家所信賴的。過了三四天，他終於有時間待在家裡，他建議去逛先農壇。先農壇在南門大道的南端，靠近外城的前門，有一大片美麗的桑樹。在過去，皇帝每年冬至都到前門大道的天壇去祭拜；在春天，皇后則要到先農壇行採桑餵蠶大典，象徵男耕女織的重要。

茉莉沒有陪他們去，因爲孟嘉剛回來，她識相不打擾他們。牡丹忘記自己現在還是居孀，尤其北京又沒有人認識她。她穿上一件白底大藍花的衣裳，在春天的陽光下美得叫人透不過氣來。她的頭髮往後梳，只留下一兩綹垂在額頭上。

他談到自己遠行的經過，然後又談到《西廂記》。這還是牡丹先提起的。

「你知道《西廂記》爲什麼成爲最受歡迎的愛情故事？」他說：「因爲是偷情嘛。別人不敢，鶯鶯卻敢。其中就含有大膽、迷人的韻味。畢竟成年的女子偷偷戀愛又有什麼大不了呢？如果她正式訂婚嫁人，然後和丈夫談情說愛，這個故事就引不起讀者的興趣了。愛情總是要衝破藩籬的。故事中最使人無法忍受的就是張生——其實是元稹自己——始亂終棄，另娶豪門之女。美其名曰『補過』。最差勁的就是先和少女有了苟且之事，然後扳起道學面孔。故事是充滿懊悔，不過我寧願他沒講這套大道理倒還好。」

「那你是贊成鶯鶯的行爲囉？」

「我不贊成，也並不反對。就是說，我不下評語。她青春年少，是隨時會發生戀愛的時候。她和寡母住在荒郊古寺之中，從來沒見過一個像樣的青年男子。張生出現了，正合乎她少女的心願。她傾身相許。就算是激情，純粹的情慾吧。她還年輕，非常年輕——我想那時候她只有十九歲。我們有什麼資格去批評她呢？」

她一陣衝動，忍不住把她和傅南德邂逅的經過向孟嘉說了出來。她非常坦白。孟嘉傾耳諦聽。但是她說著說著，突然想要加油添醋一番，看他反應如何。她把南德妻子的一段刪了去。她愈說愈起勁，「說實話，我不是存心的，不過錯誤已經造成。他好極了，人又溫柔。事後我很難過，不過當時我真的身不由主。」

他臉上毫無表情，只說：「我也年輕過，也做過傻事。」

「你會原諒我嗎？」

「沒有什麼好原諒的。你天生熱情，我知道。」他低頭去吻牡丹，又說：「你是我一生中所見最溫柔，最奇妙的可人兒，舉世無雙，舉世無雙，舉世無雙。你如果不愛我，我——我想我是受不了的。」

「我告訴了你這件事，你對我的看法不會改變嗎？」

「不。我不會。不管你做了什麼。你明白我太需要你了，我也得堅強起來。我得自己當心。說實話，我們的年齡差了一大截。我會當心。」

「當心什麼？當心我？」

「當心你的青春，你衝動善變的性格。年輕人就有風流事。現在你明白我聽到那位拳師的事爲什麼一點都不意外了吧。」

她心裡又有一股衝動，想把真實經過告訴他，說她並沒有真的和傅南德同床共枕，後來又決定隨它發展下去。

「我不瞭解你。」她說，「你對我太好了。」

她整個人倚在他懷裡。

「你不瞭解我。我也不瞭解我自己。我愛你，所以一心只想付出，只要看你快樂就好了。知道你快樂，我才覺得幸福快樂——這個你懂嗎？」

「我明白。」她甜蜜回答說。

他們一到家，茉莉一臉倦容，說他的朋友怡親王從杭州寄信來了。她並沒看那封信，信還放在孟嘉的桌子上。她賞了來人很重的一筆賞錢，二十塊錢。孟嘉發現茉莉那麼快就學會了北京的人情世故，覺得很高興，很感到意外。

茉莉又說揚州來了個人，要見他。那個人衣著很講究，嘴上留著鬍子，說話的樣子像個鄉紳，聽說梁翰林不在，要明天才能回來，顯得很失望又很緊張。好像有重要的事情。

孟嘉看看名片，是下獄的揚州富商楊順理派來的。他立刻明白，相信那個人是楊順理派來托人情的。楊順理和別的人怎麼會知道有證據在牡丹手裡呢？也許薛鹽運使的秘書寄出那本日記前曾經偷看了一眼。案發之後，那個秘書可能告訴了薛鹽運使。

孟嘉立刻吩咐門房，那個人再來時，一律說「老爺不在家」來擋駕。

「他若是一定要等呢？」老門房問。

「就說我不在家。我出城了——隨便怎麼說都成。他會明白的。」

孟嘉很生氣。轉身告訴兩位堂妹說：「我敢說，那個人一定送來很重的一筆賄賂。我知道這種人。那些個遊手好閒，沒有固定謀生之道的讀書人，專憑打官司、找門路發財。滿口仁義道德，故作謙虛文雅的樣子，最會假笑，在恰當的時機清清喉嚨，向對方表示熱情和敬意。和他們打交道只會浪費時間。妓女費那麼大勁，一夜也許可以賺一百大洋；一個多才多藝的讀書人也許可以賺一千。兩種人都是娼妓——有什麼不同？」

茉莉不安地拉拉自己的衣裳。牡丹突然發現她妹妹顯得毫無血色。

「你病了嗎？」牡丹問她：「你一臉倦容。」

茉莉回答說她很好，可是她兩眼黯淡無神，失去了往日的光輝。茉莉是最善於掩飾自己的感情的。

後來閒談時，茉莉顯得是強顏歡笑。大家說的只是些零星不相干的瑣事，又充滿尷尬的沉默。後來在書房喝茶時，才恢復了幾分高興的氣氛。

孟嘉打開怡親王的信。信上沒說什麼重要的內容，只說案件還沒到總督大人那兒。一旦公文遞到，他一定關照就是，要他們兄妹不必擔心。

然後他又看看朝廷公報，是一份四頁的印刷品。上面說高郵鹽運司的鹽運使和兩名揚州商人已經逮捕，案子已到了道台手中。總督聽說犯人幹了滔天巨案，已經飭令道台詳細上奏。

這些孟嘉已經知道，也許公報就是總督衙門發佈的。發表公報，可見都察院決心積極調查，私下解決是行不通的。因爲和這件案子直接有關，孟嘉說要去拜訪劉御史，多瞭解一下案情。

「你確定我不會受到牽連？」牡丹問他。

「完全確定。把這件事交給我。就算起訴要你提出資料，你可以坦白說你丈夫從來不跟你談這些事情——你一無所知。」

傅南德完全失去了蹤影。他一直沒在酒坊裡再露面。牡丹到天橋去過幾次，什麼地方也找不到他。有一次她壯起膽子問那些拳師，他們假裝不知情。牡丹心裡納悶，不知道他出了什麼事。難道他太太會兇到把他關起來？或是硬禁止他出門？

她像犯人回到作案現場似的，來到上次和他會面的旅館逛來逛去，指望傅南德會突然出現，走進旅館大門的陰影中。萬一他和別的女孩子出現，她就走進對面的水果店去躲避，不讓他發覺。她的眼睛緊盯著旅館前面兩個柱子中間現出的長方形幽光，門上掛了一個大紅的玻璃招牌，上面寫著三個俗字「連升棧」。旅館離不開旅客的兩大主題：一個是淘金，一個是升官。

她又回想到那天和他手挽著手在哈德門大街散步，設法跟上他年輕愉快的步子。這個甜蜜的回憶讓她出神了好幾分鐘。她看到一張陌生的面孔——也許是旅館職員——由玻璃招牌下幽幽的長方框子裡露出來，眼光不禁凝成一線。她心生恐慌，掉頭就跑。

「喔，算了，」她自忖道。她對他不見得那麼有興趣。不過她一直想著他究竟出了什麼事。她很快就發現紫禁城後面另有一處「什剎海」娛樂區。一方面是無聊，一方面想找他，她就上那兒去了。

什剎海是一帶稻田，中門是一道長堤垂柳，兩邊是兩個大池塘。由地名表示當年曾經沿岸有十個古剎，而今只有一個小小的寺院，用陶瓦蓋成，有兩個白圓圈是窗子。池塘的水和北海的水相連接，在大街的下面有一道水閘隔開。

若說當地空氣中的香味是宮禁中嬪妃的脂粉飄香，自然純出乎想像；若說陣陣涼風，飄來荷花的清香，則確實可信。

這裡楊柳低垂，堤岸之上時有青年男女，在此打發炎夏的半日時光。廣闊的濃蔭，粼粼的碧水，使這一帶成爲消夏的勝地。賣酸梅湯等冷飲的小販，手中的兩個黃銅碟子敲出清脆悅耳的聲音。

在這個季節，天橋因爲一片空敞，曬得火熱，所以有些雜耍玩藝都臨時搬到這兒來。一到晚上，蠟燭、紗燈、大煤油玻璃燈紛紛冒出黑煙，四下照得通明，倒影映在水中。遊人不必回家吃飯，這兒攤販雲集，到處都有小販賣麵、賣餛飩、賣餃子和各種點心，從下午直賣到半夜。

但是傅南德卻還是不見蹤影。

茉莉看出她姐姐的生活有了改變。這一個月來，牡丹大概在上午十一點鐘出去，常常回家吃午飯，只是往往回來得晚一點兒。在五點鐘又出去。去以前要費半點鐘修眉毛、照鏡子、攏頭髮。她出去時，慌慌張張，回來時，也慌慌張張。若是孟嘉在家，她就把上衣脫下搭在椅背上，每天勉強留一個鐘頭來陪他，但是她根本心不在焉。孟嘉看出來她眼睛裡缺乏熱情，但是從不說什麼。

「你知不知道你對大哥做了些什麼？」

牡丹只撅著嘴，沒有答腔。

愛人的熱情冷淡下來，不用說你也知道。愛情的冷淡表現在眼睛上，表現在說笑的腔調上，表現在缺乏熱情上，表現在那份疏遠的態度上。現在孟嘉一回家，牡丹的眼睛上再不見那自然流露的晶亮的光輝。

有一天，孟嘉坐在飯桌旁等牡丹回來，他問茉莉：「你姐姐到哪兒去了？」

「出去了，我不知道上哪兒。」

「以前她在老家也是這樣嗎？」

「嗯，有時候。」

茉莉沉默下來，表示她不願多談此事。她以焦慮的神氣凝視孟嘉漠然無動於衷的臉。他既不顯得吃驚，也不顯得煩惱。茉莉心想：「算了，這是她的私事。她若想說，她自會告訴他。」但是她卻無法猜測孟嘉的心思。

茉莉這位做妹妹的什麼都看在眼裡。姐姐和孟嘉閃電戀愛，她毫不吃驚，最近她鬧情緒也不使她感到意外。她冷眼觀看，鎮靜衡量，但卻默默無語。

一次，張之洞夫人爲茉莉提一門親事，她委婉辭謝。她也知道不能嫁給堂兄。這些事情她深埋在心底，也決定了她生活上一個堅定不移的方向，就像一個船上的舵能夠使航行平穩無事。孟嘉對她，實在是無疵可指。孟嘉實際上有些話對她說，而不對牡丹說。甚至於在討論納蘭容若的詩詞，他們都達到超乎個人情感的神交水準。

茉莉認爲孟嘉各方面都十全十美，包括鬢角上的灰白頭髮，每逢孟嘉由外面回家來，她的心跳就加快了幾分，大家都很容易相信她只是佩服他淵博的學問，深刻的思想，優秀的文風。她確實高興做一個忠心的女弟子，剛好又是他堂妹，在早餐桌上，她能從孟嘉言談之中獲取學問，那個時間，牡丹還沒有起床呢。

一天，牡丹又到東四牌樓的酒坊去了。女掌櫃看到她，走下櫃檯對她說：「姑娘，你好些日子沒來了。我們以爲你離開北京了呢。」

「沒有啊。我爲什麼要走？」她回答說。她覺得這個女人的話有點奇怪。牡丹臉上流露出一絲苦笑，她開口又閉上了，那個女人看破了她的心思。

「過來。」她說，接著在她耳邊說了幾句。

牡丹聽了，張口結舌，一瞬間呆住了。她把手放在自己嘴上。感覺既震驚，又悔恨，她馬上想通了事情的真相——一個無心的動作，竟釀成了大禍。傅南德因爲殺妻被捕了——是他的岳父家告的狀。那一天，在旅館那間黑暗的屋裡，出事的經過，根本沒有人知道。很可能是那天傅南德猛然用力地把他妻子拉進屋去，一定把她的頭猛撞在什麼硬東西上，也許是撞在那又尖又硬的鐵床柱子上。現在他因殺人罪在獄中候審。

女掌櫃把消息告訴了她，已經再無話可說，也不想知道牡丹和傅南德中間的關係。她由眼角瞥見牡丹跌坐在椅子上，眼睛還張得好大。牡丹默默站起來，把椅子往後推，邁著平日懶洋洋的腳步，走往街上去。

當然她對傅南德愛莫能助，她得置身局外。

後來幾天，她硬起心腸想道，第一，那是一件意外；第二，傅南德曾經告訴她，在他們倆認識之前，他們夫妻就常打架；第三，她還沒和傅南德真個同床共枕，雖然已經到很可能的程度。她縱然可以做千萬個這種想法，還是避免不了覺得罪過。有時她半夜醒來，覺得很不安，心亂如麻，彷彿是她鬧得傅家家敗人亡似的。等頭腦清醒了，她才能鎮定下來，告訴自己是清白無辜的。

這幾天，孟嘉忙著籌備慶祝京榆鐵路的竣工。因爲他感覺到牡丹的疏遠冷淡而又不免於設法掩飾，他就覺得彷彿走在一塊緩緩下沉的地上，又彷彿走在一塊冰上，這塊冰雖然還能經得起人在上踩，但是已然有可見的裂紋和縫隙。孟嘉看見牡丹回家時，眼睛仍然一亮，但是她的反應則是勉強的。她臉上隱匿著不自然的表情，相憐友善的表情，不過卻有如沉重的死水，缺乏泉水輕靈愉快的水泡。

他漸漸認識牡丹不設防的一面，對於這位美得傾城傾國的堂妹，他的愛不但沒有變淡，反而更濃了。不過形式已經向外發展，以前對她的外貌充滿驚喜，如今則變成了愛護與關懷。在他眼中，她還是和以前同樣可愛，只是她卻開始引起他的操心與焦慮。他能看得出，在感覺和想像力促使之下，她天天如騰雲駕霧一般，在尋求如意的少年郎君。

這讓孟嘉想起來，不過只在一年以前，牡丹是那樣強烈的熱情戀慕他。而如今，可以看得出來，她又以同樣喪魂失魄般的熱情戀慕另一個男人。孟嘉看得目瞪口呆，就猶如看著夢遊患者走向萬丈峭壁懸崖的邊緣一樣。他所能做的，倘若這個夢遊患者還需要他一點幫助，那就是快伸手去拉住她。牡丹沒把這件事隱瞞他，總算萬幸。

茉莉不瞭解這些。她忠於姐姐，寧可對堂兄隱瞞她所知道的一切。她知道的還不少哩——比如牡丹不留心時流露出的隻言片語，吃飯時她臉上故意掩飾的神氣表情，和孟嘉在一處時壓制下去的呵欠，她時常的獨自出去，她對妹妹說的那些知心話，那些話有的使一個普通的小姐聽到會臉紅發燒的。

那些話，都是閒談的好材料，卻在茉莉和孟嘉之間一個字也不能提起。一半因爲茉莉要保護自己的姐姐，畢竟是因爲姐姐的關係，自己才能住北京，並且她自己也十分願意再繼續住下去；另一半因爲那些話是一個未婚的小姐不宜於向男人說的。而孟嘉呢，他心裡認爲和牡丹感情之深，關係之親密，不適於和別人談論她，即便是她的親妹妹茉莉也是一樣；另一方面，他認爲一個高尚的男人，是不應當那麼下流去偵察自己心愛的女人的。所以在這一家這麼個重要的變故上，竟由一片幕布遮蓋住了。

一切就像默默無言中看一齣戲，不到劇終幕落，觀眾是不許表示感情，不許互相比較意見的。

孟嘉設法瞭解他的堂妹，覺得她只不過是一個在愛情裡萌芽、愛情裡染色的少女，就像第一抹朝陽染紅了每一朵剛剛綻開的玫瑰花瓣。她二十二歲感受的一切，很多女人三十歲還懞懂不知呢。但是她的愛情又尙未真正成熟的樣子，只有純粹青春的威力；她不知道更有經驗，更富美感的兩性歡樂。她只知道男女之事，而不知其間之藝術。譬如飲酒，只知舉杯一飲而盡，殊不知尙有細飲慢品之境界。

孟嘉覺得有趣的是，在她初到北京時，他幾次提起去看皇宮的太和殿，她居然置若罔聞；直到後來，孟嘉幾次催促，她才答應去，後來，好像如夢方醒，說了一句：「噢，是啊，我得去看看太和殿。」也可以說，她還是寧願到那平民娛樂場所天橋去遊逛。不過，這是年輕人因爲過去生活上遭遇的挫折而引起的。因爲牡丹在孟嘉眼裡是那麼可愛，不管牡丹的行爲如何，孟嘉總是從牡丹的觀點去衡量；他不希望她與自己截然不同。

有一天晚上，她大約十點才溜入內院。她正要穿過六角院門回到自個兒的院子時，看見書房燈光還未熄滅。像往常一樣，她走進去要與孟嘉閒談片刻。毫無疑問，她對堂兄還有一種友愛在。

他們默默對望了半晌。孟嘉向她微笑說：「今天玩得痛快吧？」

「很痛快。」

牡丹過去坐在床邊，說：「你爲什麼那麼用功？輕鬆一點兒不好嗎？」

「噢，我一個人的時候，總要找事情做，好佔住身子，消磨時間。」

「對不起。」她撇下他一個人，自覺有些歉疚。

接著是一陣尷尬的沉默。他作勢要吻她，但是她搖搖頭，她站起來，脫下外套，像往常的習慣一樣，捲坐在臥榻上。

他停了一會兒，充滿渴慕望著她說：「你現在不想吻我了，是不是？」

「不想了。你不介意吧？」

「不會，」他的話有些牽強，「回去睡吧。」

「向我道聲晚安。」

「祝你晚安。」

她由書房後門出去，又忘了拿外衣。然後她想起來，微笑著走回來，在他額頭上匆匆吻一下。他看見牡丹消失在門後，長髮披肩，像一尊悲劇美女的幻象。她叫人生氣，又叫人著迷。他的心情又陷入寂寞淒涼的愁雲慘霧之中了。

孟嘉最痛心的是，他已經想出一個方法，使他們倆可以結婚，只要牡丹還愛他。改姓就成了。在一個宗族中，一家若無後代，收養另一家的兒子，是常見的事。這樣是爲了繼續祖宗的香煙。表親之間過繼，自然牡丹可以改姓，比方她若由蘇姨丈收養，牡丹過繼之後，就要改姓蘇。當然，這種過繼，都是爲了傳宗接代，爲了繼承財產。像這種爲了兄妹結婚而過繼，好避免同姓不婚，這可是前所未聞的。

這是他出遠門旅行時，在路上想到的，正打算和牡丹說。雖然有點背乎常情，卻未嘗不可如此辦。有幾次，孟嘉已經話到嘴邊想對她說，她卻十分冷淡，他終於沒說出口。如今他把這個想法埋在心裡，永遠不再提起。

14

九月到了。樹葉蕭瑟，日漸枯黃，大自然警告人寒冬將至，提醒人季節正在樹木心中搏動，告訴一切生物要保存，要儲蓄，要預做準備，要耐過漫漫長冬，以待大地春回。西山和北京城內外的高峰都罩上紅紅紫紫、金黃枯褐的光輝。草木和樹幹都變得脆弱易折，夏天優美的輕風也化爲乾枯的呼嘯。蟋蟀的聲音由牆角、石縫和床底下傳來。山上的綿羊長出了厚毛，牡丹也進入了一生中最悲慘的時節。

孟嘉天天奉召和張總督商討大計。十五日要舉行鐵路通車大典，外國使節都會應邀前去觀禮。孟嘉六點鐘要出去赴一個英國工程師的宴會。工程師想把孟嘉介紹給他的一些朋友。去年春天同遊明陵途中，孟嘉漸漸喜歡這位英國人。

英國人的翻譯不在，兩個人的談話便暫停下來，但是兩人不能把意思精確表達出來時，亂比手勢和微笑，彼此的善意反而加強了二人之間的情誼。最後，孟嘉學會了英文中的got it一辭，英國人也學會了「懂得」兩個字。他們說話時，got it和「懂得」大批出籠。

他們倆互相傾慕。那位工程師名叫彼德・柯密萊，不知怎麼變成「查夢梨先生」，名片上就這麼印法。查夢梨很佩服這位大官的智慧——當然他絲毫不懂「翰林」兩個字的意思——尤其喜歡他的好奇心，求知欲和敏捷的理解力。

中國翻譯是上海人，沒有足夠的字彙來說明「翰林」的含義，只告訴英國人「翰林」是了不起的名稱，是獨一無二的大人物。至於孟嘉，他佩服並研究這位跨越重洋而來的外國人，對他手臂上軟蓬的金毛和長臉上的雀斑深深著迷。他以前從未這麼接近英國人。他每一個手勢，每一個唇部的表情，都顯得新穎有趣。至於他的那位耶穌會的朋友，是黑髮，沒有什麼好研究的。

工程師穿著卡其褲和靴子，一步一步走著。他們走上長城頂，一路聊天，彼此間的關係漸漸親密。這一切——英國人敏捷的動作，在學者而言算是頗不簡單的體力。他捲香菸叨在嘴上說話的樣子，他對工頭直截了當的命令，他身爲學者卻不穿長袍，這些都使他決心要瞭解這種能造火車頭、望遠鏡、照相機，能繪製精確地圖的洋鬼子的一切一切。

在赴英國工程師的宴會前，孟嘉向牡丹說：「多謝你陪我上北京來。我覺得我沒有權利和你這麼親密。可是我們當時那麼瘋狂相愛，實在是難捨難分。不過最近，我發現你已經變了——」

「不，我們還是像以前一樣要好，有什麼改變呢？」

「我當然還是。我知道這種事不能勉強。原來盤算好的想法，事實不見得就正好符合——可是，你爲什麼從來不和我談談你的初戀呢？……」

出乎孟嘉預料，牡丹的臉上突然浮現出一片慘白。然後渾身哆嗦，臉上顯出悲慘失望的痛苦。孟嘉坐在椅臂上，以無限的溫柔彎下去撫摩牡丹的頭髮和臉，牡丹冷不防伸出兩個胳膊摟住孟嘉的脖子，緊抱著他，聲淚俱下，抽抽噎噎，像個小孩子一樣號啕大哭起來。

「我們情投意合……被他們硬生生拆散了。」幾句話似乎吐出了心靈深處的痛苦。然後她抬起蒼白的臉，說：「原諒我。對我好一點。幫助我吧。」

聽到這些話，孟嘉非常痛心。牡丹話說簡直就像個孩子。在那一刹那，孟嘉完全明白了。他明白爲什麼牡丹不能再真心愛另外一個人，連他自己也包括在內。

等她平靜下來，他的前襟都濕透了。他和她頓時親近了許多。

那天晚上十點左右，孟嘉帶英國朋友回來，他事先傳話給兩位堂妹，說她們可以按西洋禮俗出來和洋人相見。姐妹倆在杭州時，曾經見過幾個西洋的傳教士，對孟嘉這些個洋朋友極感興趣。她們平常總把外國人叫「洋鬼子」，就跟稱呼小孩「小鬼」一樣，只是覺得有趣——因爲把小孩子叫「小鬼」，是認爲他活潑、淘氣、聰明可愛。

客人被領入客廳，過了一會兒，兩姐妹出現了，穿著最講究的黑綢衣，沒有戴首飾。有一個洋客人在中國住了十幾年，大使館裡，他是知名的中國通。他大肆向朋友賣弄中國話，和兩姐妹聊得很起勁。

他說話帶點兒外國腔，不過相當流利。奉茶後，主人帶他們到書房去。那位中國通十分仰慕孟嘉和他的木版書。主人拿出他收藏的毛筆、古硯，和一本大書——毀於火災的明朝《永樂大典》殘存的幾冊之一。那真是一個完美的藝術品。那一冊書，高十八英吋，寬九英吋半，是用最好的油墨在上等厚宣紙上用工楷手寫的，用黃緞子的書皮包裝著。

茉莉圓潤的臉蛋和端莊的態度，使客人一見難忘。查夢梨因爲沒有辦法和她交談，一再盯著她，看她斯文的坐著，以端莊的目光望著，傾耳諦聽卻一言不發。茉莉年正雙十，恰似芙蓉出水，新鮮嬌艷。中國通則和姐姐聊天，牡丹雙目流盼，坦白率直，熱情而自然。查夢梨對兩姐妹十分傾倒，提出請她們一起參加山海關的試車之行。

牡丹不肯去，不過九月六日，茉莉卻陪孟嘉到長城和渤海交口的山海關去了。他們從附近的山裡走到海邊的沙灘，在那兒歡度了兩日。那位英國人不嫌天冷，下午曾經在海邊游泳。茉莉既不顯得害羞，也沒流露出驚奇不安，英國人不住讚美她的雅靜大方。

此行她覺得很愉快。她站在雄偉的山海關前，聽孟嘉敘述這座古老關口在歷史上扮演的重要角色。城樓上的五個大字「天下第一關」赫然在目。

四天後，他們返回北京，發現牡丹焦灼不安，正在等待他倆的歸來。

九月八日，他們離家兩天之後，牡丹接到白薇的一個電報，只有六個字：

他病了，你速來。（簽名）白薇

此外再無一字。

這幾個簡要的字，像沉重的鉛鐵一樣，沉入了她的肺腑。她毫不懷疑電報裡的「他」，一定是指金祝。當然也可能是指白薇的丈夫若水，但是那就無須乎故意含糊其詞用「他」字了。顯然白薇認爲情勢嚴重才打電報，這是一種新的通訊方式，當年還不十分普及。

白薇從牡丹的信裡知道牡丹還是愛金祝，依然舊情未忘，若不讓她知道，將來牡丹是不會原諒她的。

牡丹千頭萬緒湧上心頭，一時心亂如麻，不知如何是好。是金祝病了麼？是的，一定是。到底病得多麼重？是什麼病？電報是白薇發的，還是他要她代發的呢？此刻他一定很想見她，不然白薇不會打電報。

這時候，她想起與金祝分手時，金祝隨口說的一句話：「我漸漸死去，慢慢的，一點一點。」不會是真的吧？只有小說裡才那樣寫。各種猜想推測在牡丹心裡轉來轉去，後來她竟覺得有點兒頭暈眼花。

心裡沒有別的想法時，倒不難決定一件事。牡丹立刻寫了一封信，親自寄出。告訴白薇，她一有機會馬上動身。信裡並附有給金祝的一封信。信上寫：

金祝：

不論你身在何處，是病是好，我馬上回到你身邊。務請寬心，我不久即至，這次我永遠不離開你了。我整天醉生夢死，愚蠢無知，一切都是為了你。我已經看出自己的錯誤。這封信倉促寫成，我能夠脫身，馬上來看你。我只想說三句話：第一，請為我保重。只要能幫助你早日康復，我什麼都肯做，什麼都可犧牲。第二，我要回到你身邊。我要永遠離開北京。你在哪兒，哪兒就是我的居所。只要你還愛我一如我之愛你，我願意住在最簡陋的小屋，做世界上最快樂的人。讓我做你的朋友、妻子、情婦、娼妓——都無所謂。第三，不要懷疑我對你的感情，我求你。

永遠屬於你的牡丹

等妹妹返家的那些日子，牡丹恍如置身夢境。她只想告訴孟嘉她打算回鄉，求他幫忙。孟嘉和茉莉回來，發現牡丹平日精神煥發的臉色呆滯沉重，毫無笑容。她把白薇發來的電報給茉莉看。

「我要回家。非回去不可。天津一有船我就走。」

「怎麼回事？」孟嘉問道。料到是發生了重要事情。

牡丹知道，一說出口就要傷感情了。

「我不能對你說謊。」她說：「我近來一直神不守舍。他病了。我得回去，一有船我就走。你肯不肯幫我的忙？」

不用說孟嘉也知道這個女人芳心誰屬了。他忽然心中有股恨意，爲什麼她當初對自己那麼一往情深？爲什麼她要隨自己到北京來？她所有的甜言蜜語難道都是謊言嗎？他記得有一次她曾對他說，北京之旅是她的一大「救贖」哩。

「我們待會兒再說吧。」他匆匆說了一句，就回房去了。

茉莉把旅途中的可驚可喜和她要告訴姐姐的話都拋到九霄雲外了。她知道，都是因爲金祝。金祝生病這件事將來會對他們有什麼影響呢——她自己也包括在內？她知道姐姐衝動的脾氣；她一向任性而爲，甚至父母的意思也不管不顧；她也深知孟嘉的性格，倘若姐姐執意要走，他會放她走的。

她感受到即將發生的一切——姐姐會與孟嘉一刀兩斷，不可能再回來。這是絕對肯定的。她體會到孟嘉的心情，對姐姐背叛他的情意非常憤怒。她一面解開自己和孟嘉的行囊，一面感到萬分不幸；她倔強的姐姐正要做一件不應該的事。她吩咐佣人替他備水洗澡時，佣人說老爺要出去。

「他要出去？」牡丹十分困惑。

「他心情很壞。」茉莉回答說：「姐姐，你真是太瘋狂了。」

「我再清醒不過了。現在我完全明白自己的心意。」

「你要做什麼？」

「我要去看金祝。他病了。他需要我。這還不夠嗎？」

「但是，你知不知道你對大哥做了什麼事？」

「我對不起他。」

「我呢？」

「和你有什麼關係？」

這樣斷斷續續交談了幾句，每句話都富有深意，兩姐妹都覺得彼此間有了隔閡，自己各有心事。最後，茉莉說：「你去洗個澡吧。」

牡丹抬眼看了看妹妹，說：「不要管我。」

「洗個澡，你會覺得舒服點，頭腦也會清楚一點。」

「你就不能讓我一個人靜靜？」牡丹勉強壓制著脾氣。她看到妹妹給她找出洗好的乾淨衣裳來，心不禁軟了。「茉莉，你真了不起。我佩服你的耐性。你將來一定是個賢妻良母。」

「我知道。」她敷衍了事說，表示這話她聽過一百遍了。「喏！」她把一堆要換的內衣塞給姐姐，一臉受到傷害的表情。

茉莉一個人靜下來想，覺得情勢確是嚴重。似乎只有她一個人看出來事情的複雜關係。不管怎麼看，她姐姐是自己要陷身於不幸！先和堂兄相戀，然後又改變初衷，要回到金祝身邊去。將來會怎麼樣呢？結局會如何呢？

她感到姐姐傷了孟嘉的心，竟流下淚來，連她自己都覺得意外。她愈來愈瞭解孟嘉，對孟嘉那種成熟的智慧品格十分仰慕，那是她姐姐看不出來的。憑著女性的直覺，她知道姐姐對堂兄感情的冷淡是因爲年齡的懸殊。牡丹的熱情像一片火焰，可是只在感情的表面上晃來擺去，而孟嘉卻太偉大深厚，不是一個能適於供女人發洩一時熱情的人。

牡丹把激情和愛情混爲一談。茉莉對這位比她幾乎大二十歲的這個男人身上所愛慕的，正是這些成熟的特質。她不怪姐姐。誰能指望一個女孩子對這種不合法的男女關係會心滿意足呢？

孟嘉陪張大人在一處過了一整天之後，回到家裡來吃晚飯，彷彿沒發生任何事一樣。由此可看出他的成熟，修養和度量。

她們沒有打擾他，由他一個人在書房裡靜靜批閱公文。兩姐妹看他這麼專心沉靜，才放了心。

這時，他撅著嘴默然沉思，毛筆放在硯台上。他那慣常的微笑和眼中頑皮的光彩，是絕對錯不了的。牡丹先進書房，照例坐在扶手椅上。看他忙著做事，就拿起一本書看，沒有說話。妹妹進來時，牡丹抬頭將手指放在唇上。

孟嘉拿起毛筆，在一份文件上飛快的寫了幾個字。然後得意地把椅子往後推。

「我們去吃飯吧。」他說。這個男人自制力非凡！

每逢孟嘉用眼向牡丹掃過時，牡丹都看得見那親切的神氣。她放了心，心中一塊石頭落了地。

他先打開話題，告訴牡丹旅遊的經過，茉莉也談到她對英國人的看法。

「這些洋鬼子最不可思議的，就是胸部和手臂上的長毛。」她說。「毛」字特別加重。「他們的膚色，鼻子，眼睛的顏色，看來都好古怪。在他們的臉上，總好像多了點兒什麼。令人沒法兒相信的是，他們說話或是笑，又跟我們一樣。這不是挺有趣嗎？有一位工程師捲起他的袖子，讓我看他滿手上的長毛──可惜你沒看見！然後他笑得像小學生似的。還有他們看一位小姐或是一位少婦時的樣子，就和我們在東安市場一樣。只是我們說『喲』，他們卻吹口哨。在長城附近，我不得不由一個高階往下跳，他們倆爭著伸過手去要扶我。」

孟嘉又補充說：「她下來以後，有一個傢伙用手掌拍了一下她的屁股，另一個用嚴厲的聲音說了一句。我們聽不懂他說的是什麼，但是一定是狠狠的在責備他。」

三個人回到書房，孟嘉若不經意的對牡丹說，「可惜你來不及看你亡夫的上司薛鹽運使的行刑大典。已經決定十七日在天橋刑場執行。我今天剛從衙門裡聽說的。兩個揚州鹽商──我忘記他們的名字了──已經判處流放。我敢說，他們一定是被人收買，出來頂罪的。真正的罪犯早就腰纏萬貫，逍遙法外了。當然啦，他們的商行要受很重的處罰，付很大的一筆罰金，可是對他們算不了什麼。」

「沒有提到我的前夫？」牡丹問道。

「朝廷公報上我沒看到。」

他又以不經意的口吻看著牡丹說：「我已經替你訂了一張船票，過兩天由天津開航。你希望儘早走，是不是？」

牡丹設法從孟嘉的眼裡發現一點諷刺的意味，但是她知道一點兒也沒有。孟嘉對她的愛情一如往昔。

「是的。」牡丹勉強說，眼睛看向孟嘉，表示出無言的感激。

他站起來，在文件堆中摸索，找出一個信封，說：「這是上海一家銀行的支票，你用得著的。明天我再給你買點鹿茸和人蔘。不管你的朋友生的是什麼病，都會用得著。北方的藥材最好，南方買不到這麼好的貨。」

他看到堂妹頭趴到椅子扶手上，便輕輕撫摸她。她抬頭望望，臉上一副幾近害怕、吃驚的表情。

「牡丹，你的朋友，就是我的朋友。」他爽快地說。

孟嘉這樣子的行事，說這樣的話，大出牡丹的意料。倘若他是別人，她會說他很了不起。但是孟嘉的溫柔體貼，牡丹早已習以為常，並且對自己的魅力並未消失感到很安心。她說，「我不知道該怎麼謝你。在你面前，我連自尊都談不上了。也許將來有一天，我會報答你對我的一切恩惠——」

這時候，孟嘉坐在牡丹身旁，說些其他不相干的事。她覺得有一條鏈子將他們拴在一塊，時空都無法折斷。力量太強了。

茉莉默默的看著這一幕，她忘了自己反對姐姐和孟嘉戀愛，希望她會改變心意留下來，不要再去做無謂的冒險。茉莉最善於掩飾內在的感情，所以她一言未發。

第二天，他們忙著買東西。牡丹一心想早點到杭州去。親戚朋友一定都盼著北京帶來的禮物。她特別想好要買什麼給父母和小外甥嵐嵐，她對這個孩子特別疼愛。此外，她已經買了一個自外國進口、設計精美的珠寶盒給白薇。

午睡起來後，孟嘉說可以陪她去買東西，因為他知道哪些鋪子最好。

「我想你還是到衙門去吧。」

「不。事情我早上都辦好了。我要陪你度過最後一個下午。這是我們相聚的最後一天。我也許好一段日子見不著你。」

牡丹滿意的笑了。知道她與孟嘉的友情會終身不渝。熱情的火焰熄滅了，他的愛情化為崇高的敬愛，會永遠存在。牡丹對堂兄感到無限溫暖，但是愛情不能勉強，她頗以不能像孟嘉那樣愛自己而感到內疚。

他們回到家，馬車上堆滿了一包一包的東西。他們買到八兩最好的上黨人蔘和四兩黑龍江的鹿茸。回到書房後，孟嘉又仔細品鑒這些藥材的顏色，氣味，然後斷言是上品，十分滿意。最後，他命劉安去買乾蛇膽片，可以退燒並健腸胃之用。

所有這些東西，都要很費工夫收拾打包，由茉莉幫著，直忙到夜裡十一點才弄完。牡丹雖然內心焦慮，還是很快樂。

孟嘉和牡丹知道，這是他們共處的最後一夜，茉莉善解人意，早已避開。

他說話的口氣活像一個退位讓賢的情人，將機會讓給素未謀面的情敵。自從那天牡丹告訴了他她和傅南德的事情之後，他們就沒再同房過。孟嘉在自尊心支配之下，也不願去勉強她。他知道情慾雖然是生理作用，卻像水流一樣，若是使之流往另一個方向後，原來那方向的水自然就會乾的。他甚至忍著不吻她的櫻唇，因爲她曾兩次拒絕過他。

那天晚上，牡丹躺在書房中的臥床上，孟嘉趁機以溫柔而冷靜的口吻對她說：「有時候我瞭解你，有時候又不瞭解。我對你並不完全瞭解。」

「你是指什麼？」

「因爲你沒有坦白告訴我一切。」

「我瘋狂愛上你的時候，你以爲我是在說謊？」

「我想了很久，你的行動從頭到尾就像個水性楊花的女人。」

牡丹斷然否認。

「我坦白跟你說。我說你是水性楊花的女人，是因爲你的愛變得太快。這卻治好了我的癡戀。我早就開始想這件事，想些我們平常不瞭解的事。說實話，我認爲你是個很壞的女人，這個『壞』字是按照普通的意思說，因爲你十分迷人，卻沒有品格。」

「你現在還是這樣想嗎？」

「你等我說完。你從來沒跟我說過金祝，你記得吧？那一天，一提你初戀的情人，你立刻哭得癱軟，我就有點明白。那初戀一定其美無比，一定妙不可言，雖然已經和他分離，你還是舊情未忘。現在我不再把你看做是水性楊花的女人了。你對他的熱情之美，我很佩服。這是我想對你說的第一件事。第二件事是，雖然你已經變心，我還沒有。不管你行爲如何，不管你身在何處，在我的心靈裡，你還是至美無上的；在我的身體上，你還是最純潔最光亮的一部分。這話我不知道怎麼說。但是，你會懂。你的身子可以離開我，但你還在我身上，在我心裡。你永遠不會離開我的。我也永遠不會把你忘記。這是不會有的事。我的心靈會永遠跟你在一塊。你闖進了我的生活，你給了我前所未有的光明和力量。你幾次問我爲什麼不出去消遣一下兒。實際情形是，每逢我想出去，我就想到你。你將來會一直在我心裡。你，也只有你，沒有別人。我對自己說，誰也代替不了你，牡丹——」

忽然間，孟嘉的咽喉哽住了。他極力想控制住自己，他沉默了片刻。他再度開口，聲音有點顫動。她聽見他從痛苦的心靈裡擠出來的幾句話，她會永遠記得這幾句話，一個人的時候，就會靜靜想起來：

「心肝，你把我高舉到九天之上，又把我拋到九淵之下。我認命。無話可說。」

這句話恍如心靈深處的呼喊，一首長恨歌。

孟嘉望著牡丹的臉，那麼美麗的臉蛋，忍不住一陣衝動，在他心裡勃然而起，他求牡丹許他再吻一下她的雙唇。

牡丹一本正經望著他，灰棕色的眸子轉來轉去，閃爍不定，她把臉湊近了孟嘉的臉，印上他最熟悉的狂吻。此刻他們的心靈又結合在一起。他抱緊她，聽到她顫抖的呼吸，感到她的熱淚自臉上緩緩流下。

在那一剎那，他們的靈魂再度交會，也連結了過去與未來。時間突然失去了意義。她仰靠在臥榻上，孟嘉就倚在她身上。她把頭向一邊歪著，兩個人手連著手，唇接著唇，緊緊的擁抱著不放。

「我們以後永遠是朋友。」他說。

「是的。比普通朋友交情更深些。你說是不是？」

說完這句話，兩個人就分開了。他們之間的愛已然十全十美，再不缺什麼，是超乎青春熱情的至愛。對牡丹來說，這是嶄新的體驗。

不巧的是，牡丹第二天要坐的火車正是官方通車大典的那一列。所有重要的大臣都去參加典禮，包括兩位滿洲王爺和所有的外交使節。孟嘉雖無官差，但在軍機大臣張之洞接受外國使節祝賀之時，他覺得他應該在場才對。他安排兩姐妹坐在一個車廂裡，然後在張大臣和兩姐妹之間來來去去。

在火車站的月台上，若干帽子上插著孔雀翎毛的大清官吏各處走動。這些大官身穿深藍的緞子馬褂，白底黑緞靴子，使當時的典禮顯得特別隆重。他們戴著平頂的黑官帽，下窄上寬，後面插著孔雀翎，頂上的小扣子由水晶、珊瑚和寶石做成，很容易分別官階。月台上圍著一條繩索，有穿紅著綠的禁衛軍站崗，氣氛十分隆重，顯得出是朝廷的場面氣派。外國使節穿著直紋窄長褲，十分顯眼。在中國人眼中顯得很不體面。他們私下笑笑鬧鬧的，但是大體還維持一種和大官相配的莊重感。

醇親王朗讀正式的開幕詞，吹號鳴鼓。樂隊以笛子與口琴為主，吹奏當時流行的曲調。那種高而薄的曲子，洋人的耳朵聽來，不太像軍樂，倒很像結婚的音樂。

亮晶晶的火車頭發出一聲長嘯，群眾開始狂熱般鼓掌。樂隊奏起特為此典禮編出的新奇的曲子。今天，一切都是嶄新的，包括路警和車長的制服，號誌員的紅旗子。醇親王念講演詞時，孟嘉離開會場，偷偷走進兩位堂妹的車廂。

「你們倆下去吧。」牡丹對妹妹和堂兄說。一位梳著黑色高髻頭的滿洲王妃由他們身邊擠過走廊，打斷了他們的談話。孟嘉匆匆的對劉安說了幾句話，劉安要陪牡丹到天津上船。

連推帶搡，孟嘉和茉莉總算擠下車去，到了月台上。他倆向後望，看見牡丹在車窗中露出的笑臉，歡喜而激動。火車頭猛然響了一聲，接著加速了噴氣，像人積足了氣要奔跑一樣。光亮的藍色快車，噗咚噗咚的緩緩開出了車站。牡丹向他倆揮手，轉眼消失在一排揮擺的手和手絹之中。

三天後，劉安回來，稟報小姐已經平安搭上了「新江輪」。

「我們在旅館住了一夜，今天早晨才上船，那時候船都快要開了……什麼？」他問道：「她不回來了？我以為她只是回家去呢。」

孟嘉閉了一下眼睛，彷彿挨了一巴掌似的。然後用平靜的口吻說，「是她告訴你的？」

「是的，老爺。小姐囑咐我要好好照顧老爺和茉莉小姐。」

「她的船艙是不是舒服？一切都沒問題吧？」

「是的，老爺。而且有一位斯文的年輕人和她同船，聽說是大學生。」他摸摸口袋，掏出一張名片。

孟嘉看看名字，嘆了一口氣。嘴裡含含糊糊的低聲說：「噢，牡丹！」

15

孟嘉和茉莉由車站回到家，進了院子，忽然感到分外淒涼。一隻落單的喜鵲在覆滿黑色鮮苔的房頂上吱吱喳喳的叫，更使這個院落顯得岑寂無聲。走進屋去，周媽正抱著一大堆衣裳從大廳走過。

「我已經把床單換了。」她對茉莉說：「您若認爲可以，我把窗簾也換下來。您要不要搬到牡丹小姐的房裡？」

「不，我爲什麼要搬？我還住我自己的那間屋子。」

茉莉走進書房時，看見書桌上擺著兩封信，還有一大包東西。她立刻認出是姐姐的筆跡。兩封信，一封是給她的，一封是給大哥的。

牡丹有什麼話不好當面說而要寫出來呢？她把信和紙包交給孟嘉。孟嘉繃著臉，眉毛動了幾下，他緊張時就是那樣。

兩人拿著各自的信，坐在北窗下的椅子上，屋裡突然一片死寂。

好妹妹：

我不回來了。我們的道路不同。我的行動在你看來也許顯得奇怪，我知道大哥會傷心。他仍然愛我，離開他，我亦感到說不盡的痛苦。願你幫助他克服一切激情，不過我想他不可能完全由記憶中將我抹去。為什麼如此呢？我研究自己過去一年來的一切，唯一變不了的是我對金祝的愛情。我控制不了自己。多虧大哥諒解。我只能說，我若傷了他的心，並不是故意的。

愚姐不幸。我不能嫁給金祝，卻嫁給那名粗人，難道是我的錯？我愛上堂兄，他卻不能娶我，難道是我的錯？我不知道現在為什麼要對你說這些話。也許我要在你耳中為自己辯白。

相信我，我為大哥感到說不盡的痛苦。我走了以後，好好照顧他。我回去看金祝，覺得很幸福，不錯，無窮的幸福。往後的命運如何我根本不在乎。愛與苦，愛與愁，永遠分不開。你年紀輕，也許戀愛以後就會明白的。

姐牡丹

她把信擱在膝上。向孟嘉望去，只見他打開的信在手裡，流露出不勝自憐之狀，突然爲他難過，也爲自己悲哀。他臉上那副受打擊而憤怒的樣子，她從來沒有見過。

他似乎知道茉莉在看他，趕緊把視線轉過去，頭低下斜視。他雙唇緊閉，微微顫動，默默無言，似乎心裡在努力掙扎，力圖鎮定。兩鬢的青筋跳動。過了一會兒他抬起頭來，嘴邊的線條已經轉柔了。

「怎麼？」他問道。

茉莉向孟嘉凝視片刻，有點兒過分冷靜地說：「我替姐姐向您賠罪。她做的事，她也深自愧悔——您想看看這封信嗎？」

她站起來，把信塞到他手裡，孟嘉還沒來得及說什麼，她就穿過書房門，回自己的屋裡去了。

他一個人在書房，覺得輕鬆了一點兒，很佩服茉莉的聰明解事。他已經看完了牡丹的信，話說得冠冕堂皇，卻是語氣殘忍，就像一隻偷偷溜走的豹卻回眸再望一眼。既然要遠走高飛，何必要那麼狠心呢？她的信像致命的一吻，冷冰冰叫人難受極了。

好大哥：

內心懷著無限的悲痛，我寫這封便箋給你，因我實在沒有勇氣當面親口對你說。

我知道你是唯一能大諒大愛的人，我求你能諒解我——你不幸的堂妹牡丹。

我不能對你說謊，我不想騙你，我說不出何時何故這個殘忍的事實湧入我心中。

我不愛你了，也不想再見你。

我曾愛過你，癡狂、盲目、全心全意，但是我猜那是陌生世界的新鮮和迷惑感。現在我認清你了，我知道自己對改變我一生、教我歡笑的人有一股崇拜，我把那種崇拜誤認為愛情。

我仍然佩服你打破理學家的拘絆，教每一位男女生活，實現本性，遵從內心的良知良能。我感謝你。至今仍感謝你。

我瞭解你的悲哀，因為我也有同樣的心境。不過我之愛你不如你愛我，我不能逼自己表現出心中沒有的感覺。

原諒你的堂妹牡丹吧。別來找我，我要從你的生命裡完全絕跡。

妹牡丹含悲留

這封信雜亂無章，他實在想不通。就像聽一首優美的交響樂演奏，一隻猴子突然在舞台上亂跳亂叫，整個破壞了氣氛。孟嘉心裡感到苦澀，喉嚨也哽住了。美夢成空，他毫無招架之力。孟嘉不解的就是最後一句話，像致命的一刀似的。他知道最近幾個月牡丹的熱情漸漸冷卻下來。既然分手，又何必說這些話呢？

他確實容忍她的一切行爲；自認爲瞭解她。如今她坦率而無情，負心卻不道歉，分手卻沒有眼淚。他突然想起第一次戀愛的經驗；女方甩了她，嫁給一位有錢的夫婿，也是這麼狠心。這更確實了他的信念，女人的第一道法則就是佔有男人——嫁給他，然後隨機指揮他，引導他、處置他。牡丹毀了他的愛，毀滅的卻不只是愛情而已。她更恢復了他原先厭惡女人的想法，反正女人都不擇手段找一個家來養育後代——和鳥類的築巢本能相若——女人這麼做，不見得是無情，只是遵守永恆本性的第一道法則罷了。精明的單身漢就像狡猾的魚兒，盡量吃餌，卻不讓香唇美目的巨網逮住他。

他瞥見信尾的附註，倉卒寫成，字體和整潔秀麗的正文完全相反。可見是後來加上去的，也許就在昨夜兩個人突然狂吻之後。

「附註：原諒我。原諒我的一切作為。寫出來的話已經寫了。我把日記留給你，算是我部分的心聲。也許能幫助你更進一步了解我。」

孟嘉原封不動撇下那個大紙包，似乎覺得無關緊要。如果裡面能找到說明，他希望用冷靜客觀的態度來研讀，把它當作一百年前某人的歷史資料，不必感受現在內心的糾結。她何必說「我要從你的生命裡完全絕跡」呢？果斷、冷酷、無情。他彷彿在看一個飽經世故的名妓來函，牡丹以前一定寫過類似的信件，斬斷某一個她不想要的情緣。這是名妓少不了的一套。事實上，她正要甩下他去找另一個愛人，開始另一段韻事。他要再過三、四天才看她的日記；也許過一個禮拜才看。他需要全盤自省，恢復往日的寧靜。

「你為什麼盯著我看？」第二天吃飯的時候，茉莉問他。

「真的？對不起，」孟嘉說，「我不是故意的，」

孟嘉的眼神顯得好專注，好仔細，直透人心，不夠安詳自信的女孩子一定會嚇得縮起來。茉莉看出他內心的痛苦，他專心的思緒，以及他目光中隱含的寂寞。

「你不是在想我姐姐？」

「不算是。我在想女人。想女人的本性。抱歉，我盯著你想找出……」

「找出什麼？」

「由你身上找出女性欺騙本能的痕跡。」

「你找到沒有？」她的眼神幽暗、疲憊、淒苦，轉開不看他。「恐怕很難找喔……」

「我非常抱歉。」

「那就不要用姐姐來衡量我。」她低頭，由腋下的衣扣裡抽出手絹來醒鼻涕。然後她正色看他，彷彿沒事人兒似的。

「你想不想回去？」

「你要不要我走？」她問道，「你知道，我隨時可以返鄉。」

「不，」她說著又柔聲加了一句，「除非你要我走，你看過姐姐給我的信了。她希望我留下來。我好喜歡北京。我喜歡這棟屋子，喜歡你，喜歡我的房間，又能向你學習。誰也不能再奢求什麼。你若要我留下來，我就留，我想留在這兒。我姐姐……你看了她的日記沒有？……我知道她寫日記。我不偷看……」最後一句話顯得很自豪。

孟嘉有心辯解，「那我求你留下來……請別誤會。我相信……你們倆不一樣。」他豎起耳朵。

「怎麼回事？」

「我好像聽見她的聲音，你姐姐的。一定是我心神錯亂了。」

「她在這棟屋子裡住那麼久，這是很自然的。有時候我也聽到她的聲音。昨天晚上，我半夜醒來，正要叫她，突然想起她已經走了……不過你爲什麼不看她的日記呢？」

「我不想看。現在暫且不要看。我希望對她更淡漠些才看。」

她繼續吃飯，然後氣沖沖說，「廚子越來越不像話！」她按鈴對家僮說，「把湯端走，叫廚子別再上這種洗碗水。難道沒有好一點的材料？」

過了一會廚子來了，幾乎不敢正視年輕的女主人。茉莉不容他辯解，「只要我在一天，別以爲你能用臭魚騙得了我，任你加多少薑和醋都沒有用。看看這……」

茉莉根本不聽他的。「這三、四天老爺都要在家吃飯，午餐晚餐都在。我看醃茄子都吃光了。做一點，不然就到東安市集買一點回來。記住，老爺愛吃。」

「我今天早上才由市場買來的……」廚師軟弱地說。

廚子走了以後，她轉向孟嘉說，「他真是發昏了。因爲上星期我們不在，屋裡亂哄哄的，佣人全在偷懶……只有周媽照常辦事。她用不著人家吩咐，自己換下髒東西來洗。我很喜歡她。你看到她洗好燙好掛在牡丹屋裡的窗簾了吧？」

孟嘉的臉色不覺輕鬆下來。聽到她吱吱喳喳的女性家常話，實在很舒服。

「我們到書房喝茶吧，」他說。

這是他們單獨相處的第一個夜晚。氣氛新鮮又古老。就算以前他看過一千次茉莉那坦白、清澈的圓眼和嘴邊若有若無的笑渦，他總覺得自己從來沒有仔細看過她，如今才以新的目光細細打量。

「你怎麼知道我愛吃醃茄子？」

茉莉安心地笑笑。「女人會看嘛。我實在不能想像你一個人怎麼過日子。你自己吃什麼大概都不知道，對不對？」

孟嘉沐浴在女性的關懷中。他抗拒不了茉莉所帶來的甘美和寧靜。她陪他坐在那兒，顯得天經地義，雙腿併攏，腰背挺直，嫻靜又嬌羞，和懶洋洋東倒西歪的姐姐大異其趣。她的聲音低低柔柔的，不像牡丹那樣清脆。她一邊喝茶，一邊翹起蘭花指，細細整理髮上的釵鈿。她面孔的輪廓和五官的比例很像牡丹，但眼神卻沒有姐姐那股夢樣的疏離感，茉莉就像牡丹淨化後的形象。

「這個房間不一樣了。怎麼回事？」他問道。

茉莉笑笑說，「你沒看出來？今天早上你出門的時候，周媽和我換了窗簾。我在那邊找到一套藍緞子被單。」她指著臥榻上藍白相間，疊得整整齊齊的床具。「你不覺得藍色好看些？我一向喜歡藍色。原先的紫色那套換下來洗了。你要不要換回來？」

孟嘉想起牡丹偏愛紫色，尤其是睡衣。

「不。這樣很漂亮。我覺得房間變了樣子——顯得明朗多了。」

喝完茶，茉莉問道，「你現在要不要做事？你如果希望一個人，我就回自己房間去、」

「不，除非你想走。我習慣有你姊妹倆在附近。有時候真寂寞。」

「那我就添些炭火，坐在這兒看書。姐姐走了，今天下午我一個人在房裡也很寂寞。」

一年來，他頭一次享受到久已失落的安詳與寧靜，簡直像小船經歷一夜的暴風雨，終於進港安歇。

牡丹帶來的屈辱在孟嘉心裡創痛猶深。出乎意料之外，他發現自己還在想她，一天天計算她到上海或回杭州的日子。他永遠不再相信女人了，自我安慰說，女人都一樣，他的遭遇根本是意料中事。不過他心裡浮現牡丹的笑容和聲音，心跳仍然加速，回到家馬上感覺她不在，分外空虛。

「這婊子甩了我。我什麼都失去了。」

茉莉看到他坐立不安的神色，打從心底憐惜他，卻沒有說出來。第三天晚上，吃完飯他對她說，「我要出去。」

「有事？」

「不，只是去看一個朋友。」

他想證明女人的情意空洞不實，便殘忍的光顧八大胡同，在女人的懷抱裡找安慰，同時向一切女性報復。把愛情降到最低的獸性水準，和一切溫情分開，自覺一定很有趣。但是結果卻不能讓人心服。第二天他再去，他不自覺找到人情的反應；陪他睡覺的娼妓也是人，也有溫暖，也有濃情蜜意。其實有些妓女柔弱又痴心，還求他再去呢。不管怎麼嘗試，愛情──甚至買來的廉價愛情──在他眼中硬是不可能變成純肉慾的東西。他忍不住想起牡丹和他在船上認識的神采──誠摯、坦白，對於大自然的一切都非常敏感，充滿生命的喜悅，她獨特的精神和他所見過的一切女人完全不一樣。

他不再上八大胡同了。不管是閒是忙，他心裡只有一個想法：就是牡丹。他儘量出去多看人，讓自己對公事感興趣，卻沒有效果。每一分鐘她都與他同在。他設法鄙視她──他冷酷、無情、殘忍──還是沒有用。他的腦袋想盡理由要忘記她，心裡的感覺又是另外一回事。身體上，他自覺心在淌血，隨時感到愛情的劇痛。然後他想辦法說服自己，一會兒說牡丹愛他，一會兒又說她不愛。兩個觀點都很對，卻又完全不對。他覺得自己深陷七情六慾，根本不了解自己的想法──也許要到危機來臨才知道。不錯，她喜歡追年輕的漢子。這又證明什麼？激情和至愛是兩回事……就這麼懸而不決，他硬是忘不了她。

他終於養成一面處理要事、一面想她的能力。晚上茉莉告退後，他輾轉難眠。她完全絕跡了。那句怨語又在他心中打轉：「你帶我上天庭，又把我甩掉。」他在黑夜中伸手，知道她不在那兒。他靜靜叫她的名字，知道不會有人回答。他的靈魂感到可怕的寂寞。第一夜如此，夜夜如此。不可能減輕了。他知道自己一輩子要感受這樣的心境；寂寞之泉，永遠逃不掉。他知道寫信給她也是白寫，有什麼用呢？

這時候他才知道，他希望不帶感情來讀她的日記，這是不可能的。茉莉的好奇心促使他打開來看。她看到紙包原封不動，就塞在他書桌後面的架子上，紙包外的白繩還沒有拆開。

「咦，你不敢看？」

孟嘉辯解說，「不，我只是想冷靜下來。我不喜歡搞得心煩意亂，我恐怕不能客觀。」

「你為什麼不讓我看？我是她妹妹，恨不得能看看她寫些什麼。因為我了解她，我可以比你客觀些。」

「那你讀給我聽。」

茉莉直盯著他說，「她要你看。我希望你看看。面對一切，你會覺得好過些。」

「你何必說這種話呢？」

「一場奧秘沒有解開，你擺脫不了它的糾纏。我相信姐姐並不壞。她只是天生和我不一樣。」

她由架子上拿出紙包，放在他面前說，「喏！我不打擾你。如果有什麼事情你弄不清，有關我家或她過去的事情，你可以問我。」

孟嘉覺得茉莉這少女竟然採取這樣的態度，實在不尋常，他看她消失在書房門外，不禁佩服她的圓滑和智巧。

除了少數例外，日記的條款都不註日期，不過由裡面提到的事實，很容易猜出大概的日子。

有幾則回憶他們初識的經過，但是內容完全是最近一年在北京寫的。都是她內心掙扎的隨手記錄。有些長達三、四頁；中間好像有幾個月完全沒動筆。「我愛」和「他」常常搞不清是誰，有時候指金祝或傅南德，有時候提到他。因此，有些長僅一行的記載完全失去意義：「喔，他真好！」或者「我知道我今生今世不可能再愛別人。」她到底是說誰呢？看這本日記就像在四、五個月亮包圍的行星上生活，他根本不知道，說不定牡丹自己都弄不清哪一個月亮的銀光正由窗外射進來「吻」她。有些坦白得嚇人，有些可看出她赤裸分析自己的能力。

「我漸漸長大，知道不少成人的事情，我決定每一分鐘都活得熱熱烈烈，直到精疲力竭，或者沒有感覺為止。不錯，我是個叛徒。我向來是反叛和任性的孩子，我不想做的事情誰也不能叫我做。」……「我渴望完全的自由。是不是因為我父親太苛刻太威嚴，我才這麼渴望呢？」……「星星俯瞰著我，我無法安歇。我感覺到滿天光彩——就像他炯炯的眼睛正在打量我，顯得近在眼前。」……「今年春天我不知道為什麼這樣乏膩。和風吹進窗戶，像愛人的撫摸。」

談到她和孟嘉的關係，她直言不諱，往往自相矛盾，可見她內心深處的折磨與衝突。有一段頗具代表性：

「今天我陪他去天橋。我想他是為我而去的。他真叫人失望。不錯，我正是他所謂的『下流』，不過我就愛那一套。那兒有低層人民、魔術、熊戲，還有拖著鼻涕跑來跑去的小孩，塵埃處處，鬧聲喧天。有一個半裸的父親站在一個十二、三歲的小女孩肚子上，小女孩腿向後彎，全身曲成一個弓形，面孔和脖子痛得繃緊，她母親走來走去向觀眾收錢。我差一點哭出來。他似乎無動於衷。他老了嗎？

不錯，有些事情確實叫我感動。我喜歡這一切生活的喧囂，大家都生氣勃勃。我喜歡群眾的哀樂和活動他看到沒有？然後我們到一間露天的茶館坐下來。我開始和一個跑堂聊天。我猜跑堂的把我看成他的姘婦，因爲我問到最通俗的『花鼓歌手』，還跟他聊了不少話。男人和小姐說話總是客客氣氣的。

有一個賣唱的瞎子走過去，用沙啞的聲音邊彈琵琶邊唱歌，大家圍在他身邊，我也隨年輕的跑堂出去看熱鬧。那個人站起來，一隻腳擱在木椿上。『各位弟兄，大叔大嬸，聽你老子唱首歌』群眾哄堂大笑。他的高度像滿州人，留著一撇大鬍子，面孔像古銅色的薄板，亮晶晶的、強壯有力。他睜眼卻看不見，益發顯得英勇。他正在唱『昭君出塞』。那面孔，那聲音，加上他雙眼全瞎，使他顯得更有悲劇氣氛，更加感人。不過他蠻不在乎。你看得出來，他根本不在乎。真是奇人！

據說瞎子可成爲更好的樂師；也許是真的。你恨不能跟這個人到天涯海角。他怎麼瞎的？也許是一次香豔的冒險？誰知道呢？我簡直迷住了。我站在那兒聽了二十分鐘，把孟嘉完全拋到腦後。接著和年輕的跑堂邊聊邊走回來。我以爲他會吃醋。但是他一點妒意都沒有。喔，他真偉大——我是指大哥，不是那位滿洲歌手……」

「我希望孟嘉全心全意待我，我也全心全意待孟嘉。也許他搞不清楚我們之間爲什麼沒有變成性靈上的朋友，兩顆心在最高的智慧層次中交會。自從和他同居以後，我不像茉莉，我故意不和他談論想法和書籍。我唯恐變成他的女弟子之一，師生關係代替了情人關係。我要和他在平等的層面上相會：他是完整的男人，我是完整的女人。若問思想和學問的領域，我永遠不可能和他相等……」接著是一則古怪的記載：

「他的肉體能不能挑起熱情，像我初次和他相處時一樣，全心全意獻出身子，忘記心靈？桐蘆的初夜，我一定嚇著他了。我由他臉上看得出來。我希望做他的娼婦，整個投入他懷裡。我要他凌辱我，穿透我，毀滅我。而他呢？他太有修養了。爆竹連天，卻沒有好戲看。一切都是愛情的遊戲。哪一個女人要大腦式的愛人？他最大的樂趣似乎在於滿足美感。他說愛情不只是活塞和氣缸的玩意兒。也許吧，不過——」……

「我不懂愛情——世上最大的秘密，莊嚴與可笑，獸性與靈性的混和。可能嗎？不需要肉體激情能有愛嗎？哪一個女人不希望被心上人毀滅、穿透、搞亂和蹂躪？我是娼婦嗎？而我卻是哩。」……「我們的兩個平面不可能交合。我已經發現自己的錯誤了。我並不是說他不熱情。他很熱情。但是你慾火中燒的時候，怎麼會喜歡看你的愛人赤身露體在床上抽菸聊天呢？」……

關於傅南德：「愛是肉體的。那天我看他爬出水溝，一臉一身的泥屑，我頓時感到青春和體力的吸引。我笑他傻，我叫他跳水溝他就跳。我最忘不了的就是我們轉向東單牌樓時他快活、搖擺的步調。他靈活的步子，寬闊的雙肩，他抓得我發疼的健壯手臂。我十分激動，要不是他太太來打擾，我一定會屈服的。我情不自禁給他鼓勵。我和孟嘉談到這件事，他也同意我的看法。他說女人對男人的性吸引力完全在於肉體，女方亦然。我們又如何呢？」……

「我堅信愛的光輝、美感，甚至渴望的熱情也許都只是雙方分離受阻後心靈捉弄感官、編織愛情迷夢的結果。有沒有不含悲、不渴慕的愛情？從我對金祝的愛情看來，渴望就是愛。如果他便成我丈夫，天天生活在一起，我會不會這麼愛他呢？牡丹，坦白承認，不要騙自己。」……

「愛是悲劇之母，悲哀精神之母，否則就變成膚淺的鬧劇或者一日三餐的流水賬了。爲什麼如此，我不知道。哪天問問孟嘉。也許和他分手，失去他之後，我會再度愛他。」……又說：「世人誰要讀合法的愛情故事？歷史上一切偉大的愛情都有不合法的因素。一旦新娘上轎到新郎家，小說就猝然收場了，這樣才對，因爲往後讀者就沒有興趣啦。真正的漁夫對於溜走的大魚比抓住的更關心。」

一則寓意比較深的記載加了一道劃線的標題：

「失調的宇宙：不錯，宇宙是陰陽平衡交會而生的。但是宇宙經常處在不平衡的狀態中，這也是事實。不是陰制陽，就是陽制陰。一切生活都由不平衡而來，注往某一方。因此愛即是悲，愛是一個人傾向某一位異性的牽引力。我知道孟嘉全心全意愛我，一如我愛金祝。悲劇就在此。一家一國很少完全均衡的。於是才有糾紛、不忠、怨恨、戰爭和背叛。自然界四季的變遷，雲、雨、風、雪都是一個力量壓倒另一力量失調的結果。一樣東西總會推翻另一樣。所以沒有一樣歷久不衰。連人類愛亦然。真可悲！」……

末尾的一則記載又提起同樣的問題：「我爲傅南德的遭遇而心亂如麻。說也殘酷，只能怪我一個人。咦，我得承認是我害了傅南德。我的無心害他殺妻。他正在牢中。有什麼用呢？不過他也擾亂了我的心境。摸到他的皮膚和有力的臂膀，我對孟嘉的愛就漸漸消失了。這些反作用一直持續下去。如今我很悲哀，我正在擾亂孟嘉的生活，正如我以前擾亂了金祝。孟嘉對我太好了。爲什麼世事這麼複雜呢？一切都不均衡。」

「喔，但願我們的渴望能飄浮聚合；
但願我們的美夢有日能成真；

但願萬物只橫在你我面前；
但願日日夜夜，我手緊執你手；
但願我們倒在雨中，一起淋個溼透；
但願明月照大地，能映出我們交會成一點；
但願我們的眼神不凝望虛空，你望我，我望你——
世上可有更大的幸福，兩心如此相許？」

這些突發奇想的熱情處處可見。寫給誰？給金祝？給傅南德？給孟嘉自己？當然不是孟嘉，因爲他們住在一起，不過日記開頭的下列記載，似乎指出她邂逅孟嘉非常快樂。

「認識你，你教我仰慕世間美好的萬物；
察知最柔最甜的聲音，輕風最微妙的愛撫。
在我悲哀的時刻，你教我歡笑；我寂寞時你帶來安慰，趕走了孤單。
喔，你的柔情，你的安慰，你的愛像傾盆大雨淹沒我的心靈……
我相信你我的靈魂已超越時空而交會，你我的每一個感覺和衝動都是連接愛心的力量啓發的，雖然它不認識我們，也不知道有你我存在。
時間一分一秒過去，我知道什麼力量都拆不開你我的心靈，這份情意會生生世世把我們連接在一起。
如今誰也拆不開我們了。我們彼此相屬。世事多變，心靈永固。」

另一篇談到她的好友，也順便提到茉莉，內容叫孟嘉大吃一驚。真是一大發現！他從來沒想到茉莉正偷偷愛他，她言行謹慎，絲毫未洩漏內心的情感。

「此生遇到的人物，我最愛白薇。因爲我們都是女子，我們已產生男女之間不可能達到的默契。我真佩服她的智慧，她的敏感，她和我相近的人生觀。因此毫無隔閡；像晴天裡的日光。她什麼都肯爲我做，我知道自己爲她也願意如此。她和若水戀愛，我沒有道出我也愛他。我不能給她帶來知情的劇痛，幸虧沒有說出口。喔。白薇！她和我不只情同姊妹。記得有一天我們並坐看雨滴水珠流下玻璃窗板。我們的喜悅無與倫比，她說，『這滴是我，那滴是你。看誰贏。』結果兩粒水珠沒流到底就匯成一滴了，我們忍不住大笑。當時如果有人看到我們，一定想不通。不錯，我們就像水滴。至於茉莉，我對她愛恨交加。我們的脾氣完全不一樣。我受不了她沉默的譴責。她說出她心裏的想法就好了，她硬是不說。不過天性儘管不同，我對她還是又愛又敬。有一次我對她說，『別否認。我知道你愛你大哥，』『愛又如何？他是你的人。』這像不像我不肯告訴白薇我愛若水？像不像？」

「我們只談過一次孟嘉和我之間的事情。茉莉對我說，『姊姊，別誤會我的意思。我不是講理學。至少我自認不是。不過對女孩子來說，最重要的就是嫁人成家。你在捉弄自己。我是說你在荒廢光陰。你看不出這樣和他混下去，你就不想結婚了？』我的看法和她再相合不過了。」

牡丹富幻想、敏銳、熱情，但是在她如夢、大膽的心情下，也許她正追尋一切女人所找的東西，開天闢地以來她們就一直尋找的東西——一個理想的夫婿。和所有女人一樣，她急著築巢。她對於沒有希望成婚的愛情，深深厭倦了。她一切的情意都像

「風中鳥，雨中鳥

一心想築巢。
怕鄰居罵，鄰居笑，
說我居無巢。」

「做一個多兒多女的母親是我的一大願望，」她寫道，「我和他生孩子，一定會損及我倆的顏面。但是我最深的需要就是有一個小孟嘉，親手帶，親自餵奶。」

她的一切種子都希望受胎結果。像一朵含苞待放的花兒，她發出迷人的香氣來吸引蜜蜂，以免不孕而枯死。牡丹花的艷色正是自憐的呼聲：

暗妒梨花子滿枝，朱客笑盡空自憐

也許牡丹還不打算築巢，也許一輩子都不想。她愛自由；也許就因爲這樣，她才一個門一個門亂敲——全是深鎖的門扉。金祝、孟嘉、傅南德：他們都是牡丹不能嫁的人。但是她的日記中有如下痛苦的紀錄：

「喔，十個傅南德，
莫如一個親生子，
若能如願，我生死自甘心。」

「當女人未免太複雜了，」有一次她對茉莉說。

16

正如花香醉倒了蜂蝶，孟嘉看完這些記載，也爲牡丹的濃情蜜意而沉醉。不管愛情含有多少諷刺性，他的價值觀完全變了：他覺得世界的色彩變換，只因爲他曾體任一個女子的情意。我們不能解釋也不能批判牡丹一走他馬上做的事情；我們只能一步步探究。牡丹熱情的音樂停止了，回聲卻繼續存在。彷彿他整個人都變成一個大傷口，輕輕一摸就發疼，他只好隨便找一樣東西來止痛。

牡丹狠心拋棄他，他的熱情退卻了；對她的柔情卻依然存在，使他的思想情感多采多姿。他原指望最後一夜，她會再度轉求他的愛情，像當日在桐廬一樣如癡如醉。但是她情意已死；這是不容置疑的。他們分手沒有眼淚，只有好朋友的笑容。熱情的火焰已完全熄滅。不過，他相信牡丹若回頭留下來陪他，他內心的每一根琴弦都會發出作夢也想不到的共鳴，像一度中止又繼續彈奏的交響樂。他全身的毛孔必然張開，配合她聲音的每一次顫動，她面孔和四肢的形貌，再度強烈結合在一起。

看日記只能證明一點，她發現彼此愛意枯萎時真心覺得難過。就連那個時候，她也顯得好疏遠，不像活生生的熱情女性，倒像一朵奇毒香花，若想害誰，必能叫人毀滅。

一個禮拜後，他和茉莉共進早餐，說他要出門。然後又改變主意躺下來。茉莉一直沒發現，後來周媽進來告訴她，「老爺在房裡，門關著。」茉莉馬上到他房間，發現門真的關上了。她輕輕敲門，聽到一陣微弱的回答，便輕輕打開。裡面黑漆漆的；他關上南面的窗戶，只有後面透進一股幽光。她過了半晌眼睛才適應過來，看他合衣躺在床上。

「你病了？」她關心地問道。

「不。我只想躺一會兒，休息一下就好了。」

她走上前去，用手輕輕摸他額頭，很燙。她抓起他的手來把脈；脈搏很有力，但是頗不規則。

「我們得去請大夫。」

「不必了。」

「你發高燒，病很重。」

「胡說，我這一輩子從來沒生過病。我要躺躺。再過幾個鐘頭就沒事了。」

她聲音沙啞，「你要躺，至少脫下長袍和鞋襪，身子蓋好。我給你泡一壺趕火茶。」

「好吧。」

他匆匆坐起，動作很緊張。在幽暗的光線下，她聽見他又急又沉的呼吸聲。他開始脫衣服，但是體弱無力，只好讓她代脫最後一個鈕扣。然後茉莉替他卸除鞋襪。她替他蓋好被子，臨走前還摸了他額頭一下。她走出門，擦去自己額上的汗珠，聽見自己心跳得好厲害。

她停了半晌，等恢復鎮定才到西側的廚房找周媽。

「老爺不舒服，這小陽春秋老虎的天氣。我要你回去拿鋪蓋，你得在這兒照顧他幾晚。」不到一個鐘頭，大夫就來了。他坐梁家的馬車來，因爲車夫得到指示，老爺患急症，要他等。程大夫是儒醫，神采奕奕，聽車夫談到梁家的情形，約略知道病人爲一個堂妹遠行而心煩意亂。

他進屋的時候，茉莉依照禮俗躲在床簾後方。她看見大夫掀開病人的眼皮，看了他的眼珠子一下。然後要他伸出右臂，把手擱在枕頭上，替他把脈好一會兒。孟嘉勉強用沙啞疲憊的聲音回答幾個問題。然後大夫威風凜凜站起來，告訴翰林他不久就能康復，不過得放鬆精神，腦筋裡什麼都不要想。

他托辭告退，像主人要紙筆，大家遂領他到書房。

茉莉匆匆隨周媽出來，跟著大夫進入圖書室。

「我是他堂妹，」她簡略地說，「這種事我不能完全交給佣人辦。大夫，請問他得了什麼病？」

大夫畢恭畢敬盯著寫字檯，一面聆聽這位姑娘關切的聲音。然後，他迅速撇了茉莉一眼，用專家的口吻說：「小姐，不必驚慌，我得告訴你，病是心神不安惹來的；魂飄魄散。他一定遭受到情緒上的痛苦。從眼睛就看得出來。他脈搏很有力，但是頗不規則，陽火過盛，陰氣不足。不過他的精氣甚佳。你給他喝趕火茶，我看到了，繼續給他喝。我會開一帖溫性的瀉藥，把全身凝集的肝火去掉，他的亂脈就是肝火引起的。他必須滋養陰水，維持陽火。此外，他還需要定魂、安神、強精的藥劑。」

他寫下十二、三種藥材——茉莉大部分都認識——還交代了幾句話。他仔細打量這位姑娘，看她眼神安穩睿智，覺得很放心，病人需要照料。

「他忌食什麼？」她問大夫。

「喔，有，不能吃油炸的東西。那樣會混亂全身臟腑。我儘量先驅毒，他吃了藥會流汗，用毛巾給他擦乾，身子蓋好。我明天順道來看看。他需要多睡，復原之前情況會轉劇，不過用不著驚慌。」

大夫吩咐這些話，覺得茉莉有些臉紅。最後他說，「記住，好好照顧，別讓他想心事，這比什麼藥都有效。」他用自信熟練的口吻道別。茉莉送他到內院的梯台就止步了。

茉莉定下嚴格的常規。一個手提的炭爐擱在內院梯台上，車夫奉命隨時聽候差遣。周媽帶著鋪蓋來，在中廳靠臥室牆邊擺了一張小臥榻。她得把家務完全拋開，因為隨時都有事情做。茉莉親自燉藥，她在半開的臥室門放了一張安樂椅。那兒她隨時聽得見堂兄叫人，又可以密切監督家裡的一切。

第二天，大夫發現脈搏穩定多了，對自己的診斷相當安心。他來到書房，頭低低的，表情一本正經。他迅速寫了一張藥方，然後看看茉莉說，「小姐，我要你合作，去配這副藥。別驚慌，我要下一帖猛劑，別給他吃東西，如果他要吃，給他喝些湯就好了。」他把藥方交給她說，「晚飯時分給他吃。他會翻來覆去，痛得大叫大喊，甚至動粗，不過別管他。過了半個鐘頭左右痛苦過去，他會靜靜睡一大覺。你只要留意他。等他醒來，給他吃另外一帖藥，他就沒事了。」

茉莉繃緊下巴說，「大夫，您可以信任我。」

她遵照指示，晚飯時間到了，她叫周媽出去，把門關好。她手端著藥湯，輕輕搖醒他。他睜開眼，看她手端藥碗，貼近他唇邊。秀麗的臉龐上掛著英勇的笑容。

「大哥，喝下去。大夫說會一陣陣作痛，但是過不了多久，你就會好好睡一場。」

孟嘉看她緊盯著藥碗，碗還端在他唇邊。他嘗了一口，臉色大變。他想要推開，但是茉莉不屈服。

「你怕啦？」

「不是。味道好可怕。」

他只好乖乖把碗端在手裡，但是茉莉不放手，逼著他一口喝完。

孟嘉閉上眼，表示味道很難喝。部分藥湯潑在他嘴邊，茉莉替他擦掉。突然，他發出恐怖的哭喊。「疼死我了！疼死我了！」他尖聲大叫，眼珠子嚇得轉來轉去，接著痛得猛抓床單。茉莉靜靜看他痛苦的痙攣，他弓起身子翻來覆去，又伸手亂揮。他雙手緊握床柱，用力一滾，叫道，「疼死我了！」力量很大，茉莉站在旁邊，被他撞倒在地，手壓到剛才落地的磁碗碎片。周媽聽到聲音，用力敲門，但是茉莉一直坐在地板上看他，看他痛苦翻騰，眼睛一刻也不敢離開他。陣陣尖叫聲聽起來可怕極了；彷彿他整個身子都在燃燒似的。

她起身站在他碰不著的地方。過了十分鐘左右，他的臂力減弱了一些。叫聲轉低，痙攣的次數也減少了。眼睛開始累兮兮垂下來。痛苦的叫聲漸漸消逝，換成無力的呻吟，胸部則一起一伏的。

茉莉上前問道，「大哥，你好嗎？現在是不是好些了？」但是他根本沒聽見。她看見他劇痛減輕，呼吸越來越安靜，越來越均勻。她上去摸摸他的額頭，他雙目緊閉，臉色一片死白。那張臉剛才還滾滾燙滾滾燙，如今冷冰冰的。全身血液和生命似乎都流走了。

她打開門。

「他現在睡著了，」她低聲對周媽說。

「不過你的手流血了，看看你的臉蛋和頭髮。怎麼回事？」周媽指指她脖子和下巴的血跡。茉莉這才發現她的手掌流血了，是碎磁片割傷的。

「沒什麼，」茉莉說，「我去弄乾淨。你注意那兒，不要出聲。」

幾分鐘後茉莉回來，只吃了一頓便餐，說她沒胃口。客廳和臥室都繼續點著燈，書房的大炭盆移到臥室來取暖。她叫周媽守上半夜，她則搬來一盞小燈，在大廳的安樂椅上歇著，手拿書本。病人睡得很安靜，不過她叫周媽注意，怕他要喝水之類的。

到了午夜，她叫周媽去睡，由她接班。燈火在秋風中閃爍，於是她把安樂椅搬到臥室，繼續看書。偶爾打個盹，醒來看他還靜靜的，呼吸很均勻。她有機會打量他優美的輪廓，睡覺時更動人。他的臉型在晚上似乎比白天顯得窄一點。

第二天早上孟嘉依然昏睡不醒。大夫十點來，證明一切順利；說理當如此。翰林也許要再睡二十四小時，直到藥力消退。然後他該吃第二帖藥，可以強心補臟。

第二天晚上經過完全相同——不是周媽在，就是小姐在，沒有離開過一分鐘。她早已燉好藥湯，等他一醒就給他喝。只有一兩次，他迷迷糊糊嗆住或咳嗽，偶爾說些夢話。

第三天大清早，周媽進來，發現屋裡靜悄悄的，老爺還睡得很安詳，茉莉手拿一本半開的書正在打瞌睡。

「小姐，你現在可以去休息了，」她說。

「不，他醒時我得在這兒。我要給他吃藥。」

「我會端給他吃。你已經兩夜沒有寬衣了。你得好好睡一覺，否則你自己會病倒的。」

「他病了，我怎麼睡得著？不，我要留在這兒。你去吃早餐，把這個地方收拾一下。」

床上傳來一陣咳嗽聲，接著又安靜下來。兩個女人不再說話。

周媽躡手躡足走出房間。幾分鐘後，茉莉聽到床上有動靜，接著又咳嗽一聲。她站起來默默走近去。他回頭，手動了一下。他睜開眼，看見茉莉正懷著無限的柔情俯身看他。

「什麼時間？」他問道。

「天快要亮了。」

「我大概睡了一整夜吧。」

「不，」茉莉快活地說，「你睡了整整一天兩夜。」

他顯得很意外。他環顧屋裡，油燈還點著，外面黑漆漆的。

茉莉安心地笑笑。「那帖藥是不是很可怕？你吃的時候，痛得直打滾。」

「真的？我都想不起來了。」

茉莉出來叫周媽去打一盆熱水，她自己去溫藥湯。周媽拿臉盆和毛巾來，茉莉跟進屋。她要親自看他漱洗。她擰乾熱毛巾，替他擦臉。孟嘉看到茉莉臉上溫柔，快樂的神采。他說要換內衣，她慌忙走出去，對周媽說，「你幫他換。」

「啊——呀，」她一面搧爐子，一面聽周媽說，「老爺，你堂妹兩夜沒闔過眼，我叫她去睡，她不肯。你沒看到她手上的傷痕，你把她推到地板上，你叫得好大聲，屋頂都要掀掉了。」

茉莉端進來，孟嘉一直盯著她，她只好避開眼神。他看看她裹著紗布的手，軟弱地說，「怎麼回事？我根本不知道。」

「噢，沒什麼，」她說，「你漸漸康復了，這才最重要。大夫十點會來。我們照常派馬車去接他。」

他又盯了她一下，害她窘得滿面羞紅。

大夫來了，聽到他們的報告，稱讚翰林有一位能幹的表妹。

「我什麼時候能起床？」孟嘉問道。

「這幾天還不行。那帖藥耗去你不少體力。躺在床上，腦子放鬆。我會通知軍機大臣你要告假幾天。」

「我已經通知他了，」茉莉在一旁說。兩個人都讚許地看看她。

「真的，」孟嘉說，「剛才我想起來，只覺兩腿發軟，不得不扶床柱。」

大大夫替他把脈，不住點頭。「還有些不勻，」他說，「不過翰林，聽我的話躺在床上，你大約一個禮拜就能起床了。」

後來幾天過得很快。茉莉陪著他，否則也在附近聽他差遣。兩個人都不提牡丹的名字，他覺得自己彷彿歷經了一場他想忘記的大難，而她唯恐再度激擾他。茉莉好像瘦了不少，顯得滿面戚容。另一方面，他們之間產生一種新的感覺，所以兩個人經常避開不敢對望。有一次他抓起茉莉的手來看，她馬上抽回手，走出他房間。

孟嘉想起牡丹日記裡的話：「別否認。你愛大哥，」她答道：「愛又如何？他是你的人。」他還記得睡夢中迷迷糊糊聽她說，「他病了，我怎麼睡得著？」他從來沒想到，如今卻明白了，這由他不斷盯著她看就可以看出來。

第六天孟嘉決定起床。茉莉說換換環境對他有好處，要他搬到內院，面對東面的小花園，內院親切些，寧靜些，有一個小假山，幾盆白楊和金魚大缸。

「你睡哪兒？」孟嘉問茉莉。

「隨便哪裡都行，姐姐房裡，或者這間臥室，等清出來再說。我安排周媽睡在屋裡。」最後決定老爺睡茉莉的房間，那兒面對花園，她則搬出來住牡丹那間西廂房；周媽在中廂安置了一個臥榻，夜裡有照應。姑娘家的遠見和安排，孟嘉深覺有趣。

內院亮多了，孟嘉想繼續住在這兒，等冬天再搬回主院落。以前他很少進花園，現在讚不絕口。這似乎也表示他心情的變遷。中廂現在改成餐室，他和茉莉就在這兒用餐。

有一天下午，茉莉買東西回來，走進花園，發現堂哥坐在一張石凳上。他想心事出了神，好像沒看見她。她早已看慣了他全心思考的表情。不敢打擾他，正要離去，他頭抬也不抬說，「別走嘛。我要和你商量一件事。」

她回頭站在一棵棗樹下。幾分鐘過去了。他一句話也沒有說。她不時看他一眼，怕他再問起姐姐。

最後他用古怪的眼神盯著她，聲音啞啞的說，「茉莉，來這裡。」他欠身拍拍石凳，叫她坐下。她走上去，臉色微紅，在他身邊坐下來。

「茉莉，」他低頭望著地面說，「你肯嫁給我嗎？」

茉莉一顆心都快跳出來了。「你說什麼？我們怎麼可以？」

「我們可以的，」他還是一副出神，嚴肅的表情。

「不過我們是同姓的宗親！」

「我們可以設法改變。」

「怎麼變法？」

「我突然想出一個好法子。堂妹不行，表妹卻可以。蘇家姨媽很喜歡你。你何不叫她正式收養你？這是純粹技術的問題，當然是說你願意的話。」

茉莉呆住了。她從來沒想到改姓的事情。這個主張像槍子掠過她的腦袋。她默默盯著棗子樹，努力恢復鎮定。過了幾秒鐘，她覺得內心翻騰，血液洶湧，全身彷彿浴在舒服的暖流中。

「說真的，你要娶我？」她問道，簡直不敢相信自己聽到的聲音。

「我需要你。我深深體會到，我十分需要你。這件事我考慮好幾天了。你姐姐和我白白打了一仗，對抗不了自己。」

她的震驚化爲意外的幸福。

「我們怎麼做呢？」

「我說過，這是技術的問題。靈感就像閃電。只要過繼就成了。我知道我姨媽很喜歡你。你是她的乾女兒，對不對？你只要正式做瑞甫姨丈的女兒，就改姓蘇不姓梁了。當然你得徵求令尊令堂的同意，不過我想他們一定樂於成全的。何況只是形式——一張紙罷了。」

茉莉還在努力想通這件事的含義。

「你還沒答覆我。我在問你呢。」

她把手放在他掌心按了一下。「大哥，這是真的？我會成為世界上最快樂、最自豪的妻子。起先有牡丹在，我從來沒想到會有這一天，現在你趕也趕不走我啦。」

她伸手擦掉一滴淚，心裡被突來的幸福弄得昏陶陶的，她把頭靠在他肩上。

「我早該知道，」他柔聲低語，「我不知道你喜歡我。我是說，這種愛法——直到我看了牡丹的日記才知道。我早該看出我愛的是你。不過我完全盲目了。現在我比以前更需要你。」

他輕輕吻她——在她鬢角的髮絲上匆匆一吻，覺得她的手臂緊抱著後腰。他回頭盯著她看，她則上上下下打量他的面孔，似乎要把他的額頭，臉頰，嘴唇，和下巴全部吸進去愛個夠。

「你不吻我嗎？」他問道。

「我難為情。」她遲疑了半晌，終於在他嘴唇上飛快吻了一下，就跑進屋裡去了。

牡丹毫無音訊，他們也不指望有她的消息，因為她不習慣寫信，她結婚以後，有時候母親或白薇半年收不到她一封信，一切全看她的興致。

十月的天空白雲片片，蒙古高原吹來的北風給北京帶來一股寒意，西山的白楊樹葉隨風顫抖，像消瘦的幽靈。白鶴呈箭頭形高飛在天上，又要一年一度的南遷了，小鳧和野鴨夏天長得肥肥的，如今成群在蒙古城和外城的蘆葦、沼地裡出沒。什剎海現在一片荒涼；冷飲小販都走了，池裡發黃的蓮莖和捲曲的荷葉都可看出，又一段夏天的韻史結束了。但是孟嘉的花園裡秋風爽利，生氣勃勃。樹籬上小苞的紫菀正由地底偷偷看人，菊花正準備怒放一場。

茉莉在隆福廟會買來、擺得整齊有致的菊花，可以看出女性的手筆。一棵棵種在樹籬邊，隔著一定的距離，每株都用劈開的竹莖支撐著。空氣中飄滿著隔壁大木蓮樹傳來的芳香，偶爾乾樹葉堆燃燒的氣味也會傳到這幽靜的庭院，辛辣卻很好聞。花園整個變了樣子，泥土小徑上舖了新的碎石，以前一片枯枝蔓草的地方，如今是翠綠澄藍的苔痕美景。窗邊已種了一棵臘梅，等待嚴冬光臨。孟嘉坐在紅木桌邊，凝視窗外的枝椏，彷彿已聞到那連翹般的黃花發出優雅的香味。

孟嘉看到這個改變，不禁心曠神怡。他房間的窗裡有兩盆白菊；事實上，所有庭院都布滿盆栽的菊花。

癩痢狗已經弄走了。孟嘉一直不知道，有一天他坐車回來，發現以前老是又叫又跳迎接他的老狗已經不在了。

「老狗呢？」

「小姐把牠毒死了。她說那隻狗咳得太厲害，應該早一點了結痛苦。」

孟嘉的康復比預料中來得久一點。怔忡症不像感冒好得那麼快；大夫曾經提醒過他們。

「不管你心裡有什麼憂傷，一定不能去想它。你的病況是魂散——六神無主。我若不開那一帖猛藥，恐怕要持續好幾年。現在幸虧過了。」他又轉向孟嘉的堂妹，用讚許和欽佩的表情說，「多虧你把房屋和庭園整個變換過。使他快活，心安，鬆弛下來最能加速復原的時效，這需要時間，不過我相信再過一兩個月他就會完全好了。」

「使他快活？」她不知道自己爲什麼要臉紅。

「是啊。這叫做『心病還得心藥醫』。快活的人容易康復，尤其是這種症狀。」他又意味深長看了她一眼，相信茉莉明白他的意思。

她心裡卜通卜通直跳，卻說，「工作呢？」

「做一點無妨。心不在焉最會胡思亂想，最好讓心神有一個固定的方向。一旦心魂有主，腦袋就恢復功用了。」

茉莉對於同式療法的理論非常的熟悉——「以毒攻毒」、「心病還得心藥醫」。一條水路淤塞了，總得開一條新路。

秋天下午，他們常常坐在東花園裡。花園總有事情可看可做。有時候茉莉會收拾殘葉，升一堆小祝火。孟嘉還很衰弱，總是懶洋洋靠在一張柳條椅子上，享受十月和煦的陽光。他望著茉莉纖柔的體態四處移動，撿樹葉、撥殘火，健康愉快，全心忙著手邊的工作。她看起來永遠安詳鎮定，煥發著純潔的柔光。她真會隱藏自己的單戀！若非牡丹的日記，他可能一輩子都不會知道哩。

傍晚寒意來襲，他便進屋躺在臥榻上，要她坐在旁邊。她過來，不時摸摸他的脈搏。她白皙的纖手和腕上的玉鐲輕輕觸著他，他覺得分外感動。她總是端莊地笑笑說，「真好。你的脈搏一天天加強了。」

他伸手蓋住茉莉的小手說，「從來都不準，因爲每次你的手碰到我，我心跳就加快了。」

「別胡說，」她甜蜜蜜輕斥道。

「是真的，你是我最好的大夫。」

此刻他真想要她！他把她拉過來，熱烈吻她。她覺得危險，就說，「拜託別這樣，」然後站起來給他倒了一杯龍井茶。

這是他們收到瑞甫老爹和茉莉雙親回信的前兩個禮拜。孟嘉和茉莉不想太坦白。他們不說明原因，只是要求茉莉正式過繼爲蘇瑞甫的女兒，使她變成「蘇小姐」，而不再是「梁小姐」。翰林寫信給他姨媽是一件稀奇事，他這麼寫法，他們自會猜到其中有嚴肅的用意。茉莉一向定期和舅媽通信，遂用自己的名義又發了一封，並寄一封信給她的父母。回信至少要十月底才到。

他們由花園進屋，孟嘉飯前總要喝些五加皮酒，這是大夫推薦的補心劑，茉莉則喝一杯茶。周媽正在廚房忙著做飯。孟嘉躺在臥榻上，把茉莉拉到身邊；手拉著手談各種事情——什麼都談，就是不談牡丹，雙方都故意避免提到她。有時候他挨在茉莉胸前，把頭貼上去，要茉莉抱緊他。

「這樣你快活嗎？」她想起大夫說的話。

於是他把頭貼得更緊！不答腔。她則輕摸他的頭髮，將他緊抱在胸前，像愛撫小娃娃似的。

「如果你覺得快樂，就輕鬆下來好好睡一覺吧。」她的心緒飄得老遠老遠，想到她的雙親，她的姐姐，杭州的熟人。

「不知道舅舅什麼時候回我們的信。」

「總會寄來的。」

「如果我的爹娘猜到我們心中的打算，他們一定會同意的。」

「當然，」說著他回頭仰望她，激情萬縷。「那時候我就要求娶你——你就變成我的小嬌妻。」

她心裡充滿幸福，低頭望著他說，「這是真的嗎？會是真的嗎？」

他把茉莉的頭往下拉，她彎下頭，兩個人的嘴唇緊貼在一起。她故意將身子往下溜，摩擦他的臉頰，以自己的體溫給他溫暖，說道，「現在我要你快點康復——爲了我，不爲別人。」

這時候他上上下下打量她，彷彿她是一個新穎美妙的畫面，她則輕輕移動，發出快樂的嘆息。

「我是個幸運兒。我從沒想到自己會這麼幸運——被你愛，被你想著。」

他們聽到周媽過分明顯的咳嗽聲。她一向如此，表示她到餐廳擺桌子的時候不想撞見什麼。茉莉私下告訴她，他們馬上要訂婚成親了，周媽一向喜愛妹妹，不欣賞姐姐，如今頗爲她高興。於是她老是先咳嗽一聲，茉莉就坐起來整理頭髮，顧全一切體面。樣樣都好，就是老實的佣人不得不刻意咳嗽，彷彿說：「我知道你在做不好的事情，小姐，不過沒有別人，只有我。」

瑞甫老爹回信前三天，茉莉將自己獻給了孟嘉。他們太親密了，每天都覺得彼此間湧出新的愛意。那天下午，玫瑰色的天空在屋裡照出柔和的光線，孟嘉向茉莉提出要求。他把頭埋在她懷裡，她聽見他急促的心跳。

「做什麼？」

「那件事啊。我現在需要你，完整的你。」

她沒有說話，覺得這種事遲早要發生的。於是將他的臉托起來，愛憐地輕吻他。

「這樣你會更快活嗎？」

「是的。」

茉莉任他恣意狂愛，她則感受著彼此的溫暖，最後她不再感覺眼前發生的事情，只閉上雙目，知道自己獻身給他，生命也圓滿多了。一支鑰匙打開了她生命的奧秘，那就是痛苦與幸福結合與相屬的狂歡。她隱隱約約感到快樂和自豪，能成爲他的妻子，雙臂摟著他，佔有他，也被他所佔有。

「我傷著你沒有？」他問道。

「沒有。你將我變成你的人，我很快樂，總要發疼，才值得回憶。我覺得就像體內的新生，愛的覺醒。現在我是婦人了。發疼是免不了的。」

後來，在另一個場合中，她掛著頑皮的笑容說，「有些飽經世故的婦人以爲只有她們才有熱情，貞潔的女孩子總是冷冷冰冰的。其實不然。愈貞潔的女子愈能熱情洋溢。她們只是要等合意的男人，就像我找到你。當然不是每一個女孩子都能找到像你這樣的男人。」

這時候，孟嘉才讓茉莉看她姐姐的日記。他指著她對牡丹承認愛孟嘉那一段說，「看這一段，這是我的轉捩點。我從來沒想到你愛我——這種愛法。我不知道，因爲你顯得樣樣得體，你不容許自己表現出來。」

茉莉匆匆看完那一段，咬咬下唇。然後她抬眼望他，笑咪咪正視他的目光。

「你姐姐真的有一點吃醋，所以逼你承認愛我？」

「不是吃醋。那是她和傅南德來往的時候。她舉止惡劣，晚上總是撇下你一個人出門，我說了一兩句，她就反攻我說『我知道你愛大哥。別否認。』於是我回答說，『愛又如何？他是你的人』不過我對她構不成威脅。她當時沒有理由吃醋。」

這是孟嘉第一次提到牡丹或那本日記，他的怔忡症和他對牡丹的熱情都過去了；不過他覺得自己愛茉莉，是因爲茉莉在他眼中就像牡丹淨化了的形象，牡丹的真面目，他愛的那個牡丹，而不是他恰巧見到的那個扭曲的面目。

「你看日記；然後說說你的想法，」他問茉莉說。

這件事茉莉最高興了。「我想我比你認識她，了解她，」她答道。她抱著日記本，捲在床上看，讀起來很過癮。偶爾她會臉紅；偶爾抬頭回憶一些舊事；有時候貼近去斜看某一個字，搜尋她以前不知道的線索。牡丹曾經和她提過傅南德；當然沒說到旅館的事件。而且她只聽過毽子館的情形。

「喏，日記末尾我看出她爲什麼不陪我們去山海關了。她正在想金祝，所以她才不跟我們去，現在我明白啦。」

那天午夜她整個看完，他說，「談談你的想法吧。你可以客觀些。我自己牽連太深了。」

「我不知道能不能客觀，我們是一起長大的，我不知道能不能判斷她。你若對一個人像我姐姐那麼熟悉，你就說不出她是好是壞了。她很複雜，我只能照親戚朋友的說法，說她是家裡的小叛逆。我比較文靜，她又長我三歲。她很特別，和我認識的其他女孩子完全不一樣。永遠活潑輕快，非常聰明，充滿靈性，反覆無常。她聰明可愛，所以我爹娘寵壞了她。她總是猛衝進家門，把東西扔得到處都是，母親若是罵她，她就睜著一雙大眼，捲起舌頭，嘴唇砸得啪啪響。她固執又沒有耐心，一向我行我素。吵架總是佔上風爲止。爹娘對她都沒有辦法。當然了，你回鄉當著同宗的叔伯稱讚她，大家都覺得她很不平凡；受到翰林的賞識。她很特殊，比我漂亮多了，我知道。」

「我覺得你們各有各的美。」

「不，」茉莉說，「她漂亮多了，我知道。那麼挺的鼻樑，那麼美的嘴唇，我的嘴巴太寬了。」

孟嘉對這番自貶的話覺得很好玩。說真的，牡丹的小嘴和古怪的微笑，圓熟的櫻唇都美極了；茉莉的面孔則缺少那份十全十美的感覺，輪廓也不如她細緻——她的臉型較圓，下巴比較剛硬。不過他還是喜歡她對自己的優劣那麼坦白，對她姐姐那麼慷慨。

「後來，她十六、七歲的時候——當時她剛和金祝戀愛——父親常常不准她出門，但是父親愈禁，她反得愈厲害。她照常出去會情人，母親同情她，睜一隻眼閉一隻眼，幫她瞞著父親。她一年見他兩三次——兩個人各自嫁娶後還是如此。大家會說她壞，別的女孩子到了這個地步，一定設法忘記舊情，她就辦不到。你不知道她在床上哭得多傷心——她多麼痛苦。有一次她和金祝見面回來，哭得真慘！她在床上大哭大喊，第二天眼睛腫得睜不開。她若嫁給金祝，一定是很好的妻子！後來她就蠻不在乎了。你說她水性楊花是不是因爲她在尋找不可能得到的初戀？後來的一切都因爲不能嫁給自己心愛的男人。金祝娶了別的女子。不能怪她——是他父母安排的。告訴你，她比一般女孩子聰明太多。我記得她十三歲就讀『牡丹亭』。可以說，那本書對她有點害處，讓她太早知道愛情。不過她天生就適合談情說愛……她一向正直、坦白，相信每一個人，很能感應自然美；除此之外她和別人倒也差不多。我想她只不過比別人更具有這些特性罷了。」

「你看了她給我的告別信了吧？」

「我看啦。」

「你認爲怎麼樣？坦白告訴我。我硬是想不通。她何必——那麼冷酷無情呢？她好像故意要傷我的心。」

茉莉的嘴巴往下垂。她遲疑不決，小心選用恰當的字眼。「那封信顯得——忘恩負義。也許我太主觀——她和我完全不一樣。她比較瀟灑，因此比較魯莽——衝動，比較積極。當然啦，這樣和你完全決裂是沒有必要的。她用不著說『我要從你的生命裡完全絕跡』。畢竟你是她的堂兄嘛……」

「不過你是女孩子，可以看出女方的立場。你知道她曾經非常愛我，這麼熱烈的愛怎麼會隨隨便便就消失呢？告別信裡看不出一點傷感的痕跡？」

茉莉噘噘嘴。她停了半晌才說，「我也想不通。我知道她和那個拳師來往的時候，心意就改變了——他叫什麼名字來著……不過日記裡有一段，我看了印象很深。」

她翻動日記，最後找到一頁，指給他看！

「這些日子我坐立不安。我們的愛情已變成我的一大負擔，對他或許也是如此。我不明白我怎麼能一輩子和他姘居過日。我們討論過這件事情。當然我以女人全心的愛意來對他。不過總希望我們能夠嫁娶。我會多麼自豪！我建議一起去香港，我們可以改名換姓。爲什麼不行呢？愛情不是勝過一切嗎？但是現在我知道，對他是不可能的大犧牲，犧牲他的事業，他處處受人敬重的翰林科名。」

「你看，」茉莉把一撮髮絲掠到耳後，「日記道出了她的心聲。我知道其中的含義，只是連接語不大清楚。說句殘忍的話，你做丈夫很光彩；做愛人就派不上用場了。以同衾共枕的男子來說，那位青年拳師評價更高。我並不是說，她故意利用你對她的迷戀。不過可以看出，她不能曖曖昧昧和你廝守一輩子。她說過，你對她是一大負擔。她對你的愛一定是那個時候熄滅的。她一定要撇開你去找別的男人。當然這一切都是本能……現在我爲她擔心……她也許會魯莽行事……」

停了一會，她又說，「她聽到我們要結婚的消息，不知道作何感想。」

「她不會吃你的醋。這一點你可以放心。我相信她愛過我。她對我的愛已經死了，像沒有生命的石頭。」

「我是說，她知道你想出爲我改姓的辦法，她和你在一起的時候卻沒有想到，不知道作何感想。」

「喔，這件事呀！」他笑出聲，也許笑得太響了一點，他還覺得有些罪過呢，原先他想用在牡丹身上的方法，現在竟輕而易舉用在茉莉身上。但是他愛茉莉，不忍心告訴她真相。他說，「這個念頭忽然產生，就像靈感似的。我幫張總督辦事，總是絞盡腦汁要想出新鮮又單純的主意，有時候就是如此。最難的就是思想要新；大多數官僚都被習慣和常規絆住了。」

「你確知過繼可以解決我們的問題，行得通嗎？」

「沒問題。我沒有讀過『禮記』，不知道六親的關係。姓氏的問題根本是蠢話。如果一個貴州來的女孩子和我同姓，只不過五百年前有親戚關係，我就不能娶她。其實你當蘇姨丈的女兒，和我反而更親了，屬於近親，但是因爲你姓蘇，就沒問題啦。社會只要求喜帖印上蘇瑞甫的名字，權充女方家長。一切都合乎禮法，我會請張總督證婚。」

一切正式手續都照規定完成。他們分別把結婚的意思通知茉莉的雙親和蘇瑞甫，大家也表示同意。茉莉的父母相當訝異，何況長女又意外歸來。茉莉的婚期定在次年正月，在北京舉行。

17

十月初，牡丹走進杭州家門，由一名搬夫替她扛著幾個棕色洋漆的竹皮大箱子。她打扮入時，上身穿一件緞子襯裡的黑短襖，袖子很寬，正是那年頭的時新樣子。脖子四周的白色闊花邊特別醒目，構成扇形的肩線，黑襖本身看起來好像由胸部才開始。她穿著白底黑圈的羅裙，是在上海南京路順道買的。頭髮刻意往上梳，捲在鬢角附近，裝束時髦，人家很容易把她看成上海來的貴婦。

她敲敲那扇熟悉的磚房小門。意外歸來，大家一定有不少疑問。她要對大家說什麼？說她和堂哥分手？說她回來看金祝，要和一個有婦之夫繼續一段絕望的戀情？

她母親來開門，瞇著眼睛看了一會兒，才認出眼前的貴婦是她的女兒。孩子們遠走高飛，她似乎衰老多了。

「媽，我回來了，」牡丹說著，直接走入房內，疲憊的雙腿拖拖拉拉的。然後她猛坐在一張硬木椅上，伸伸腿，雙手垂在兩邊。母親看她突然歸來，表情又累又沉重，不免大吃一驚。

「怎麼啦？」她急忙問道。牡丹還是她的心肝寶貝，因爲老是害娘擔心，老是少不了親娘。最近四、五天，牡丹心裡一刻都不曾平靜過；現在她似乎更需要母親的關懷。

「怎麼啦？」母親又問道。牡丹一直茫然望著前方。「你妹妹呢？」

「她在北京。她很好，媽，沒什麼。十天前我已經離開北京，乘船到上海。媽，我決定回來。」

最後一句話特別加重口氣，表示她已下定決心。母親對她反覆無常的性格早已習慣了。這時候，一滴眼淚慢慢滾落牡丹的面頰。

「媽，請你不要責備我。金祝病了，我回來看他，我不再回去了。」

母親不發一語，眼神卻嚇得暗下來。不過她只說，「最好別讓你爹知道。」柔婉如昔，她把女兒拉起來，彷彿她還是小孩子似的，然後自己到廚房去燒茶，牡丹則告訴搬夫行李擱在哪兒。母親端出一個茶托盤，陪牡丹坐在方形餐桌邊的小凳上，互訴家裡這一年來的各種消息。

「只有媽從來不嫌棄我，」牡丹捏捏母親擱在桌上，長滿皺紋的雙手說。

「爹和娘都老囉。我從骨子裡感覺到。你們走了以後，這個家真寂寞。」

「現在我回來陪你了。你不開心嗎？」

母親為家中重來的溫暖而一臉喜色，優雅的美目也閃閃發光。

父親下午回來，牡丹和她母親都講好不洩漏她回家的理由。父親一面歡迎她，一面又為女兒難以猜測的行動而憤怒。牡丹氣沖沖說了一番她不想住北京的大道理，並不令人心服。父親訓了她一頓，說她老是不能固守自己起頭的事情，牡丹便神經兮兮站起來，回房去了。

牡丹急著見白薇，探聽金祝的病況，以及他目前人在哪兒。第二天，她買了一個上溯富春江的船位。船上約有十五、六名旅客，相當擁擠。她獨自坐著，默默抱膝，完全不注意身邊的人。她懷疑自己會不會碰巧在白薇家看到金祝——不太可能，但是這麼一想，她心跳卻加快了。萬一遇到他，她要說什麼好？她胡思亂想出了神，不知不覺船已停在桐蘆。

一路上什麼都不對勁。她眼皮一直跳個不停。天空陰陰沉沉的，她上岸後，一陣濃霧像白壽衣覆蓋了整個河畔，霪雨霏霏，空氣濕得悶人。茶館的桌凳都罩上一層水霧。村狗夾著尾巴走來走去。不時在泥地上抖掉背上的水珠。

才五點鐘，天色已經微黑了。牡丹費了好大的勁兒，才找到兩名轎夫願意走兩里山路；他們說回程一定天黑了，路滑危險。除此之外，她發現自己在船上掉了一個耳環。她也害怕自個兒上荒山，因爲她衣著太考究，不信任扛她的陌生人。但是她實在太焦慮，所以決心冒險，反正天還沒有全黑呢。

她付出自認很高的價錢，總算雇到一頂轎子。轎夫搖搖擺擺走上滑溜溜的細雨紅泥路，她閉上眼，一切聽天由命。陣陣冷風和雨水在他們四周飄過。過了三刻鐘左右，天空放晴了，只有濃霧還盤桓在山腳，風勢加大，劈劈啪啪吹著山轎的油布篷；牡丹直發抖，一方面覺得冷，一方面急著打聽金祝的消息。又過了十分鐘，她看到好友家的燈光了。

她走下轎子，心卜通卜通直跳。若水走到門邊，接著白薇也出來了。

「牡丹！真想不到！」白薇大喊。

「你不是叫我來嗎？」

「是啊，不過我沒想到你來得這麼快。」

「他在哪兒？」

「在一家醫院裡。先進來再說。」

兩位好友熱情的擁抱。一年沒見面，她們為重逢而歡喜。

和白薇在一塊兒，牡丹覺得好多了。談到金祝和梁孟嘉，她稍稍感到安慰。在白薇面前，她用不著為自己的所作所為提出解釋或辯護。白薇和她一樣，詩情畫意得不可救藥。

「他在六和塔的一家教會醫院裡。聽說是腸炎。她已經病了六、七個禮拜，看起來瘦巴巴的，醫生拿不定主意要不要開刀。我很高興你能這麼快趕回來。你怎麼撇得下翰林呢？」

「我儘快趕來。誰也攔不住我。他病勢如何？」

「半個月前看起來很嚴重。我想我若不通知你，你一輩子不肯原諒我，他不知道你要來。我自作主張，但是我沒把握你會來，所以不敢告訴他，怕他空希望一場。」

「白薇，真謝謝你。只有你瞭解我的心情。我和堂兄情緣已斷，我不回去了。」她一面脫厚棉襖，一面聊天。佣人端來一盆熱水和毛巾。大家邊談，她邊洗臉卸首飾。「就算你不來信，我也會離開我堂兄。」牡丹說著拉下一隻耳環。「看到沒？我在船上掉了一隻。」

白薇杏眼圓睜，看了她一眼，「告訴我原因吧，」她根本不理會耳環的事。

「說來話長。就是行不通。」

「情人吵架？」

「不是。」

「他愛上了別人？」

「不是。」

「那又爲什麼？」

「我不知道。我只覺得自己不愛他，不是真心愛他。」

現在他們圍坐在大理石桌邊，白薇已經擺好一壺熱茶。

「你是說，你發現他不是你心目中的神明，如今你幻滅了？沒有人十全十美。我以爲你痴戀著他哩。」

白薇以爲他們是詩情畫意的一對。如今她覺得很傷心，彷彿事情發生在自己身上似的。她不相信他會娶牡丹——絕對不可能——但是他也不會娶別人。他們結不結婚真的重要嗎？他們會成爲終身的愛侶。學者和她閨中密友的韻事實在太美了！

「要不要聽我說句話？」她問牡丹，「你和翰林一起上山，在溪邊過了一夜，若水和我大談你們兩個人。我們以爲你倆就像卓文君和司馬相如，因爲文君正是新寡的少婦，相如又是詩人，和梁孟嘉差不多。你竟出奔，毀了我們的美夢。」

牡丹一臉肅穆的表情。她想說出自己的心境，卻說不出來。「有些事情我以後再告訴你，現在不說。」接著泛出笑容，「他的一大優點就是不吃醋。我認識一個名叫傅南德的年輕人，孟嘉全知道，是我告訴他的。他說我若能找到一個好男人，他願意看我高高興興結婚。如果他氣沖沖對我使蠻，我相信自己還會再愛他。你明白我的意思吧？我告訴他那件事，他說他諒解我，永遠不逼我。也許我有點失望。不該失望的，可是我猜自己就是那種心情。他很有耐心，很能諒解，這反而毀了我對他的熱情。這話不太合理，對不對？」

若水笑笑。他把茶杯擱在桌上，挖苦說，「我大概懂。你們女生喜歡一點蠻性。男人愈打太太，她愈變成他的奴隸。」

「別胡說，」白薇說道，「女人不想當奴隸。」

「她們喜歡。她們要人偶爾打打屁股，這樣她們才覺得自己能激怒某一個人，真有人關心她們。」

「別理他，若水是開玩笑，」白薇說，「相愛的男女在智慧方面，應該有百分之百的默契。」

若水回答說，「那是友誼，不是愛。談情說愛的時候，女人要一個好腦袋幹嘛？她要一個俊美的軀幹。」

「我們說話，你不要耍寶好不好？」白薇親暱地責備他。

「若水的話也有道理，」牡丹說，「不過大概用不著像他說的那麼野蠻吧。」

大家沉默了一會。若水挨罵，不再開口了。白薇不太高興；她對愛情一向具有非常浪漫的想法——不凡、詩意、幾乎像在天上人間——就像她和若水之間的愛情。牡丹想起拳師「俊美的軀幹」，想要說幾句話，但是在若水面前又不好開口。若水替她點明了她自己想不通的事情；也就是她為什麼寧願和耍拳頭的人睡覺，不願陪一名學者。

最後她瞟了若水一眼說，「我想若水說得對。女人真正需要的是一個年輕俊美的侍僕，不是一位詩人。」

「你們倆真不正經，」白薇說，「你不是有點搞混了吧，牡丹？」

「談戀愛誰希罕知識？要的是熱情和肌肉——把腦袋暫時保留……」

「牡丹！」白薇抗議說。

「反正我給堂兄留了一張字條，說我不愛他，不回去了。我說我要從他的生命裡完全絕跡。」

「你怎麼做得出來？」白薇滿眼驚痛的目光，「他不是還愛你嗎？你何必這樣？」

「我不知道，」她停了半晌又說，「我想我們還是好朋友。相聚的最後一晚，他顯得很傷心。我和他相吻，我已經幾個月沒有吻他了，他仍然愛我。由他的吻可以看出來。但是他不碰我。我希望他動手。我是說他永遠文質彬彬，所以不是好情人。我對他說出這種想法。我說他還是我最崇拜的詩人，但是不願意把他當作愛侶……我非常坦白。」

「你說出這種話？」

「別那麼驚慌嘛。」

「他說什麼？」

「他說事情若這樣，也沒有辦法了。他就算還有什麼感受，至少外表看不出來。他能說什麼呢？他不要一名信徒，他要我的愛。既然我不愛他，也就沒有什麼好說了。」

「你真這麼做！」白薇說，「我記得你說過，沒有他你就活不下去！咦，你竟……」她脫口而出。心裡好像看人拿刀亂砍一幅元朝山水畫，或者粗手粗腳把一個精緻的瓷碗砸得粉碎。「你和他如果有辦法和解，那真是太妙了！」說著露出半沉思、半責備的眼神，「我想你對他有一份幻想，如今幻想破滅了。不過，我認爲你不該猝然背棄他。」

「咦，白薇！」

牡丹第一次生好友的氣，也許她自己那天心情不太愉快、太緊張。

「抱歉，」白薇看到好朋友真的不高興，就說。

她們笑笑，盯著對方的眼睛。「別批判我，」牡丹軟弱地說。

這一番話搞得她心煩意亂。牡丹接著談到不少北京的事情，甚至提到北京山海關之間的新鐵路，以及她在火車上看到的滿洲王妃和她的裝束打扮。

「你當然看到長城了。」

「沒有。茉莉看了，她和孟嘉一起去山海關，我沒去。」

「你一定見過不少名畫。」

「根本沒見過。」

「你在北京這些日子都幹什麼？」白薇以好朋友的口吻輕輕罵她，「沒參觀博物院，什麼都沒看？」

今天晚上什麼都不對勁。路上丟了耳環。一早出門眼皮就亂跳——真是惡運的前兆。沒有誰比白薇更親近她，但是那天晚上連她都格格不入，愛情觀和她截然不同。足以擾亂兩人之間存在的和諧感。

那天晚上，若水想到兩位閨友一定有不少悄悄話要說，就把臥室讓出來給客人住。

「我睡外面，我相信你們要談個通宵。」

「你真體貼，」白薇感激地望著夫婿說。兩個女人一直聊到天空破曉，和幾年前一樣。牡丹真心喜歡她，在她懷裡啜泣，彼此又恢復了友誼和信賴。

「你快樂嗎？」她問白薇。

「當然。」

「我是說住得離市區這麼遠，全心全意和一個男人作伴。」

「我們的愛十全十美，我快樂又滿足，能被心上人真心愛著。」

「有時候你不想下山坐在酒坊裡，看看人，讓大家看你？我在北京有一點非常高興。我完全自由。我這一生頭一次對任何人都沒有義務，百分之百自由。這一點我很滿意。我沒有提到拳師傅南德，在你丈夫面前不想提。不知道他現在怎麼樣了。他因爲殺妻而坐牢……」接著把邂逅拳師的經過源源本本告訴白薇。

「我還沒說到我去上海途中在船上認識的人呢。他是大學生，剛好同船，非常客氣——樣樣把我照顧得舒舒坦坦。他還沒訂親或成親，面容優雅，我很喜歡他。頭一天晚上他向我求愛，我不肯。第二天晚上，我就獻身給他。告訴你，我不在乎。我的心屬於金祝，身體卻無所謂，後面吹來一股強風，船身搖搖擺擺。不過搖晃的不是船身，而是他本人。不像交好，倒像野蠻的舞蹈……現在你對我有什麼看法？」

「你真是胡——」

「胡來。說呀，我說過我不是胡來，我一直在尋找理想，一件對我有意義的事情。」

「我知道，你失去金祝以後，一直在追求你自己的影子。」

18

在杭州城外又深又寬的錢塘江畔，牡丹看到了六和塔醫院紅磚三層樓的建築，心跳不禁轉劇，步子也加快了。她只得停下來喘氣；希望重回愛人身邊的時候，能顯得寧靜又快活。江上吹來一陣冷風，簡直不能整理頭髮。她不知道該說什麼。一年來她很想金祝，自覺失去了平衡；金祝是她的重心——她現在充分體會這一點。不錯，去年她曾說彼此情緣已斷。但是她特意回來重修舊好。她要告訴他，她和堂兄分手了，現在重回她的懷抱。她藏起自尊，只因爲她自知少不了他。他的怒氣不可能還沒有消吧。如果還沒消，她自會叫他不要生氣。她問過白薇他有沒有提到她，白薇說護士在場，沒辦法好好談。白薇不厭其煩親自把牡丹的信帶給金祝，不放心由別人轉交；後來發現他不在家，聽說他生病住院了；白薇上次就在醫院裡看到他。金祝覺得牡丹不可能來，他早就放棄她了。白薇看他這麼消瘦，大吃一驚，覺得心神錯亂，十分痛苦。去年他到桐蘆，聽說牡丹和她堂哥在那兒歡聚，把他拋在一邊，又愛上翰林，雙雙到北京去了，白薇看見他氣得全身發抖。

她走進白色高牆圍繞的紅樓，心裡亂糟糟的，頭也發暈。大門口有一片竹林隨風搖擺，綠葉修竹，在冬日的天空中映出搖晃的剪影。她只想對他說一句話：「我回來，永遠不再離開了。」

她一進大廳，西醫院特有的碘酒和其他藥味兒就沖入鼻孔。門診病人很多。有人坐在牆邊的長凳上，懷裡抱著娃娃，不過很多人都在大排長龍。櫃檯裡有幾個白衣護士和一個外國醫生正忙著弄藥瓶、剪刀和繃帶。牡丹覺得透不過氣來。

她自稱是北京來的朋友，要探望金祝先生。當班的護士說，沒有金祝，不過有一位蘇州來的金祝堂。

「就是他。」

「不過你說要見金祝。」

「祝堂是他的號。」牡丹對於自命不凡的護士非常惱火，自以爲在外國醫院做事，就是摩登開化的人了；在她眼裡，中國人都是無知又迷信。其實，她也許看不懂半篇古文或中國文學著作，因爲她是教會學校出來的。

「你會不會寫他的名字？」護士問她。

牡丹忍住一腔怒火。她寫下「金祝，號祝堂」。對方看到她秀麗的字體，抬頭笑笑。

「他在十一號房。我帶你去看他。」

房間在大廳末端的二樓，面對西側。牡丹的心卜通卜通亂跳。白衣助手敲敲門，把門推開。

「有一個朋友來看你，」她宣告說，然後匆匆出去，一副講究效率的姿態。

一張鐵床擺在牆邊。金祝睡著了；他的頭髮很長，鬍子沒刮，顯得消瘦又蒼白。一隻手靜靜的擱在被單上，指節很明顯。

牡丹喉嚨發脹，熱淚盈眶。她用手輕輕撫摸那一頭熟悉的黑髮，打量心上人光滑的額頭，憔悴卻仍然俊美的五官。她自忖道，他一定很痛苦，於是內心為自己遺棄他而深深懊悔。

她低頭用鼻子吸吸那光滑的額頭和亂髮。「我來看你了，」她柔聲說，「我回來了。你的牡丹回來了。」

只聽到一陣均勻的呼吸。她吻吻他的眼皮。他睜開眼，起先忽開忽閉；然後用疲憊、煩惱的眼光盯著她，臉上毫無表情。他用力看她一眼，緩慢而清晰地說，「你來幹什麼？」

「祝堂，是我呀。你是不是病得很重？」她用手摸摸他臉頰。他不笑，也不抓她的手。

「你來幹什麼？」他沙啞地再問一遍，語氣冷冷的。

「咦，祝堂，怎麼啦？我聽到你生病，馬上離開北京。」

「噢？」

「祝堂，是牡丹，你的牡丹。我不回去了，我來陪你，看著你康復。」

「噢？」

這時候，她又驚又氣，不再說什麼。顯然他怨氣未消。她以前也見過金祝生氣——犀利、尖銳、不耐煩，罵出一大堆蘇州髒話，他一發脾氣就改用蘇州語。他發現牡丹跟堂兄走，不知道氣成什麼樣子？不管那時候他多麼生氣，現在聲音卻又累又軟。

她拉過一張椅子，把頭埋在他手邊的床單上，吻他的手指，他的手卻一動也不動。自尊受創的羞辱感在他體內翻騰，成行的熱淚不禁滴在他冰涼的手掌上。珠淚漣漣留下面頰。

「我愛你，我愛你，祝堂。你不知道我多愛你。」她忍不住啜泣，「我只愛你一個人，祝堂。」

他慢慢抽回手。眼睛仍然呆呆望著天花板。

「我怎麼能相信你呢？」他用盡力氣，用空洞的聲音說。

她抬頭看他。「我老遠從北京來看你，你怎麼能說這種話？我只愛你一個人，我需要你，你是我的心，我的命，我的一切。相信我，現在我明白了。」

「你以前就說過這種話，我猜你對他也這麼說過。」他的頭一動也不動，雙眼俯視她貼過來的身軀。

「對誰？」

「對你堂兄。」他冷靜得嚇人。

牡丹有些生氣。「我發現自己錯了。現在我知道，我愛的是你，不是別人。」

「我對你沒有信心。」

她怒火中燒，心裡很難過。

「不過我向你證明啦。我離開他——斷然決絕。」

「你何不像以前那樣，斷然離開我？」他動了一下，想要坐高一點。她扶他起來，拍拍枕頭，在他臉上偷偷一吻。要是從前，他早就熱烈擁抱她了。她只好往後坐。

「好吧，說下去，」她一心望著他說。

「你爲什麼又來打擾我？我已經克服那一場蠢夢了。我得到寧靜——好久不曾享受的寧靜。不錯，我得知你瘋狂的戀史，心裡真的很生氣。你需要一場新的戀愛。於是我看清你了——完全看清你了。就算我以前愛過你，我們彼此相愛。不過現在說一句老實話，我不知道該作任何感想……」他的呼吸很急促。

「不過我曾由北京寄一封信給你。說你要我，我決定隨時回來。我只想在你的身邊，做你的太太、姘婦、小妾、娼妓，都無所謂，你沒收到？」

「收到啦，不過我沒有打開。我丟進字紙簍了。告訴你，去年春天我由桐蘆回來，就把你留下來的信燒得精光。」

「看看我，看我的眼睛，我在這兒。你不相信嗎？」

「這有什麼用呢？沒有用的——只是想念、渴望，也許一年見你一面，你難道不明白？」突然他眼裡露出危險的火焰，「你不覺得我們分手、相思更好嗎？」

如今他的怨恨比得上當日被她棄如破履的滿腔痛苦。他完全變了一個人，他幾乎不知道自己存在；彷彿有人撕走他身上的一塊肉似的。

牡丹盯著他，神魂顛倒。他的面頰又有了血色。金祝一向俊美，不高興的時候，把拖鞋和椅墊往牆上甩，把茶杯砸在地上的時候，特別叫她動心。她喜歡他眼裡的火焰，唇上的怒意，舌間的穢語。他有一股蠻性，他現在好看極了。

她一陣衝動，整個身體靠著他，雙手捧著他的臉，狂吻道，「祝堂，我的祝堂。」他把頭扭開，突然向前推她。

「走開！別再來打擾我的平靜。」

牡丹踉踉蹌蹌退開，臉熱辣辣的，彷彿挨了他一巴掌似的。她縮在一張椅子上，埋首痛哭。

「別哭了，擦乾眼淚走開吧。我太太過幾天就要來。別來看我。」

她沒有回頭，緩緩由椅子上站起來，慢吞吞跨過房間地板。她走出去，連門都沒有關。

外面的錢塘江在燦爛的晌午艷陽下波光閃閃。河邊的茶座和小吃攤還有顧客。她茫茫然走開，幾乎不曉得自己身在何處。滿腦子儘想著金祝誤會她，不肯相信她的話。她以前也看過金祝發脾氣，卻無法相信他會這麼絕情。岸邊五丈處有一個小小的渡船口，繫著兩三艘划艇。那邊沒有人。她坐在船板上。凝視寬寬的江水在陽光中閃爍，奔流到海不復回。

她心中只有一個念頭，金祝誤會了她滿腔真情。她沒有怨尤，只爲自己帶給他痛苦而遺憾；看他病得那麼重，人那麼憔悴，實在很悲哀。他要不要見她，相不相信她都無所謂；現在最重要的就是設法幫他復原。

她到家已精疲力竭。千里迢迢來看她唯一的愛人，結果毫無收穫。她感到寂寞襲上心頭，幫助金祝已變成她固執的信念。第二天早晨，父親上班後，她拿出北京買來的藥材，先燉人蔘湯。她不知道要怎麼處理鹿茸和晒乾的蛇膽片，便拿到藥房，請教店裡的伙計。鹿茸要切成薄片，用文火慢慢燉。很難切，她拜託他們第二天切好。

她用竹籃提著補藥到醫院，早就過了晌午。她知道帶進去必有困難。她守在大門邊，等護士出來。過了一會，她看到兩名護士下班穿過大門。

她笑容可掬說，「你們哪一位負責十一號房？」

高個兒說，「是我，你有什麼事？」她是毛小姐，年約二十五，瘦瘦的，顴骨很高。眼睛四周已經有魚尾紋了，這是年輕人少有的現象。

「我替十一號房的金先生帶來了一點人蔘湯。」

「這不合規定，」毛小姐說。

「拜託，我老遠從北京來看他。拜託，說不定可以救他一命。」

毛小姐好奇地打量她，由牡丹窘迫的眼神和語氣，猜想她是金先生的情人。她充滿同情說，「你可以送吃的東西，不錯。但是得先讓護士長知道。你何不進來問問護士長？」

她跟著護士走向大樓。

「你是他太太嗎？」護士問她。

牡丹滿面通紅，聲音小到幾乎聽不見，「不是。」然後她又說，「我們是老朋友。」

護士看看她，露出笑容。

「噢，昨天你來過。」她不像頭一天那樣扳著面孔了。

牡丹好不容易才說服她。

「是人蔘，你知道。我從北京買到最好的貨色。你真該看看那藥材，密密實實，透明發黑！上黨的一等貨，一兩要五十大洋——你相不相信？我明天帶鹿茸來——還有蛇膽片。」

她迫不及待說出口，說完才自覺做了蠢事。護士長慎重其事看了她一眼說，「人蔘可以。不過鹿茸和蛇膽片我不知道。我不准。」

「不過你知道，這些東西也許可以救他一命哩。拜託好嗎？」

「你是誰？我是說你和病人什麼關係？」

「我們是朋友，老朋友。拜託！」

「我看得出來。昨天你來過以後，他的體溫升高了。我不鼓勵你見他。對他沒有好處。至於補藥嘛，當然我相信古老的中醫，鹿茸之類的。不過我得向醫生請示。」她打開缽蓋，聞聞暗棕色的液體，然後抬眼笑笑說，「我會替你說情。費大夫對中藥一向很好奇，他也許會感興趣。等一會，你不妨帶這些藥材的樣品給他看。你願意嗎？」

牡丹謝謝她，準備離去。

「他太太為什麼不來陪他？」她一面往外走，一面問毛小姐。

「聽說他太太剛生下一個娃娃，過幾天會來。」

牡丹臉上露出不安的表情；毛小姐動了好奇心。

「你當然認識他太太吧。」

「是啊，我認識她。」牡丹直盯著她。「說老實話，我不是他太太，不願意碰到她。」

「我明白。」

她們走出迴廊。毛小姐猜到了——一定是不公開的情史。

「能不能打擾你一分鐘？」牡丹問道。

「沒問題。」毛小姐一方面是好奇，一方面自己也有過某種經歷，深深同情她。她領牡丹到一個落地窗陽台，那兒有幾張凳子和竹椅。那個房間專供身體漸癒的人坐著晒太陽，看看園裡的小金魚池。陽台現在沒有人跡。她選了一張舒服的椅子說，「坐下。我現在不上班，你是哪裡人？」

「我家就在城裏。不過這次我老遠從北京來。告訴我，他是什麼病？」

毛小姐告訴她，病人六週前送到醫院，發高燒，肚子一陣一陣痛。「是腸炎。醫生懷疑是胃腸感染所造成的某一種東方疾病，不過拿不定主意要不要開刀。萬一……」她看到牡丹一臉戚容，淚珠沿面頰慢慢滾落。她拍拍牡丹的肩膀說，「抱歉。」

牡丹擰擰鼻涕，沒有抬頭，「他若死了，我也去死。他要娶我。是別人硬生生拆散了我們。」她又對著手巾泣啜。

「我明白，」毛小姐說，「好啦，振作起來，如果我幫得上忙，我會幫助你。明天你把那些中藥帶來，看醫生怎麼說。」

「你如果肯幫他渡過難關，我永遠忘不了你。」

毛小姐被她懇求的語氣感動了。她自己是不是也曾遭受失戀的痛苦？

「要不要我轉告什麼？」

「不。只說我帶了中藥。說是牡丹送來的。」

護士陪她到門口，牡丹只迷迷糊糊說了一聲再見。

後來幾週，牡丹白天就在河邊的街道上徘徊，那兒店舖林立。靠醫院這邊種了一列小槐樹，靠江水那邊則有幾株柿子。綠樹成蔭。幾百碼外就是古老的六和塔，那一帶店舖和攤位更多。這是城外相當幽靜的地區，旅客和度假的人都常暢遊一下午。

美籍醫生費大夫瘦長輕快，留著棕色的髭鬚，他說要看鹿茸。大家向他說明鹿茸是第一年的小鹿頭上割下來的。小鹿抓到以後，要趁鹿血湧入嫩角的時候馬上割。小心割根部，連正要長成嫩角的軟骨組織也一併割下。也許這一刻血液帶來特殊的化學成分，能滋養嫩角。美籍醫生願意實驗這種古藥，看看效果如何，何況這次的病例其他藥石都沒有效果。至於乾蛇膽片，他知道裡面含有濃縮的膽汁，但是他從來沒有機會調查蛇膽的效用。反正不會害病人送命，對消化系統也許還有幫助。蛇膽終於使病人體溫降低，那真是一大消息。

事實上，費大夫已經放棄了希望，私下也對護士透露過。他懷疑是腸癌。毛小姐不忍告訴牡丹；她說病人體溫下降的時候，看見牡丹滿臉紅暈，露出顫抖的微笑。

牡丹聽到好消息，頭抬得高高的，唇邊泛出勝利的微笑。她要一個人靜靜。她走到渡船口，坐在荒廢的木船板上。雙手抱膝，聆聽錢塘江上秋風的呢喃。

幾天後，金祝的太太來了，每天早上都去看金祝。牡丹一看到金太太的馬車停在醫院牆外，馬上知道她來了。她一向來得很早，看見馬車，就轉身到渡口去坐。

現在她已經積久成習了。天天坐在那兒，聽那寬深的江水潺潺流過，山畔的秋風輕輕低語，山麓如今呈現棕黃和豔紫的秋色。常常有幾艘帆船出海，在遠方依稀可見，帆布閃閃映著下午的陽光。她相信金祝漸漸復原了，多虧鹿茸和蛇膽精。

她也常常在下午兩點去，那個時間她相信金祝的太太正在家中照顧出生的嬰兒。她等毛小姐由窗口給她做信號，金祝的房間在二樓轉角，她常常坐在白牆附近的一塊石頭上，有一大叢竹蔭遮涼。

護士暗中幫助她，病人若打了安眠針，她就給牡丹做暗號。這是護士的主意，牡丹深恐擾亂金祝的心神，也就同意了。她可以等他脫離險境，再找他談談。

午睡時間，醫院靜悄悄的。護士長老是坐在大廳的辦公室裡。牡丹由邊門進去，穿過一個放滿藥瓶的房間，爬上吱吱嘎嘎的側樓梯，溜進十一號房，毛小姐就在裏面等她。她獲准在病房待十分鐘或十五分鐘；坐在那兒，靜靜看金祝的睡態，他鬢角青筋起伏，憔悴的面龐安安靜靜的，瘦骨嶙嶙的輪廓、挺直的鼻樑在粗短的髭鬚和一頭亂髮間顯得十分醒目。她低聲問護士他怎麼入睡，病情有沒有起色。有時候他會翻來覆去，蒼白的細手伸在白床單上，她就輕輕愛撫他嶙峋的指節，甚至偷偷印上一吻，然後心滿意足的離開。

她不能遠離醫院。有一個力量逼她靠近金祝躺著日漸衰弱的地方。她對金祝一無所求，只希望接近他，獨自感受無限的悲痛。她到渡船口附近坐下來，不然就進一間茶館，找一張面向錢塘江的茶几。五點左右，醫院的學生和護士出來，茶館又恢復了生命。護士們都叫她「十一號房的朋友」。

幸虧相安無事。金太太一向坐馬車來，面向河邊的窗口一覽無遺。有一次牡丹在金祝房裏，他太太來了。毛小姐用力踏走廊示警。牡丹就由後樓梯溜走。還有一次她瞥見金祝的身影在窗口晃動；好像是望著她這一邊。她坐在竹蔭底的大石頭上，不知道他看見自己沒有；很可能沒看見，接著就消失了，沒有再出現。

有一天，她發現醫院牆上的楓樹影愈來愈禿。日落的時刻，她對於白牆上晃動的影子非常熟悉。但是現在閃動的影子不一樣，她突然體會到，樹葉都已掉光；只剩光禿禿的枝椏。

她沒有算日子，那些出奇平靜的日子——她自稱是秋月晚禱的平靜，以及艷麗的哀愁與美感。毛小姐的報告一直很樂觀——至少不太嚇人——她終於起了疑心。鹿茸和蛇膽精並未帶來她所祈求的奇蹟。她的希望和信心轉成懷疑和恐懼。有一天下午，毛小姐通知她說，她的朋友昏睡了一個多禮拜。她每次來訪，護士都很緊張，毛小姐不忍說出真相。

19

牡丹永遠沒辦法向白薇或雙親說明整件事情的經過。有一天下午，她看見金祝窗口的百葉簾關上了。她靜靜等著，滿腹疑懼，心不禁往下沉。似乎過了好幾百年，護士才出來通知她，金祝已經過世。牡丹的嘴唇突然乾渴萬分，臉上和耳邊也失去了血色。她哭不出來。毛小姐看到她蒼白的身影像機器般沿著河邊走向城裡。

第二天早晨，有一名和尚在醫院三里外一座小廟後方看到她，那條路通往虎跑寺。和尚發現她睡在大石堆附近的密林裡，以爲她是遭人誘拐遺棄的姑娘；但是她的頭髮並沒有弄亂，黑綢襖也扣得好好的；沒有掙扎的跡象。說也奇怪，她必是連夜渡過了兩道淺溪，因爲六和塔到虎跑寺並沒有直接的通路。如果她走湖邊，就得在沒有月光的晚上夢遊六里路。

牡丹覺得有人搖她，也不知道自己是睡是醒。她徵開眼睛。清晨的峽谷橫在天竺山影下。山頂透出的光芒照見一個荒僻的大松林，院子遠處怪異的鳥聲，四處靜悄悄的。

「你是誰？爲什麼躺在這荒山野地裡？」她睜著一雙疑惑的眼睛坐起來，和尚連忙問她。她迷迷糊糊看到一個穿灰色袈裟的青年和尚聳立在面前。剃光的頭頂上有九個燒炙的疤痕，整整齊齊排成三列。

她爲和尚的目光而發窘，想要站起來，只覺得腳部痛得要命。突然尖叫一聲，於是和尚扶她起來，她把全身的重量倚在他肩膀上，泛出無限滿足的笑容，和尚大吃一驚。

和尚聽到她的話，更加吃驚：「真好。他原諒我了。我們和好如初。那種感覺真美妙、真幸福。」她自言自語，頭輕輕搖動，然後抬眼看他，「你認識愛情嗎？真是好東西。」

朝陽偷偷爬上峰頂，把一片片金光投入荒涼的谷地，大楓樹和柿子樹上露珠閃閃。峽谷深處還隱在晨霧中。這個地方好陌生，走在她身邊的又是一個陌生人。彷彿他們回到原始境地，地球上只剩他們兩個人。

和尚急著卸除這個活擔子，就扶她到一塊大扁石上坐下來。他說，「現在請你告訴我，你是誰，怎麼會來這兒？」

「我不知道。」

「儘量想想看——你怎麼來的？」

「別管我是誰。我真快樂。他是我的人，百分之百。現在他不會離開我了，一切化爲永恆。」

和尚相信她現在精神失常，一定遭遇過可怕的變故。

「他是誰？」

「當然是金祝嘛。當然，我知道你不是金祝，我看得出來。你比較高，眼睛不如他明亮，手掌也不像他那麼可愛，那麼細膩。我們和好了，你知道。我們決定原諒對方。現在我們再也不會吵架啦，因爲他完全在我體內。」

她的明眸盯著遠方，慢慢閉上，她又睡著了。她的身子搖搖晃晃，年輕的和尚只好用手托著她。突然她身體一偏，和尚連忙用手臂抱住她，她的頭才沒有撞到大岩石。

他輕輕放下她，恐怖兮兮奔回二十碼外的寺廟，一路東跌西倒，疑惑地回頭張望，彷彿逃避夜叉鬼似的。

過了一會。和尚陪一位老住持出來，帶他到女人趴臥的地方。老住持抓起她的手猛烈搖動，但是她睡得很熟。

「我們怎麼辦？」老住持說：「我這一輩子還沒見過這樣的怪事。我們不能把她撇在這兒，也不能帶她進廟。那會招來私藏婦女的罪名。」

「至少把她扶進去吧。剛才她還跟我講話，情緒很激動。她一定是夢遊到這個地方。她曾談起心上人，說不定人家會來找她。」

兩人合力抬起她僵臥的身軀。由年輕的和尚扛她入寺，把她擱在一塊褥子上。

「喏，」老和尚說，「她可能會睡一陣子。我們留意她，她醒來自會說出她的身分。」

老住持伸手摸摸她的額頭，說她沒有發燒。他拉拉牡丹的衣袖，看到一個美麗的玉鐲。「她一定是富家女子，」他說。他搜索她身分的證明文件或線索，發現口袋裡只有一條手帕，幾塊大洋和銅板。她手上有幾處皮傷，鞋子蓋滿塵泥。真想不通。他向廚房伙伕要了一個坐墊，然後解開她頸邊的扣子，在她頭下塞一個枕頭。

廚房的佣人和另一個沙彌現在都站在附近，打量熟睡的女子。老住持吩咐，隨時得有人守著，而且要準備薑湯等她醒過來。

傍晚時分，牡丹終於醒來，發現自己在廟裡，非常詭異。和尚說明那天早晨她躺在草地上被人發現的經過，還複述她說的幾句話，她疑惑地盯著和尚，表情顯得呆呆的。

過了一會她恢復了常態，想起毛小姐。想到金祝去世，無可挽回，她心裡充滿失落和挫敗感，她的美夢結束了，孤單單一個人。她的頭一偏，忍不住陣陣痙攣，開始放聲大哭，身體不停抖動，把墊子都哭濕了。年輕的和尚拿薑湯給她，她不予理會，弓起身子哭做一團，拚命用手捶椅墊。

和尚想問她怎麼回事，她回答說，「金祝死了，我的金祝死了，」然後又哭得上氣不接下氣。叫人爲之心酸。

「現在什麼時候了，這是什麼地方？」

和尚據實相告。

「離城多遠？」

「三、四里。」

「我怎麼來的？」

「你不知道，我們更不知道。」

她現在靜下來了。可憐兮兮望著遠處。這一刻間她明白事情的真相，卻覺得有些茫然。美夢和現實的扭曲形象在心中翻騰，最幸福和最絕望的畫面交雜出現。突然想起自己沒回家，父母一定很擔心。

牡丹坐轎子回家，早就過了晚餐的時刻。她一夜未歸，父母都嚇壞了。那天早晨，她父親請假到醫院打聽她的行蹤。毛小姐聽說牡丹沒有回家，不免心慌意亂。大家告訴她父親，金祝已死，金太太正在病房裏哀泣。毛小姐叫他不要大聲嚷嚷，免得金太太聽到牡丹的事情。照護士的說法，牡丹默默接受了金祝的死訊，就往城裡的方向去了。

父親的耐心已經接近爆炸的邊緣。那天晚上牡丹回家，他打算將女兒一年來的所作所爲算一次總帳。

她下轎的時候，父親看到她雙目紅腫，顯得無精打采。原來這個痴女兒回家了。他義憤塡胸，幸虧他太太拉拉他的手肘說，「她回來就好啦，」暗示他不要多說，否則他真要大吼幾句。

既然她平安歸來，母親也就放心了。牡丹的安全最重要。母親一再勸她吃東西，牡丹說她沒胃口，廚房端來一碗稀飯，她碰都不碰，就上床睡覺。

第二天牡丹醒來，還茫茫然忘不了她和愛人團員的幻想，以及他冷冰冰赤裸裸的死訊。

父親吃過早餐出去了。臨行對太太說，「我一輩子弄不清這孩子。幸虧她有家可回。先是和夫家決裂，然後陪她堂哥上北京，後來又改變主意趕回來。現在……」

「她年紀輕。誰都年輕過嘛。」母親護著她說。

「她也用不著爲男人發痴啊。下回不知道又惹出什麼事情來？」

他零零碎碎聽到消息，女兒對已婚的金祝神魂顚倒——是她的舊情人。他明白。他強烈反對她這幾個星期每天上醫院。如果被金太太發覺，真要鬧出一場醜劇！但是他每天勸牡丹，牡丹就大聲還嘴，說她已經成年，又是寡婦，知道自己在做什麼。牡丹既沒有能力也沒有心神爲自己辯護。他自我安慰說，現在至少她的情夫已經死了。

母親看牡丹躺在床上，眼睛呆呆望著天花板。她端來一碟肉醬，還有她昨晚到現在一直沒動過的米粥。

「喏，吃吧，」她坐在床邊說。

牡丹接過托盤。她伸手輕輕摸母親的小手。

「媽，」她說，「你是世界上最好的人。」

「孩子，昨天你把我們嚇壞了。現在吃點東西，你會覺得好過些。」

但是她抱緊母親，開始大哭起來，母親把她當做小孩子，輕輕拍她。

那天她沒有下床，第二天也是一樣，全身慵懶乏力，彷彿遠遊歸來似的。她偶爾穿拖鞋在屋裡繞一圈，然後又回到床上，把門關起來。她寧願孤獨，希望不受打擾，成天胡思亂想，隨便看看書，什麼事都不幹。她就這樣一連躺幾個鐘頭，整天幻想、回憶和作夢。沉迷在深不可測、不可言傳的幻境中，那個幻想在她眼中十分真切，代表金祝的存在。有時候她覺得金祝死了，反而和她更接近。她拼命回想自己昏迷中的景象，卻想不起來，但是她還覺得遠處依稀有音樂傳來，樂聲悠揚。金祝和她似乎飄浮在一個雲霧的世界，只有他們兩個人，快樂、和諧、自由、輕飄飄的，四周滿是月光，他們自言自語說，「現在我們的煩惱已成過去。」只剩下模糊、甜蜜、醉人的相愛自由感，像餘音繞滿心胸。

金祝去世是她一生最重要的轉捩點。一切都成定局，不可挽回了。她覺得很輕鬆。她必須重整心緒，開創新生。心靈的許多傷口都需要治療。她對最輕的響聲，最柔最暖的接觸都萬分敏感。她正經歷一段復原期，比得上久病初癒的時光。

她躺在床上好幾個鐘頭，腦子裏想東想西的，金祝若活著，一定有時急躁，有時溫柔，有時候壞脾氣，有時候相親相愛，有時候叫人傷心，有時候令人心裏暖洋洋的，以後他還會衰老變化。但是金祝一死，卻保住了不朽真情的肖像和外衣。他像烈士一般受人供奉，時間再也動不了他，再也不怕改變，不怕老死。

她身體稍微好一點的時候，就把他的來信、字條、詩詞、和她所保存的信封都貼起來，用絲線紮好，釘成黑底金花緞面的一本小冊子。她還把自己的筆記、詩稿、隨手記事也打成一冊，像她的思緒一樣亂糟糟——不成格局，不完整，有頭無尾，心裏閃過什麼思緒或意象，她就添記幾行；總是誇大其詞、充滿情緒威力——譬如「他胸中壯麗、幽黑、甜蜜的酣睡」和「他的手指在滿天星斗的暗夜裡泛出甜蜜的白光。」等等。這些思緒是她的生命，她最親切的情感。

她只對自己說出這些念頭，對錦緞小冊中她的信件說話，彷彿他就在屋裏。有時候她母親聞到她屋裡有燒紙的氣味。她為他寫了不少祭文，大聲朗誦，然後用燭焰點燃，燒給他享用。這樣真開心。這些珍貴的回憶就是她的生命，她開始喜愛閨房中的孤獨感，覺得金祝就在她左右。她的心靈獲得了平安。

牡丹不再像懷春的母狗滿街亂竄，她父親很高興。有一天吃晚餐的時候，他問女兒：「你現在作何打算？」

「我不知道。」

就在這個時候，牡丹的父母收到茉莉的來信，說要正式過繼給瑞甫舅，這個消息很令人震驚，只有一個理由可以理解。孟嘉親自寫信給堂叔；加上長女歸來，事情很明顯。她初遭變故，父母忍住不問她，怕她受不了。但是有一天她精神不錯，先問起妹妹的消息，茉莉一向定期給父母寫家書。

母親告訴她這件事，斷定說，「若非茉莉要嫁給你大哥，還有什麼理由？不可能是爲了瑞甫舅的財產。而且你舅舅若要收養子嗣，該由他提出才對。」

牡丹目瞪口呆，完全愣住了。

「你的看法如何？你從來不告訴我們，你堂兄和你們倆姊妹之間的事情。」

牡丹滿面通紅，結結巴巴說，「噢，茉莉！是的，她偷偷愛他，我知道。一定是我走了以後才發生的。」

她不再多說，逕自回房去了。她和家人都沒有料到這一著。如果能想出辦法，她自己說不定會嫁給他呢，一定會的。她不知道該作何感想。她醋勁大發，卻沒有理由怪茉莉。是誰的主意呢，是他還是茉莉想出來的？如果茉莉先想到，爲什麼牡丹深愛孟嘉的時候，她絕口不提呢？大哥現在要成爲她的妹婿；他原本該變成她丈夫的。

然後她想通了——不知道這個念頭什麼時候湧入她心坎——孟嘉仍然愛著她。她憑經驗知道。她對金祝的愛情不可能消失，孟嘉現在一定也還愛著她。愛情是永恆自流的液體，從心內發出，渴望對方回報——但是不管對方回不回報，愛情依然存在。她狠心拋下孟嘉，金祝又狠心對她嗤之以鼻。現在她覺得一切都無所謂；她相信孟嘉若真心愛她，他自會原諒她的一切，正如她原諒金祝的狠心。她想起臨別前夕孟嘉最後幾句話：「不管你做了什麼，你永遠是我心中最純潔、最美妙的纖紋。」這是實情，她知道。如果她不結婚，如果他不再聽到她的消息。心裏永遠保留她神聖的影像，就像金祝在她心中一樣，那真是太詩意、太美了。

她想到一個主意，她要失去行蹤——真的像告別信的說法，從他生命裏完全絕跡——不只爲了茉莉，也爲了她自己。

那年十一月二十六日，杭州金家爲金祝舉行追思儀式，訃聞用宋體字精印，概述了他的顯赫事蹟，說他身後留下一妻一子二女，最小的才出生幾個禮拜。還大大頌揚他在家是孝子，頗有才氣，婚姻美滿幸福。門柱上掛著白菊花和常青綠葉紮成的綵帶。寬敞的大廳排滿紅木方桌。來賓湧進庭院，屋裏鬧哄哄的，不時被家人固定的哀哭和簫笛的樂聲所打斷。

金家是杭州的世族。夭亡的死者是舉人，屬於中舉的官宦和學者階級，他們在官場中自有一份交情。還有很多世交，也就是祖父母和父母的朋友——銀行家啦、富商啦、大公司老闆啦——他們的馬車大排長龍，直排到大街上。一支小小的鼓笛隊斷斷續續演奏，和男男女女的哭聲交雜上場。男親戚頭上綁著白布條，走來走去和賓客聊天。大廳一角有金玉敲擊的吭噹聲，女客都擠在那兒，大聲說悄悄話。有人到大廳中央向棺材行禮，女客就盯著他們，品頭論足，弄清彼此的關係——某人是誰，和那一個姑嬸聯姻，是誰誰的表兄妹或親戚。在杭州這樣的都市裏，同一階層的人很少不認識的，大廳裏聊天的女客總有一個能認出他的身分。

牡丹在當地的小報上看到訃聞，又在一位朋友家看到死者的傳略。金家這次把喪事當作社交活動，報紙上訃聞連登了兩天。通常正式的葬禮要安排好幾個月；但是金家已經在鳳凰山找好了墓地。追思儀式在十一月二十六日和二十七日舉行，供親戚故舊來弔喪，二十八日出殯。

牡丹盼那個日子，足足盼了一個禮拜。她必須參加，愛人的告別式，她怎麼能不去！她可以偷偷溜出去。

她進屋，發現賓客雲集。一看到棺材和後面的遺照，心就卜通卜通狂跳不已。她上前三鞠躬，然後待了一會，恍恍惚惚像一個昏睡的人。突然，她抽出手帕，拚命忍住哭聲。但是愈哭，哭得愈厲害。雙膝一軟，竟跌坐在棺材邊，一隻手抱著棺木，哭成淚人兒。她再也克制不住，悲從中來，也顧不得體面了。大家都沒弄清楚事怎麼回事，她號啕的哭聲早已震撼全廳。

來客頓時鴉雀無聲。這不是哭著充場面；她傷心欲絕，一聲聲泣啜，對四周的人物完全不在乎。她一再用頭撞棺木，斷斷續續說出一兩句話，又被哭聲打斷，聽不出在說什麼。

大家都在問，「那女人是誰啊？」沒有人知道。

金太太僵住了，像一具凍結的雕像。先是莫名其妙，然後感到疑心，她雙眼打量這個她從來沒見過，也沒聽丈夫提起過的美人兒。她猜一定是和他同居的上海娼妓。她問別人，誰也不敢確定，因爲對方面孔被遮住了。這個小情人現在竟敢厚著臉皮公開露面，到棺材邊痛哭——她丈夫的棺木！她不禁怒火中燒。

她眼帶兇光，走向那位蹲在地上撫棺痛哭的女子。

「你是什麼人？」她逼問道。

牡丹抬眼望望，不知道該說什麼好。在模糊的淚光裏，她看到咆哮的婦人那白白的粉臉正俯視著她。她還來不及回話，臉上就挨了一巴掌。牡丹伸手擋住第二記耳光。

「你好大的膽子！把她拉出去！」金太太尖叫道。男男女女都貼近來，爲這突來的事件而大吃一驚。

牡丹起身要走，但是金太太抓住她的領子，原始的怒意戰勝了女性優雅的姿態。一個男親戚想要把她們拉開，逼金太太放手。她仍然氣喘吁吁，說出一大堆蘇州髒話：「婊子！你這雜種的娼婦！該下十八層地獄的偷心狐媚子！讓惡鬼把你的屎尿桶撕成兩半……」

髒話罵人是蘇州話的特色之一。要不是一個男人匆匆把陌生的訪客送走，她一定會把對方的頭髮扯下來。金太太用力踩地面，在牡丹跪拜的地方吐口水，還把她摸過的棺材也啐了一口。牡丹雙手抱頭，匆匆逃到街上。

告別式中斷了二十分鐘，金太太不肯繼續進行儀式，由別人替她在棺木那一頭答禮。有人證實，金太太從此就不再爲丈夫哭泣了，那天下午也不肯露面。

20

那天牡丹鬧了一個大笑話，街頭巷尾都議論紛紛。她的作爲在杭州府誌上還找不到先例呢。男人都興致勃勃，大開下流玩笑，一致希望他們死後有這麼漂亮的女人來哭靈。名門貴婦義憤塡膺；太太們開始盯緊著丈夫；少數年輕婦女和小姐則羨慕牡丹的勇氣。牡丹若能克制自己，她可以溜進靈堂三鞠躬，然後默默退開，誰也不認識她。結果她卻給自己、愛人和金家帶來了羞辱。

這種事是茶餘飯後最好的笑談資料。早走的人後悔沒多待一會，看兩個女人在金祝棺材邊像貓兒叫春一般的好戲。晚來的人事後才聽說這件事，後悔不早來半個個鐘頭。那天弔喪的客人是杭州高階層社交的主流。這個故事口耳相傳，由一家傳到另一家，一個茶館傳到另一個茶館，加油添醋，和事實頗有出入。大家聽說她每天偷偷上醫院探病，這些年來她始終和金祝私會，而金祝還是有名的標準丈夫呢。大家又進一步發現，她是梁家最有名的「三妹」，身爲寡婦，卻「難守空閨」，喪夫三個月就離開夫家。（幸虧她和孟嘉的一段情逃過了大眾的耳目，兩姊妹上北京沒什麼大不了的。）

金太太喪盡顏面，深覺屈辱，出殯後馬上回蘇州去了。她丈夫養婊子，小心瞞著她——只要沒有人談起，她是不會太耿耿於懷的。

至於牡丹，她深悔孟浪，卻有一種自私的得意感。她覺得自己既然知道告別式要舉行，怎麼能不去參加？去了以後，又怎麼能不痛哭流涕？

「現在看你幹的好事！」第二天父親氣沖沖大吼道，「這個故事不出三天就會傳遍全城，哭錯了棺材，別人丈夫的棺材！這麼大的醜事！你竟做得出來……你知不知道你把這個家、你自己、和我給害慘了？」

牡丹不說話，只茫然瞪著眼睛。

「你有沒有爲你父親想過？從小你就反覆無常，任性、一意孤行。你爲什麼要挑一個有家室的男人？」

「他愛我，我也愛他。娶親不是他的本意。他說過，他愛的是我，不是他太太。」

「原來他婚後你還和他見面！我替你慚愧……你用不著勾引……」

牡丹覺得透不過氣來。父親永遠不諒解她。她砰的一聲關上門，獨自到屋外散散心。走到外面，她舒了一口氣。她不注意眼前的一切，逕自穿過鄰街擁擠的市場，在小巷裏拐幾個彎，來到湖畔。這是城內貧民區；一道破木板鋪成的漁船碼頭通到水裏，髒兮兮堆滿菜屑、果皮等垃圾。一隻流浪的野狗在水裏聞來聞去，沒找到什麼。

她沿著岸邊往前走，經過一家三流旅舍，她知道有些娼妓按月包房間做生意。牆上薄薄的粉刷已經剝成一塊一塊，像地圖上的小島似的。門上掛一個褪色的招牌，寫著店名「望山樓」，是學杭州「望山門」而取的名字。在過去是幾間廉價飯店和茶館。她走進其中一家；這個時候沒有客人，只有幾個跑堂在清理桌子。

她覺得很洩氣，又出來沿著岸邊向南走，最後來到錢王廟。廟前的紅土院落有幾棵綠柏，這兒不准涉獵，是小鳥的蔽護所。她繼續前進，在河邊找一張石凳坐下來。

這是一個月來她頭一次看到西湖，如今就橫在她眼前——波平如鏡，天空卻沉甸甸佈滿烏雲，山峰若隱若現。水面上只有一兩艘船。看看對岸的白堤，那兒杳無人跡，一堆小遊舫停靠在岸上。

經過一個月的情緒壓力，最後希望幻滅，美夢也破碎了，她突然感到萬分孤寂。心境就像眼前的冬景，充滿倦意。生命似乎撇下她不管了。誰也不了解她，只有白薇例外。一切都顯得枯乾、不重要，完全失去了意義。

日子一天天過去。她處在真空狀態中，擁抱自己的回憶，每次想起初戀愛人，心臟就發疼悸動。她沒有興趣再還嘴了，父親卻一再責備她過去的愚行，說他已變成同事調侃的目標。

這時候，家裡還有一件刺激的大事。除了牡丹出奔，茉莉和孟嘉已經寫信要父親答應他們的婚事。婚禮要在北京舉行，他們希望婚後能遵照禮俗返鄉拜見父母——也許在春天或夏天來。父母都歡欣鼓舞，不過也很高興他們在北京成婚。長女的笑話鬧得如火如荼，茉莉嫁給堂兄會招來更多的是非口舌。茉莉雖然正式改姓，但是社會上誰不知道她是梁家人嫁給梁家人？

牡丹也希望他們不要立刻南下。孟嘉和她有過那麼多恩怨，見面一定很尷尬。她把他當作慈祥的老頭子，一度和他熱戀過。孟嘉的名字曾經像魔術一般，代表一切善良、美好、奇妙的事物；如今只剩下她自己熱情的回音和嘲諷。往事已矣，她寧可一個人靜靜。她已經忘了孟嘉。相反的，北京的來信讓她想起天橋和什剎海的日子，下層社會的熱鬧和通俗的娛樂。杭州哪裡比得上！杭州詩意、優美，不過在她看來未免太靜了。茉莉和孟嘉的來信都沒有提到她。那是孟嘉的策略，覺得用不著挑起死火餘灰。

地方報紙當然登了告別式中斷的消息，語氣柔和多了。她沒想到自己已變成閒話中的名人。她一個人難免要走到茶樓酒坊，和各式各樣的人為伍，就像北京時期一樣，在那兒享受輕鬆的情趣。

有一天下午，一家茶館裏來了一個衣衫講究的男士，他頭戴大紅扣花的黑綢小帽，手拿一支長煙桿。因爲是熟客，他就要了一壺茶，從附近的理髮店叫來一個師傅，他寧可在這兒理髮，嫌店面太雜。戴眼鏡、大嗓門的理髮匠來了。他年約五十，還是單身漢，臉上愈笑，愈顯得油膩膩的。他愛說些趣聞逸事，吸引了不少主顧，要是由他來寫每日專欄「人間妙事」之類的，一定能勝任愉快。

顧客理個頭，總能聽到一些消息、故事和最新的笑話，以理髮匠超然的觀點說得有聲有色。對於同胞的煩惱，他都抱著事不關己的態度。從顧客一落座，直到最後撲通撲通拍拍脖子和肩膀爲止，顧客總能聽到一大堆五花八門的閒話——荒唐、不正經，卻頗有娛樂性。

牡丹坐在角落裏，聽到理髮匠口若懸河說：「您相不相信？最近有一個女人哭錯了棺材，哭到別人丈夫的靈前去了！是陳家巷的金家。金太太看到丈夫的小情人撫棺痛哭，才知道丈夫有這麼一個小情人，大家還當他是標準丈夫呢！金太太眼淚馬上乾了。她們倆當著滿堂賓客互相扯頭髮。您看多熱鬧！杭州的名門望族竟出這種事。我若是那個死人，您猜我會怎麼做？」

「怎麼？」

「我要從裏面敲敲棺材說，『別吵啦』。」

茶館裏的人哄堂大笑。牡丹滿面羞紅，直紅到髮根。她丟下幾個銅板，匆匆走出去，希望沒有人看見她。

還有一天，她雇了一葉小舟獨自出遊，那是冬至前一天，很多年輕人出來慶祝節令。她要船夫划到裏湖，自己靠在一張低椅上，讓思緒隨船身亂飄亂蕩。貼近人群的時候，她聽到年輕人正熱烈討論著名的金家靈前的新插曲，不時夾著喧嘩的笑聲。有一個人替年輕的姑娘辯護說，真心相愛的人看到棺木一定會這麼做，應該這麼做。也不得不這麼做。她瞥了那艘船一眼，閉上眼睛，假裝昏昏入睡。船上其他的人不以爲然，罵那位小情人給金家丟臉。

牡丹和金祝的情史有性愛、浮誇、傳奇的成分，可以構成一篇好歌謠。不到兩個禮拜，一家茶館的說書人就加以潤飾、編成連載小說——一個活生生的奇譚。接著有人改寫成現代小曲，由賣唱的瞎子唱出來，用三弦伴奏。這首小曲和〈英台與山伯〉歌一樣，不但好聽，也叫聽者佩服一對戀人的膽量。

牡丹現在一反常態，寧可留在家裏。她一出門，就覺得有人在看她。她以前老愛到湖濱廣場的一家茶樓去，喝杯茶，看看人，傍晚聽說書的人講《三國演義》，或《水滸傳》。現在她只要看人交頭接耳，就覺得人家在議論她，於是心跳臉紅，儘快溜走。她專挑人少的地方，沿海牆邊散步，或者到運河區，那邊交通繁忙，誰也沒有時間或興趣多看她一眼。

但是〈紅牡丹謠〉卻流傳日廣：

從前有位美嬌娘，芳齡二十一，
不知她是哪裏人，芳名叫什麼。
天意要她美且嬌，迷人又多情，
憑心說句公道話，錯也不在她。

長頸生姿賽天鵝，嬌聲如鶯燕，
世上千般美姿態，群集在一身。
美目盼兮如秋水。笑似春日風，
芳心可比四月天，陰雨無定時。

管她是人還是妖，水性楊花女，
萬種風情如花貌，群芳盡無顏。
風華絕代傾城姿，眾婦皆唾罵，
誰人要是見了她，花下枉斷魂。

夫君一逝成新寡，年方二十二，

可憐此去無牽掛，芳心暗自喜。
生得天仙冰雪姿，心性似常人，
人人叫她浪蕩子，春意滿人間。

這首歌謠不知道是誰寫的，照常理推測，一定是某一個窮酸文人的傑作，他充分利用這位不知名的女子是一位寡婦，喪夫三個月就離開夫家……等事實，把她說成傾國傾城的狐狸精。頗能切合中產階級流行的偏見，以及傳統的道德觀。但是，告別式那天有很多人看到那個情形，深深感動，他們自然而然同情那位傷心的小情人。很多人都同情牡丹，不同情金太太；癡情少女的悲劇總能激起人性的反應，在詩人間更是如此。受阻的愛情，非法的愛情，熱烈的畸戀最能引發人類的想像力。

西冷印社有不少多愁善感的詩人。很多學者都認識金祝，現在大家都知道他們婚前就有一段情史。社裏聚餐後總要選一個題目，讓社員表現作詩技巧。十之八九的詩都描寫小情人的哀思，她的哭泣和悔恨，因爲誰也不可能美化那位氣沖沖的妒婦。這些詩篇在士林間十口相傳，和女人的閒話一樣，流傳很廣。牡丹在文學界突然紅極一時，使她更窘。

很快的，故鄉再也待不下去了。躲在家裏挨父親的罵，她覺得受不了，真希望有機會逃到一個沒有人認識她的地方，追求她的新命運。

白薇和若水下山到夫家過年。她發現好友完全變了。牡丹顯得又累又安詳；她憂鬱的神態，柔和的聲音，緩慢的言談使她具有一種恬靜的尊嚴，白薇以前從來沒見過她這個樣子。白薇和若水隱居荒山，沒聽到金祝的死訊，還是牡丹親口告訴他們的。

兩位好友交情獨特，白薇聽到事情的經過，自己也傷心欲絕。牡丹把金祝那一本緞面的來信拿給她看，眼中出現幽靈般的神采，白薇知道這本小冊子埋著一份激情的美夢，而那份熱情左右著牡丹的一生。但是牡丹不能這樣下去，一輩子擁抱青春的哀愁。

「咦，你總不能整天躲在房裏呀。你得振作起來……你作何打算？」

「我不知道。我這樣很快活。」

白薇看到她臉上悲哀的笑容，心痛如絞。牡丹說，「什麼都不重要了。你知道，喪禮那天，我真想去送葬，我媽怕我忍不住又自取其辱，不准我去。她真的把我鎖在房裏。她說得不錯。我對自己沒有信心。我一直覺得我沒有生命，我不在這兒，我也死了，和他葬在一起。」

她們談了一個鐘頭左右，牡丹似乎恢復了常態，白薇找到她母親，想和她單獨談談。母親一向不喜歡白薇，覺得她對女兒有不良的影響。現在突然看到白薇走進她房間，只好假意迎接她，白薇看到她心事重重的表情。

「梁伯母，我能不能和你說幾句話？我很擔心。」

母親仰起面孔。

「坐下吧。你來我很高興。你覺得她怎麼樣？」

「她很好。當然還沒有淡忘。梁伯母，你也年輕過。但願你知道金祝對她的重要性。我不知道你怎麼想。她並不是真的水性楊花……」

「我瞭解我的女兒，」母親辯護說。

「我知道。你我都知道，少女的一切行為都是要找一個合適的男子。她真心愛金祝，沒愛過別人。記得他訂婚的時候她還想自殺吧？她也許顯得輕浮，其實不是那麼回事。我是她最好的朋友，我知道。現在她不敢出去見人。聽說有不少閒言閒語議論她，彷彿她做了什麼驚世駭俗的怪事似的。她跟我提到那首歌謠。大家都叫她『紅牡丹』。我知道這個綽號一輩子改不過來。」

梁太太瞇著眼注意聽。

「我相信你瞭解她，」說著深深嘆了一口氣，緊盯著白薇，「我不能和她爹討論她的事情。不過，白薇，我相信你會懂的。她有沒有說她上鳳凰山去哭墳的事？」

「她沒告訴我。」

「我很擔心。她會發狂的。不能讓她爹知道。想想一個姑娘夜裡到荒山去。很容易出事。那兒離這兒不遠。你得勸勸她。她爹發現她晚飯後出門，非常生氣。你看我該怎麼辦才好？」

「她得離開這兒。過完年我請她到我家去住。她要人談談心。時間過去，慢慢也就好了。梁伯母，你不要太操心。她還年輕，總會淡忘的，我知道。」

母親焦急地看著她。「我相信你的話。這個孩子一直讓我操心。你聽到茉莉的事情了吧？」

「聽到了，是不是有點怪？」

「牡丹怎麼說？」

「她大笑。我告訴你一個小秘密，你別放在心上。她相信堂哥仍然愛她，茉莉是趁孟嘉傷心的時候抓住他的。」

母親的眼神暗下來，「她不會還愛她大哥吧，」彷彿要白薇證明這項事實。

「不，她說她不愛他了。」

「哎，我這個孩子一直讓我操心。你記得她以前多麼快活。她婚姻不幸，她回來我不怪她。然後她自己要上北京，後來又改變主意。如今……」

「因為她與眾不同。她感受到別人所沒有的心境。她很特別，她說自己天生如此。她應該找一個男人。」

「但是她不肯說。她說她很快樂，討厭別人談她的問題。白薇，你剛才還說，姑娘家的一切作為都是要找一個合適的男人。當然，怎麼樣才能找到一個她肯嫁的人呢？你可以幫助她。帶她出去走走。日子還得過下去呀。」

「我會的。不過她天生熱情。有時候我覺得咱們該不顧她的反對，硬性保護她。」

這幾句話改變了母親對白薇的印象，彷彿兩人間的障礙完全消除，彼此有了一股新生的暖意，因為雙方都關心牡丹，分享著一段秘密。

「別對她提這件事，」母親說，「我們議論她，她知道了會生氣的。」

21

新年過去了。吃過年夜飯，蘇大媽對母親說，她發現牡丹突然長大不少，明眸中也有了體貼的目光。她不是陰鬱或冷淡，但是大部分時間都默默聽別人說話，一副超然而認命的表情。新年過後，白薇陪她玩了兩個禮拜，她精神好多了。她們去看共同的朋友，出去划船；或者去逛玉春寺，看和尚養在春水塘中的兩、三尺大鯽魚，不然就遠足到九溪十八澗。有一天她們到虎跑寺去喝茶，那兒的春水膾炙人口。還有一天，她們去看南宋抗金英雄岳飛的墳墓。

到了上元節，牡丹似乎恢復了往日的朝氣。晚上她陪白薇和若水去看各家各戶爭奇鬥豔的花燈展覽。沿著湖濱廣場，大戶人家的棚子聳立其間——那是建都杭州的南宋傳下來的規矩。小姐和少婦那一天都不怕人看，不是坐在棚子裏，就是走來走去評賞花燈。少婦和小姐頭戴木紋花，在燈籠的紅光下顯得格外嬌美。這一天百無禁忌，城門晚上也不關。廣場上擠滿青年和少女。岸邊的空地上，小孩子大放炮竹和沖天炮，沖天炮飛上天空，火花落下來，還沒到水裡就燒光了。

這是他們回桐蘆的前夕。轉了幾圈之後，牡丹和白薇若水夫婦來到湖邊，坐在石階上，他們喜歡這兒寧靜的氣氛，看一艘艘燈火通明的船隻在綠葉蓮燈中穿梭，漂過湖面。

「我想遠走高飛。」牡丹沉吟道。

「上哪兒？」若水問道，「去北京？」

「不。」

「你想到哪裏去？」

「我不知道。我不能留在這兒，我覺得太悶了。到一個沒有人認識我，我可以自個兒靜一靜的地方——上海——香港。」

「怎麼去法呢？你怎麼過活？」

「何必操那麼多心事？」牡丹精神勃勃說，「我只知道我得離開這個地方。我什麼活兒都能幹，當佣人、廚房使女——隨便什麼都成。」

「然後讓大家替你操心。」若水說。

「我不怕，我在乎什麼？喔，看哪！」

堤岸上有五六個沖天炮飛入天空，拖著長長的尾焰，瞬間化為黃黃紫紫的煙影。湖面照亮了一會兒。白薇看到牡丹雪白的輪廓和黑黑的湖水相映成趣，頭抬得高高的，臉上泛出一抹笑容。白薇覺得，牡丹又恢復昔日的真面目了，精神勃勃，魂不守舍，充滿以前的頑皮勁兒。

若水喜歡嚇牡丹；他知道她就愛這一套。「喔，不，」他鄭重其事說道，「過一個禮拜你就生厭了。」

「一個禮拜什麼？」

「你剛才說，你什麼工作都能幹，當廚房女侍之類的。」

「你不相信？」牡丹興致勃勃說。

「我不相信。你需要找一個男人談戀愛。對不對？」他開玩笑說。

「好吧，替我找一個男人，對我要像你對白薇一樣好。」

「這樣的男人你有啦。翰林愛慕你，是你自己不要他。」

牡丹頓時靜下來。若水觸動了她心中的萬縷柔思。她體會到一種未獲滿足的情焰，就像沖天炮飛到半空中，卻不爆成火花。人家也許會說她和孟嘉戀愛失敗，不管怎麼說，如今卻因爲茉莉的成功而更加明顯。她常常心如刀割，想知道她在北京與孟嘉歡聚的時候，孟嘉有沒有想到改姓的方法。她深深吸了一口氣說，「你知道生命中最悲哀的是什麼？不是愛人去世，而是愛情消失。連愛情也會改變，多悲哀。」

白薇的小腿在石階上擺動，手擱在若水膝上，鍍金的拖鞋像兩道火光一閃一閃的。牡丹想起她和白薇十六、七歲初見若水情景，當時他們的小舟繫在斷橋的柳岸上。白薇嫁人，他們的友誼並未改變。白薇的側臉懸在水邊，雙腿張開，正經女人就算在幽暗的地方也不會當眾這麼坐法。她可以這麼做，完全展現原始的面目，因爲若水不但贊成，而且喜歡她這樣；可見他們十分融洽，真是羨煞人。

「你們結婚多久了？」

「四年零七個月，」白薇一面講一面猜她這句話的用意。

「還是新娘哩。」

「是啊，還是新娘，」白薇瞟了若水一眼，低聲哼唱道。她拍拍牡丹的大腿說，「走吧，我們回去吧，明天一早我們還得趕船呢。」

「爲什麼？」牡丹吃驚地抗議說。

「明天我們得起個大早，趕七點鐘的船。」

「不過今天是上元節，一年才一次！我還不想回去，現在還不想！」

由牡丹激動的臉色，白薇知道她真的不想走。她想起很久很久以前，她們半夜陪金祝走出戲園子，她不顧牡丹的反對，硬要送她回家。她想起兩個人到於潛旅行，她們聊了一夜。牡丹生性像夜貓子。她需要上元節的刺激放浪感，就算晚回家，也不必向父母解釋，尤其他們都知道她是跟白薇出來的。

「你們先回去，」牡丹對他們說。若水輕輕推了他太太一下，兩個人就手挽著手走了，他們知道牡丹不要他們護送回家。牡丹自忖道，她若像白薇一樣，有個若水陪在身邊，她也樂意回家呀。如果她離開這座城市，一個人生活，不是夜夜都像上元麼？她渴望百分之百的自由——她決定離開孟嘉，這也是原因之一。她需要寡婦特有的自由，完全獨立，對誰都不必負責。

「她魂不守舍——是不是有點怪？」兩夫婦經過燈火輝煌的廣場邊，走入小巷的暗影裏，若水說道。白薇也想到這個問題，但卻默默聽著。

若水說道，「你有一項任務，也可以說我們都有一項任務，」若水繼續說，「如果我們能找一位詩人或畫家給她當夫婿，等於幫了她父母一個大忙。她要人愛。」

「你認爲，她是受了書本的影響？」

「不，她天性如此。她在醫院的表現真令人感動——愛人這麼狠心拒絕她，她還背著人家的太太偷偷去看他，默默觀賞他的睡態。當然啦，金祝被她甩掉，一直鬱鬱不樂。現在你破除了她的符咒——帶她脫離白日夢的生活。我還擔心她永遠走不出來呢。現在她掙脫了，卻來得太突然。我跟你打賭，今天晚上她打算談情說愛——不管最先碰到的是什麼人。我看見她雙眼水汪汪的。當然，上元節關係。不過這個改變太突然了。」

「是啊，我也奇怪，」白薇說。

若水的笑聲化爲深深的嘆息。白薇抓著他的臂膀。他們默默聆聽自己的腳步在碎石道上的聲音。

「你嘆什麼氣？」白薇問他。

「爲牡丹嘆氣呀，我們坐在岸邊的時候，我看她眼睛雪亮。我不瞭解她。照你的說法，她對孟嘉這樣的男人竟然變心。她是見過拳師才不愛他呢，還是自覺不愛他才看上那個拳師？照她和你說的話看來，還有好幾個——」

白薇爲她辯護，「男人愛上她。這不是她的錯嘛。她太漂亮了。」

「是啊，漂亮又頑皮，比很多女孩子漂亮，比大多數人頑皮，她們才不敢做她那些事情呢。」

花燈展覽的高潮過去了。大多數棚子都沒有人跡，燈也暗下來。沒事幹的男人和一群群少女還在方場上閒逛，不時嘻嘻鬧鬧，發出一陣笑聲。不過隱入暗夜裏的人愈來愈多。船塢上的一隻大燈籠，形狀和規模都像七層寶塔，如今只半亮著，大部分蠟燭都熄了，看起來就像一個卸妝上街的怪異婦人。水面上火光零落，蓮燈漂得老遠，向四面八方散去。對岸水銀般的錦帶正是別墅的燈光。今晚月亮藏在一朵朵雲塊後方，依稀照出山腰上瀰漫的紫灰色霧氣。

三百碼外，白堤上漸次升高的塔樓後方，「樓外樓」的燈光顯得近在水邊，再上去，「西冷印社」台階上有七彩燈籠模模糊湖濺出火光。牡丹想起孟嘉帶她入社的那一天下午，他緊抓著她的小手，第一次表現出求愛的姿態。此後他們之間的一切都像無法捉摸的夢境，完全不合常理。微弱的音樂和歌聲穿透夜色傳來。她相信社裏一定有節目。一陣衝動，她決定往那邊走去。

她走進飯店門前的白光帶，音樂和笑聲由樹頂飄來。她抬頭看看。明亮的「雙龍搶珠」圖型橫在陽台底部。一個女人的歌聲和尖銳的琴聲交雜出現。通往西冷印社的石階上有一串假月亮，半隱在葉叢裏。

大門口沒人，她懷著上元節特有的膽量，逕自往裏走。有一對男女正要走下台階，在門口遇到她。「我能不能進來？」她問道。男的打量她青春的體態，以爲她是歌女，就說，「當然。」

男人和女人成雙成對散列在幽暗的亭榭或花園平台上。牡丹覺得萬分寂寞，她在陽台底的一張石凳上坐下來，聽到上面男男女女愉快的笑聲，看到湖心遠處三潭印月迷島般的燈光，不禁有一股說不出的乏膩感。

牡丹一個人靜坐了好一會，她知道，這麼美的夜晚姑娘家一個人靜坐，難免要引人注意。過了一會兒，有一對男女走過去，然後又轉回來再看一眼。那位男士撇下女伴，走上來結結巴巴問道：「對不起。你不是紅牡丹嗎？也許是我弄錯了，不過，對不起，我曾參加追思儀式，是我把你帶出人群的。」

牡丹臉色微紅，抬眼打量這個陌生人。她不生氣，也不鼓勵對方，只是漫不經心點點頭，又把頭垂下去。那個陌生人便走開了。

過了幾分鐘，三、四個男人走下來，像蜂鳥般圍在她身邊。他們請她進去共度佳節。這些人快活友善，她覺得自己來到這兒，他們似乎感到榮幸。

今天晚上，社裏的房間都擠滿穿絲袍的男士，和釧鈿滿頭的小姐們。男男女女不是圍在牌桌邊，就是成群散列在露天的平台上，浴著彩色燈籠醉人的柔光。桌上擺著紅紅綠綠的美酒，大夥兒談笑風生。當然沒有太太在場。

那三、四位朋友要牡丹坐在他們那一桌。牡丹喜歡他們和善不拘禮的氣氛，更喜歡身邊圍著崇拜她的男人。不久別人也來了，「紅牡丹」光臨的消息傳遍全社。名妓們尤其報以好奇的目光。大家輪流敬酒，牡丹假意喝幾口，回報大家的誠意。接著笑笑鬧鬧。有些名妓靜靜坐在男友身邊；有些靠在他們肩上，手攬著他們的脖子。有些人是蘇州或揚州來的美女，在這荒郊野外也不免說著吳儂軟語。

牡丹注意到一個動人的男子，年約三十出頭，坐在桌子那一端，他的面孔非常特別。唇上老是掛著快活的微笑，皮膚又白又細；事實上，他一點鬍鬚也沒有——上唇和下巴非常光滑，好像永遠不必刮鬍子似的。雖然帶著厚眼鏡，眼中的光芒使他具有喧鬧快活又生動的神采。

他一個人靜靜坐著凝視牡丹。她隔壁的人低聲說，這位就是有名的詩人安德年。牡丹用夢樣的眼光看了安德年一眼，然後又和身邊的男士說話。但她不時由眼角偷看安德年。原來這位就是名詩人安先生。孟嘉帶她上西冷印社那天，曾經大大誇獎他哩。牡丹想起安德年描述錢塘江和鳳凰山的那一幅五尺高的字軸。

對面有一個男人靠上來，大聲叫她「紅牡丹」。安德年聽到了，眨眨眼，突然跳出座位，大叫一聲「好！」屋裡每一個人都回頭泛出笑容。朋友們對於他豪爽的作風早就習慣了。她還弄不清怎麼回事，安德年已經站在她面前。他拉過一張椅子，硬插在牡丹和那位男士中間，自己坐下來。

「好！原來你就是紅牡丹！」他熱心地叫道。他笑得很天真。牡丹滿面通紅。一般人不會在一位漂亮的小姐面前大聲叫「好！」彷彿她是奪魁的名馬似的。但是不知道爲什麼，牡丹並不生氣，她露出笑容——這個人真有趣。接著他喝牡丹杯子裏的美酒，然後砰的一聲把玻璃杯擱在桌上，酒都濺出來了。

「德年，那是她的杯子！」有人大叫，他根本不理他。牡丹看到他特別白細、特別尖削的手指，真像女人的纖手。

「原來你就是紅牡丹。」他又說。

牡丹還在微笑，迅速撇了她一眼，「我闖進來，真抱歉，」她實在不知道要怎麼回答這位與眾不同的男子。

「咦，這是上元夜嘛。我們都很榮幸。」

「這地方真好！今夜真好！」她歡呼道。

「很高興你喜歡這兒。其實，你沒來的時候，我一直心煩。」

「噢？」

他用嚴肅的眼神打量她，和她說話的時候聲音柔柔的，彷彿面對一朵脆弱的奇葩。牡丹現在的表情真是美到極點——沉思、半睡半醒、迷迷濛濛的，眼睛看一樣東西，心裏卻想著別的心事，躲在自己的世界裏，對眼前的一切漠不關心。安德年看她一手支頤，爲她迷人、神秘、若有若無的微笑而神魂顛倒。他腦中掠出一朵半開牡丹的形象，突然想起幾句詩：

嬌華欲開半遮面，
猶豫輕顫惹人憐。
夢樣珠唇含巧笑，
若解花意須問天。

然後，他想起牡丹哭靈的故事，不禁望著那雙深不可測、含著如許神秘、不時被笑渦點亮的明眸。

「走！」他說，「我帶你繞一圈。」他站起來替她拉開椅子。她起身相隨。

「德年，你不能這樣，別把她帶走。」

「你們不配和她說話。」

「德年！德年！」其他的人叫道。顯然他人緣極佳。他被公認爲杭州最好的詩人，不過他的散文也非常詩意。他天生就喜愛世上的美景，對世事的看法和小孩子差不多。他從來沒說過誰一句壞話；結果大家都喜歡他。不過他名氣雖大，倒沒什麼架子。

牡丹跟他走遍各個房間，他則指點她幾幅當代的字畫——包括他自己的——還有三國銅雀臺留傳至今的幾片銅瓦。有一個房間裡，大家都站在桌邊觀棋。他們進入東面的一個小平台，又來到戶外，佇立了好一會，看月光照在湖面上。牡丹想起前年夏天她陪孟嘉站在這兒，看傍晚遠處的錢塘江像一條銀色絲帶。

「你寫詩嗎？」他問道。

「談不上，德年，」她回答說。她喜歡直呼男人的名字，就算初次見面也不例外。「只有非常興奮或非常憂鬱的時候，我才寫。」

他們沿著花園的曲徑散步。小徑斜斜升上一個佈滿花樹和果樹的坡地，那邊有石凳和藍白相間供休憩小坐的瓷鼓。微風颯颯吹著樹梢，不過從來不下雪的杭州現在天氣並不冷。

「你是單身？」他問道。

「是的。」

「需不需要早回家？」

「只有爹娘會說話。不過今天是上元夜……你為什麼要問呢？」

「我是說，你也許有興致沿著湖繞一圈。我的馬車就在下面。」

「我樂意去走走。」

牡丹很高興接受他的邀請，今夜有伴相隨。她找的正是這個。她再度發現，自己很容易和男人交朋友，但是現在她特別高興，因為她知道安德年是當地著名的詩畫專家。她喜歡自己被人尊重。他長得很俊，比孟嘉高一點。和男人在一起，她覺得比白薇作伴更舒服。於是她帶著冒險的心情跨上馬車。

他們走上堤岸，經過蘇小小墓，然後沿著彎路走去，駛向西岸。

「聽說你丈夫幾年前去世了。」

「是的。」

「你沒有人——我是說沒有人照顧你。」

「只有我爹娘。」

密閉的馬車轉入裏湖岸，過了岳王廟突然向左一拐。他們猛撞在一塊兒。「對不起，」他道歉說。

安德年的舉動叫她吃驚。學者是一回事，詩人又是另一回事——多愁善感、不拘禮、浪漫得不可救藥。她在印社門口上車，打算體驗一段非凡、難忘的經歷，一種瘋狂而強烈的印象，今夜暫時的美夢，讓她昏陶陶忘記往事。相反的，他卻和老學究一樣正經。

現在裏湖在他們左手邊像一面鏡子，蘇堤畔點綴著蒼白的柳枝。車輪轆轆，馬蹄滴答滴答響，打破了深夜的寂靜。兩個人都不說話，但是她幾乎可以感受到安德年露骨的不安。他問牡丹是不是自由和單身，聲音危顫顫的，這是不是黑夜的魔力呢？她覺得心裏很興奮——一種說不出的矛盾感。她突然希望對方打破自制的冰層，好讓她緊抱他的身子，瘋狂埋掉往日的悲哀。同時她心中模模糊糊出現一種疑惑感，總覺得自己坐在不知名的街道懸崖邊，夜色黑黝黝的。這會不會是她一直尋找的愛情呢？他何必那麼害羞和膽怯？難道這位詩人也像金祝初遇她的時候一樣，把她抬上高架，在她頭頂照上光輪，忘記她是平凡女子？他現在的沉默和在社裏滔滔不絕的態度形成強烈的對比。

他聲音發抖說，「我慶幸把你帶出來。你不適合和那些搽脂抹粉的姑娘待在社裏。」

「爲什麼？」

「因爲我看見你燈下的面孔，知道——我確定——你不屬於那兒。還有那些男人，他們沒有權利和你閒聊，把你當做那些姑娘中的一份子。」

「你以爲我是什麼人？」

「你與眾不同。你真妙，真妙！」他又恢復了活潑和熱誠，但是聲音如夢如幻，彷彿自言自語。

「爲什麼？」

「我不知道。我聽到你在追思儀式中的作爲，遺憾自己太早走。你的表現太輝煌，太豪壯了。」

「你不認爲我做錯了？」

「不。你真偉大，比他們都偉大。他們不瞭解你。你像杜麗娘，你一定是那一類的女子。」牡丹咯咯笑，被人比做《牡丹亭》的女主角，實在很快活。愛情戰勝死亡的《牡丹亭》奇譚是她最喜歡的故事。她說，「很多人都覺得杜麗娘是一個多情的傻姑娘。」

「別信那一套，這個故事男女老幼都喜歡。」

他們回到蘇堤，安德年說要送她到湧金門，她要在那兒下車。

「喔，老天，」她站在馬車旁說，「我不知道已經一點半了。」

「你肯不肯把你的詩詞文章寄給我看看？」

「我樂意獻醜。」

「寄到西泠印社，別寄到我家。寫上安德年的名字就行了。我希望有幸再和你見面。」

「也許吧。我明天要到桐蘆去，回來再通知你。」

安德年站在馬車邊，直望著牡丹青春的背影沒入夜色中，才黯然離去。

22

牡丹在桐廬住了兩個禮拜，心裡一直想念安德年。他是一個多情詩人，把別人眼中下流的事稱為「妙」事，她印象深刻。她對他頓生好感，安德年似乎正符合她心目中對男人的理想，能贊成她的行為，而且瞭解她。她一心想回杭州。這回不是她有心要如此的，這次的戀愛是自然而然發生。因為詩意而不俗氣，遂顯得更加迷人。

若水對安德年也十分景仰。他是杭州本地人，聽過安德年不少的趣聞軼事——誰沒聽過？因為安德年不但是詩人，也是「奇人」，集赤子之心和多才的文筆於一身。

朋友們都愛說安德年的一個故事。那是安德年在日本東京讀書的時候。有一天，幾個朋友去看他，日本女傭說主人出去散步去了。因為暴雨將至，他隨身帶了一把雨傘，這時外面已經淅瀝嘩啦下起雨來，朋友們決定等他回來。過了一會，安德年回來了，渾身上下的衣裳已完全濕透了。他向朋友描述雨中的妙處——雷啦，電啦，雲彩的變化啦，接著出現了彩虹。臉上顯得眉飛色舞。朋友們問他：「可是你為什麼會渾身濕透呢？你不是帶了傘嗎？」安德年答道：「是嗎？」原來傘還在他胳膊下夾著呢。

若水說，安德年崇拜美女，曾經為幾名歌妓題詩，使她們聲名大噪。他對女人的狂愛，就像對大自然的狂愛一樣。因爲他個性獨特，和林琴南（林紓）、嚴又陵（嚴復）等學者都結成忘年之交。雖然他的舉止動作有些怪誕，但他並不是矯揉造作，而是完全出諸自然，完全是詩人本色。

若水告訴牡丹，說安德年和一個女人共同生活，還生了一個兒子。若水心想，牡丹和安德年之間的這段韻事，在安德年來說，恐怕只是一時的浪漫幻想；在牡丹來說，也只是把對金祝的情愛暫時轉移到另一個男人身上。白薇告訴她，這是若水的看法。牡丹對他們說，那天晚上，她和安德年在湖濱驅車夜遊，只是純潔的愛而已，若水不相信。白薇自己結了婚，生活如意，很爲牡丹難過，卻不知道怎麼勸她好。

二人分手之時，白薇對牡丹說：「千萬要小心，我不希望看你再受傷害。」

她心裡確是替牡丹憂慮。但是她知道牡丹熱情似火，在尋求愛情時，她會把一切拋到九霄雲外。

一天下午，牡丹在西冷印社見到了安德年。她回到杭州之後，曾給安德年寫了一封信，約了時間地點相見。第二次相見，心中把握不定，十分緊張，彷彿彼此都想在白日下證實燈節晚上發生的事猶如夢中。這是最難過的一關。

安德年起身迎接牡丹，興奮得像個小男孩似的，臉上的表情和態度卻有些靦腆。他們的寒暄就像心靈的跳動，凌亂，簡短，最後以不相干的笑容結束，說出的話毫無意義，說話的腔調卻表露了真情。

「對不起，我來晚了。」牡丹說。

「不，不晚。今天天氣不錯。」

「我來的時候風很大。」

「是啊，風真的很大。」

「不過天還不錯。」

他們對望了一會，覺得兩人對天氣的結論一致，都感到很好笑。

「你說要帶你的幾首大作來給我。」

「不知道你是否看得上眼。」她突然覺得自在多了，說話也自然不少。「我要你替我寫一幅字掛在牆上。我舅舅蘇瑞甫的客廳就有一幅。你肯嗎？」

「這是小事一件。」

「噢，您真大方。」

二人在一間側廂房的矮茶几邊坐下來。安德年靠在一把矮矮的安樂椅上，吐出一陣陣藍菸圈。牡丹筆直坐在對面，美麗的櫻唇上掛著微笑，心裡卻恨不能抽幾口。

「我能不能要一支？」她終於鼓起勇氣，指指桌上的一包菸。

「噢，對不起，我沒有想到。」

他連忙抓起菸盒，遞給牡丹一支，替她點上，「我不知道你也抽菸。」

「你介意嗎？」

他輕鬆的嘻嘻笑。「這有什麼？我幹什麼介意？」他看著牡丹慢慢的抽了一口。「那天晚上我邀你一同坐車遊湖，希望你不要嫌我冒昧。」

「噢！不會。」她露出笑容。心裡倒沒想到這一招。難道他把她當做天上的仙女？「回到世間吧，德年。」她心裡想道。

傭人端來一壺茶和一碟芝麻糖，安德年叫他再拿一包菸來。

幾分鐘後，傭人回來了，把菸放在桌上。安德年看到傭人臉上露出曖昧的笑容，狠狠瞪了他的背影一眼。不錯，他顯然是把牡丹看做天上的仙女了。

「噢，不，」她自忖道：「不可能。安德是下筆如神的詩人。爲什麼人又那麼害羞呢？」她意外發現，他對詩詞非常認真，對自己的作品絲毫不敢自滿。他真是一位不食人間煙火的理想家；顯然把她偶像化了，崇拜她哭靈的勇氣。說不定他崇拜的不是牡丹，而是她的癡情哩。

「梁小姐，我很想看你寫的詩。」他又遞給她一支菸。

「叫我牡丹好了。」

「那麼，牡丹，你帶詩來沒有？」

她從口袋裡掏出來一個信封，緊張得臉發紅，顫抖地交給德年。他接過去，以讚許的表情流覽她清秀的字體。

晚霞群山照，秋風亂我心；
獨坐暮光下，悄悄對伊人。
來時楓正艷，紅葉舞軒窗，

枝葉今零落，伊人猶臥床。

憔悴檀郎貌，昔日美豐儀。心如止水平湖鏡，戀之火，今已熄。
千里來相會，願聆君一語。萬水千山來相會，戀之火，今已熄。

接著看下一首詞：

「真不錯。」安德年讚美道：「疊句最難。你用得不著痕跡。」

「噢，德年！居然會得到你的誇獎！你要教我。」

「我打算教你。我相信你堂兄梁翰林一定教過你。」

「一點點。」牡丹不知爲什麼自己臉紅起來。「我要你教我。」

「他是散文大家，雅俗兼備，他的散文比他的詩好。你有幸和他住在一起，你一定在不知不覺中跟他學了不少。詩詞是很難的藝術，不能勉強召喚，只能隨機創作。詩思之來，是瞬間即逝的。一定要等詩思觸人的那個時刻，就和作曲家夜裡聽到一個美的聲音一樣。這並不容易，那種神妙的時刻並非憑空而來，我們得在美景中思想，在美景中感受，在美景中生活。這是整個人格的訓練，才能對靈性中高超、偉大、微妙的事情生出感應。這全靠工夫和訓練。有時候，你辛辛苦苦寫一篇東西，看一看，才知道是二流或劣質的作品。我對我的作品就有這種感覺。我覺得我寫的詩跟古人的詩可比的，簡直沒有四五首。天衣無縫實在太難了。其他的都是垃圾，不過是改寫別人說過一千次的舊話罷了。」

「你真謙虛。」

「不。我說的是實話。」

「在杭州，你是大家公認的最好的詩人。」

安德年抬頭看了看她，撅著嘴唇，表示輕蔑。「我也願意做如是想，但是我不能。此地人的想法算不了什麼。誰真懂？好多被捧爲好詩的作品，其實只是一些廢話——不算真正作品。這也許就是爲什麼你堂兄很少出版文集。他的文章語氣真誠高貴，可是普通人不懂，反倒說不好。」

「孟嘉告訴我，詩是心聲，以感情爲基礎——真正的熱情。」

「噢，我也有同感。」他兩眼炯炯發光。「熱情也好，或者說愛情也好，不管你怎麼稱呼。作詩的人是在追求一個從來無人能解釋的無形之物。愛之爲物，其色彩千百，其深淺濃淡不一，其聲調音韻無數，正如愛人之有三流九等。有時候，其輕微不過如同與屠戶的老婆私通一次而已。但真正的熱情之少見，則如鳳毛麟角，如聖人之世出一樣難得——好比卓文君之私奔司馬相如，唐明皇之戀楊貴妃，劍娘之真魂出竅。當然，還有杜麗娘。愛情就像你從來沒見過的仙鳥的歌聲。牠一來到人間，便立刻死去。牠失去了自由，在俘獲之下，是不能活的。有情人一旦成眷屬，歌聲就黯然失色，顏色和調子完全走了樣。要保存愛的美感，唯一的辦法就是生離死別。所以愛情總是悲哀的。」

牡丹怯生生反駁說：「我相信真愛是處處都有的，並不是五百年才出現一次。只是沒有人寫詩歌頌罷了。屠夫的太太又如何？她也會有真情真愛呀。」

「也許你說得對。即使天空中的彩虹，也並不見得像人想像的那麼稀奇。但是我剛說的是愛情的精髓，是在想像中存在的性靈交會，是經過淨濾後的愛的精華而在詩中表現出來的。文君和情郎私奔，在酒館裡搧著爐子──她就表現出那種神聖的愛情精髓。但是你一定知道，後來文君變成朝廷命婦，穿得雍容華貴，馬上發現她丈夫去追求其他的女人去了，最初的神聖狂熱被現實情況吞噬了，事情往往如此。」他對牡丹笑笑，「我並不輕視屠夫妻子的愛情。那是另一回事。真正的愛情是偉大有力的，無堅不摧的，可以改變一個人。我想很少人能具有那種愛情──我認為你就是其中一個。」

然後他用一種仔細打量，崇拜，又熱情似火的眼光望著牡丹，使她有點害怕。真是偏激的理想家，她暗想道。難怪那天晚上他要帶她離開那群歌妓。他自以為在她身上看到了什麼？牡丹把一隻手放在安德年的胳膊上，很溫柔的說：「你若肯讓我再見你，能和你做朋友，我真是太高興了。」

「你知道我想見你。」他坐起來，極力壓制住自己的感情，把她杯裡的茶倒在痰盂裡，又給她重新倒了一杯。「你聽膩煩了吧？」

「正相反，我從來沒有這麼開心過。」

「我寧願跟你說話，不願陪別人。在杭州，有多少人能懂得我的話呢？」

「那我呢？」她撒嬌說。

「我想你會懂的。在我的心目中，你是與眾不同的。」

「我恐怕會讓你失望啊。」

「不，你不會。我覺得出來。這就是爲什麼我願意交你這個朋友的緣故。」

「你都做些什麼？」

「噢，我上衙門辦公。在巡撫秘書處。人總得過日子嘛。我有一個太太和一個可愛的兒子。我有一個幸福的家庭，你指的就是這些吧——和別人一樣。」

「爲什麼說跟別人一樣？」

「我是說我是一個好丈夫，養家過日子，納捐納稅，如此而已。」

「如此而已。」牡丹重複他的話說。

「別誤會我的意思。我愛我太太。她是很好的女人，是男人心目中最好的妻子。我說過，我還有個可愛的男孩子，十歲了。」

「希望將來有一天能見見他們。」

「你會的。」

牡丹鬆了一口氣，安德年坦白提到他太太，並沒有欺騙她。

牡丹約會歸來，心裡充滿激動和疑慮。安德年給了她另一種刺激；他身材比孟嘉瘦，年齡更輕，說話有不凡的青年氣，言詞滔滔不絕，十分動聽。由他的態度和他的所做所爲，她知道他對自己的崇拜，把她看成理想中的人物。金祝告別式中的突發事件在他眼中變成偉大的愛情的表現，值得入詩入畫。另一方面，他從不用手摸她，他只是把與她相遇看做是一個文學上的艷事而已。他要教她寫詩與散文，不是以普通男女的性愛關係，而是作家與崇拜他的讀者的相對關係。

他還說得很清楚他有個幸福的家庭，有太太，有兒子。因此她根本沒想到會收到他的來信——裡面夾了一幅字軸，信只有兩頁，一半討論文學，提到牡丹可能愛讀的作者，另一半敘述他自己的生活，熱誠而正派；只略微提到她：「你的聲音柔美動聽，髮式和臉型很相配。」

她心裡不由起了疑問。由他那潦草，看來似乎不連貫，而且有幾分傻氣的字背後，似乎隱藏著他對她有一種深厚的感情。爲什麼他不提出會面的要求？

她回了一封短箋，謝謝他送字軸，說她要框起來掛在床邊。又很隱秘的添上了一行後啓：「上次見後，至今思念，復感寂寞無聊。我的心境和你相同。這種感覺和我以前的感受完全不一樣，該叫什麼呢？」

過了一個禮拜，牡丹收到回信，仍無相邀會面之意。是他有意克制，以免在此艷遇中愈陷愈深？是怕自己？還是怕他太太？信中的語氣仍然很超脫，不涉及重要問題，說了一堆不相干的話，就是不說出心中想說的話。另一方面，他又說自己一心等她的回信，等得十分焦急，還寄來她的兩張畫像，是「第一次相見的印象」。

這比寫在紙上的文字表現的意思更爲清楚了。牡丹深信德年對她心中含有強烈的愛意，但是有所畏懼。這樣就算了嗎？就止於通信的戀愛嗎？牡丹回信：

德年吾友：

謝謝你，德年，那麼是真的囉。你的信使我如置身夢中，不願醒來。果真如此，我將熱烈享受你相伴的每一分鐘。

你一心想知道我的訊息，我非常高興，我每天也急著等你的回音。我們同樣焦急，同樣渴望。我手舉你為我作的畫像，端詳一筆一畫，雙手不禁微微顫抖。我收到你的筆跡，雙手老是抖個不停。

你得告訴我一切，你所思所感的每一件事情，你所愛的每一樣東西。時間一天天過去，我們急欲相見，為什麼要克制自己呢？

接著詳細介紹自己的身世，說到她的童年、她的婚姻，她對理想的追求，追尋她認爲有意義的一切。

「你若有話要告訴我，對我表白，請不要猶豫；我也當如此。」

他回信約牡丹第二天傍晚在運河邊的一間旅舍會面。他們一起去吃飯，並作長談。但是這封信——是一封長信——極爲坦白，盡情吐露對自己身爲男人和作家的不滿，說他渴望這次強烈真摯的新愛能讓他獲得新生，因爲他曾滿腔深情而爬上「美的巓峰」又落入「絕望的幽谷」。他說自己感受到「不可解釋，前所未有」的心情，世界都爲之改觀。這封信不像以前那麼有分寸了。

雖然牡丹已經多多少少感覺到他的愛意，這封信仍然使她震驚。這封信顯示出二人之間刻意僞造的隔閡已經完全打通了。倆人矜持了那麼久，那麼小心謹慎，現在消除了那種隔閡的限制，遂顯得更加重要。

她前去赴約，心裡輕飄飄的，她終於找到一個愛情觀和她相同的男人，而且預示將來會有理想的生活，就如同白薇和若水，是甜蜜的一對，且有相同的看法。她深信她會愛他，而且需要他。但是她也知道自己約會的是一個有家室的男人。似乎這種關係才能對他們的愛情，給她帶來她所嗜好的那既苦且甜的滋味。

從她與傅南德的那段事情上，她已然得以知道，年輕人總是不太成熟的；而較爲成熟的人自然是已經結過婚的。像傅南德這樣年方二十二歲的男人，怎麼會充分瞭解一個成熟女人的愛情和苦惱呢？安德年具有她渴望的一切——他英俊，富有青春的氣息，但同時又是一個成熟的男子，而他之崇拜她，正因爲她驚世駭俗的非常之舉。

安德年選了運河邊的一家旅舍，就是不容易有人認識他們。這種保密，也正合乎牡丹的心意。侍者領她到安德年的房間，幽暗的走廊更加深了刺激的氣氛。

她輕輕敲門，安德年走來開門，用年輕、快活的表情迎接她，她心裡不禁一陣顫慄。他們對望了一會兒。他顯得有些難爲情，低低叫了一聲「牡丹！」接著突然把她拉近自己，長長一吻，手臂緊緊抱著她。

她把頭靠在他肩上，享受他身上的溫暖，將自身最深的部分欣然貼近了他。她全身興奮地發抖。然後她抬起頭，仍然把他緊抱著，熱烈吻他的面龐。

「德年，你不知道我有多快樂。」她感覺到他雙臂緊抱著她，嘴唇飢渴的狂吻她。這種情潮使他完全變了一個人——他不再是沉默寡言的詩人了。

「原諒我。」他說著，輕輕撫摸她的頭髮。顯得神采煥發。

「原諒什麼？」

「我也說不上來。你知道我對你的感受。」他臉上像孩子般的真純天真。他把牡丹拉到一把椅子上。牡丹坐在他的腿上，仍然抱緊他，覺得自己內心都快融化了。每逢在這種時候，她幾乎說不出話。

「德年，我求你一件事好嗎？求你深深愛我，永遠不要忘記我，這算不算過分的要求？」

「我對別的女人從來沒有這麼深切過。你何必說這種話呢？」

「因爲我害怕。」

她把手抽出來，走向窗口。

德年跟在她後面，雙臂環著她，把她扳過來狂吻。她熱淚盈眶。

「怕什麼？」他問道。

「怕失去你。我需要你。我已經到了山窮水盡的地步。剛才你吻我的時候，我知道我愛上你了。唯有你的愛能醫治我對他的懷念。」她伸手抱住他狂吻。突然又打住了，要他再提出保證。

「說你會深深愛我？……再說一遍……很深很深……你永遠不忘記我？」

德年用溫柔熱情、難捨難分、無可比擬、畢生難忘的一吻當做回答。

他攬著牡丹豐滿的身軀，覺得一陣顫慄。他意亂情迷，雙眼就看得出來。他知道自己對她一見鍾情，不管自己多麼抑制，也沒法把她忘記。他要來試探她是不是也同樣愛自己，現在卻發現她充溢、圓滿、無可置疑的愛意。

他把牡丹從窗口抱到床上，自己搬一張椅子坐在牡丹對面。她盤腿而坐，在身後墊了一個枕頭，使自己舒服一點。牡丹真是美得使人心蕩神移，皮膚白皙，朱唇微啓，默默的盯著他。

「天意要她美且嬌，迷人又多情。」——他突然想起歌謠中的兩句話——覺得真有道理。她往後倚著，仍然用夢樣的淺棕色眸子盯著他，窗外射入的月光，使她的雙目充滿波紋。此刻她一言不發，更增添了無限風情。

他靠上去抓著她的小手說：「牡丹，聽我說。我好愛你，我要怎麼把我對你的感情用言語表達出來呢？我不敢奢望。那封信我費了兩三天的工夫才寫出來。我不敢相信你會愛上我。但是我不得不說，希望你不要生我的氣。你不知道那天晚上我們在馬車裡撞在一塊兒，你對我有多大的魔力？——記得吧？你知道，我一生都在追尋理想。別人都說我是一個有成就的人，應當沒有什麼好抱怨的。我有許多朋友，一個好家庭，有一個好差事。但是有時候我渴望愛情，一種令人激昂、令人銷魂蝕骨的愛情。我覺得空虛，你能懂我的意思嗎？你知道你是一個不平凡的女子，別否認。你知不知道，你的眼神和低語，能改變整個杭州在我眼中的色彩和音調？那天下午你坐過的房間在我眼裡完全變了樣。你不會知道，你改變了那間房子。每次我到西冷印社，總想進那個房間，看看你坐過的椅子。」

牡丹低聲嬌笑。他繼續說：「你走了，但是你美化了那個房間。你的音容笑貌仍然存在。我叫了兩杯茶。佣人大笑。因爲我只是一個人在那兒坐著。我記得我們就用那個藍白花的杯子，你喝其中一杯。因爲是我替你倒的茶，上面有一個小蓋子，所以我記得。不，不要笑，向你表白可真不容易。那是奇蹟。我爲你櫻唇碰過的茶杯而興奮。我寧願把它放在那兒，不再用它喝茶，只因爲它曾經接觸過你的芳唇給它帶來了神力。我想起你坐在那張椅子上，把腳放在茶几下面。你看，我把這些事情告訴你，是多麼愚蠢。我真癡心，你說是不是？」

他停了一下。牡丹的表情變得鄭重起來。

他精神勃勃繼續說：「我不敢愛你。也不敢希望。可是現在，我覺得好像到了前所未經的一個新境界。我以前也做過傻事——我一向愚蠢。現在我癡心。癡心比愚蠢好多了。」

她慢慢抱緊他，呻吟道：「噢，我親愛的德年！」他們靜靜躺著，進入了一個完全不同的世界。

「你要嗎？」她問道：「你要把我怎麼樣都可以。我是你的了。」她任憑德年擺佈，讓他完全佔有她。

這是她所經驗過最令她滿足的一次魚水之歡。

事後，她感到新的解脫和幸福，狂濤淹沒了她過去的痛苦，而且把她從對金祝的迷戀之中，解救了出來。

23

他們繼續在同一家旅館幽會，在牡丹家裡引起了很大的煩亂失常。牡丹對安德年越來越瞭解，覺得越來越輕鬆舒暢，也越來越爲他精神上的單純和對各種事物的愛好所迷惑。她父親對她這件事還不知道，雖然曾經看見女兒床邊懸掛的這位詩人畫家相贈的字畫，但是因爲他白天都出外上班，安德年的信寄到時，他當然看不見。現在女兒常常不在家吃晚飯，開始引起他的煩惱和心慌。但是他每次和女兒說話，總難免刺激她。每次幾乎他的話還沒說完，牡丹就爲自己辯護，言詞鋒利，態度相當激烈，說她已經成年，是已經出嫁的女兒，自己要怎麼樣，自己知道。

她的謊言說得流暢，態度十分冷靜，話鋒犀利。做父親的對太太說：「難道咱們這個孩子永遠不知道怎麼立身行事嗎？」

現在她在家中的舉動連母親也煩惱了。她不是把自己關在屋裡好幾個鐘頭，就是輕飄飄走出去。她容易激怒，忐忑不安，好像中了邪一樣，很像金祝在結婚前兩個人戀愛的情景。

「你跟那個男人鬧戀愛，我知道。你瞞不了你娘。今天晚上你又要和他幽會了。他可是個有婦之夫哇。這會有什麼結果呢？你要克制自己，不要這麼亂來。這只能把你自己糟蹋了。」

牡丹雙眼冒火。「可是，媽，我愛他，他愛我，世界上誰也不能拆散我們。他是我的人，你聽見沒有？」她大聲喊「我愛他」，聲音那麼尖，恐怕鄰居都已經聽到了。這時父親不在家。

「別想攔我！想攔我，我就離開家門。」

母親長嘆了口氣，一臉的愁雲慘霧，眼淚都快流出來了。母親一向寵愛這個孩子，什麼事都順著她。這是她的一大弱點。在和金祝戀愛的時候，她還為女兒隱瞞，暗中幫她的忙。為了孩子的幸福，她什麼都肯犧牲。她拉起棉袍一角來擦眼淚，傷心的低著頭，知道家裡再也沒有寧靜的日子了。自從姐妹倆到北京去，她就一直緊張擔心。現在淚水由寂寞的深井中泉湧出來。因為她有心在丈夫面前掩飾女兒這次畸戀，所以更加悲傷。

牡丹攬著母親，儘量安慰她。「拜託，媽，別為我傷心。您難道看不出來我愛他之深，就像愛您一樣嗎？媽，我們之間不要有什麼彆扭。我受不了。」

這時候母親抬起頭，輕輕嘆了一口氣說：「你打算怎麼辦呢？你說過他有太太孩子。」

「我也不知道。」

「你不知道！我可不願意看到你吃苦受罪。媽都是為你想。」

「我還沒考慮過。我只知道跟他在一起我非常快樂。真奇怪。自從和他認識之後，我就不再為金祝傷心了。您應當替我高興才對。」

「如果你真的快樂，我會替你高興。不過他怎麼能娶你呢？我也像你一樣年輕過，也曾做過錯事。但是我總學到點兒乖。要經一事，長一智才對。」她沒有力氣再往下說。

「我和他談談再告訴您。媽，可是你得替我瞞著爹。好不好？」

「我會的。不過你爹又不是傻瓜，從你的眼神就可以看得出來。」

牡丹到廚房去，由水壺裡倒了一些熱水，把面巾弄濕再擰乾，回到母親身邊。她用毛巾一面替母親擦眼和臉，一面說話。她說：「您是天下最好的母親。」

「你是真心愛那個男人，是不是？」

「嗯。他迷我都快迷瘋了。我知道，他就是我理想中的男人。我沒法把我的愛說個清楚。他把我帶進夢中的世界，讓我自己覺得身分也不同凡響了。他需要我，正和我需要他一樣。」然後她嘻嘻笑道，「他把我比做卓文君呢。」

「是啊。可是司馬相如沒有結婚，也沒有兒子啊。你們兩個人之中，總有一個人會受到傷害。我爲你擔心。希望受傷害的不是你。」

「別擔心，媽。我知道自己要什麼，不過先別告訴爹。」

現在旅館的人都認識這一對情人了。他們看慣了男男女女進來開房間，一個鐘頭左右就離去了。他們把安德年和牡丹當做老主顧，從來不打聽什麼。安德年小費給得很大方。

下一次幽會，牡丹問他：「我們以後怎麼辦？不能老是這樣。我不願老這麼鬼鬼祟祟的。」

「我也一直在想這件事。」

他面色變得凝重起來，抓起她的小手說：「你肯嫁給我嗎？」

牡丹感到意外。

「這怎麼行呢？你是當真？」

「是的。我已經得到結論。當然辦起來很痛苦，但是我心裡只想那麼做。我可以說，我很愛我太太和孩子。但是，那是另一件事。我打算和他們一刀兩斷。兒子可以歸她，我會給她一大筆錢。但是我一定要娶你。在我的生命裡，你是最重要的。跟你在一起，我才真正感受到男女的幸福。我想，這就是愛吧。我要捨棄一切，犧牲一切。我們可以到上海去住。請你答應我。」

「噢，德年！」她熱烈吻他。「我要做你的妻子。我會變成世界上最快樂的女人。」

「我知道你一定是世界上最可愛，最受丈夫憐愛的妻子。」

「什麼時候呢？」她問道。

「噢，這要花一點時間。我已經考慮過了。秘書處春天很忙，很多公文和賬目都要在端午節以前辦好。我不能一走了之。然後我還得把房子和花園賣出去。恐怕需要三個月。當然會很難過。我想她不會願意大家住在一起。」

「你還沒告訴她？」

「當然沒有。這都是我在心裡盤算的。事情困難的是，她一直是個賢妻良母。不過我已經決定了。」

牡丹陷入了沉思。過了一會兒才說：「你真的願意為我犧牲一切？……我覺得我負有重大的責任。當然我希望嫁給你，不過要完全出自你的本心才心。你的兒子呢？」

「這是一大難題。我覺得應當把兒子給她，不然，對她會是個雙重的打擊，而且她又沒犯錯。不過，我知道他還會是我的兒子。她不是那種會改嫁的人。她若再嫁，我就要爭回我的兒子。但是可能性不大。」

這個消息使牡丹十分躊躇。德年居然把這些細節都想到了。於是她說：「這就是說，我們要私奔到上海去住。你計劃如此？你自信不會後悔——我們的愛情不會變成你的一大負擔？」

德年向她提出保證。她微微發抖。「我好怕。」她說：「怕失去你。一定要等那麼久嗎？」

「不要孩子氣。才兩三個月的工夫。」

「你說不定會改變主意。我一生急躁。想想現在，我每一天每一刻都想著你，直等到下次再相見。」

「忍耐些。我們再想想辦法。也許我可以安排提早動身。不過你要知道，我是連根拔起，重新生活，我得考慮到一切細節。」

「細節！」牡丹輕蔑地巧笑說。

「牡丹！我有好消息告訴你！」現在她早已習慣了他敏銳、興奮的聲音。照他的說法，隨時都有妙事發生。

「什麼事啊？」

安德年一隻腿跪在床上，把她拉到身邊。「我已經跟我太太說好了，我們已經商量好請一位小姐到我們家來當小陸陸的家庭教師。我們可以天天見面……」

「你該不是說……你該不是要我以僞裝的身分藉口和你住，和你暗中私通吧？」她覺得這個想法很幼稚。

「聽好。不是那麼回事。你下午可以回家。我只希望能在吃午飯時看到你。這是個好主意。我們沒有給陸陸找奶媽——我兒子名叫陸陸。我和我太太商量，由你來照顧他。他才十歲，非常可愛。在家我們叫他寶寶。這樣她也可以輕鬆一點。你上午來，下午四、五點鐘走。我太太覺得這個辦法不錯。除了回去吃午飯，我白天都不在家。」

「我想還是不要的好。」

「噢，牡丹。我只希望午餐桌上能看到你。我們可以每天見面。你不也希望如此嗎？」

「我當然願意，只是我覺得那麼做不對。」

「總比在這骯髒的旅館裡見面好得多。我擔保一定規規矩矩。我若能每天公開見到你，對我有很大的幫助。我並不是要永遠這樣下去。你肯不肯？這樣等到我正式對她宣布離異的那一天爲止，好不好？」

安德年常有些不切實際的想法，但是由於他的熱情，總能把人說動而相信他。牡丹終於放棄了自己的判斷，勉強答應，但是說好，她必須真正當個家庭教師，在家時，倆人都必須要很正經，很規矩。

能天天看到他當然是她心之所願，但是她總覺得，他們像兩個天真的孩子正在玩一種冒險淘氣的把戲。

上班前一天，她對德年說：「我不知道該做何感想。我知道我們彼此少不了對方，那樣總比現在好。不過我心裡很不安，你確定這樣安排不會有問題？」

「當然，我太太對我十分信任。」

「那就更難了，是不是？我不願意傷害別人。我對你太太並沒有惡意。」

「如果你良心不安，那麼讓我再告訴你一次，這一切全是我自願的。我並不是一時衝動。我只知道我放不下你。這是我的渴望，我的心意。是我決定的，不是你。」

他坐著馬車去接牡丹時，看她穿著樸素的藍布印花棉襖和長褲，覺得很好玩。她把頭髮梳成辮子，沒有化妝，樣子真像個年輕的小姐。他深深佩服牡丹的膽識。

「你叫姚小姐。」他對她低聲說：「陸陸恨不得早一點看看他的新家庭教師呢。你喜歡小孩子吧？」

「我喜歡。以前我在費家的時候，唯一的快樂就是逗我嫂嫂的孩子說話玩耍。我喜歡孩子們的一切──他們的笑，他們的淚，他們的淘氣、憂愁和煩惱，他們的聲音，他們天真的目光。他們一會兒笑，一會兒哭。我最大的願望就是做個母親，生好多孩子。」

「那你一定會喜歡我們陸陸。答應我，不要失態。」

「我保證不會。」

馬車往保俶塔那個方向走上一條寬路。他們在一間白牆小黑門的房子前面停下來。院子裡粉紅的桃花正含苞欲放，由牆外就可以看見。他們下車時，牡丹停了一下，欣賞一百碼以外裡西湖的風光。

「走吧，姚小姐。」他對她說。

牡丹看見一個小男孩正站在甬道上，手指擱在唇上，肅穆的大眼害羞地打量陌生人。

「陸陸，來見見姚小姐。」

小男孩慢慢走上前來，咬著嘴唇，微笑了一下，臉色有點兒蒼白。牡丹真想把他摟進懷裡。

「我整天陪他玩，一定很快樂！」她對安德年眨眨眼。她向陸陸伸出一隻手說：「來，跟我來。」陸陸任由年輕的小姐抓著他的小手，這位新來的教師以後要教他讀書陪他玩呢。

他們爬上十幾級石階，就到了那棟房子，房子立在斜坡上的花園中。安太太正在廚房裡。

「麗莎，」她丈夫叫道：「孩子的老師來了。」

麗莎出來，熱心打量眼前這位年輕的小姐。丈夫介紹給太太，說是姚小姐。麗莎年約三十出頭，穿一件黑衣裳，頭髮向後梳成一個圓髻，很光亮。

「對不起。」她對牡丹說：「我在後面，沒看見你來。」她瞥了牡丹的身材一眼：「你真漂亮，我相信你會和我們處得很愉快的。陸陸，你喜歡姚小姐吧？」

陸陸點了點頭，手還在牡丹手裡握著呢。

「我們會變成好朋友。」牡丹回答說。

安德年托辭告退，說要去上班。女主人帶牡丹參觀房舍，她和牡丹說話有些緊張，但是落落大方，牡丹對她頓生好感。她在廚房裡看見一隻眼患白內障的肥胖老廚娘。

走出廚房時，安太太說：「我很高興，你來了我有個說話的人了，外子整天都不在家。他怎麼會找到了你呀！我知道，他喜歡漂亮的小姐。他太詩情畫意了，你會發現他是一個和氣又體貼的人。你沒有什麼好擔心的。他中午回家吃飯，睡個午覺，然後再上班去。我相信你一定會喜歡陸陸的。他是個好孩子。」

「我喜歡他。」牡丹馬上說。

「他很靜。也許太寂寞了。他很少出去和別的孩子們玩。也許我太自私。我把他看做我的命，我的一切。我不知道他怎麼回事。這裡風景很美。空氣很好。可是他的臉那麼蒼白。你可以帶他出去，在戶外多玩一會。」

牡丹靜靜聽著，心裡一邊怦怦的跳。安太太年輕，中等身材，衣著整潔，但是臉頰稍顯蒼白。她看得出來，她生活孤獨，為人謙遜，一心討好別人。她不停的說話，似乎是掩飾說不出的空虛感。

「你看，」她又說：「我們有一個寧靜、快樂的小家庭。你大概知道，外子是個詩人，寫的字也很有名氣。我不常出門，甘願在家裡待著。不像我娘家，有三個伯父，三個伯母，還有好多孩子，大家住在一起。他們都羨慕我有自己的小家庭，夫妻獨自生活。」

一切都很順利。德年回家吃午飯，牡丹發現他真的言行如一。飯桌上，他談笑風生，陪太太和牡丹聊天，說些古怪的冒險故事來逗孩子。牡丹帶陸陸到山邊玩耍，替他洗好澡就回家。有時候待得晚一點，安德年回來，發現她還沒走。他表現極佳，從來不讓自己對牡丹的愛顯露出來。

牡丹的工作很愉快。她常帶著男孩子到附近的草地上去玩，自己則坐在一邊，想著自己奇妙的遭遇。牡丹深深喜愛這個笑起來很迷人的孩子。他蒼白的臉色，更使她分外憐惜。她教他唱歌，說故事給他聽。陸陸很喜歡她，每天她離開他回家時都很難過。他們已經分不開了。每天早上，牡丹去安家時，就發現陸陸在小路上等著她，站在一塊大岩石上，看她從下面走上來。牡丹總是擁抱他，倆人新的一天又開始了。

有時候安德年提早回家，就帶著他們一起去兜風。對於這個幸福家庭的畫面，恐怕幾個月後就要破碎了，她感到異常悲哀。她覺得她屬於這個家，可是又不屬於。有時她滿腹心事，在車上始終默默無言。

「你不高興陪我們？」安德年問她。

「不，我只是在想心事。對不起。」她很佩服他假面具戴得那麼好。

「她真是我的好伴兒，」太太說：「陸陸又那麼喜歡她。」

牡丹這時心裡的滋味真不好受。事情多麼悲慘，她實在是受不了。安太太看見她那難過的樣子，就輕輕摟住她。牡丹開始泣啜，安太太的手就摟得她越緊。

「別哭嘛。」她誠心地說，「如果有什麼不開心的事，告訴我。」

「沒什麼。」牡丹說：「你真好，安太太。」

「我是說你還年輕。我沒想到你還沒結婚。像你這麼漂亮的女孩子，往往挑三揀四的。」她轉向丈夫，把牡丹告訴她的那一連串謊話都告訴丈夫——很多男孩子想娶她，但是她要找到合適的男人才肯嫁。「找個差不多的就嫁了吧。生幾個孩子，建立自己的家庭。不要活在愛情的美夢中。一旦自己有了家，有了孩子，丈夫是俊是醜就不太重要了。你還等什麼？」又轉向丈夫說：「我想她太講究詩情畫意了。」

「是啊，我也有同感。」丈夫說：「畢竟她還年輕，不能怪她。」

有一次在旅館幽會時，安德年問她：「你覺得我的家庭怎麼樣？」

「我學到不少東西。」她說：「婚姻是不是都這個樣子？」

「你是指什麼？」

「我盡力觀察你和你太太的生活，我想證明看我有沒有錯。她花很多時間為你準備一頓可口的午餐，可是那天聽她談論婚姻，真叫人心碎。別人會說你有一個幸福的家庭，而且婚姻很美滿。但是她談論婚姻時，好像把婚姻看做談一筆穩穩當當的好生意。」

「我相信我們的婚姻不會這個樣子。不要太失望。其實我已經厭倦這種婚姻生活了。」

那天在旅館裡，牡丹在床上默默無言躺了好久。她心煩意亂，頭昏眼花。人生就是那麼複雜。她為什要和一個已婚的男人戀愛？他們好久沒有接吻，沒有擁抱，過去的痛苦和渴望又一湧而至。她想起自己愛過的男人——金祝、孟嘉、傅南德，還有現在的安德年。

「噢，德年，吻我吧！」她呻吟道。熱吻中她似乎忘記了那些煩惱，心中又再度燃起了熱情之火，暖熱了她的全身。

「不要離開我，」她說：「我會受不了的，我好累。德年，把我抱緊一點兒。」

後來她又對他說：「你們男人比較堅強，我簡直連一點兒意志力都沒有了。」

他知道牡丹受不了這樣緊張的壓力，在欺騙的生活中，她的精神割裂成一片片。「我相信等我們在一起的時候，你就沒事了。再過一個月我們就能遠走高飛。我沒有勇氣當面告訴她，不過我會告訴她我要去上海，以後再寄一封信給她。叫我最傷心的，是失去兒子。」

雖然安德年一再保證，這次幽會卻怪怪的，非常痛苦，最後牡丹哭著睡著了。

24

事隔兩個禮拜左右，陸陸突然病倒了，渾身發高燒。起先安太太以爲他是感冒，因爲過去變天的時候他常那樣。額頭燒得燙人。牡丹和他母親一樣著急。頭一天她待到很晚，晚飯以後才回家。第二天，孩子燒還沒有退，她說要留在安家過夜。

安太太一夜幾乎沒離床邊。他們請來大夫，開了一般的發汗藥。但是孩子的高燒仍未減退，眼中完全失去了光彩。

門窗緊閉，孩子靜靜躺著，一個鐘頭一個鐘頭過去，他眼睛始終沒有睜開。他不抱怨，乖乖的把藥吃下去，知道一切都是爲他好。但是他咳嗽越來越厲害，說呼吸時胸腔就發疼。

後來病危急了，安德年請假在家幫忙。屋子裡都是藥味。母親坐在床邊打盹，不肯去休息。晚上也不肯去睡覺，屋裡又搬進來一張臥榻，她只坐在上面打個瞌睡而已。有時候三個人望著孩子困難地呼吸喘氣。

醫生一天來兩次，也似乎和他們一樣擔心。這場肺炎把孩子的精力迅速消耗光。眼睛難得睜開五分鐘又睡著了，只有咳得發痛時才驚醒過來。

牡丹和孩子的父母一同看守了三個夜晚之後才回家去。安家夫婦勸她回家好好睡一覺，多謝她幫忙。第二天早上，她起晚了，等到了安家，發現病房的門關著。她輕輕敲門，再把門推開；母親正跪在兒子的屍體旁，肝腸寸斷般的抽噎著哭泣，父親站在一旁束手無策，無可奈何。

他向牡丹點了點頭，簡短的說孩子是半個鐘頭以前過去的。安太太瀕臨崩潰的邊緣，她在小床上縮成一團，雙腿盤在身子下面，雙臂還緊抱著她唯一的兒子。

牡丹也跪倒在床邊，她的眼淚滴滿了孩子的臉和僵硬的小手。過了一會兒，她想起孩子的母親。悲哀把她們連結在一起。孩子的死，等於奪去了她的生命。最後，做丈夫的和牡丹共同合力把母親僵硬的身體扶起來，攙她坐在臥榻上。

牡丹慢慢望了安德年一眼。她用手捂著臉，跑到院子裡去，坐在門前階梯的平臺上，想痛快的呼吸一下，頭靠在柱子上沉思。突然她想逃開這個地方，但是兩條腿卻癱軟不能行動。有一個念頭清清晰晰映入她的腦海：現在她不能嫁給安德年，無論如何，不能讓他拋棄他太太。

安德年出來，看她一個人坐在臺階上。她轉身抬頭望了望。

「她現在怎麼樣？」牡丹問道。

他面色凝重說：「她睡著了。這對我們是很大的打擊，她得很久才能淡忘。」

牡丹突然覺得身上有了力量，她站起來。

「跟我來。」她邊說邊走下台階。

她停在門口，對他說：「我已經打定主意，德年，你得放開我，留在她身邊，好好待她。現在她比以前更需要你。」

「但是，牡丹！」

「不用爭辯，我不能那麼做。讓我走，我們現在就結束。」

她依依不捨的望了望他，然後毅然走下小徑。安德年一直望著她的背影，直到她消失在彎道盡頭。

牡丹一直深居在家。她甚至連陸陸的喪禮都不敢去，怕自己改變心意。陸陸之死，不僅是喪失了一個孩子；也表示她放棄了近在眼前的幸福，斷絕了她一直緊抓的生命線。但是她自知不能進行那項計劃，在這麼淒慘的時候遺棄可憐的母親。她不能害死這個女人。

「也許這是我生平做的唯一一件好事。」她自忖道。

安德年一定認爲她的決定雖然使人痛苦，卻很有道理，也因此而更佩服她。安德年對原定的計劃也失去了信心。兒子死後的悲傷，使他體會到十二年來的婚姻生活裡，他太太對他是多麼好。他對自己說，他真心愛的是妻子，把對牡丹的迷戀看做是另外的一件事。隨著兒子一死，他看出來自己做了件糊塗事，也逼他體認自己行爲冷酷的報應。

他心裡明白，卻沒有告訴牡丹，他對牡丹的愛戀，已化爲深摯的敬意。他沒有看錯她，她的一言一行都具有英雄氣概。在這接受考驗的時刻，他表現的，不愧爲一個傷心的父親和盡本分的丈夫，但是心裡卻一直想道，他做好丈夫，正是服從牡丹果決的意願。

現在牡丹已成爲傳統上（雖然不正確）所說的無子的名花，意思是，漂亮的女人不能做賢妻良母。她母親再一次看到了她認命的表情。做母親的原來是被迫同意女兒和有婦之夫私奔、破壞別人家庭的計劃，心裡並不贊成。如今看她改變主意，心裡很高興。

「媽，如果我沒見過他太太，也許會那麼做。現在我辦不到，我不能害死她。」

這很有道理，不過以後又如何呢？

父親和母親討論牡丹的問題時說：「我只希望她定下來，我受夠了。你不會願意聽你的同事們老是談論你的女兒，說『她空床難獨守哇！老天爺可憐可憐她吧！』，她若不找個男人安定下來，她會變成娼婦。」

牡丹心裡一定也想著類似的問題。她躺在床上，覺得自己彷彿落入黑暗的空間，完全脫離熟悉的港岸，心亂如麻，失去了方向。她心裡一方面為朝夕相處的孩子而悲傷，一方面又為失去安德年而難過，同時想起過去和現在千千萬萬的毫無結果的掙扎。她對安太太可能造成的傷害一直在心中湧現，她不能改變決心。

她活生生看到安太太接獲上海的來信，為喪子以後又遭丈夫遺棄而震驚——在這種情況下，他們不可能過著幸福的日子，說不定安德年悔恨交加，甚至會對她生出恨意。但是放棄他，就像挖她的心一樣；等於摒棄了她最深的渴望。明明自己那麼需要他，卻無法達成心願。她什麼時候才能再找到這樣理想的男人？這種心靈的相投感？她望著床對面牆上德年給她寫的字軸，茫然出神。

雖然在過去十天裡，她夜夜失眠，為放棄安德年而備受煎熬，但是她那青春的外貌卻毫無損傷。相反的，她那深邃、痛苦的眼神，反倒更加添了她原來的美麗。她發現，只要她勾一勾小指頭，大多數男人都會拜倒在她的石榴裙下。但是她只希望嫁一個她自己所創造的那樣理想的男人。

現在她一個人出去，坐在茶樓酒館，知道男人都在議論她，她也不在乎了。她知道自己越是聲名狼藉，男人就越愛她。於是她顯出略帶嘲諷的友善態度，酒店裡有人向她搭訕，她也會和對方交談幾句。她覺得所有的男人都有一對鱈魚般的眼睛，這使她覺得很有趣。天下的鱈魚都差不多，但是她喜歡男人，她知道，她只要笑一笑，拋一個媚眼，隨時有人會爲自己的風情萬種而傾倒，她喜歡這份優越感。

今年夏天，茉莉也許會和丈夫一同歸寧省親，這個消息使她心煩意亂。一想到這件事，她就透不過氣來，非常不安。茉莉每次寫信來，必附帶向姐姐問好。她始終沒給茉莉寫回信，不知道她父母或是瑞甫舅舅的信裡會不會提到她。他們也許提過她和安德年的新韻事。如果她能嫁給這個大名鼎鼎的詩人，她當然會洋洋得意，但是現在他們聽到的卻是這段戀愛的結束。

她還想到自己給孟嘉的告別信過分絕情，說她永遠不想見他，要從他的生活中永遠消失。沒料到孟嘉竟會成爲她的妹夫。現在他對她作何感想？

她相信像孟嘉那樣深厚的愛意不可能消失。如果她不在家，茉莉和孟嘉都會自在些——尤其是茉莉，她對牡丹和孟嘉的舊情瞭如指掌。她不希望影響到妹妹的幸福。

「爲了妹妹，他們來的時候，我最好躲開，這也許是我生平做的第二件好事。」她自忖道。

她一心想離開杭州和周圍的一切，掙脫金祝、安德年和家人的回憶之網，重新感到輕鬆自然。她也覺得要給自己一點兒懲罰，只是沒有對自己表白罷了。她要拋掉一切和她休戚相關的事物，逃到別的地方，完全孤獨自由，想像自己住在荒島上，或深山裏，甚至做一個農夫的妻子，心滿意足的過活。這個想法也沒有什麼不對呀。她知道自己年輕健康，會欣賞寧靜又安詳的簡單生活。

牡丹又一次做夢了，欲望帶來立刻行動的決心。她要上哪兒去呢？上海那個大都會令她害怕。她覺得自己會愈陷愈深，碰到更多奇遇。上海，民族的大熔爐，豪富尋歡取樂的獵艷場，官僚、富商、流放軍閥、黑社會頭子、「白鴿」、「鹹豬肉」（交際花和應召女的俗稱）、情婦、賭徒、娼妓的大漩渦。她渴望的是甜蜜的愛情，安寧和平靜。她生性浪漫，一輩子不想為錢而結婚。

不，上海不適合。她也不想上北京，如果在別的情形下，她也許肯去。北京的日子是愉快迷人的回憶，只要一想到北京，她就想到寬闊、陽光、藍天，和街上精神奕奕，笑口常開、悠閒自在的百姓。整個北京城都充滿爽快、原始的北方力量，雖然有幾千年的文化，卻不失純真。

可是，她當然要避免去北京。

她突然想到——就如同我們心情敏感的時候都會想到——她要到高郵去，住在王老師夫婦家。她記得他們夫婦對她非常之好，王師母為人爽快，身體健壯，慷慨大方，完全像母親一樣，又十分可靠，在她丈夫的喪事期間意外伸出援手。她想起王太太那些可愛有禮貌的孩子。她可以在王老師的學校裡幫忙教書，不然，至少也可以在王太太家幫傭。

她越想越覺得這個主意不錯。當然，她的父母一定會反對她一個人到遠處去過活。他們一定想不通她怎麼會做這個決定。她的父母會傷心，她是不是要和家人、朋友完全隔離？她就希望如此。但是她會堅持說她心意已決。單為了逃開這個使自己憋得透不過氣來的環境，就非走不可。

她寫了一封長信給白薇，告訴她這個決定。

我遭到生命的危機，和安德年戀愛，我看清了不少事情。你知道我一生都在追求理想，追求有意義的生活。我變了，卻又沒有變。我還在追尋。茉莉即將南來，在生命的此一階段，我覺得和他們碰面實在彆扭。如果他們幸福——我相信如此——我會受不了。如果不幸福，我當然希望別介入其中，怕自己以及——你懂我的意思……至於愛情，我有些厭倦了。經過金祝那件事，又遭到上個月的變故，我想自己也承受不了多少愛意。我並不絕望。你和若水之間的愛情，仍然是我心中的一大理想。我渴望這些，不過金祝死後，我似乎放棄了。你說我飄在半空中——真的嗎？我一輩子不想再和有婦之夫戀愛了，世上總有單純環境下的單純愛情吧？只有簡單舒服的生活，沒有陷阱和悲劇？

親愛的白薇，我還在追尋。王先生夫婦是可靠的好人，有一群可愛的孩子，那也是愛呀。白薇，我要回到塵世。我娘說我變了，也許吧。

摯友　牡丹

25

牡丹宣布要離開杭州，她父親淡淡接受了；他缺乏想像力，對於一年來女兒的所作所爲煩惱萬分，在他心情平靜時，他會自己納悶，想不通自己怎麼會生出這樣的孩子？這個女兒引起的閒話非議壓得他直打踉蹌。最近的一回總算懸崖勒馬，未釀成更大的風波。他由過去的經驗，知道女兒口鋒比他利，要勸她打消一個行事計劃簡直是白費唇舌。

她的說法是「我要開創新生」。聽到這句話，父親脊骨發冷，不知道這代表瞬間的悔意，還是一時的良知；但是他願意接受表面的意思。照她的說法看來，王先生夫婦可能是他女兒投奔的最佳人選。

白薇和若水特意前來送行。他們發現牡丹仍然和以前一樣活潑漂亮；並不因爲和安德年斬斷情絲而愁眉苦臉。在白薇面前，她總是輕鬆愉快，話比白薇多。臨別她說，「白薇，你也許要好一段日子看不見我了。下次看到我的時候，說不定我身穿農婦的布衣裳，臉曬得黑黑的，手上長了厚繭，懷裡抱著嬰兒。我爲什麼不能找個人嫁，只要是純樸老實的男人就好了，然後生一堆孩子？」

她在高郵，定期寫信給白薇和雙親。然後有一天，她父親意外收到王老師的信，嚇了一大跳，說牡丹突然失蹤了，他擔心牡丹從私塾回家的路上被匪徒綁架。她的房間還像每天她早晨離家時的那個樣子，沒有自己要走的跡象。關於這一點，她的家書也無跡可尋，只說對新環境和新工作都很滿意。王先生暗示，她也許有仇人。

她父母曾聽她說過，她牽扯在她丈夫在內的那件走私納賄的案子裡，還有高郵薛鹽運使在北京正法的事。那是去年九月她離京南返之後不久的事。牡丹並沒看到行刑，只是孟嘉曾經告訴過她。她說很多人牽連在內。可是她並沒詳細說，也沒說出什麼人的名字，只是偶爾提到這件事，反正事過境遷，她自己也不太放在心上。

父母都急壞了，兩地距離遙遠，瞎猜也沒用。父親說，他早就覺得會出事，牡丹不可能會照她說的那樣安定下來教書的。他的女兒若能像別的女孩子過平安正常的日子，他認爲那才是奇蹟呢。牡丹一個人住在陌生的都市，年輕漂亮，天性又三心二意，什麼事情不會發生呢？

她太迷人了，就像色彩艷麗的蝴蝶，鮮艷的色彩反而是一大禍根。色澤灰暗的蝴蝶倒有機會逃避仇敵的耳目。牡丹正是如此：不管她穿什麼衣裳——舊衣、新衣、黑色、暗紅或艷紫——不管頭髮梳上去或放下來，都掩不住她的國色天香。她走路懶洋洋的，雙臂輕鬆自然的在兩邊擺動，頭挺得筆直，彷彿和天堂的夢境溝通。人口販子很容易看上她。她真是一流貨色！把她軟禁一段日子，他們可以把她賣給別人做姨太太，價錢一定其高無比。在黑社會手下，綁匪可以開口要幾千塊錢，準會到手，毫無困難，因爲她是人間尤物，男人爲她傾家蕩產冒險送命，也在所不惜的。

王先生信裡說，警察一直在尋找線索，曾在湖裡、運河裡打撈屍體，恐怕她遭人謀害。但是據警方說，這麼年輕漂亮的女子很可能是遭到綁架了。如果有消息，王先生會通知他們。

王先生第二封信更令人失望。牡丹完全失去了蹤影，一點線索都沒留下。王先生也相信她是遭人綁架了，因為這種事情以前也聽說過。

這封信更加深了父母的恐懼。他們怕愛女被賣入娼門。這種恐懼，就像惡鬼般纏繞心頭，使他們無法思考。淪落風塵比死更糟糕。心裡越想越怕，揮之不去。時時刻刻都盼望有新消息到來。

有時候父親認為女兒的橫禍全是自找的，不過他沒有說出來；自己晚年不幸，竟遭到此種悲哀。他看到太太沉默度日，每天等著進一步的消息。他們和瑞甫舅商量，瑞甫舅立刻想到要寫信給孟嘉，把情況告訴他，請他返杭途中到高郵去一趟，設法在當地打聽消息。

父親但願消息不要傳出去，免得家醜外揚，給杭州民眾更多的笑談資料。

說也奇怪，做母親的頗為樂觀。「我知道牡丹會回來的。」她對丈夫說。她心裡深信這只不過是牡丹的驚人之筆——又一次逃亡。她瞭解女兒；說不定她又物色到一個男人一同私奔了。她是會做出那種事來的，而且她曾說過要逃避身邊的一切。她忘不了女兒曾大膽計劃和安德年私奔。說不定此人和牡丹的失蹤有關。

「你憑什麼認定牡丹會平安歸來呢？」父親問道。

「我到保俶塔去求過籤。兆頭還不壞。」

「你不相信她會被黑社會綁去賣入娼門?」

「我不相信。他們誘拐孤兒或年輕的姑娘。一個嫁過人的女人不會落入圈套，除非自甘情願。牡丹不會，她會照顧她自己。如果那綁匪是男人，她會指使得他們團團轉的。」

「你不懂青紅幫匪徒的情形。他們綁人報復，為了勒索錢，什麼都可以做。」

「那是你不瞭解自己的女兒。她若失蹤，那是她自願失蹤的。」

父親煩惱地嘆了口氣。「她就是不為我們著想，害我們胡猜，瞎操心。」說著搖搖頭，「如果她回來，她會理直氣壯說：『誰讓你們操心了?我會照顧自己。』」

「當然啦，我不敢確定。」母親說：「她可能一時迷上了某個英俊的男人，跟他跑了。我腦子裡老是想起安德年，上元節以後，他們一直在旅館幽會……還打算私奔……」

她吐露些細節，父親的臉色暗下來。他實在是忍無可忍，對太太暴跳如雷大聲吼叫：「你都知道，大概還鼓勵這件事吧。你從來不為我著想——也不顧念家庭的名譽。我是一家之主，誰都把事情瞞著我。你想，她若和一個有婦之夫私奔，這件醜事還得了!你這個糊塗的老東西!」

「現在你又怪我了。」做母親的也光火了。「你幾時鼓勵她和你說話來著?你幾時關心過她?你只想把她嫁出去，從你手上擺脫掉。你那套品德觀念!」

父親發出沙啞而深沉的笑聲：「我為這個名詞而羞愧。女人早已不講究什麼德行了。我實在不太相信她是我的孩子。」

母親一輩子沒受過這樣的羞辱。她雙手掩面大哭，自覺精疲力盡。她哭著說：「我只求我的孩子回來。」

父親邁著大步走出門去。

夫妻倆無緣無故吵了一架——毫無意義的爭吵，兩個人都氣沖沖，心情急躁。第二天，母親對父親說，要直接或間接查明安德年是否在杭州並不難。平心靜氣想想，不可能是人口販賣案；也許是為了報仇——例如私鹽販啦、費家的人啦，要不然就是金祝家的人——曾經為牡丹的行為而受害，想讓她丟丟臉。不外乎這幾種情形。

孟嘉出公差返家前一天，茉莉接到父母的信。反正她和孟嘉正打算南返。自從結婚之後，茉莉就一直急著回家看看父母，因為她聽到不少關於姐姐的傳聞，不知道家裡近況如何。而且她已經懷孕了。想在行動方便時早點走，免得在船上不方便。但是孟嘉五月奉召去漢口，所以行期就耽誤下來。

她接到來信，非常擔憂。上回她母親寫信來，牡丹和安德年還沒有分手。她實在搞不清姐姐怎麼會突然在高郵露面。孟嘉曾經告訴她，他一回到北京，便和她立即南下，她要買什麼東西送給親友，必需在他返京以前辦妥。這些事情她都辦好了。這次回去，她完全要以幸福得意的新娘身分回家，愛情十全十美，丈夫光榮體面，自從婚後，她對丈夫更加敬愛。翰林夫人畢竟是許多女人求之不得的。現在歸寧的喜悅卻突然被姐姐的惡耗一掃而空，她更加焦急。

「牡丹失蹤了，」孟嘉一回來，她就說：「我們得立刻動身。我爹娘要我們順路到高郵打聽消息。」

孟嘉急問：「是真的嗎？」他倒吸了一口氣，眼睛充滿驚惶和恐懼。「為什麼到高郵呢？」

「信在這兒。」茉莉把信拿給他看。

孟嘉很快的看了那封信，滿眼困惑的表情。他用關切的口吻說：「可是她爲什麼會在高郵呢？」他看完信，雙手掩面，發出一陣憤怒的低吼：「她到那邊去幹什麼？」

「我不知道，信上也沒有說。信上說，跟她住在一起的那個王先生推斷，認爲她可能遭人綁架報復了。」

茉莉看他猛坐在椅子上，點上一根菸，緊張急促的抽著。他的眼向遠處凝視，一邊用手背揉著自己的下巴。然後又站起來，在房裡踱來踱去，心不在焉拿起一個鎮尺，重重敲著桌面。

「你在想什麼？」茉莉問他。

他身子轉向書桌前的椅子，把鎮尺丟在桌上說：「我不相信牡丹會那麼蠢，別的地方不去，偏偏到高郵去，不管她在那兒幹什麼。高郵是走私販子青紅幫的老窩，她不該這麼無知。你知道薛鹽運使的案件吧，他去年秋天被處死的。你記得吧？很多人牽連在內。那些人誰都會記得她，巴不得看她落入圈套。她真是自找麻煩。」

「你認爲是一件綁架案，是嗎？那她會遭到什麼結果？」

「天知道。」他停了一下。心中若有所思。又點上另一根菸，抽了幾口，然後氣沖沖把菸頭用力弄熄，激動地說，「她何必這麼做？」然後口氣和緩下來：「她總是那麼衝動。誰也猜不透她下一步會幹什麼。」

「我們能不能想想辦法救她呢？」驚駭過去之後，茉莉看見孟嘉一臉難過和關心的表情。

「若是單純的綁架案就有辦法。我是說單純的擄人販賣案，那一定是青紅幫幹的。他們有嚴密的組織，得由上面施壓力。若是揚州鹽商幹的，那就麻煩多了。我得先弄清楚。我現在出去——午餐別等我。」

他立刻起身出門。

「你上哪兒去？」茉莉在他身後大叫。

「到都察院，我一個鐘頭左右就回來。」

孟嘉回來，早已過了晌午。茉莉吃過午飯，坐在飯桌對面聽他說話。

「我已經把有關私鹽販子的公文仔細研究了一遍，把所有牽連在內的人名字都已經抄下來了。鹽運司的職員都換人了，我想薛家一定搬走了。這件事也許和他們無關，即使有關係，也難不住我。我們得查清楚。但是有勢力的揚州鹽商，情形就又不同了。他們有海上走私網，遍布港口和沿岸島嶼……今天下午有一個人會來看我。他就是那件私鹽案子調查期間都察院派駐高郵的。關於高郵的情形，可以從他口中得到點消息，他叫李籌。」

大概四點左右，李籌來了。他年紀大約四十歲，表情故作莊重，說話慢吞吞的，從來不抬高嗓門。他是一個知道很多秘密，自己有決斷，從來不多話的人。都察院所以派他到高郵辦那件案子，不只是因為他過去記錄良好，也因為他是揚州人。

他態度極其謙虛，一心希望能幫上忙。孟嘉把情況約略告訴他，徵求他的意見，他靜靜聽著。

「你看法如何？」

李籌低下頭，一邊沉思，一邊用手輕撫著下巴說：「怎麼個做法，這很清楚。要怎麼辦，全看幕後主使人是誰。」──他一個字一個字用力說──「我認爲不是青紅幫幹的。他們的大本營在揚州三里外。你不要誤會。他們不會做這種事情。他們的首領是個慈善家──可以這麼說，青紅幫不是個營利性的組織。他們知道有人受到欺侮，才搶劫、殺人、劫獄。當然，他們也和一些販夫走卒脫不了關係，有些人專做偷雞摸狗的事情，或是向粗心大意的旅客扒竊財物。他們的頭子另有一個說法，說他們總得吃飯啊。但是他們組織嚴密，必須嚴守幫規，不然會受很嚴厲的制裁。他們不會綁架女人。這是違反幫規的。我可以把他們的頭子的姓名住址給你。他叫余沭泉，大家都叫他『余大哥』。他住在揚州城外一座美麗的花園宅子裡。您若以朋友而非官員的身分去看他，他會覺得非常體面。他是第一個該拜會的人。您會發現他極慷慨又親切，很講道義，願幫助人，並提出忠告。」

「如果青紅幫和這件事無關呢？」

李籌咬咬嘴唇，微笑地瞟了他一眼說：「您記得楊順理──那個被罰了十五萬大洋的百萬富翁吧？他消遙法外，花錢買了兩個人替他頂罪，我想那兩個替身的家屬各得了五千大洋。萬一有個三長兩短，還可以得到一萬大洋。」他沙啞的笑了笑又說：「我想很可能是這樣。你知道，他明知文件在令堂妹手裡。他是個酒色之徒，常霸佔良民的妻女，玩膩了就放人，這就是爲什麼我想到他。他會自言自語說：『我花了十五萬大洋，爲什麼不玩玩那個小娘們？』……如果他知道令堂妹在他的地盤上，有機可乘，我猜他會這麼做。」

「那該怎麼辦呢？」

「給余大哥幾天的工夫，他會查個水落石出的。令堂妹失蹤不久吧？」

「大概一個月以前。」

「那麼余大哥會打聽得出來的。給他幾天去查。若是楊順理幹的，他會告訴你。不過我懷疑他肯不肯幫忙。這其中的關係太微妙，太複雜，恐怕余大哥不願意介入。」

「對楊順理來軟的——您是不是這個意思？」

李籌慢慢伸手拿一根香菸。他似乎覺得這種情形很有意思。「不。」他說：「他是怕硬的。你若動厲害的，會把他的膽子嚇破的。您若叫人告訴他，都察院要重審他的案子，他會跪在地下求饒。你只管這麼說。反正你是聽別人這麼說的，當然不用負責任。對付他，你能用多大勢力就用多大勢力。我打賭，他會把令妹用轎子抬著送回家的。」

孟嘉深深感謝他的指教。李籌臨走前，還答應回家找幾個有用的姓名住址，以便孟嘉去打聽消息。

茉莉一直在書房門後聽著。等把客人送走之後，孟嘉回來，看見茉莉正在滿臉焦慮的等著。

「有希望了？」她問道。

「嗯。」接著又以煩惱的聲音慢吞吞的說：「我還是不明白牡丹為什麼偏要到高郵去。她應當不會那麼糊塗才對。」

「她一向衝動。」

「我知道，我知道。」

「我們什麼時候動身？我得立刻給我娘寫信，告訴她這個消息，叫她放心。」

「打聽消息要一兩天，反正明天走不成，最快也得到後天。」他想著剛才這位御史的話，一邊彈著手指頭說：「最大的勢力。你寫信給你娘，說我們後天動身，一切都在掌握之中。說我們會盡力而爲……噢，牡丹！」他幾乎怒吼道。

孟嘉和茉莉已經有了默契，只以親人的身分提到牡丹。孟嘉仍然把她看做是自己所見最與眾不同的女子。他知道她熱情似火，任性衝動，難以預料，又爲追尋失去的舊愛而滿心矛盾。他知道她喜歡年輕英俊的男人，尤其是健壯的年輕小伙子。雖然牡丹堅決否認，其實她是嫌他年紀大才捨他而去。他從牡丹的角度上看，也承認他自己也寧願和年輕女孩睡覺，而不願陪伴老徐娘。在這一點上，茉莉反駁他說，他和姐姐都把情欲和真愛混爲一談。茉莉完全瞭解他，所以她能超然不忌妒，兩個人常拿牡丹開玩笑。現在她比孟嘉更關心姐姐。孟嘉氣惱的，是牡丹老不改她那喜惡無常、好奇任性的脾氣。

「不要生她的氣。」她說：「我們不能耽誤太多時間。」

「我不是生氣。當然我們會盡力而爲，只要她不魯莽亂來，身體又好好的，我有把握可以從楊順理手裡把她救出來。」

「照你這個說法，好像就是那個百萬富翁幹的。」

「我們不敢確定。不過李籌卻認爲是他。他知道那個地方，又認識那個姓楊的。我要給怡親王寫封信。」

「你是指杭州巡撫？」

「正是。我就照李籌的話辦。明天我請軍機大臣張之洞寫一封信給南京總督，我再給怡親王寫一封信。如果姓楊的怕官方勢力，那就夠他受的了，這是最大的勢力。」

那天晚上，孟嘉坐在書桌前給怡親王寫信。那是一封充滿溫情、半公半私的信件。他請求王爺鼎力相助，並給南京總督寫信。爲了施展最大的壓力，他可以說被綁架的女人是他的親堂妹，甚至不妨說她是王爺的乾女兒。這樣更有用。

第二天一早，他們收到瑞甫舅的第二封信，信上說得更詳細更確實。瑞甫舅重申牡丹父親的要求，要他們到高郵看看，同時加上一些新的資料，說安德年人在杭州，和牡丹的失蹤不可能扯上關係。信裏還說，牡丹本來計劃和他私奔，但是後來情絲斬斷了，這也許可以看出她突然失蹤的動機。她心情煩亂，曾告訴父母她要離開杭州，要「開創新生」。他相信牡丹的誠意。這就是她爲什麼要到高郵去的緣故。

大體上，這封信對牡丹的行爲過程交代得比較清楚，也減少了孟嘉對她的怒意。

「我還是不懂，她若要離開杭州，爲什麼不到我們這兒來。」茉莉說。

「你知道原因嘛。」孟嘉說。

「我不知道。」

「她的面子。咱們若是碰到了她，她該怎麼辦？」

「那就來跟我們住啊。」茉莉回答說。

孟嘉撇撇嘴。向太太瞟了一眼，佩服她對人信而不疑和思想的單純。茉莉看出他的猶豫神色。

「你該不是怕她吧？」她笑笑逗他說。

「不是怕。但是她不來總好些，是不是？你姐姐的一言一行都難以預料。」

茉莉沒再說話，不願意再刺激他。

「茉莉，」孟嘉說：「你不用擔心。我愛過你姐姐——愛得發狂，不久我便發現她心緒紊亂，我消受不了那份癡狂。當然我不瞭解她，現在我瞭解了。你說要把她帶回北京，你知道我們的愛情屬於另外一種，誰也拆不開我們，這是我要說的第一句話。其次，我們若要負責照顧她，就要儘早給她找個男人，好使她別再鬧事。如果瑞甫舅來信說得不錯，她的風流韻事也夠多了。否則她在這裡也會像在杭州一樣，還會惹出不少非議的。」

茉莉聽到孟嘉的聲音含有苦澀的調調，他一定很愛她，爲她吃過不少苦！

「我姐姐不像你說的那麼壞。你不瞭解她。」

「不瞭解？」孟嘉滑稽地說：「我告訴你，我們最好怎麼應付她。物色一個英俊、白皙、健壯的小伙子，把她的眼睛蒙起來，送她上轎嫁過去。當然得是一個年輕英俊的男人，第二年她生一個小寶寶，就不會再做這些荒唐的事了。」

「你簡直亂說！」

「你不覺得這就是她的願望？」

「你的話也有道理。不過你用不著那樣說法。你若反對她上我們這兒來，不帶也可以。孟嘉，拜託嘛。」

孟嘉心軟了。茉莉的一句情話往往有極大的效果。他抱她坐在他的桌子上，輕輕一吻。

「你對她很不耐煩，是不是？」她問道。

「當然，你若想帶她來，那就帶她來。我只是說，我們有責任替她找一個男人。」

茉莉低下頭在他唇上甜甜一吻。「這還差不多。我知道你一向願意爲她盡力。」

「你知道，我應當感謝你姐姐。」他說著，端詳並撫摸她的纖手。

「爲什麼？」她咯咯笑道。

「沒有她，我們怎麼能相見呢？」

茉莉又吻他，甜蜜如昔，卻不像牡丹吻他時那麼狂熱。她從桌子上跳下來，說：「該睡覺了，明天還有好多事情要辦呢。」

可以說，他們的婚姻幾近理想，就像白薇和若水一樣。當然也有性愛，不過他們的男女之愛是極其自然的。彼此的每一句話，每一次握手，每一個聲音、在思想觀念的討論上、甚至在彼此的各方面歧異上，都飽含愛意。牡丹錯過了多少幸福滋味。

26

高郵熱得嚇人。他們把行李寄在揚州的騎鶴賓館，那是該地的一個豪華旅館，位在一座大花園內。天氣熱，花園裡絲竹管弦又通宵不斷，根本睡不著。他們悄悄坐船出發。孟嘉和太太都認為坐船比坐轎子或坐車還舒服。

茉莉自願同行，想親自和王先生夫婦談談，看看牡丹住的地方。她從來不知道自己對姐姐的感情有多深！她心裡一下想到最可怕的後果，一下又希望他們到達時，能看見牡丹已經平安歸來。

「如果我們發現牡丹在王老師家呢？」她問過孟嘉好幾次了。

「但願如此，不過我不敢奢望。」

「若是找到她，不知道彼此會說些什麼？她很可能是自己私奔，然後又回來了。」

「有可能，但是不合常理。等一下我們就知道啦。」

他們坐的是一艘時速三里多的快船，船身又淺又輕，由四個健壯的漢子划槳。孟嘉告訴他們，日落前若能趕到，會多加賞錢，船果然走得很快。輕舟一路前進，一艘艘趕過別人，在擁擠的水道中飛速疾駛，差一點就撞翻了。每次船槳濺入水中，船夫的腳一踏船，船就微微震動。船夫只穿短褲的身子在太陽下閃閃發亮。茉莉每次看到來船對著他們駛來，心都要跳出來了，但是每次都相擦而過，平安無事。

「當心！」他們差一點撞到另一艘舢板，茉莉叫道。

「別怕！」一個年輕船夫說，「你們不是要日落以前趕到嗎？」

那幾個年輕小伙子又笑又叫，滿嘴亂說髒話，爲自己的本事十分得意。

孟嘉顯得鬱鬱不樂，心事重重的，一路上很少說話。一想到要見牡丹，他又感受到分手的事實。他回想到他和牡丹在太湖船上初次相遇的情景，眼前的一切突然有了新的意義。在和牡丹這場交戰之中，他是敗下了陣來。初戀的回聲永遠存在。他的生活再也無法像以前一樣。現在他看到赤膊的船夫，不免想起那個拳師傅南德。牡丹一定曾爲他神魂顛倒。

茉莉看出他兩眼茫然的神情。每逢他那個樣子，茉莉總是不去打擾他。

小船輕快如飛，在平靜的流水中劃出箭頭似的波浪。每次船槳嘩啦一聲，他們的身子就向後猛然一仰，轉眼就把揚州拋在大後面，來到運河和湖水交會的迸駕橋。兩岸的風景一掠而過，像萬花筒似的。青山翠島和不同的水面相連，景色千變萬化。木橋跨澗，紅色小旗零零落落撐在高桿上，正是遠村之中酒樓旅館的市招。這一帶富庶而地形諸多變化的鄉野，爲走私販提供不少美麗的藏身巢穴，以及逃避水警的絕佳通路。

頭上是熾人的白色天空，把湖面映成柔美的白磁色。孟嘉爲茉莉撐著陽傘。山邊吹來一縷和風，減輕了白天的熱浪。船規律的搖動使茉莉昏昏欲睡。頭一天夜裡他們沒睡好，今天早晨又起得早。她仍然坐得筆直，兩手放在膝上，下巴貼著胸口，像一個疲倦的小孩。孟嘉看見妻子連睡覺都端莊守禮，覺有很有趣。

她的輪廓和閃亮的湖水相輝映，他再度發覺姐妹倆十分相像——同樣的鵝蛋臉，同樣挺直的鼻樑，同樣端正的嘴唇和下巴，頭同樣向前弓——就連頸背也一樣圓潤迷人。他再度覺得，她是牡丹更年輕更甜蜜的形象，是洗淨了衝動任性性格的牡丹。

多麼相像！又多麼不同！

現在就連睡覺的時候，她雙手還是好端端放在膝上，乳白杏黃相間的短襖，整整齊齊的扣著，坐下時，裙子都細心整理好。

茉莉把自己看做是「翰林夫人」，也希望讓人看來是恰如其分；她不想害丈夫丟臉。在家時，孟嘉也從未見過她斜靠在臥榻上，或者像牡丹那樣叉開兩條腿挑逗人的樣子。她見識多感受也多，頭腦比牡丹更為清楚，永遠心平氣和。她說話從來不失分寸。

在他們的結婚喜宴上，人人都誇她沉穩端莊，難怪一心想打光棍的翰林會拜倒在石榴裙下。現在，雖然她在小睡，她還是渾身上下無一分不像翰林夫人。她生活上似乎只有一個目標：那就是使丈夫快樂，並以她為榮。

她們兩姐妹的輪廓真像得出奇，在他眼中，茉莉就是牡丹以前的樣子，忠誠而真實的牡丹。

她是否真的睡著，他不敢確定。他用手輕撫了茉莉的後背，她微笑著睜開了眼睛，發現孟嘉正盯著她瞧。

「你在想什麼？」

「看你呀，覺得你側面真像你姐姐。」

「噢，牡丹！你想她現在在哪兒？」

「咱們現在沒法兒知道，見了余大哥後就知道了。她失蹤恐怕已經有四、五個禮拜了。若是她回來，那真是意外的驚喜。如果沒回來，那她一定真遇到了麻煩。所以時間很重要。」

沒想到下午三、四點就到了高郵。他們要船夫等著，因為明天他們還要回揚州。他們立刻找到王老師家。

王家是一棟石灰泥砌抹得很結實的老房子，已經住了好幾代。後面是一道矮叢樹籬笆，圍繞著一片疏疏落落的菜園子，王太太在裡面種了幾種青菜。樓上的小後窗俯瞰一片金黃色的麥穗。王太太忙完一天的家事，正在搧涼，胖胖的身子坐在廚房門邊的一張椅子上，偶爾有一絲微風吹進來。

她的夏布短襖半敞著，她正納悶今天怎麼這樣熱，不時擦掉額上的汗珠。兩個大女兒都出嫁了，她一個人料理家務。兩個年紀小一點的孩子，一男一女，都在上學，最小的只有八歲，留在家裡陪母親。

阿寶忽然跑進去，扯著嗓子喊：「牡丹姐姐回來了！」

王太太跳起來，搖搖擺擺走到門口，看到一對服飾考究的男女在門外站著。小男孩咧著大嘴露齒而笑，直叫「牡丹姐姐」，就要過去拉那位少婦的手。

茉莉說：「我不是牡丹，我是她妹妹。」

小男孩慢慢把手放下來。「不過你真像她，我以為你結了婚回來了呢。」

孟嘉打量了一下這位中年婦人，立刻說明自己的身分。

王師母不勝驚異，立刻為自己的衣著不整而道歉。她說：「請進，今天真熱。」又轉身對孩子說：「快到學校去，告訴你父親回家來，說牡丹的妹妹和北京的翰林來了。」

她端來了臉盆和毛巾給客人洗臉。梳洗寒暄完畢，王老師已經邁著快速而不穩的腳步，氣喘吁吁從院裡進來。

他忙向客人問好，有幾分急促不安。客人站起來，賓主鞠躬為禮。

「打擾您，實在抱歉，」孟嘉說：「都是為了鄙親。多謝您費心照顧她！」

「真是做夢也不敢想您的大駕光臨，」王老師答道。似乎還有點兒沒有平靜下來，「常聽牡丹提到您，您的大作我也拜讀過幾本。」

大家坐定，孟嘉說明此來是打聽事情發生的情形。

王老師話說得很慢，是有意語氣嚴肅，好適於這件事情的嚴重。他說：

「事情發生在五月二十八，她沒在經常回家的時候到家，我們等了一整夜。私塾到這兒只有十五分鐘的腳程。她的房間還像平常一樣，她並沒說要到什麼地方去。第二天，我們聽說有人在河邊看見她。她由街道盡頭的城郊走過來，那兒只有幾家零零落落的小鋪子坐落在距離河岸不遠的地方。後來我們聽說街上出了事，一大群人圍觀兩個男人因為看西洋鏡而打架。人群中有人看見她被一個挑水的撞倒，衣裳弄濕了，躺在地上。一個年輕人邁步過去，把她扶起來。別人看見她被那個男人扶著走了。就我們所知，整個事情可能是那個陌生小伙子一手安排的，此後就沒人看到她。我們向當地府衙報案，但是他們查不出什麼線索。現在已經過了一個多月，我寫過好幾封信到杭州。」

王太太對這件事很難過。她傷心地說：「她是那麼乖的好姑娘，就和我的親女兒一樣。她一向準時回家，從來沒跟年輕男人出去過。她和我們住在一起，和在家一個樣，竟然發生了這種事。我真是愧對令尊令堂。」

「您千萬不要這樣想。」茉莉體貼的說：「家父母寫信告訴我，說您對家姐好極了，我要代家父母向你道謝。我們一聽到消息，儘快趕來的。」

「你知道去年販賣私鹽的案子吧。」孟嘉說：「以前那個鹽運司薛鹽運使的家，還在高郵嗎？」

「不在了。鹽運司的職員全都換了，事後他的家人都回安徽去了。」

「您以為牡丹在這兒有仇人嗎？」

「她怎麼會有仇人呢？由學校回來之後，她幾乎很少出去，也不認識什麼人。」

「您還聽說有什麼人牽連在那個案子裡嗎？」

「鹽運司有不少人被逮捕受審，另外還有幾個妓女。我聽說牡丹她丈夫也牽連在內。我不懂她和這件事有什麼關係，實在令人百思莫解。」

「最近發生過很多綁架的案子嗎？」

「沒有，好多年沒有發生這種事了。」

茉莉追問她最怕的一個問題：「我的意思是說，綁架良家婦女賣入娼寮的事。」

「沒有，人家何必這麼做？在荒年，有好多父母賣自己的女兒做娼妓，還要把她們養大，還要教給她們那些彈唱等等的本領呢，揚州就有這種人肉市場。」

茉莉鬆了一口氣，肩膀也稍稍鬆垂下來。

那天晚上，孟嘉請他們到外面的館子裡吃飯。孟嘉夫婦獲得了全部想要的情報，向王先生夫婦致上誠摯的謝意，說第二天清早要回揚州，就告辭分手了。

孟嘉一步步查詢牡丹的下落，心情也就越爲緊張。在高郵他很平靜，但是見了青紅幫的首領余大哥，等於是一個轉捩點。第一次會面是在揚州城外那個大花園做禮貌性的拜訪，很少人能有機會見到這位傳奇的大人物。孟嘉發現這個人隨和直爽，六十五歲年紀，穿著小褂兒，正在堆滿文件的桌子上做事，嘴裡有兩個金牙閃耀發光。他很習慣於交際應酬上的禮貌言談。

他的客廳裡掛著好多名家的字畫，前面花園裡立著一塊白石匾額，是他六十一歲生日時，爲紀念他的德高望重，好多有地位的商界名人和社會士紳敬送的。由此立刻就可以明白，他的名字總是見於呼籲慈善救濟等公益事業上的。

這些青紅幫的人物並不一定合乎《水滸傳》梁山泊傳下來的那種「忠義」標準，但至少他們並沒完全忘記那些道理。善良無辜的老百姓遭受了不白之冤，這些江湖人物就起而相助。他們那些嚴格的榮譽法規（如劫富濟貧）和有效的傳遞消息的秘密組織，往往使政府官吏不得不跟他們合作。

余大哥一向注重禮貌，特地回拜梁翰林。翰林的官級之尊貴，是盡人皆知的，所以孟嘉之前去拜會他，余大哥覺得十分光彩。他說過幾天他就可以得到必要的消息。現在他來，不僅是有重要的消息，並且也有寶貴的意見，對事情自然是大有幫助。

他走進旅館，在櫃檯上打聽梁翰林，儀態溫雅，只有真正的貴族才有這種風範。他打躬作揖——很難令人相信這個溫厚的老翁，就是手握幫會中每個人生死大權的人，整個青紅幫的勢力自山東南達上海——他的話就是法律，言出必行，號令如山。

孟嘉請他進入私人專用客廳，把門都關上。

喝過茶，老首領不拐彎抹角，立刻簡單扼要說，「我叫手下調查，確定我們和令堂妹的失蹤案扯不上關係。相反的，我接獲報告，有一幫人想要綁架她。去年都察院派人來調查私鹽案子時，我們分佈在旅館和堂子裡的手下曾經幫過忙，所以我很清楚那件事。聽說令堂妹就是已故費廷炎的夫人，姓薛的曾親手把那本日記和別的東西一起寄給費太太，結論是不問可知的了。」

他拿出一份被捕判罪的人員名單。孟嘉流覽那張名單，余大哥的眼光也不離孟嘉。

「你想起什麼沒有？」余流泉問道。

「我還是聽聽您的高見吧。」翰林謙虛的說。余大哥似乎已經費了老大不小的力氣做了一次徹底的調查。

「我的手下正在追查。我告訴他們，這個案子事關我的一位好朋友。」

孟嘉微微欠身，對他的這種態度表示謝意。

余大哥繼續說：「我不知道令堂妹為什麼事要回高郵去。從她抵達高郵到她失蹤，根據各方面的報告上看，她根本沒跟什麼壞人交往過。我剛才說過，弟兄們還正在調查到底是誰做的。我不相信會是鹽運使，因爲他離出事地點太遠。我對這件事特別注意，不單是因爲您來找我，給我這個臉面，也正是因爲『忠義』二字，我們弟兄們應當管的，因爲這是濫用金錢勢力爲非作歹。從另一方面說，我必須對您十分坦白，說實話，我是左右爲難。運鹽的私梟和我們弟兄們在彼此的地盤上有一種默契。也許您知道，我們的活動是在大運河和漢口以下的長江。他們的活動是在沿海一帶。我們雙方互不侵犯，我們也不和他們敵對。如果確定這件事是他們的人做的，我不能出面幫您。我希望對他們守信。我相信您有別的辦法營救令妹，我們的弟兄可以提供您情報。」

余沭泉話說得清楚而懇切，讓人覺得他說的話一定算數。人人都知道他言行如一。情形似乎令人樂觀，孟嘉立刻對他的鼎力賜助表示感激。第一步是找到牡丹的下落，然後才知道如何著手進行。

余沭泉盯著他說：「您得幫我個忙。」

孟嘉感到意外，失聲笑說：「您怎麼說這種話呢?您現在是正大力幫助我呢。」

「我知道我能夠對您推心置腹。不過別對別人吐露風聲。您若肯保密，我再說明原因。」

「您相信我吧。」孟嘉話說得很簡單，態度鄭重。

余沭泉向屋子四周打量了一下，把椅子又拉近了點，壓低了聲音說：「我要您做一件事。禮貌性拜會道台大人，傳一句話，說都察院要重新偵察去年揚州的私鹽案。」

「您爲什麼要我這樣做呢?」孟嘉想起李御史也暗示過同樣的手法。

「別管爲什麼，設法造成印象，您有權使這個案子重新偵察。當然不能公開威脅。只說您聽人說起這件事——而且照你看來，是非常可能的。您剛從北京來，聽來自然像真有其事，當然您要當做內幕新聞來說。」

「為什麼特別要找道台？」

「他是鹽商楊順理的朋友。您記得楊氏被罰了一大筆錢，並花錢叫他鹽行裡的小職員替他頂罪。不用說，過了一年半載，他自會花錢把那兩個倒楣鬼放出來，或者是減刑。我知道姓楊的會擄女人來尋樂。他抓過不少女人，分藏在三個別墅裡。我們不干涉這些事，因為我們幫裡不便和他作對。不過，我告訴你，這種事最不容於社會。這個案子我猜他脫不了關係。」

孟嘉還是一頭霧水。「告訴道台又有什麼用意呢？」

「我要使這種謠傳進入姓楊的耳朵裡。姓楊的和地方官很親近，他不這樣不行。說不定道台會找他來，以朋友的身分告訴他這個消息。您就要和尊夫人回杭州，是不是？」

「對，」孟嘉沒想到他的秘密情報這麼準確。

「那更好。做得自然些。你經過此地，禮貌性拜會當地官員。隨便提一下，說您正在找失蹤的堂妹，請他出個主意。因為高郵在他的治下，所以他若肯幫忙，您自然十分感激。我想您在這兒要待幾天吧？」

「那要看情形需要而定了。」

「要裝作漫不經心提起去年的案子，說您聽說都察院要這麼做。如果道台自己不把話傳過去，衙門裡的師爺也會把話傳給姓楊的。」

「然後呢？」

「我只要您做這一件事。你知道，姓楊的膽小如鼠，有錢人都是如此。我要惹惹他，嚇嚇他，觀察他的動靜。如果令堂妹在他那兒，他一定會有所行動，那我們就知道了。夏天他住在靠近屏山的花園裡。過了二十四橋，有一片大花園。外園裡還有一個內園，他就住在裡頭，四周圍有高牆圍繞，誰也闖不進去。所以我要您嚇嚇他。」

「現在我懂了。」

「您一定要等我的消息。不要來看我，有什麼消息，我會叫人送來。首先要弄清楚令堂妹現在何處。」

在余沭泉臉上，孟嘉看出他是一個有勇氣、有決斷而精力充沛的人。對於這個外貌溫厚的老者，孟嘉不禁肅然起敬。

孟嘉送余大哥到門口，作揖道別之後，回到屋裡。茉莉正在等著他。

「有什麼消息沒有？」她焦急地問道。

孟嘉的臉上興奮而緊張。

「余大哥認爲是那個鹽商，也就是派人到北京找我們談判的人——你還記得吧？」

「我記得。牡丹在哪兒？」

孟嘉幾乎沒有聽見茉莉的問話。

茉莉又重複問了一遍：「牡丹在哪兒？」

「現在還不知道，我在等余大哥的消息。他真是了不起的人物。」他一想到牡丹正被囚禁在那個流氓家裡，不覺愁容滿面。他只希望牡丹平安無恙。他預感有大事情就要發生。就斷斷續續告訴了茉莉余沭泉的計劃和他必須去拜訪那位道台的事。

「我想這件事我是一定要做的，一旦我們知道了牡丹的下落，我就向官方求援。我還要去拜訪南京總督，這段時間我們只有靜靜的等了。」

「那就等吧。」茉莉看他坐在那兒，心事重重。她走過去站在丈夫後面，兩手放在他的肩上。孟嘉伸手抓住妻子的手。

她安慰他說：「我和你一樣擔心，我想事情不久就會明白的。現在該輪到姓楊的操心了，我相信總督大人會幫忙的。」

「也許你說得對。」他把茉莉拉過來，坐在他膝上。「我們等消息的時候，不妨到二十四橋去走走。二十四橋，都說壯麗可觀——一大片富麗堂皇的別墅和花園，在蜿蜒如帶的河岸邊綿延一里。聽說美極了。」

「你今天下午去看那位道台，咱們明天去逛二十四橋。」茉莉嫣然一笑說。

「茉莉，你真是我的寶貝。」接著熱情的吻了她一下，說：「現在起來吧，我有很多事情要辦。」

27

「大人，我們看到令妹了。」門一關上，來客就低聲說。他拿著余沭泉的名片到旅館來見孟嘉。此人身材高瘦，左頰有一道疤痕，辮子盤在頭頂上，頭上纏著一條黑頭巾。

孟嘉拉過一把椅子來讓他坐下。立刻急問他：「人在哪兒？」

那個人小心翼翼向四周看了看，慢慢答道：「大哥叫我來送個信，她現在在長江口外的一個小島上。我們的人剛追蹤她回來，我們派了三個人去監視姓楊的住所。昨天早上，我們的一個弟兄看見他家門口停著一頂遮蔽很嚴的轎子，就在他屏山別墅的大門前。我們弟兄看見一個女人被拖出來推到轎子裡，我們相信那就是令妹。」

「她有沒有掙扎？」

「沒有，上轎前她一直低著頭。轎子的簾子都放下來，我們弟兄跟在後面。一定有人對她說了什麼話，也許說他們要送她回您這兒來呢。我們弟兄一路跟蹤，看她被帶到船上。到了海灘，她掙扎要逃走，立刻有人堵住她的嘴，推到船上去了。」

孟嘉焦急地望著來客，「他們要幹什麼？」

「很明顯，姓楊的一聽到您來到揚州找令妹，一定害怕了，他知道您有勢力。將來等查出令妹的蹤跡，他好有的推脫，那樣他就沒事啦。」

「小島在哪兒？」

「是靖江下面的一座漁人小島。我們弟兄坐著小船在後面盯著，有四名壯漢把她弄到岸上去的。」

「你等一下好嗎？我要拙荊也來聽一下，她是受害人的妹妹。」

茉莉進來之後，孟嘉向那人引見，然後茉莉在一旁屏息靜聽。

「余大哥看法如何？」她問道。

「余大哥說，那是一個私鹽幫，和海盜有勾結。我們就讓她待在那兒，不要打草驚蛇。那邊順流半天可到，逆流往上要一整天。那是一個荒涼無人的原始小島。一片平沙，是由江口沖積而成。假如不驚動他們，逼他們將令妹運出海，那麼三四十人就可以包圍那個小島。余大哥說您會知道下一步該怎麼辦。」

那人傳遞完消息，起身告辭。「事情若還有什麼變化，我會再來告訴您。」

「你相信我們一定能找得到她嗎？」

「我們留了三個弟兄在那兒看著呢。情形一有變化，我們立刻會知道。」

「告訴你們老大，我萬分感激。我永遠忘不了他的恩德。」孟嘉送客人到門口。

「總算找到了！」孟嘉深深吸了一口氣。

「我們下一步怎麼辦？」

孟嘉拿起了一根菸，點著，用力吸了一口。他想到牡丹在綁匪手裡掙扎，如今身陷困境，不禁熱血沸騰。他慢慢走向窗口，佇立片刻，然後慢慢把香菸弄熄。

他轉過身來用激動的口吻說：「我們得立刻到南京拜見總督大人，不能耽誤時間。綁匪若再把她轉運到別的地方，就要整支艦隊追遍全中國海岸才能找到她了。」

孟嘉坐下來，給余沭泉寫了一封信，感謝他熱心幫助，並請他派一個人，同他一起去拜見總督。他需要一個人把事情經過和那個小島確切的地點向總督當面陳明。他差人把信送去，自己就回來了。

茉莉焦急地看著他。孟嘉說：「你也一起走，把你一個人放在這兒我不放心。」

「當然我要去，這是我姐姐的事。」

「說不定總督大人會請我們小住幾天。一得到余大哥的消息，咱們馬上動身。」

行李都收拾好了，茉莉在梳妝台前待了好久，將頭髮往上梳，仔細配戴首飾。

她一遍又一遍梳理青絲，手微微發抖。她穿上一件淺藍色、上面精心繡著茉莉花圖樣的衣裳，然後立在鏡子前仔細端詳。

「你這身打扮，真是太美了。」孟嘉說。

「我最喜歡這一件衣裳。我該戴珍珠還是珊瑚？」她問道。

「哪樣都可以。」

她打開首飾盒，挑出一條珊瑚項鍊和一對珊瑚墜子的耳環，側過頭來往鏡子裡看。

「告訴我，這一件怎麼樣？」

「你美如天仙，裝飾品不重要。走吧，快一點，余大哥的手下隨時會來。」

「不過你說總督大人也許會請咱們住在他的公館裡。」

茉莉就是這樣。她每次赴宴，一定打扮得叫人心服口服——在自己和別人眼中——要人知道她就是那位擄獲光棍單身漢一顆心的小姐。

總督大人的公館在城北，離著名的雞鳴寺不遠。陳道南總督年約五十歲。陳道南的任所一直在南方或西南，孟嘉已經很多年沒看到他了。他們是同年中舉的進士，在文官中這份關係不同凡響；既然同時通過最嚴苛的考驗，交情終身不渝。他們送上名帖，陳總督聽說梁翰林帶家眷來，忙叫人請進內院。

寒暄過後，孟嘉拿出軍機大臣張之洞的信函。陳總督畢恭畢敬看完。收到那麼大的官兒來信，真是一件光榮體面的事。

「多虧張大人還記得我，不過，孟嘉兄，實在不必要。你的事我一定盡力效勞。他信裡指的是什麼事情？」

「是拙荊的姐姐。」孟嘉簡單敘述情形的經過，並請總督召見同來的古先生。

小古進來之後，跪地行禮，總督叫他起來。問了些必要的問題，他對一個秘書說：「帶這個人到我衙門的房間去歇著，我以後還用得著他。」

姓古的告退之後，總督大人說：「你找余大哥，真是找對了人。現在問題簡單多了，我叫水師局調派人手，五、六十個人可以分坐兩艘船。我絕不讓犯人逃走。」

他把秘書召來，吩咐他宣召南京水師局長，然後轉身對茉莉說：「夫人務必賞光，讓我有幸招待賢伉儷住幾天，」話中充滿熱誠，並且很巧妙的恭維了她幾句，「我聽說著名的光桿梁翰林終於要娶親了，我送了一份賀禮，你們大概收到了吧。難怪，現在見到你就恍然大悟啦。今天晚上我要補行慶賀一番。」

「您真客氣。我怕太打擾您。一切全仰仗您幫忙。」茉莉態度從容的說。

「孟嘉兄已經找到令姐的下落。這一步最麻煩，現在我們要做的其實很簡單。等水師局長來了，我吩咐他嚴密監視靖江和江陰上下，我想你用不著擔心，走水路逃脫是不可能的。」

「你想會不會開起火來？」茉莉面帶憂容望著孟嘉說。

「別擔心，別擔心，我們會照顧令姐。根據這位古先生的說法，那個小島上只有五六戶漁家。除非必要，我們是不會開槍的。」

那天晚上的宴席上，總督夫人和兩個姨太太都出現了。在大家互相敬酒談笑風生之時，孟嘉和茉莉暫時把牡丹忘記。水師局長已經找來，接受了總督大人的指示。所有必要的措施都已完成，並已傳出命令，要嚴密注意靖江和江陰之間的交通，位於高橋的水師哨站要隨時和南京聯繫。

孟嘉和茉莉坐在主位，大家把茉莉奉爲上賓。總督夫人一直和她說話，她說話時，所有貴婦們都洗耳恭聽。茉莉以前還不知道丈夫的名氣這麼大，等聽到總督夫人恭維丈夫的著作才知道。

不知爲什麼緣故，「翰林」這兩個字在中國人耳中，具有特殊的魔力。比「大臣」或「巡撫」的頭銜更動聽。因爲它代表文學聲譽，讀書人都夢寐以求，但是很少人才能達到願望。

談笑中，總管傳來急報，說兩江巡撫杭州衙門派了一個人來，來人正在前面會客室中候傳。總督看了名片，遞給孟嘉。

孟嘉舐舐嘴唇，抬眼看茉莉說：「來人是兩江巡撫的秘書，安德年。」

茉莉差一點失聲叫出來，熱血湧上面頰。

「他來幹什麼？」她問道。

「你認識他？」總督夫人問道。

「不。我聽說過他的名字。」

總督吩咐總管傳話說，如有急事，他馬上就出去見他。總管答道：「他說事情很緊急，他帶來巡撫大人的親筆信。」

「那一定很重要，」總督說，「請他到內廳。」

總督離席去見來使，過了一會兒回來說，安德年帶了一封怡親王的信。

「是令姐的事，」總督對翰林夫人說：「我不知道令姐是怡親王的乾女兒。」

孟嘉微笑回答說：「不錯，有一次宗親在杭州給我洗塵，在席上，怡親王很喜歡她，就收她做乾女兒。」

茉莉大吃一驚，但是仍然保持鎮定，一點兒不顯露出來。丈夫沒有告訴她這件事。孟嘉只不過信裡隨便對怡親王提了一下，藉以希求能對當局施以「最大的壓力」，結果就變成真的了。他很高興怡親王認真接受他的建議。

「何不請他一起用飯呢？」茉莉真想看看這個差一點變成她姐夫的男子。

「他說他吃過了，寧願在外面等。我相信他寧願私下討論這件事。」

佳餚一道道上來，最後孟嘉請主人不要再上了，要點兒粥喝，才結束這頓宴席。

宴罷，茉莉和孟嘉陪總督到會客室去見安德年。安德年穿一件正式的乳白絲袍和黑紗短襖；他比孟嘉稍高。總督介紹孟嘉，安德年端端正正作揖行禮，詫異地瞥了茉莉一眼。茉莉看得出他臉上的愁容和焦慮。

「這是拙荊。」孟嘉說。

茉莉上前，彼此互相一鞠躬。她立刻對這個人生出好感。雖有要事相談，他在總督面前還是精神奕奕，泰然自若。

安德年沒想到會在這兒遇見茉莉，他看到這位優雅的貴婦和牡丹長得一模一樣，眼裡現出驚疑的神色。

他們坐在鋪有朱紅墊子的豪華紅木椅上，地毯上立著兩三尺高的藍色磁瓶。佣人端茶待客。

安德年坐在安樂椅上，膝蓋交叉，一杯在手，用沉著嚴肅的聲音對總督說：「巡撫覺得事關重大，所以要我親自前來求您幫忙和合作。」

「其實，」總督說：「梁翰林比你早了一步，我們已經找到巡撫的乾女兒了。」

「她在哪兒？」安德年雖然極力想保持鎮靜，但是不由得提高了聲音。他看看總督大人，又看看孟嘉，把手裡的茶杯放下。茉莉忍住笑容。

總督大人把一切佈署略述了一下，「水師局正在負責辦這件事。你若到此地的巡撫衙門，他們一定會告訴你的。」

安德年聚精會神聽完總督大人的敘述，才放了心。他雙手抱膝，以正常的語調說：「我還不知道呢。我奉命先聽您吩咐，求您合作，並商討一切事宜。若是已經交給水師局負責，我可以直接去和他們接頭就行了。當然，我還是要求您相助。」

「當然，府衙的一切設施都任你支配。你住在哪兒？」

「事實上，我還沒決定。我直接上這兒來，沒想到會打擾您用餐，真冒昧。」

安德年簡直覺得罪過。這回他硬說服巡撫派他當私人代表來辦此事，他心急如焚，希望找到牡丹，再見她一面，於是自請前來。從孩子去世那天，她請求結束情緣開始，他就一直飽受折磨煎熬。他忍著不和牡丹相見，不給牡丹寫信，滿腦子盡是裝滿了牡丹的面容、姿態、言語、擁抱的畫面與回憶。這些影像日日夜夜折磨他。晚上他坐在家裡悶聲不響，他太太以爲他是爲喪子憂傷。現在他有機會一面執行公務，一面遵從內心的渴望。

這項任務在他看來純屬私事，如今面對茉莉和孟嘉，他覺得很難爲情。

他雙目不斷打量孟嘉和茉莉。三個人都暗有所思，但既不能也不願表露出來。有一兩次，他發現茉莉正用懷疑的眼神望著他，似乎已識破他的本意。他不知道他們對他和牡丹的事瞭解多少。他和大家討論這件事，能不洩露他個人的情感嗎？他希望能找到牡丹，單獨見見她。

28

夜靜悄悄的，岸上的燈火已經熄了。半輪明月高掛在天上，不時被片片浮雲掩蓋。一條條移動的黑影爬過小島岸，把白色的海岸遮蔽住了，然後又露出來。

一陣午夜的和風吹過江面。孟嘉和安德年站在兩千五百噸驅逐艦的船頭上，往遠處眺望。「龍華號」是中國海軍駐防在南京和江陰之間的小型驅逐艦之一。那天下午由南京出發，在高橋上方拋錨，離玉春島大約一里半左右。那天下午，他們用夏艦長的望遠鏡觀察小島的動靜，漁夫的房舍和一大排樹木都看得清清楚楚。

夏艦長認為滔滔的波浪和朦朧的月色特別適於夜間出擊，他覺得這是一次很小的演習，一下午都談笑風生，用美酒待客。島上的燈光兩個鐘頭以前就熄掉了，但是他叫他的手下四十五個人半夜才行動，那時候潮水高漲，登陸和撤離都比較容易。

行動的時間終於到了。孟嘉和安德年靠在欄杆上，很緊張的站著，不時交談一兩句。船上只有他們穿便裝，長袍在風中啪啪作響。安德年計劃隨小艇出征，盼望在找到牡丹時最先在場。

「我也下去。」孟嘉說。

「你真的要去？其實用不著。你可以在這兒等我們把她帶到船上來，比較舒服。」他的語氣顯然是不願孟嘉去。

「我一定要去。」孟嘉堅持說：「她看見人群裡有我，會安心些。」

「我只是覺得，如果他們開起火來，我們說不定會妨礙他們行動。我們去一個人就行了。」

孟嘉輕鬆的說：「我當年見過更激烈的戰鬥。」

「當然。」安德年讓步了。

「而且我相信沒有必要開火。」

「也許只開一兩發，把他們嚇醒，我剛才和夏艦長談了一會兒，最重要的是防止海盜再把她擄走。」

孟嘉對於流血抵抗的危險嗤之以鼻，「全島上的壯丁也不過十來個人。我們趁他們在睡夢中出擊，而且人數又遠超過他們。對了，你可以認得出她來嗎？」

「我相信可以。」

「噢，不錯。我記得幾個月前，她在府上做過一段事。」

「是的。」

又是一陣尷尬的沉默，安德年希望孟嘉不要再問。

「在黑暗裡你能聽得出她的聲音嗎？」

「噢，能，很容易。」

「當然。我只是希望你別在黑暗裡錯把海盜的女兒搶回來。」

「噢，不會。你放心。那麼你也來吧。咱們要派幾個人把守著村子的出口和那幾隻小船，提防他們逃走。我勸你還是站遠一點，等我把她平平安安的帶到你身邊。」安德年看看手錶說：「我們走吧。」

夜色中，常上尉下令從這艘驅逐艦上放下三隻小船。水兵提著燈籠，帶著刺刀和手槍。大家鴉雀無聲的在小船上坐好，孟嘉和安德年坐在常上尉身邊。小船在霧濛濛的光亮中偷偷前進。夜黑風高，不過他們面對面可以看見彼此的面孔。

登陸的時候，帶手槍的人奉命看守船隻。大隊人馬悄悄爬上沙灘。燈籠都吹滅了。一片死寂中，有一部分人去找私梟的漁船，另一批主力隊偷偷爬過野地，向半里外的漁村進發。大家得到命令，不在村子四周佔好據點不許開槍，就位以後也要看訊號行事。

江上的浮標發出低低的響聲，在午夜嘩啦的浪濤聲中清晰可聞。

常上尉領著弟兄們繞著村子，走到南面，停住觀察地形。海盜的房子聚集在一處，相離甚近，並無圍牆院落，外表看來，完全像普通漁村一樣。一條白沙的寬路通到碼頭，碼頭上有幾隻桅桿在白茫茫的水面上隱約可見。他們最佳的勝算就是埋伏突擊，派人守住出口，靜靜等常上尉發出訊號。另一小隊人馬走向東邊，那兒地勢略高，有兩三家獨立的民宅。

「不要亂開槍。我們的目的是救回被綁架的女人，」隊長說，「她叫梁牡丹。各就各位，等我的訊號。他們衝出房門的時候，一定要守住門口。把年輕的姑娘通通集中在一塊兒，現在開始行動！」

聽到槍聲，牡丹突然醒過來。她呆了一下兒，才想清楚外面出了事情。她偷偷下了床，到窗前往外看。村子中心傳來遙遠的驚呼。她看見幾個黑影竄來竄去，接著又是幾聲槍響。

過了幾分鐘，她聽見隔壁門開了，接著是有人倒地的聲音，隨後又是沉重的腳步聲。

「不許動！」她聽見隔壁一個粗魯的聲音說：「我們正在找梁牡丹小姐。你們綁架的女人藏在什麼地方？」

牡丹衝出去，看見一個穿制服的水兵。他的面孔在手上燈籠的照射下，顯得紅光滿面。水兵上前抓住她。「跟我走，別怕。你是梁牡丹小姐吧？」牡丹任由那個水兵拖著她走。

她沒有時間多想，也不明白發生了什麼事。最近這些天的經驗把她嚇慌了，她搖搖晃晃，淚流滿面。她模模糊糊聽到水兵說，水師隊來救她了。

哨音一響，更多人由暗處走出來。

「這裡，這裡！」水兵叫道，「我們找到她了。」他一手扶著她。

月亮浮現雲端，她看見很多人在四面八方奔跑爬動。

「你能走吧？」水兵問她。

「可以，我能走。」

她聽到下面有人叫道：「牡丹！牡丹！」那聲音聽來好熟。有一個人向她飛快跑過來。

「牡丹！」那人又叫了一聲。

「我在這兒。」她回答說。

過了一會兒，一個她最沒想到的人居然出現了。

「德年！是你？」

她雙腿發軟，全身無力，身子一癱倒在安德年的懷裡，熱淚沾濕了臉頰。竟是安德年！

「現在你平安無事了。我等一下再說明經過。你堂兄梁翰林也在這兒。」

「是你嗎？這是真的？」她簡直不能相信自己的眼睛，自己讓安德年那粗壯的胳膊把她抱著往前走。

他們到達村子中心，搭救她的行動已將近結束。燈籠的火光在院子裡交雜映照。兩個人受傷倒在地上，三、四個人手上扣著手銬。一群女人和小孩在遠處站著，嚇得顫抖不已。水師隊完成了任務，慢慢地走回來。

牡丹知道已經遇救，而且身邊全是朋友。她轉向安德年，過去幾個月的相思剎時湧上心頭，她用力抱緊他狂吻。她沒有看見孟嘉，孟嘉正默默站在一旁。

安德年看見了孟嘉，就說：「看，你堂兄梁翰林在這兒呢。」

牡丹轉過身去。孟嘉正靜靜凝視她。她叫道：「噢，大哥！」便掙脫安德年的懷抱，意外撲到孟嘉懷裡。她痛哭失聲，不能自已。

孟嘉心亂如麻，雙手輕輕環著她。他極爲尷尬，也一直提醒自己說，牡丹已經不再愛他了，現在雖然找到了她，他也失去了她的芳心。爲什麼她當眾投入自己懷裡？

她緩緩抬起頭來看他。一縷微光照出她白皙的臉蛋，在她兩眼深處，孟嘉相信他看見了一股悔恨的神情。

她再度垂下頭，哭得慘兮兮。他覺得長袍都被她哭濕了，心裡湧出一股矛盾的情緒。他輕輕托起她的頭，聲音顫抖說，「牡丹，別哭了。我們一直在找你，茉莉正在南京等著你呢。」

她抬頭問道：「我們現在是在哪兒？」

「離南京不遠。」

孟嘉轉身說：「這位是常上尉，你該謝謝他。」

她看到那位高大英俊的軍官，一口雪白的牙齒在黑暗中閃爍。

「能找到你，我們很高興，整個中國水師都聽您差遣。」他的聲音粗壯，兩眼以仰慕的神情望著她。

她感謝他們大力相救。

「大家都好了吧？」上尉叫道。他叫一名士兵吹哨子，叫碼頭小組集合回艦。他轉向身穿白睡衣的可愛少女，笑笑說：「你能走嗎？你知道，我們弟兄們都願意揹你。我們忘了帶一頂轎子來。」

「我能走，謝謝。」

一行人開始走上回程。有一個俘虜腿部受傷，痛苦地一拐一拐瘸著走。他們的妻子大哭大叫，眼睜睜看著丈夫被人帶走。燈籠零零落落閃出紅色和黃色的燈光，小徑上人影交錯。

常上尉走在前頭，不時把他的燈籠轉過來給牡丹照路。

安德年走在牡丹右邊，孟嘉在她左邊。她一時無法鎮定下來，不知該作何感想，該說什麼話。她知道自己該挽著堂兄問問家裡的情況，但是孟嘉一言不發，攙扶她的是安德年。孟嘉知不知道她和安德年之間的戀愛？知道多少？她根本不在乎。

她越來越靠向安德年。安德年告訴牡丹，他們要登上炮艇，駛回南京。

「你太太好吧？」她問道。

「她在家，整天傷心流淚，想孩子。也夠她受的。我只有盡力而爲。你發生了事情之後，我不得不離開家。她聽說你失蹤，嚇得不得了。」

牡丹心中覺得歉疚，試著和堂兄說話。她把手臂由安德年的肘彎裡抽出來，問孟嘉：「茉莉好嗎？」

「很好。她在總督家。」聽到自己又和牡丹說話，他有些心慌。

「聽說你和妹妹要南下。你見過我爹娘沒有？」

「還沒有。我們和你一道回杭州。」

他不情願說話，見到她也沒有熱情和興奮的表示，使牡丹覺得自己做錯了事。

在駛往炮艇的小船上，她坐在孟嘉身邊。安德年則和一位軍官閒聊。她的手怯生生輕觸到孟嘉的手背。他一動也不動，也不看她一眼，但是她覺得自己摸他的時候微微發抖。孟嘉沒有看她，下巴繃得緊緊的，兩條腿緊張兮兮地變換位置。

受縛的海盜一個一個的被推上炮艇的梯繩。常上尉和安德年走在前面，孟嘉伸手攙著牡丹上去。艦長是福州人，請他們到軍官室裡喫茶點。

「我等會兒再陪諸位。」他說，「我先去查查囚犯的名字。」

常上尉把他們領到軍官會餐室，把帽子脫下來說：「請坐。喝茶還是喝咖啡？我們都有。」

「當然喝咖啡。」孟嘉說。大家一到了明亮的屋裡，孟嘉才覺得輕鬆下來。「我有一次乘英國的炮艇，他們倒茶給我喝。我說我願喝咖啡，他們想不通道理何在。他們忘記我們在家是天天喝茶的。再說，咖啡也還洋氣。」

牡丹聽見孟嘉昔時的聲音和談話語氣，眼睛不覺一亮。他仍是她的堂兄梁翰林，不管他說什麼，她都覺得發人深省。當年北京的日子又出現於腦際。現在孟嘉正用尋求探詢的眼光盯著她。她不由得忸怩不安，轉過頭去。

孟嘉看到她的眼中有著迷的神采。她瘦多了，眼下有黑眼圈。過去幾個月給她多少煎熬折磨呀！他同情地說：「但願今天晚上你沒有嚇著！」

「我在睡夢中聽到一聲槍響，起先很怕。我不知道會發生什麼事情。」

船艙很亮，她瞇起眼睛，迷迷糊糊覺得自己還在做夢。前一個鐘頭她還置身荒島，睡在一片薄蓆子上，四周盡是綁匪。忽而發現自己又置身於一艘現代摩登的炮艇上，兩個情人都在身邊。

艦長進來說：「我已經問過犯人們，他們的名字也登記下來，姓楊的已經死了。我們要駛回南京。」

他的口氣充滿任務完成的愉快感。然後他轉向那位漂亮的肉票說：「但願你沒有嚇壞，聽說您是怡親王的乾女兒。」

牡丹呆呆的點了點頭。準備接受夢中發生的一切。她疑惑的目光和安德年對望了一會兒。

「是啊。」孟嘉代爲回答。

牡丹對自己凌亂的外表深感不安。

「艦長，我可以梳洗一下嗎？」

「當然。請隨我來。」他領著牡丹到自己屋裡，指給她毛巾等物。

「您有梳子嗎？」

「噢，有。」他拿一件水兵襖給她，說：「你若覺得冷，可以披上。」然後走出去，將門關上。

牡丹已經四五天沒看到鏡子了。她匆匆洗臉梳頭，向鏡子裡頭端詳自己，傷感而又心事重重，想設法把一團亂麻似的思緒整理清楚。

她真該得意，兩個舊情人都是爲了救她而來。孟嘉已經結婚了，他變了沒有？他那麼沉默，那麼疏遠冷淡。安德年比以前消瘦了；自從上次相別，他恐怕瘦了不少。

她再出來陪大家，自覺清爽多了。

艦長和大家聊著在島上打仗的事。他抬頭望了望牡丹，說：「你可以在我房裡休息休息，我要守在艦橋上。」他看了看牆上的鐘說：「已經三點多了，再過兩個鐘頭就天亮啦。」

他走了以後，三個人坐著又說了一會兒話。

「我變成是怡親王的乾女兒，到底是怎麼回事啊？」

兩個人爭著回答。孟嘉說：「我寫信給怡親王，提出這個主意，好讓總督大人重視這個案子。」

安德年補充說：「怡親王要我把致總督大人的信起個稿兒。他說如果我認爲這個關係加進去會有用，就加進去。我就加進去了。」

「你們怎麼找到我的？」

孟嘉告訴了她，又說：「謝謝老天爺。現在一切總算已經過去，你也平安回來了。我要請總督衙門立刻給你父親打個電報去，你真叫我們急死了。」

「總督衙門？」

「是的，軍機大臣張之洞給南京總督寫了一封信，怡親王又派安先生來找你，整個水師奉命營救你，你真讓大家擔心。」

牡丹聽出責備的意思。她立刻爲自己辯白：「那個畜生綁架我，難道是我的錯嗎？」

「牡丹，我不是那個意思。」

「我想我們都需要休息一會兒。」安德年站起來說。

兩個人送牡丹到她的艙房去，知道她不缺什麼東西了，然後向她道別。兩人走開時，彼此相互望了望。

「你有一個了不起的堂妹！」安德年說。

「是啊，很了不起。」孟嘉回答。

他們回到自己的艙房，聽見船底引擎轟轟的聲音，感到地板在微微震動；船終於開了。

孟嘉帶上艙門，今夜的事情頗使他狼狽不安。一年來，他習慣把牡丹當做遙遠的回憶，卻是帶有微妙痛楚的回憶，就像一個扭曲的影像——是他對茉莉真愛的漣漪倒影。今天，那個漣漪倒影猛烈動搖了，也許因爲她雙頰凹陷，眼中有悲哀著迷的神采吧。

她不像天真的傻女孩，倒像歷盡滄桑的成熟婦人，更加令人傾心。看她倒在安德年懷裡，他非常震驚。他只在茉莉收到的家書中，聽到過安德年一次。一聽到她的聲音，他的心就猛然抽動。整個晚上，他都在努力克制自己。

他心中怨她狠心任性的念頭一掃而空。他覺得往日的情感又隆隆作響，就如洪波巨浪一樣。他對牡丹的愛意再度違反一切分析。他覺得軟弱無力，決定去睡覺。在沉靜的夜色裡，他又伸開兩隻胳膊想去摟抱她，卻只抓到幽暗的虛空。

牡丹不能入睡。她最愛淋浴，洗後使她覺得清新爽快。她爬進艦長的臥舖，覺得床單乾淨清爽，她卻睡不著。

被綁架拘押的可怕日子已經過去了。她頭昏眼花，一方面為整夜的意外而興奮，一方面又怕和茉莉重逢。她想起不顧一切來找她的孟嘉，尤其想念安德年。往日熟悉的愛情熱淚，如泉水般在臉上流下來。

她下床窺視艙孔外。微光中只看到岸上模糊的形影和下面颼颼滾動發光的海水。

她悄悄走出艙去。一盞小燈照亮了通往船尾的通道。她打開門，聞著鹹鹹的海風。半輪明月已落在地平線外，遠處一片濁黃。在東方，一顆明亮的孤星閃著金光。在空中飛舞的幾點小火花吸引了她的注意。

在甲板另一頭，她看見一個黑影，好像是一個人憑欄而立，一個人正在抽菸。不管那人是誰，她抓緊扶手走下台階，向那個黑影走去。那人聽見腳步聲，回過頭來。

「牡丹！」她聽到一聲低語。那個人走過來，是安德年。

「我以為你睡著了。」說著拉起牡丹的手，很快把她緊緊摟在懷裡。

「我睡不著。」

「我也睡不著。」

「你在這裡幹什麼？」她感到他胸口的熱氣，心不禁狂跳不已。

「想你——應當說，想我們倆的事。」

他們匆匆一吻，但立即又分開了。

「我真愛你，德年。」她的眼睛閃閃發光。

在星光下，他們默默地對望著對方。他的手臂攬著她，兩個人靠向欄杆，面向大海。德年的胳膊摟得她很緊，牡丹把自己的身子用力靠近他，彷彿想要完全歸他所有似的。她沒有看他，反而低頭俯視巨浪的粼光。

「你怎麼會派上這個任務？」她終於說。

「是我求來的。怡親王在衙門裡召見我，我聽說你出了事，嚇壞了，我沒想到你會到高郵去。後來我去見你父母，才知道詳細的情形。怡親王把我叫去，拿你堂兄的信給我看。我建議親王立即採取行動，最好派個人去，然後毛遂自薦。我還說我初喪愛子，希望暫時離開一段時間。我求他派我來，我知道自己非來不可。即使王爺不准，我也要請假來找你……王爺似乎對你相當欣賞。我在他面前談了你幾句。他問我認不認識你，我不得不告訴他……」

「你說我什麼？」

「說什麼我也忘記了，就是我對你的感覺。我的語氣一定很激動。總而言之，王爺笑了笑，答應派我來。我知道自己的心情。」他聲音顫抖，一時詞不達意，而且呼吸急促。停了一下兒他說：「你決定分手，你不知道我心裡多麼難受……很難，很難……」

「你不認為我們應當分手？」

「應當。」他傷心地說。

接著是一陣令人痛苦難忍的沉默。然後他說：「實在太苦了，我不能吃，不能睡。有時候我真希望從來不認識你。但是偏偏認識了你，又要失去你……」

他再點了一支菸，牡丹意外發現安德年在分手後短短的兩個月中，蒼老了許多。他兩頰憔悴，眼下生出許多皺紋。她心如刀割。好半天說不出話來。最後她說：「你變了，德年——我是指你的臉。」

「你知道是為了什麼。分手後，我受了很大的折磨。有如身陷煉獄。」然後他幾近自言自語地說：「牡丹，你這樣的佳人一代才有一個。」

她苦笑說：「在大多數人看來，我一定是妖姬蕩婦。」

安德年說：「在大多數人眼中確實如此。曲高和寡嘛。」

「我父親說我是瘋子。連孟嘉……」她突然停住。

「孟嘉怎麼樣？我知道你愛過他。」

「我不知道該怎麼說。現在不同了，也許他心裡不是滋味。我們在小船上的時候我就感覺得出來。我知道，他現在還愛我，不過那是他自己的事。也許我傷他太深。我離開他，他一定很難過。」然後她轉向他，用悲哀的語氣說，「只有你瞭解我。光是這一點，我就一輩子愛你。」

「我們以後怎麼辦？」

她正色說：「人生本來就夠苦了，我們別再自討苦吃吧。」

倆人陷入沉默。

最後他說：「我明白你的意思，不這樣也不行，只好如此了。我們就維持現狀吧，也許這樣對我們最好。」他苦笑一聲。「我的身體屬於我的妻子，心靈卻屬於你。我們就這樣吧。這樣永遠不會變心。你知道人生最大的悲劇是什麼？」

「說吧。」

「人生最大的悲劇就是情意消失。老天！如果你不愛我了，千萬別讓我知道。因爲我會受不了的。」他輕輕撫摸她的頭髮。「我知道，我們倆若一起私奔，一定會發現彼此的缺點，愛情的魔力就會被一天的冷霜所凍死了。也許你會發現我不過是個平凡的人，有時候急躁，有時候抑鬱不樂，也許我的髮型梳得不合你的意。也許一些雞毛蒜皮的小事就會改變你對我的感情——也許是一顆蛀牙，額頭上新添了皺紋，臉頰凹下去啦等等。至少這樣，你就不會有什麼原因毀滅你對我的愛了。」

這真是牡丹生平聽到的最使人傷心的話。可悲的是，他說的全是實情。她想起孟嘉發現她的熱情已經冷卻下來時所說的一句話，他說那種心情就像看一個頑皮的小孩，純粹是好玩，把玉碗砸碎在地，然後快快樂樂的走開，是一樣的感覺。

「你是說，我們不再見面了？」她問道。

「你不也這麼想嗎？」

「是啊。回到你太太身邊去，心裡想念我。」然後她把臉轉向他，兩人的面頰親密磨擦，喉頭哽咽，透不過氣來。他們嘴唇相貼，迅速狂吻了一下。

最後他說：「我們如果注定要重逢，自會再相見。不然，今夜正是我一生最悲哀的夜晚。」

「我也一樣。」她的聲音在無可奈何之下微微顫抖。

「那以後你要怎麼辦？」

「德年，我告訴你。讓我保存這份愛情。聽你這麼一說，我就能夠忍受了。回到你太太身邊，不要破壞我此生所做唯一一件善事的回憶。我不會靜靜的等待命運。我等過金祝一次，付出的代價太大了。你的話提醒我自己可以做什麼，我可以嫁人。我的身體為他所有，心靈卻另有所屬。就算身繫囹圄，我仍然感覺到自由。」

「你要嫁給誰？」

「現在倒無所謂了。」

29

孟嘉一夜沒睡好，在擾攘不安的睡眠中做了些離奇古怪的夢之後，早上六點左右就醒了。他回想夢中的細節，起先想不起來。只記得和牡丹一起從事快樂刺激的探險。每次他夢見牡丹，那種獨特的感覺就整天難忘，使日子充實不少。他依稀記得有一個很大的物體，綿延不盡；還有一個很小的東西。是不是稻穗呢？是的，現在他想起兩個人在地上找到幾粒稻穗，相顧大笑。牡丹撿起稻穗，突然不見了。他大驚醒來。

他盡力回想，開始想起夢中的情節，一個畫面一個畫面追下去。他們乘一艘小漁船，溯急流激湍而上，地勢是深長崎嶇的峽谷，似乎永無止境，前面看不見遠處。兩岸傳來虎嘯狼吟之聲。然後他們來到山村裡的一片綠地。

小溪越來越窄，越來越淺。船的底部發出隆隆之聲，和溪底的小石子相磨擦。岸邊堆著大石壩，猴子在深山中啼叫。突然去路斷絕，他們不能再往前走。兩個人棄船攜手前行。

整個氣氛驚險嚇人。空中滿是怪鳥異獸的啼叫呼嘯。前面無路可走。這時候，他們突然看到一個面孔黝黑的男人，打赤膊站在他們面前，手拿一束稻穗。那個人把稻束遞給牡丹。他說：「留得青山在，不怕沒柴燒。」牡丹彎身拾起地上的穀粒，然後突然不見了。

這個夢很有趣，大概是昨天晚上在漁人島上一夕驚魂的結果。但是爲什麼夢見稻子呢？孟嘉並不相信解夢那一套。這時候他突然想起佛寺的神籤。他聽到牡丹失蹤的消息，大受震驚，又擔心她的安全，於是動身前特地到一座佛寺去祈禱。在無助和驚疑的時候，他只好轉求上蒼。他默默跪拜，面對著主宰生命的力量，尋求奧秘的答案。

他一直禱告，肩膀不禁微微抽動。他大聲喊道：「爲什麼？爲什麼？老天爺，這究竟是爲什麼？」然後點上香，扔下那對杯筊，抽了一支籤，上面有四行籤詩：

漁舟行怒水，
道經虎狼峰。
山窮水盡處，
突見稻香村。

當然啦，他夢裡的稻穀必與此籤有關。籤上的詩句他已然忘記，現在卻在夢中出現。

他由船艙的窗口往外望，天已破曉。岸上的村莊樹木，都慢慢往後退。他聽到軍官餐廳裡杯盤交錯的聲音，決定起床。

帶著一種接近牡丹的模糊快感，他穿好衣服，走進軍官餐廳去。他希望今天早上能看到她，和她好好談一談。昨天晚上短短的幾句，談得並不愉快。也許是在久別之後第一次看見她時，她正在安德年的懷裡，心裡有些震驚吧。他整個晚上都不高興。但是現在舊日戀情的感覺又恢復了，把她帶來的一切痛苦都忘得一乾二淨。就連昨天晚上匆匆一見，她任性如昔，反而使他更想看看她，只因爲牡丹就是牡丹，不是別人。她是「舉世無雙，舉世無雙，舉世無雙」的牡丹！

他走進軍官餐廳時，只看到一名軍官單獨用餐，茶房在一旁伺候。孟嘉一面喝咖啡，一面問那個軍官什麼時候可以到南京。

「我想大約十點或十點半吧。」

他望著艦長艙的房門，現在牡丹大概還在睡覺吧。

「你沒看到她起來？」他問茶房。

「沒有。」

他恨不得立刻就見到她。猶疑了一會兒，他上前敲門。沒有人答腔。他又大聲敲，還是沒有反應。他輕輕轉動門把，打開一條小縫，往裡一看，臥榻空空如也。他用力把門打開，她不在。他知道牡丹的生活作息無常。她會上哪兒去呢？他關上門，回到餐廳靜坐呆想。

不久軍官吃完走開了。過了一會兒，他聽到女孩子的腳步聲由通道上走來。剛才他彷彿在安德年的船艙裡聽到她的聲音。現在他知道那不是幻想。牆上的大鐘指著六點半。

「牡丹！」他柔聲叫道。

牡丹進來，看到他在裡面，大吃一驚。她穿著船長借給她的那件水兵服，非常迷人，但是這一段日子的遭遇，使她臉上殘留著幾分憔悴。

「我起床一個鐘頭了。」她撒謊自辯說。

「來，喝杯咖啡吧。熱騰騰鑾香的。」

「這麼早喝咖啡？」她詫異地說，然後泛出蒼白的笑容坐下來。她飛快瞟了他一眼，不知道他有沒有看見她走出安德年的艙房。

茶房倒咖啡給她。她慢慢啜一口，等著孟嘉開腔。她的女性直覺，立刻猜到此情此景所蘊含的深意。她做了一生最重要的決定，剛剛和安德年私下告別，此刻她滿面通紅，自覺高貴無比，而犧牲的痛苦仍然在她腦中留下矛盾的痕跡。如今孟嘉又出現在面前，她曾毅然決定與之斷絕關係的孟嘉，現在已是茉莉的夫婿。

牡丹在男人面前一向泰然自若，她有自信的時候，總是悶聲不響。她向後靠，頭昂然挺著，在桌子下面把兩條腿伸開。

孟嘉說：「聽說我們十點左右會到南京。牡丹，你變了。」

「真的？」她想起自己在告別信裡說的話，希望找個機會解釋一下。她等待恰當的開場。但是現在她只能說，「我大概變了。你沒辦法想像我這一年來的經歷，我想我的樣子一定很可怕——老多了。」

「不，我不是這個意思。」孟嘉說：「我意思是你成熟了，不是變老了。我不知道該怎麼說。你變了，又好像沒變。我由你眼中的愁色看得出來，你一定吃了不少苦。」

他們四目交投。她聽到孟嘉的聲音沒有挖苦，沒有怨尤，總算克服了心中不自在的感覺。他們可以像老朋友一般好好談談。她覺得孟嘉還是那個老樣子——溫文儒雅，聰明體貼，看她的時候，仍有愛慕的神采。她真的把他當做家人一樣。

他斜睨了茶房一眼說：「我想告訴你家裡的情形，還有談談茉莉和你爹娘。我們到什麼地方去。你房裡還是我房裡？」

「隨你便。就到你房裡去吧。」

兩個人站起來。他知道牡丹最不在乎禮法。

回到艙裡，孟嘉拉了一把椅子給她，自己坐在床上。

「我離開你，你不恨我？」牡丹一向直爽坦白。

孟嘉抬眼看她，「不，我只是有幾分感到意外。我覺得茫然若失，而且病了好幾個月。身上好像掉了一塊肉似的。我再也不是原來的孟嘉了。但是不怨誰——現在不怨了。多虧茉莉，我終於能夠面對現實。」

「你很愛她吧？」

「愛得很深。」

「我就是要聽這句話。」

「畢竟你的行爲是身不由主。至少你對我很誠實，沒有騙我。這才是你的本色。」

「我的本色？」

「是的，你衝動的本性，興之所至，反覆無常。」

他們曾經兩心相許，那麼親密，所以說話可以很坦白，彷彿一對已互相諒解的離婚夫婦，沒有必要說謊。

孟嘉嘆了口氣，好像是對自己說：「還記得我們當年在船上相遇的情形嗎？」隨後在沉思中笑了起來。

牡丹想起她爲金祝所受的折磨，一股溫暖的情緒頓時回到心中。孟嘉一定也受了不少苦。她充滿悔恨與憐惜，離開座位，伸出友情的手，對孟嘉說：「原諒我，我很抱歉……」不禁淚眼模糊。

孟嘉拚命克制自己。他抓緊牡丹的小手。她正愛憐的俯視他。

「你肯原諒我嗎？」

壓制已久的渴望和思念突然爆發出來。他把牡丹拉過來，瘋狂的吻她，彷彿要藉此埋掉一生的欲望。

「我真愛你！」孟嘉呻吟道。

牡丹痛苦地閉上雙眼。然後她掙脫說：「我們以後別再這樣。」

「我知道。我忍不住。我一輩子忘不了這一吻。」

現在牡丹把臉轉開，說：「茉莉——我不能這樣對她。」

孟嘉悶聲不響。

「以前我們在一起的時候，你爲什麼不叫我改姓？」

「後來我才想起來。你也沒想到嘛。」

「你後不後悔？」她問道。

「你呢？」

兩個人都不回答這個問題。

「如果當時先想到的話，你肯嫁我嗎？」孟嘉問她。

牡丹點點頭。

於是倆人又像回到了以前的情景，牡丹正視著孟嘉，說：「我想是命該如此。你如果問我為什麼那樣離開你，我也說不出來。」

他伸手撫弄她額上的髮絲。

她說：「我知道你愛我甚於一切，我們若想到過繼的辦法，我會嫁給你。現在太遲了。我要告訴你實話，現在又有安德年。」

「你愛他？」

「是的。我愛他，我不能騙你。我要把一切都告訴你，因為你能諒解。一個鐘頭前我才跟他分手。」

「噢？」

「我們同意分手。」

這句話從她的嘴唇上慢慢落下，猶如一滴滴糖蜜慢慢流下來一樣。

「你很愛他？」

「他和你一樣，也是有婦之夫。人生為什麼非這麼複雜呢？」她繼續說：「我討厭杭州。現在我想回北京去，也許那是我唯一該去的地方。你認為怎樣？我不會對不起妹妹，你信得過我嗎？」

她仰靠在床上，用手捂著臉。

「別讓我為難。」他說著，扳開她的手，吻去她臉上的眼淚。接著微笑把她拉起來，「是的，對我太難了。比你更難，」接著又說，「我能不能說真話？」

「說吧。」

「那會非常之難。我不能做出對不起茉莉的事。」

「誰希望呢？」她答道，聲音裡顯得頗不耐煩。

「她是你妹妹，我愛她。不用說你也知道有多深，我們都關心她。」

「當然。難道你信不過我？」她一向伶牙俐齒，回答的語氣暗示她永遠沒有錯。

「幹嘛這樣？我是說我自己。我再坦白說一次，以後再也不說了。剛才你坐在那張椅子上，你知道我心裡是什麼感覺？」

她等著孟嘉說下去。

「別怪我懊悔沒有娶你，你坐在那兒——就是你本來的面目，我一向愛看的樣子——雙腿如昔，小手如昔，叉開腿的樣子如昔——聲音如昔。你的聲音，你走路的樣子，誰也沒辦法代替。只有你梁牡丹才這樣。我和你不在一起的時候，想起你衝動的性格和欲望，你狂野的激情，我把你妹妹當做是你淨化的形象，一個『負號』的牡丹。現在我把你當做是『正號』的茉莉。我要的就是那添加的一部分，你本來的面目，不需要再減去什麼。你明白我的意思嗎？我不要看你減去什麼。你才是牡丹。茉莉不是你。你也許不耐煩再聽我說你『舉世無雙，舉世無雙，舉世無雙』。普天之下，只有一個牡丹；不會有兩個。這就是爲什麼我說難，曾經滄海難爲水，除卻巫山不是雲啊。」

牡丹聽著這些話，如飲甘露瓊漿。她搖搖頭說：「拜託，拜託，不要那麼說。不然我可永遠不到北京去了。你若能克制自己，我一定也會克制。」她站開說：「我把日記交給你。你看了沒有？」

「當然看了。」

「大哥，你看，我什麼事都沒瞞你。你若看了我的日記，對我還是那種感覺，那你就是真瞭解我，真愛我。」

「那你一定要到北京去。茉莉也要你去，我瞭解她。我還沒見過比你妹妹更明理的女人。所以將來不管在她身前身後，我們都不能再說出一句相愛的話。我們要把這種情感深埋起來。一言爲定？」

「一言爲定。」

「那我樂意看你嫁人。」

「你總是這樣說。」牡丹淒涼地望著孟嘉。「茉莉早就跟我說過。她說我不該和你那麼要好，因爲那樣，我就永遠不想嫁人了。」

「是啊。我記得在你的日記中看見過。我不知道將來誰是那幸運兒？」

牡丹懶洋洋的把頭向後一仰，嘆了口氣。「一切都像做夢。我結婚——廷炎病逝——我扶柩歸里時在船上遇到你——我們在桐廬過夜——傅南德，還有以後那些事。然後金祝去世——好在這件事已成過去。還有安德年兒子的死——這幾個星期可怕的屈辱……」她熱淚盈眶。

「別說那些。都忘了吧。」

「一切都像夢，尤其是昨天晚上看見你和德年。我相信我們的夢還沒有完。」

孟嘉告訴牡丹那天早晨他做的夢，最後說：「你相不相信夢能預卜未來？我不知道這個夢暗示什麼。你看，這個夢和我抽的籤很吻合呢。」

「大哥，我從來不知道你會進廟燒香。」

「你知道，我一聽說你失蹤，可能落到歹人手裡，我又驚又怕，只好到廟裡求神禱告。那時候，我才突然明白你對我多麼重要。我一直不知道自己多麼愛你。我極力壓制著這種感覺；因爲這傷了我的自尊心。當時我聽到你出事，我才知道你原來一直在我心裡，你從未離開過我的心，在我內心深處，你仍是我唯一需要的人。我萬分恐懼，束手無策，無可奈何下，完全違反了我平時的信念，轉求神明。我跪在菩薩面前，泣啜不已。然後我抽到那支神籤。

漁舟行怒水，道經虎狼峰。

山窮水盡處，突見稻香村。」

「後面這兩行是什麼意思？」牡丹說：「前幾行似乎和我過去一個月的遭遇相合——虎哇，狼啊，漁船哪。你真的去求菩薩了？」

「真的。我爲你擔驚受怕，直求得心裡淌血才停下來。」

「噢，大哥！」她的臉貼近他。她閉上眼睛，瘋狂的吻他，一邊不斷說：「請容我——再吻一次——」

茉莉以光艷幸福的新娘子身分回到娘家。她容光煥發，穿著講究，十分高雅，要讓翰林丈夫引以爲榮。閨中女友都來看她，說她是世界上最幸福的女人，她聽了，也高高興興同意了。父母以她爲榮，但是她還是像平日那樣斯文沉靜，告訴父母不要說什麼，免得姐姐覺得不好意思，覺得自己多餘。他們住在瑞甫老爹家，那兒空間大，不過牡丹住在家裡。

茉莉盡量待在自己家裡，因爲她回杭州的用意就是回家探望。她有好多事情要告訴他們——關於北京的情形，回家路上的情形，到高郵去的情形。

她和一般得意洋洋的年輕妻子一樣，她的眼睛閃亮，面上帶著微笑說：「孟嘉睡覺的時候鼾聲好大！」她說丈夫定時起床，晚上忙到半夜。有一個丈夫可談，真是太好了。

他們應邀參加很多官宴和私宴，也要送好多禮品。他們收到的昂貴回禮，使她更爲丈夫處處受人景仰而驚嘆。

那些宴會中，有一餐是怡親王爲慶祝牡丹平安脫險而設的。孟嘉打算設宴向王爺道謝，但是王爺堅持不肯接受，說由他來請。既然做了一件善事，他還想做第二件。過去他一直想和翰林交好，而且真心希望看見牡丹當面正式認他做義父。

牡丹全家都被邀請到王爺的公館赴宴，舅舅和舅媽也去了，親王的別墅位在湖濱。

牡丹的父親疑信參半，簡直不敢相信他兩個女兒突然的時來運轉。他一生都是老實本分的銀行職員，覺得命運藉著兩個女兒和他玩了那麼多的花樣。他穿上自己最講究的一件長袍，十分興奮，又有幾分覺得不好意思，在鏡子前站直，徵求茉莉的意見。

「我這樣如何？」

茉莉打量他，以父親爲榮。他穿一件只有特殊場合才拿出來的深藍色絲袍。他變胖了，所以稍微緊了點。

「好極了，」茉莉說：「不過，爹，你該罩一件馬褂。」

「是正式的宴會嗎？」

「不，只是家常宴客。」

「那就不要穿馬褂了。」

茉莉說：「還是穿上吧。這樣顯得慎重些。」

做母親的說：「巡撫請你，一生能有幾回？」

父親雖然不願穿，還是勉強穿上了。馬褂的肘部有一點兒磨損。他已經開始出汗。茉莉真希望父親給自己增光，便轉向一邊的孟嘉說：「你有一件合身的馬褂，父親可以穿。」

父親脫下馬褂說：「別讓我鬧笑話。我就是這個樣子。」他又問孟嘉：「你認爲呢？」

孟嘉最不贊成「人靠衣裝，佛靠金裝」這句話。他不覺好笑說：「不用太認真，不過是家宴。牡丹怎麼還沒好？」

「我就好了。」牡丹在另一間屋裡喊了聲。

茉莉走進去看。她看見牡丹穿上她那件寬白邊紫色上衣，非常合身，甚至她那微削的的雙肩，都加深了動人的曲線。牡丹知道安德年也會來。兩姐妹和別的少婦一樣，都希望打扮得比平常在家時更高雅。

「你看怎麼樣？」牡丹問茉莉。

茉莉倒吸了一口氣說：「美極了。」她一向崇拜姐姐五官的秀美，而自愧不如，她夢境般朦朧的雙眼含有說不出的風情，男人見了都感到意亂情迷，神魂顛倒。

兩姐妹走出屋去。茉莉穿著她最喜歡的淺藍色衣裳，上面繡著精美的白色茉莉花。孟嘉吸了一口氣。牡丹穿著他太太的紫色衣裳，看起來真像茉莉——卻多了幾分完美的神韻。他心裡這麼想，覺得有點兒罪過。

「你們倆真是一對漂亮的姊妹花。」他說。牡丹看了一眼。看到他愛慕的表情，忍不住一陣得意。

筵席上，大家互相敬酒。先是王爺向牡丹敬酒，正式認她這個乾女兒。安德年顯得坐立不安。親王福晉仔細的打量兩姐妹——尤其是牡丹——心想親自看到這位鬧靈堂的女子，實在有趣。

大家舉杯敬中國水師，然後恭喜安德年圓滿達成任務。

「其實我沒做什麼，」安德年又以他一慣的滑稽態度說。他忍不住快活興奮，「孟嘉兄已經做好初步的工作，找到了梁小姐。敬孟嘉兄。」他幾乎是大聲喊著說。

他的眼睛亮晶晶瞥向牡丹。茉莉非常好奇；她從姐姐口中知道了兩人間的一切。想到姐姐竟能做這麼大的犧牲，放棄安德年，她十分感動。她推推牡丹說：「姐姐，你該敬敬怡親王和安先生。」

牡丹不好推辭。她站起來敬酒：「我要謝謝親王還有安先生。」她筆直盯著親王，最後痛苦地匆匆瞥了愛人一眼。

牡丹穿著紫衣裳，那天晚上真是美得叫人心碎。她回家之後哭了一夜。在筵席上看到安德年，覺得更依依難捨，但是她接著想到德年死去的兒子和傷心的母親。她知道自己不能傷害喪子可憐的母親。

牡丹累了，她覺得自己彷彿在堆滿骰子的賭桌上孤注一擲。她想到一切可能的情況——如果金祝沒死；如果孟嘉娶的是她，而不是茉莉；而現在，如果陸陸沒死，她已經嫁給安德年，一個最合乎她理想，最瞭解她的人——也是她最難忘的男人。

牡丹一向是個樂觀主義者，現在卻覺得悲哀，也比以前聽天由命。她內心覺得萬分的空虛。也許等她回到了北京，孟嘉和茉莉會幫她安排婚事。可是她上哪兒再找到一個像安德年那麼風趣，外貌那麼吸引人的男人呢？她覺得茫然若失。她到底怎麼回事？

30

孟嘉和茉莉回到北京家裡，什剎海的樹葉正泛出焦黃，紫禁城的煤山一片嫣紅奼紫。茉莉的肚子已經看得出來了，一路上交際應酬，她覺得很累。

姐姐在茉莉堅持下同赴北京，現在牡丹就在北京梁家作客。她知道孟嘉和自己說好的界線絕不能逾越，她很高興這一點，心裡知道孟嘉深深愛她，便於願足矣。這樣就夠了，孟嘉和她都信守承諾。她愈來愈佩服孟嘉個性堅強，往日對他的溫情又恢復了。

這個關係要怎麼形容呢？愛慕和真情的差別何在？誰也說不出來，不過牡丹發現這種情況甜美怡人。他們得接受傳統的愛情定義，他們不相吻，不燕好；共同的瞭解、愛慕、友善的甜蜜氣息卻依然存在，鎖在彼此心中。她妹妹茉莉的態度也很重要，如果茉莉疑神疑鬼，卑鄙怨毒，他們會再度被驅入熱情的漩渦。而茉莉生性詳和，雖然知道他們是舊情人，卻和平常一樣泰然自若。她的端莊安詳和謙恭愉快贏得一切親友的好感，必要時她會斷然採取行動，但是她不杞人憂天。她完全信任他們，反而加深了丈夫對她的愛情。

現在兩夫婦住東院，牡丹住在主院落，不過孟嘉和牡丹多次被逼得單獨相處。茉莉懷孕好幾個月，不愛出門。有時候她陪大家出去轉一圈，有時候她慫恿孟嘉和牡丹出去走走。孟嘉比牡丹更為難，他的心常常卜通卜通亂跳，嘴唇渴望一吻，牡丹總是說，「不，我不愛你。」

這變成兩人之間的一種遊戲。牡丹坐在他身旁，膝蓋相貼，牡丹熱情洋溢，孟嘉就會說，「不，我不愛你。」然後彼此相顧一笑，他們的眼神和笑容卻拆穿了一切謊言。牡丹至多摸摸他的手臂，默默捏捏他的手掌。雖然「不踰矩」很痛苦，他們卻感受到默契所衍生的力量。在家的時候，他們的眼神也儘量不露出情感。彼此已達到超乎瞭解的平靜，以及很少男女能進入的完美關係。

次年三月中，茉莉的母親來了。她早就想來，直到過完年才抽出時間，茉莉再過兩三週就要分娩了，母親希望在場照顧。她根本不想出門逛街；她只想看女兒順利生產，幫忙照顧小外孫。寧靜的住宅因為準備嬰兒降生，多雇了一名褓姆，晚上母女聊天而熱鬧起來。

女人吱吱喳喳的談笑聲終於夾著新生男嬰響亮的嬌啼，牡丹和茉莉、母親一樣興奮。她立刻愛上了新生的小寶寶，一切女性的本能都浮現了。這是她的第一個外甥，孟嘉比不上小寶貝。在三個女人心目中，他已經移到意識的邊緣，如果他對小孩的事情提出什麼意見，大家馬上笑他，要他閉嘴，他覺得自己簡直像古代女人國的不速之客。

母親看牡丹喜歡孩子，就說，「你呢？我在等哩。」

這是老問題，母親最關心的問題。牡丹不說話，但是內心深處的渴望不覺激擾著她。

「媽，當然我想要自己成家，像別人一樣。」

有一天，兩姊妹在茉莉房裡。母親轉向床上休息的茉莉說，「孟嘉一定認識不少北京的讀書人。」

「慢慢來，我們再對孟嘉說說看。」

牡丹抱著娃娃，邊搖邊說，「別擔心，媽，我會找到男人。」

她說得好輕鬆好大膽，母親和茉莉不禁泛出笑容。

孟嘉剛好進來。

「你們在笑什麼？」他看到大家在一起這麼快活，覺得很開心。

茉莉答道，「媽說我們該給姐姐找一個夫婿了。」

「當然，我不曉得誰有幸娶她。我得好好想一想。」

「你們別這樣，」牡丹精神勃勃說，「我會找個人成親。」她繼續搖嬰兒，用一隻手指點他的面頰，伸出舌頭逗弄他。「別擔心，我會找一個。」

孟嘉覺得很有趣，「你說到找男人，就像買雙新鞋那麼輕鬆。」

牡丹繼續逗弄小孩，說著原始的母愛國際通用語，那種話還沒有人能用文字完全抄下來，因此什麼拼法都不足以表達。她抬頭說，「別替我操心。」

「說不定你心裡已經有了適當的人選？」

「不，我心裡有一個嬰兒的人選——我自己的嬰兒。」

「姐姐瘋了，」茉莉說。

孟嘉說他要出差到漢口，軍機大臣派他去看看漢冶萍鋼鐵廠，那是張之洞本人的計劃。他至少要離家一個月，說不定要兩個月。茉莉有姐姐和母親陪著，他用不著擔心。

茉莉意味深長的看了他一眼，她想不出其中的含意。

那天半夜，茉莉問她丈夫說，「怎麼回事？牡丹說話怎麼神經兮兮的？」

「誰知道？也許她已經找到自己中意的男人了。」

孟嘉看太太餵嬰兒吃奶，一時陷入沉思中。他跨下床沿，走到窗口站了一會兒，聽外面漆黑的花園裡沙沙的樹葉聲。

「來這兒，」茉莉邊扣睡衣一邊說，「你想姐姐是不是又要讓我們驚奇一次？」

孟嘉笑笑搖搖頭，「也許吧。」

「你這話是什麼意思？」

「聽她說到找男人就像吃豆子那麼輕鬆，我覺得很不自在，我想起來了……」他離開床邊，點了一根菸，「我覺得她像飛倦的鶺鴒，第一個走過來的男人就可以抓到她。」

「我不相信。」

「她是我所見最難預測的人物，她嚴重受創好幾回，她從來不提揚州的經歷，我也沒問過她。」

「這倒是真的。她不想提——很自然，我也不問她，不過她到底做何打算？」

「只有天知道。我說過，她很像飽受驚疑的鶺鴒，決定乾脆坐在地上，等人來抓她。她逗小孩的時候，我由她的一言一行看得出來。我預感她會隨便接納一個她中意的男人，而她對男人本來就不難中意。你知道，她對男人另有一套主張，那名拳師就是一個例子。」

「我還是想不通她竟會甩下你，看上那名拳師。」

「這就對啦，如果她找到那個人，彼此再度約會，我也不吃驚。」

「不過他是殺妻的兇手！他應該還在牢裡。」

「那是意外，不是他存心殺妻。法庭認爲他說的是真話，判了一年半。牡丹走後我查過，照這樣看來，他現在大概出獄了。在她眼中，這個人外表頗有吸引力；所以她若看上他，嫁給他然後生一群兒女，又有什麼不對呢？」

「不過這是婚姻大事！」

「如果她喜歡這個人，他又是正常的好丈夫，那麼嫁一個年輕健壯的小伙子又有什麼不對呢？反正我們對他了解不深，不能隨便下斷語。」

「要不要我問她？」

「不，到時候她自會告訴你，」然後他又說，「當然啦，我只是瞎猜。」

幾天後孟嘉出門了，牡丹心裡異樣的平靜。孟嘉猜牡丹要嫁人築巢，猜得並不離譜。她的情感音域已經全部奏完，如今她像飛倦的小鳥，只想定下來。她需要一個自己中意肯嫁的男人，能滿足她女性需要、而且能養她又愛她的男人。她和男人交往的經驗使她學會不少事情，但是現在她知道自己需要什麼。一個單純的人，一個老實人，年輕健壯，腦袋也馬馬虎虎。

要讓男人看上她一點也不難，難在找一個俊美、健康、性格和收入都相當可靠的男人——簡直和父母爲女兒找對象差不多。她淒然想到，婚姻在安太太心目中是划算的生意呢。她尤其需要一個健壯的小伙子來傳下好兒女，她的要求並不苛。

三月底，西山的積雪正在融化。胡同裡許多人家的桃樹枝枒正怯生生開出粉紅色的小花。西門外，花簇零零落落出現在濕濕的春泥地上，樹根卻留著厚厚的殘雪。東單牌樓和東安市集外，很多黃包車夫已脫下羊皮襖；穿了一冬，衣上滿是塵垢。天氣還很冷，不過有錢的男人和女人都穿著新夾襖出門。偶爾有人坐黃包車過去，車上載滿一枝枝桃花，由山裡帶回春的訊息。

牡丹常常一個人散步，她喜歡出去看熱鬧，再度聽到小孩在街上玩耍的聲音，吸入北京快活、喧鬧，陽光晒過的空氣。她不想什麼，也不找什麼人。天空藍得透明；民家住宅和胡同的長矮牆都出現淺乳色，和灰暗的屋頂形成強烈的對比。這些都是純淨、結實的顏色，只有乾爽的空氣中才能顯露出來。沿著哈達門街，她偶爾會看到一隊駱駝穿過哈達門，從門頭溝火車站載來一包包煤炭。

她只要一個良伴，就能百分之百快活了。孟嘉不在，她一個人用車。雖然褓姆一天受雇二十四小時，孩子卻佔據茉莉整個的心力，她母親也差不多。有時候她在西門外轉一圈，或者到前門外荒無人煙的天橋去閒逛。要茉莉把嬰兒裹好帶出來逛一圈，根本不可能。帶小孩出門太麻煩、實在得不償失；同樣的，母親也會一路照顧小孩，根本不能欣賞戶外的清新景象。

牡丹常常一個人走到東單牌樓，心裡一直想念那家酒坊。牡丹的特性就是不耐煩管細節，她始終沒記住傅南德的刑期，以為他還在牢裡。她喜歡到那家酒坊，叫一杯茶，坐下來看熱鬧。

女掌櫃還記得她，走下檯子來找她聊天。

「我們好久沒看你來。」

牡丹抬頭笑笑。

「我到南方去了，最近才回來。」

「你記不記得你的朋友？」牡丹雙眼不覺一亮。「他現在出獄了，他來過三、四回，打聽你的消息。」

「他什麼時候出來的？」

「已經三、四個禮拜了。」

「他什麼樣子？看起來還好吧？」

那個女人露出狡黠的笑容，「他很好，只是我說你一年沒露面了，他顯得垂頭喪氣。你等等，他會再來的。」

牡丹不覺臉色一紅，「他什麼時候來？」

「有時候早上來，有時候在這段時間。總是叫四兩花雕，不和人說話，靜靜望著街上，和你差不多。」

「下次他來，告訴他我回來了。說他在這兒一定找得到我。我每天大約這個時候來。」

「他會來的。」

她們還聊了些別的話，女掌櫃就回櫃檯去了。牡丹精神一振，不知道傅南德在牢裡關了一年半，看起來什麼樣子。她充滿期望，隨時希望著他來。到了晚飯時間，她想起非回家不可，於是勉強起身出門。

她走了不到十丈，正要彎進總布胡同，突然聽到有人叫她，「牡丹！牡丹！」

她回頭一看，傅南德由邊道上跑來，一路閃避車子。牡丹靜靜站著看，他奔向自己。

「咦，是他！」她自忖道，心裡充滿喜悅。她幾乎不能自持，靜靜等他跑出車陣，然後猛揮著小手。

他走近了，停下來盯著她看，似乎要證實有沒有做夢，一口白牙亮晶晶的，突然雙手拉住她。

「你一走，我就來了，是掌櫃傳的話。」他說話結結巴巴，牡丹覺得他雙手發顫。

「噢，南德，南德，和你重逢我真高興。」

「真的？」

牡丹打量了他一會，打量他的神態甚至有些冷淡和超脫的意味。後來她恢復常態說，「當然，我希望你露面。」

「我們回酒坊去。」

「我現在要回家了，他們會等我。我明天來跟你見面，一整天，好不好？」

「那我陪你走。」

她任傅南德帶她走進總布胡同，靜靜聽他說話。他們再度轉成她最熟悉最難忘的愉快節奏，他抓住她的手臂，貼近她，走路兩膝相連。她覺得這個人抱著她照樣跑得動。

「你在大牢有沒有想起我？」她問道。

「整天想你，現在我自由了，誰也不能干涉啦。」

「誰也不能？你確定？」

「誰也不能。」

他們轉入又長又窄的小鴨寶胡同。四顧無人，他停下來看了她一會，用力抱緊她。他俯身把臉貼過來，但是她拼命抗拒自己漸起的衝動說，「拜託，別逼我，我好久沒看到你了。」

他雙手一放，她馬上往後退。四目交投，然後他們又恢復了自然的步調。

「你還沒訂親嗎，我希望？」他問道。

「沒有。」

她覺得他手臂再度抱緊她，她靠上去，半走半被他挾著。她想道，他真是一個單純的老實人。她不承認愛他，但是他讓她心裡暖洋洋的，覺得備受護衛；她想起往日兩個人相聚的快樂時光。

離家只剩幾條街，他們轉入一條大橫巷。她看到一道敞開的水溝，想起他以前的動作，心裡又起了頑皮的念頭。

「南德，」她說，「你很愛我？」

「你明明知道嘛。」

「我叫你做什麼你就做？」

「當然。」

她指指敞開的水溝大聲說，「跳！」

傅南德跳入水溝，快活、優美，還有些藝人的風範。

「喏！」他站在溝裡說。

牡丹失聲大笑，幸虧陰溝是乾的。他一手放在地上當支點，敏捷的跳出溝壕。

他抱住她問道，「現在，你肯不肯嫁給我？」
「我不知道。看，你背後有人。」說著就掙扎跑開了。

31

第二天，牡丹很早出門，她告訴母親和茉莉，她要和一個人會面。茉莉看著她；她身穿一套舊棉布花衣褲，還俏皮地改變髮型，紮成長辮子。

「是誰？」茉莉問她。

「我不能說——我要出去了。說不定很晚才回來。」

「你什麼時候回來？」母親總是瞎操心。

「我不知道。我就是不知道。我要回來自然會回來。如果不回來，別等我吃飯。話說得夠清楚了吧？」

「很清楚，姐姐，」茉莉苦笑說。

母親還用一雙疑惑的淚眼盯著她。

牡丹說，「媽，我難道什麼都得解釋？我沒有自由？」

「沒人說你不自由，」母親說。好人家的閨女不能一個人出門，除非母親知道她的去處。但是牡丹嫁過人守過寡，情況不同。

「好吧，媽。我要會的是一個男人，不是女孩子。」

「我沒說什麼。不過孩子，你不能太急，孟嘉馬上就回來了。」

「媽，我根本還沒拿定主意。」

她快步走向前院，出門去了。

「這是有點怪，」茉莉說，「她昨天晚上回來，我看她滿臉紅暈。吃晚飯的時候自個兒笑咪咪的。她想要掩飾。看她和人約會的那一身打扮！我相信她一定有什麼計劃。」

母親說，「這次我可不讓她亂跑，再惹上麻煩。你我和孟嘉必須照顧她。如果她喜歡那個人，我們一定要比你爹先見他一面，等我同意再說。」

「孟嘉臨走前說過，她也許會和傅南德重逢。」

「傅南德是誰？」母親從來沒聽過這個名字。「你見過他嗎？他長得什麼樣子？」

「我沒見過他。其實他的名字我也是看了牡丹的日記才知道的。我只知道她對孟嘉生厭以後，常常出去會這個人。他是毽子館的會員，也是拳師。」

「拳師？她開什麼玩笑？」

「我不知道。他坐過牢，不過孟嘉認為他現在可能出獄了。」

「為什麼坐牢？」母親的表情充滿驚慌。

「殺妻案。聽說是意外。我們一直沒注意，後來孟嘉在報上看到，他被判刑一年半。他不是存心殺人。雙方扭打，他太太自己誤撞上鐵床的尖柱子。」

「她從來沒跟我說過。」

「她不肯說。」

母親愈來愈擔心。

「他出身如何？」她問茉莉。

「我們什麼都不知道。」

傅南德雇了一輛馬車在東單牌樓等她。他和牡丹同時瞥見對方，大聲打招呼，傅南德一臉喜色。

兩年前他們常常在酒坊、戲園子和戶外約會。現在傅南德說要去逛玉河。

「隨你安排，」牡丹爽快地說。

她上了馬車。坐定之後，細細打量他。她對這個人了解並不深。她沒有愛過他，對他也不可能像對安德年和孟嘉那樣愛法。但是他的外貌顯得好坦白好誠實，她還喜歡那一口白牙和青春開朗的微笑，以及健壯的體格。她真的很喜歡他，因為她想起兩個人曾經玩得很痛快。他的毽子踢得美極了，還打得一手好太極拳。他總是討人喜歡，充滿熱誠。他會喝酒、玩牌、變魔術，都像專家似的。

有一次牡丹問他，「有沒有什麼事你不會做的？」他回答說：「有兩件事。我不抽鴉片，也不會賭錢。那些都不合我的本性。喔，還有，」他想一想又說，「我不會看書寫字——就是說，幾乎等於不會。我會看帳單，房契，會簽自己的名字。我不是讀書人，不過我是老實人。」

她笑了，因為他說的全是真話。她想起他為人正直，金錢方面有一點小氣。由他付帳數零錢可以看出來。他對這些事情相當認真。他不受騙，也不騙人。有一次他發現一家館子多收了他的錢，就氣沖沖上前找掌櫃，拍桌子要人家改正錯誤。相反的，如果他發現人家多找了他五個銅板，他也會退還給人家。今天她決定進一步探查他的資料。

「我們到玉河去划船，」他說，「我知道那邊有一個地方，一個淺水窪，很靜很美。」（她知道此人喜歡曠野和戶外，與面對學者截然不同），然後他又說，「回來的路上，我順便帶你看看我的田莊。」

「你有田莊？」在她眼中他愈來愈有趣了。

「有哇，我是農人，我在海碇附近有一個田莊。」

「不過我看你經常在城裡。」

「我在西門內有一家鋪子，專賣米糧、煤球和火種。」

「誰住在田莊上？你坐牢的時候，誰替你照顧農田？」

「我的一個姪兒，我還請了幫手。我們有雞有鴨有鵝，還有六、七隻羊。我要你看看我的田莊。」

「家裡只剩你姪兒，沒有別人啦？」

「說得不錯。現在我太太死了，我很少到田莊去。」

他把一雙大手放在她腿上，輕輕捏她。

「你坐牢的時候，有沒有想過我？」她問道。其實她心裡正在給這個人打分數。

「我心裡就想著你一人。我最怕出獄找不到你。我連你的地址都不知道。」

她往後靠，頭部隨馬車的動作而搖擺，心裡細細思量。她覺得他的大手偷偷伸到她背後，她微微動了一下。說也奇怪，她心裡竟有一股悲哀的感覺。他正要吻她，她不安地動了一下說，「拜託別這樣！」

她怎麼知道自己愛不愛這個人呢？但是她非常喜歡他，一向喜歡。這些矛盾的想法一直佔據心頭。

最後他們走出西門圍場，那是高牆圍成的空地，立在兩門之間，專用來誘捕敵人。西門外通往頤和園的大道嶄新寬闊，路邊遍植楊柳。馬車隆隆超越黃包車和騎驢的遊客。他們經過海碇——西門外兩里的一個繁華城郊，他指著遠處一處小點說，「喏！我的田莊就在那兒，離村子不遠。走吧，」又握著她的小手說，「我們到前面去。」

「上哪兒？」他老是叫人吃驚。

「鄉下很美。我來駕車，車夫如果願意，就讓他坐在車廂裡。這邊太悶了。」

牡丹懶洋洋發出輕笑。面對這個人，她永遠精神舒爽。

他由車廂裡拍拍窗戶。

「嘿，車夫，停一停。」

車夫向下一望，他的面孔正由窗口伸出來。

「我要你停車。」

馬車遵命停下來，這時候傅南德說。「讓我來駕車。你下來，小姐和我要坐在上面。」

「你會駕車？」

「你看好了。」

他們坐上車夫的位置，傅南德拿起韁繩，喀噠一聲，叫馬兒慢慢前進。牡丹覺得清風拂面，好舒服。

「由這邊看去，風景完全不同。」她說。

「當然。就像騎馬——由高處看世界。真過癮。你會不會騎馬？」

「當然不會。」

南德熟練地輕扯韁繩，馬兒轉成安適的小跑。然後他鞭子一揮，老傢伙服從他的訊號，立刻狂奔走來。大道兩邊的風景急速變換，不時有一絲垂柳拂過他們的面頰。

離海碇半里處，他們看到一條長長的石板路。他照北方人的叫法「噠噠！嗚」一聲，催馬前進，馬兒加快了速度，南德好開心。

「抓住扶手，」他咧嘴大笑說，「喏，左臂環著我，抱緊喔。你不嫌太快吧？」

「不，你真會駕車。」

傅南德滿面紅光，眼睛盯著路面。前面有一個農夫挑著擔子過來。他一面說話，一面熟練地避開那個人，「想想上個月我還在坐牢，現在竟陪你出來兜風！」

不久他們駛離大路，橫過鄉野。他指著前面三十丈外一片樹林掩映的地方說，「就在那兒。有很多出租的小艇。我喜歡那個地方。」

牡丹不再想自己的問題。她被傅南德的興致感染了，也喜歡眼前的改變。

岸邊列著一道七尺高的長樹籬，寧靜的小溪隱在大樹後方。

「西太后以前常來，所以這麼隱密。現在她有了頤和園，這個地方開放給大家遊覽，但是知道的人並不多。」

他們下車走到岸邊。一道長長的渡船口早已沒落失色，立在他們右側。十二艘油漆斑駁的小艇繫在碼頭上。

「裡面有沒有魚？」牡丹問那個孤孤零零的看守人說。

「不多，而且都是小魚。」

「我喜歡釣魚，」牡丹說。

時令尚早，他們是唯一的遊客。

他們雇了一艘小艇往外划。傅南德執槳，牡丹坐在他對面，辮子由她肩上垂到胸前。小船輕輕划出去。她拿出一根香菸來抽。有一隻蒼鷺由樹梢飛起來，揮揮白翅膀，和藍天相映成趣。小鳥俯身在水面上找東西吃，空中滿是牠們焦急的啼叫。她覺得很快活。

「真好，」她舒舒服服噴一口菸說。

「我要你看看鄉下的生活。」

「我們若能在這兒釣魚，那真是太好了。」

「抱歉，我沒有想到。早知道我就帶釣竿來。這裡只有六、七寸長的小鱸魚。」

「沒關係，」牡丹愉快地說，「就算一條魚都沒抓到，靜靜過一下午也不錯。帶一本書，一包菸，一個土製茶爐，真是十全十美。」

「我才不帶書呢。就算我看得懂，我也寧願看你，不願意看書。我不知道書裡寫些什麼，我猜都是空談，空談，空談。看看這片鄉村！作家為什麼不多活多看，寫個什麼勁兒？」

牡丹沒聽他說話。她一隻手指輕划著水面，低頭望著船邊興起的小水波。她不時斜睨傅南德一眼，看他正用渴慕的眼神回頭望著她。她的心像牡蠣一般蠕動著；不是戀愛或激情的跳動，卻扭來扭去，逗得人發麻，還挺快活的。

「告訴我，牡丹，你愛不愛我？你如果愛我，我會變成世界上最快樂的人。」

「我不知道。」

「你能不能稍微愛我，只要一點點就好了？我今天下午帶你去看我家。我們可以每天這樣過日子。」

「我若不喜歡你，就不會跟你出來了。你是不是向我求婚？」

「不然又是什麼？」他放下船槳，隨波逐流，「昨天我躺在床上想了又想。我不是讀書人。你——我猜你是高貴人家出身的。我有沒有希望？」

牡丹不敢決定。她說，「我喜歡你——很喜歡。不過，你得給我時間考慮。」

「我知道。你要徵求父母的同意。你父母還健在吧？」

「是的。我還有一個妹婿，他是我們在北京的家長。」

「你妹婿是誰？」

「他就是梁翰林。我要和他商量。」

就連街上不識字的人，「翰林」一詞對他們也有社交上的魔力。

「你說是翰林？」

「是啊，梁翰林……怎麼啦？」

傅南德似乎爲這個消息而不安，他沉默了好一會。

傅南德懷者義勇兵的絕技，用單槳打水把船划到菅茅高及一尺的岸邊。他說，「我知道這裡有一個漂亮的好地方，」又慢慢把船貼上去說，「來吧。」然後伸出一隻手。他一言不發，默默把她抱起來，走了十餘尺，才放在草地上。這個地方他好像很熟，位在樹叢和矮林中央。他身體發紅，開始解下外襖和內衣。

牡丹自覺被困住了，但是看到他渾圓的胸脯和寬闊的雙肩，不禁意亂情迷。他棕色的皮膚在陽光下閃閃發光。他走過來坐在她身旁的草地上。

「你不冷？」她全身乏力說。

「不，」他得意洋洋回答道，「一點也不冷。」

她覺得全身發軟，一隻手指愛憐地劃過他的胸膛和手臂。他雙眼盯著她，得意洋洋展現他的二頭肌，就像孔雀不自覺炫耀一身羽毛似的。他的面孔瘦削英俊，肌肉結實。

「要不要我打太極拳給你看？」

他把衣服往地上一丟。太極拳其實是一種柔軟體操，包含緩慢的循環動作，以及韻律化的呼吸。他的手掌、手腕和手臂隨時繃得緊緊的。他潛身、蹲踞、伸直、扭曲，雙腿也做出同樣優美、緊湊、柔緩的對應動作，像貓兒一樣婉轉美妙。牡丹看他立在陽光下，身子弓成協調規律的漩形動作，頭、頸、臂、腿的位置隨時調配得十全十美。手臂不用力推，而是慢慢伸出去，腿部不用力踢，而是困難而安詳地慢慢往上抬。美感完全出自慢動作的優雅和張力。可以稱做「貓舞」。

「如何？」他突然打住，微微喘氣說。

「好極了，」牡丹笑笑說。

「這是最好的健身運動。我每天六點鐘打太極拳。要大清早在戶外做，多利用早晨的空氣。」

他往後倒，把她拉過去，牡丹頭枕在他健壯的胸脯上；他伸手在她背部和肩膀上亂摸，上上下下，癢兮兮卻很舒服，他聽到牡丹呼吸轉劇。

她抬頭面對他，看到一口雪亮的貝齒。心裡默默決定嫁給這個人。

腦袋解決不了的問題，身體卻憑本能輕輕鬆鬆解決了。也許自叢林時代以來，追求和配對仍未脫基本的型態。現在牡丹可以唱出某一位老文人的詩句：「君面如煦日，君體如虎龍。願爲君生子，得君恣意憐。」孔雀勝利了。

事後她笑瞇瞇說，「南德，你真棒。」

「你也不錯嘛，」

他回答說。她拿起他的內衣，替他蓋住胸脯，免得他著涼。

「我用不著，」他說。

他們用乾枝葉升火燒茶，吃了一頓野餐，然後離開那兒。牡丹覺得她對這個單純、老實、有趣的男子非常滿意。回程她很少看風景，一路上靜靜沉思。

他們到達傅南德的田莊，所見所聞都叫她歡欣鼓舞，她對那棟住宅尤其感興趣。屋子有五個房間，蓋在一畝半的土地上。嘰嘰呱呱的鴨鵝到處亂跑。幾隻黑羊在樹籬邊吃草，用一條長繩綁在木樁上，免得牠們偷吃菜。傅南聽說，這本來是一名官宦的住宅，那人在附近一個親王府幹了一輩子，晚年退休住在這兒。形式和一般農舍差不多，一邊是露天的倉房，專門堆積稻草和燃料，房子多年沒有粉刷，未經雕琢的木梁木柱飽受日曬雨淋，已褪成乾乾的淺棕色。

他們午後四、五點才回到京城。

32

後來幾天，他們繼續遊山玩水。接著牡丹發燒喉嚨痛，只好臥床休息。她不肯多說，任茉莉和母親胡猜亂想。母親逼問她和誰出去，她總是說，「媽，別急嘛，我還沒決定呢。」她覺得母親和妹妹一定會笑她嫁給不識字的田舍郎。茉莉和她的翰林夫婿有一個不識字的姐夫，大概有失身分吧。她要如何解釋呢？這樣等於打破了「門當戶對」的原則。她希望向堂兄說明這件事。

孟嘉回來，她還躺在床上。他一坐定，茉莉就笑咪咪對他說，「牡丹有點不對勁。」

他抬眼看她。

「她出去過幾趟。」

「跟誰？」

「她不肯告訴我們，我懷疑是傅南德。」

他差一點跳起來，接著斷斷續續大笑幾聲。「我早就想到了。看我多聰明！你怎麼知道？」

「因爲她出門的打扮很特別，穿一身農家的棉布衣褲。她在玩什麼把戲？有一次她說去釣魚，看人打太極拳。所以我想一定是那個拳師。」

那天傍晚，他找機會查探牡丹的打算。

牡丹躺在床上，衣衫單薄，弓起一條腿，手上拿一本小書。南窗緊閉，後窗射進來的光線使她輪廓顯得很突出。她看孟嘉進來，含笑歡迎他。

「光線這麼暗，你看什麼書？」

「你的文章啊，隨便看著消遣。看了你的幾頁書，喉嚨好像不痛了。」

孟嘉大笑。

「大哥，我要和你談談，」她說。

孟嘉拉過一張椅子，簡直像醫生面對床上的病人。他盯著她看。她臉上沒笑容。

「是正經事，」她說，「和傅南德有關。我找到他了，我們見過幾次面。」然後她停下來長嘆一聲。

「說下去呀。」

她沒有轉頭看他，只伸手和孟嘉相握；茫茫然望著虛空，眸子心事重重眨呀眨的。她依然不看他，開口道：「如果我說要嫁給他，你會怎麼說？」

「你要跟我談的就是這件事？」他發現牡丹的聲音有幾分倦意，不夠熱誠。

「是的，你得說說你的想法。」

孟嘉的語氣很緊張，「你忘了我根本沒見過這個人。你並沒有把他的一切都告訴我。」

她回過頭來，終於望著他說：「他要娶我，我拿不定主意。」

「你愛不愛他？你要說老實話。」

「我不知道。我喜歡他，他爲人正直高尚，而且很愛我，和他在一起的時候，我非常開心。

不過——有點怪是吧？——我離開他的時候，根本不想他——分手並不覺得傷心或想念——不像我對——不提也罷——不覺得心弦抽動。不像我想念——不提也罷——一個內心深愛的人。這不是很怪嗎？——這些事情太深刻，所以我們察覺不出心裡的感覺？」

她語無倫次，說話斷斷續續的，好幾次她差一點就說出她對孟嘉的感情，卻及時打住了。她的手擱在他手裡，手指懶洋洋輕騷著他。

「你用不著決定……」他舉起她的中指撫弄說。

「不。我要你告訴我，我該不該嫁他……」

「你說他愛你，你和他在一起很開心。我想你十分瞭解他，我是說密切瞭解……」

牡丹抽出小手，笑容略帶羞澀。「不錯。他外表相當英俊。他能滿足我……這方面有時候叫我驚嘆。他說他不會讀書寫字。不過他是很好的男人，我知道他養得起我。他在海碇有一個田莊，西門內有一家店鋪。有時候我覺得自己和他過一輩子，等於拿幸福做賭注——說不定會鑄成大錯。不過和他在一起，我真的很快活。我們會生一堆孩子，我會有自己的家庭。你一定要說說你的想法。還要考慮到我爹我娘。你想我該不該嫁給他？」

「牡丹，你告訴我這些，我很高興。你說他是農人，還有一間鋪子。什麼樣的店鋪？」

「賣米糧、煤球、火種和冰塊。你是不是覺得我瘋了？茉莉和母親會說什麼？」

孟嘉停了一會，整理思緒，盡力想像她和傅南德的生活。「嗯，我認為只要你和他在一起覺得快樂，沒什麼不好嘛。至於門戶，別去想它。這也許是你一生最大的轉變。」

「我相信自己能夠適應。我年輕體壯，你不相信我辦得到？」

牡丹重視他的看法，孟嘉很高興。

她又說，「他問我好幾次，我會不會愛他，我說『也許吧』——你知道我們談情說愛的時候就講這些話——他問我肯不肯嫁給他，我說『也許吧』？」

這些話模模糊糊飄過孟嘉耳際。他忙著思考；突然他想起上次的怪夢，以及神籤的最後兩句話：

山窮水盡處，突見稻香村。

他泛出神秘的笑容。

「你笑什麼？你不贊成？」

「贊成，我贊成。」他再度笑出聲音。

「什麼事那麼好笑？」

「你記得神籤吧？你是說農人？如果預言靈驗，你該嫁給他。我相信你能適應環境，自己成家，和別人一樣做賢妻良母。金錢，門戶——除了勢利小人，誰也不會放在心上。你知道我最討厭勢利小人。」

「你不嫌一個種田的當你姐夫？」

「說老實話，我不在乎。牡丹，我真希望你快樂。大家都講門戶。我父親是農人。我卻變成翰林。現在我是翰林，保不住我的兒子又變成農夫。你記得吧，農人在我國傳統地位中最高——高於工商——僅次於讀書人。我說一個故事給你聽……」

他說起一段趣聞軼事。有一個宰相生了一個浪蕩子，眼看財產就要被他揮霍一空，宰相對不肖子說：「你看，我年紀大了，身為相國，還每天辛辛苦苦工作，你真該慚愧。」兒子回答說，「我為什麼要慚愧？我父親是宰相，我兒子二十二歲就當了道臺。你父親是種田的，你兒子是沒有品格、不肯上進的無恥之徒。你怎麼比得上我？我怎麼不該玩，你怎麼不該辛苦呢？」

牡丹大笑，「真對——真對。」

「你妹妹嫁給翰林，你嫁給農夫。你有一個種田的夫婿，難保沒有一個翰林兒子。」

「那麼你是贊成囉？」

「我贊成。只要你說的是真話，你確定喜歡傅南德。」

「我想我是喜歡他的。」然後她伸出小手，真想傾訴心中的念頭。她看看他說，「你贊成，我就心滿意足了。這樣對我們也好，我不希望我們的情誼發生變化。」她輕輕捏他的手掌。

「什麼都沒變。我們之間什麼都變不了，」孟嘉說。

他按了按她的小手，起身把消息告訴茉莉和岳母。

「不出所料，果然是傅南德，」他對妻子說。

「噢，老天！」茉莉不覺瞠目結舌說。

「當然我們要先看看那個人，才點頭答應。他好像不識字，有一個田莊和一爿煤球米糧舖。不過她很喜歡他。」

茉莉杏眼圓睜，「姐姐就是這樣。她說她決定嫁給他了？」

「沒有。她徵求我的意見，我說他如果是一個正直勤勞的人，有固定的收入，性格善良，身體健康，嫁他又何妨？」

母親不知該做何感想。她說，「如果他爲人不錯，沒有兔唇或麻子，我也不嫌什麼。我覺得有一個女婿賣米糧和煤球也不錯，牡丹一輩子不缺柴米。」

他們安排孟嘉去見傅南德，看看他的鋪子和海碇的小田莊。孟嘉發現傅南德在城北七里的清河還有幾畝好地。孟嘉寫了一封信給牡丹的父親，告訴他這門親事，懇求他同意。父親不再多說什麼，覺得女兒滿腦子怪念頭，這回她的鬧劇總算是落幕了。他九月將進京主持婚禮。

仲夏時節，牡丹寫了一封長信給白薇，請她和若水到北京來觀禮，同時遊覽京城。

「白薇吾友：

九月初我要和傅南德結婚了，我知道你聽了這個消息，一定很高興。我希望你們倆能進京觀禮。

上次見面以後，又出了不少事情。你問我做些什麼？外表看來，一事無成。我看得出你們倆在山上也沒做什麼，只快快樂樂看春去夏來，夏去冬來。南德正在翻修海碇的房子，想弄出一番新氣象。所以我們要到九月才結婚。

我要怎麼向你形容南德，或者我對他的感情呢？他不識字，只會簽自己的名字，其他方面卻是女孩子夢寐以求的好丈夫，他外貌英俊，為人可靠。是的，我知道自己信得過他。我娘半開玩笑半認真說，我是一輩子不愁沒柴沒米了。他賣米糧和煤球哩，我再說一遍。這不是挺妙嗎？我對他的為人和情意有十足的信心。女孩家還能苛求什麼？

茉莉似乎不贊成這門親事，不過茉莉一向如此。孟嘉倒贊成。白薇，我覺得自己變了。一切的相思和心病都埋藏起來，深鎖在記憶深處。你談到愛情。我擁有肉體之愛，但願成為多子多女的母親。這是我現在的幸福理想。我從來不想要別的。我也不奢求什麼。這件事情除了你，我又能跟誰說呢？

你別弄錯，我並非不愛南德。我覺得他好極了，有時候真討人喜歡。只是我再也無法感受你所深知、我過去感受的那股狂勁兒了。一個靈魂對另一個人全心的奉獻，如今我已辦不到了，我也不想揭開舊創痕。不過我確實愛他，只是方式不同，我會做一個好妻子。可憐的南德，他真老實，而且少不了我。我毫無遺憾。

現在我要談談孟嘉，我只告訴你，不能告訴別人，前天我陪他和南德去看清河的田莊。南德在那兒有三畝麥田，一個棗樹林，他說棗子林一年的收益有兩三百大洋。（**老天，我的思緒真亂！**）好啦，言歸正傳，他留在屋子裡和親戚說話，孟嘉和我就漫步到河邊。河水清澈迷人，幾隻騾子在對岸的田地上孜孜工作。太陽西斜，左邊有一群烏鴉在樹叢頂盤旋，和紫紅的天空相輝映。落日太美了，我忍不住流下淚來。

我覺得好悲哀。告訴你，我也弄不清自己為什麼流淚，不過我站在那兒，孟嘉含情脈脈望著我。我們說好永遠不提『愛』字，也不親吻對方。他要忠於茉莉，我要忠於南德。但是他說，『我以後不再吻你，不過現在讓我吻掉這些淚珠。』他照樣做了，然後念出白居易『長恨歌』中的千古名句：

天長地久有時盡，

此恨綿綿無絕期。

他滿面通紅，我們不再說話。他伸手扶我上岸，兩個人就回到農舍裡。

親愛的白薇，無論我們做什麼，心情如何，這些回憶都將永遠存在。有時候我覺得，人的一生只有至善至誠的時刻才有真實感，別的時光一去不回，因為在我們心中毫無意義。偉大的時刻像糖蜜黏著我們——糖塊分開了，糖絲卻拉得很長，凝聚不斷。也像消失的音樂，餘音繞樑，久久不去。你說餘音真切，還是音樂本身真切？偉大的事物被凡塵瑣事打斷了，回憶卻終身縈繞心頭。

我會盡力做南德的賢妻，但是我自信不可能完全封住往日的回憶。那些回憶燦爛輝煌，例如金祝的愛情像醉人的玫瑰，安德年的愛情像耀眼的白光，孟嘉對我有如紫丁香的色調。新婚禮服上，我要執一把丁香花束。我一向偏愛紫羅蘭，現在我漸漸愛上紫丁香柔和的色彩。

你來的時候，我會以幸福新娘的面目和你見面，你們一定要來！我求你。你們進京的頭一個晚上，我保證用我們田莊自養的鵝肉來招待貴客。

孟嘉說，偉大的作品都是血淚鑄成的。我自信這封信也是血淚之作。

摯友　牡丹」

林語堂作品精選：9
紅牡丹【經典新版】

作者： 林語堂
發行人：陳曉林
出版所：風雲時代出版股份有限公司
地址：10576台北市民生東路五段178號7樓之3
電話：(02) 2756-0949
傳真：(02) 2765-3799
執行主編：朱墨菲
美術設計：吳宗潔
行銷企劃：林安莉
業務總監：張瑋鳳

初版日期：2019年6月
ISBN：978-986-352-701-5

風雲書網：http://www.eastbooks.com.tw
官方部落格：http://eastbooks.pixnet.net/blog
Facebook：http://www.facebook.com/h7560949
E-mail：h7560949@ms15.hinet.net
劃撥帳號：12043291
戶名：風雲時代出版股份有限公司

風雲發行所：33373桃園市龜山區公西村2鄰復興街304巷96號
電話：(03) 318-1378
傳真：(03) 318-1378
法律顧問：永然法律事務所 李永然律師
北辰著作權事務所 蕭雄淋律師

行政院新聞局局版台業字第3595號 營利事業統一編號22759935

定價：340元

國家圖書館出版品預行編目資料

林語堂作品精選：9 紅牡丹 經典新版 / 林語堂著. -- 初版. -- 臺北市 : 風雲時代, 2019.05 面； 公分

ISBN 978-986-352-701-5（平裝）

857.7 108004527

風雲時代 風雲時代 風雲時代 風雲時代 風雲時代 風雲時代 風雲時代
雲時代 風雲時代 風雲時代 風雲時代 風雲時代 風雲時代 風雲時代 風雲
風雲時代 風雲時代 風雲時代 風雲時代 風雲時代 風雲時代 風雲時代
雲時代 風雲時代 風雲時代 風雲時代 風雲時代 風雲時代 風雲時代 風雲
風雲時代 風雲時代 風雲時代 風雲時代 風雲時代 風雲時代 風雲時代
雲時代 風雲時代 風雲時代 風雲時代 風雲時代 風雲時代 風雲時代 風雲
風雲時代 風雲時代 風雲時代 風雲時代 風雲時代 風雲時代 風雲時代
雲時代 風雲時代 風雲時代 風雲時代 風雲時代 風雲時代 風雲時代 風雲
風雲時代 風雲時代 風雲時代 風雲時代 風雲時代 風雲時代 風雲時代
雲時代 風雲時代 風雲時代 風雲時代 風雲時代 風雲時代 風雲時代 風雲
風雲時代 風雲時代 風雲時代 風雲時代 風雲時代 風雲時代 風雲時代
雲時代 風雲時代 風雲時代 風雲時代 風雲時代 風雲時代 風雲時代 風雲
風雲時代 風雲時代 風雲時代 風雲時代 風雲時代 風雲時代 風雲時代
雲時代 風雲時代 風雲時代 風雲時代 風雲時代 風雲時代 風雲時代 風雲
風雲時代 風雲時代 風雲時代 風雲時代 風雲時代 風雲時代 風雲時代
雲時代 風雲時代 風雲時代 風雲時代 風雲時代 風雲時代 風雲時代 風雲
風雲時代 風雲時代 風雲時代 風雲時代 風雲時代 風雲時代 風雲時代
雲時代 風雲時代 風雲時代 風雲時代 風雲時代 風雲時代 風雲時代 風雲
風雲時代 風雲時代 風雲時代 風雲時代 風雲時代 風雲時代 風雲時代
雲時代 風雲時代 風雲時代 風雲時代 風雲時代 風雲時代 風雲時代 風雲
風雲時代 風雲時代 風雲時代 風雲時代 風雲時代 風雲時代 風雲時代
雲時代 風雲時代 風雲時代 風雲時代 風雲時代 風雲時代 風雲時代 風雲
風雲時代 風雲時代 風雲時代 風雲時代 風雲時代 風雲時代 風雲時代
雲時代 風雲時代 風雲時代 風雲時代 風雲時代 風雲時代 風雲時代 風雲
風雲時代 風雲時代 風雲時代 風雲時代 風雲時代 風雲時代 風雲時代
雲時代 風雲時代 風雲時代 風雲時代 風雲時代 風雲時代 風雲時代 風雲
風雲時代 風雲時代 風雲時代 風雲時代 風雲時代 風雲時代 風雲時代
雲時代 風雲時代 風雲時代 風雲時代 風雲時代 風雲時代 風雲時代 風雲
風雲時代 風雲時代 風雲時代 風雲時代 風雲時代 風雲時代 風雲時代
雲時代 風雲時代 風雲時代 風雲時代 風雲時代 風雲時代 風雲時代 風雲
風雲時代 風雲時代 風雲時代 風雲時代 風雲時代 風雲時代 風雲時代
雲時代 風雲時代 風雲時代 風雲時代 風雲時代 風雲時代 風雲時代 風雲
風雲時代 風雲時代 風雲時代 風雲時代 風雲時代 風雲時代 風雲時代
雲時代 風雲時代 風雲時代 風雲時代 風雲時代 風雲時代 風雲時代 風雲
風雲時代 風雲時代 風雲時代 風雲時代 風雲時代 風雲時代 風雲時代
雲時代 風雲時代 風雲時代 風雲時代 風雲時代 風雲時代 風雲時代 風雲
風雲時代 風雲時代 風雲時代 風雲時代 風雲時代 風雲時代 風雲時代
雲時代 風雲時代 風雲時代 風雲時代 風雲時代 風雲時代 風雲時代 風雲
風雲時代 風雲時代 風雲時代 風雲時代 風雲時代 風雲時代 風雲時代
雲時代 風雲時代 風雲時代 風雲時代 風雲時代 風雲時代 風雲時代 風雲
風雲時代 風雲時代 風雲時代 風雲時代 風雲時代 風雲時代 風雲時代
雲時代 風雲時代 風雲時代 風雲時代 風雲時代 風雲時代 風雲時代 風雲
風雲時代 風雲時代 風雲時代 風雲時代 風雲時代 風雲時代 風雲時代